聖女召喚に巻き込まれましたが、異世界の居心地は案外悪くもない？

Seijo Shoukan ni makikomaremashita ga, isekai no igokochi wa angai warukumo nai ?

Author みい
Illustration 芦原モカ

一迅社ノベルス

Contents

プロローグ　004

1　異世界で新生活を　019

2　異世界ならではのアレソレ　060

3　異世界は油断大敵！　105

4　変化はひそかに、けれど確かに　159

5　驚きはいつも身近　190

6　選択肢はいつだって突然現れる　218

7　自らの意思で選ぶもの　252

8　そして、それから　295

エピローグ　310

番外編　ささやかだけど、満ち足りて　325

Seijo Shoukan ni makikomaremashita ga,
isekai no igokochi wa
angai warukumo nai ?

聖女召喚に巻き込まれましたが、異世界の居心地は案外悪くもない？

Seijo Shoukan ni makikomaremashita ga, isekai no igokochi wa angai warukumo nai ?

プロローグ

カツン、と硬質な靴音が響く。

歓声と、広がったざわめきに戸惑っていた意識が音の方へ向いた。

ほぼ同時に、跪《ひざまず》く男の姿が視界に飛び込んでくる。

きらきらと輝く金糸の柔らかそうな髪。澄んだアクアブルーの瞳。すべらかな肌に整った顔。

作り物めいた美しさを、ただ茫然《ぼうぜん》と見るとはなしに悠真《はるま》が眺めていると、形のいい唇がゆるりと開く。

「聖女様、私はこの国の王太子で、エドワードと申します」

まばゆい光をまとったような美男子が、優雅な仕草でさっと手を差し出す。

今の状況に置かれてからずっと、悠真の腕を掴《つか》んで放さない幼なじみに向けて――。

＊

先ほどまで、市川《いちかわ》悠真はありふれた日常の中にいた。

休日前の金曜日、ほんのわずか浮かれた気分で登校し、睡魔と格闘しながら授業を受け、休み時間には友人たちとのとりとめのない会話。放課後になれば部活。

陸上部に所属する悠真はグラウンドでたっぷりと身体《からだ》を動かした後、再度制服に着替えて帰路についた。

空腹を感じながら歩く通学路は、高校に入学してからまだそうたっていない気がするのに、いつの間にか秋の気配が濃くなっている。帰宅途中に、暮れた景色の中で明るくぱっと浮かぶコンビニへ、足を向けるのもよくあることになっていた。

自動ドアをくぐり、いらっしゃいませ、と迎える店員の声を聞き流し、悠真は雑誌コーナーをざっと眺めてからドリンクコーナーへ移動する。よく磨かれたガラスの扉に、さらりとした黒髪の、少しつり上がった瞳が涼やかな印象を与える悠真の姿が映った。

動くたび、丸い頭の輪郭も動く。ずらりと並んだペットボトル飲料を見ていると、「ハル」と親しげに名を呼ばれた。

軽く振り向き、相手を確かめる。予想通り、幼なじみの香坂澪《こうさかみお》だった。

　つややかなストレートの長い黒髪に透明感のある白い肌、派手さはないのにぱっと人目を惹《ひ》く容姿をしている。

　通う学校が別になったので、深い緑のブレザーの制服姿はまだ見慣れない。

「おう」

　短く応えて、悠真は目当てのペットボトルを取り出す。偶然だなとは感じるが、おかしなことでもない。家の近所のコンビニだ。同じく近所に住んでいる澪と悠真が会っても不思議ではなかった。

　母親同士仲が良く、物心ついたときから姉弟《きょうだい》のように過ごしていたので家族に似た関係だ。

「紅茶がいいな。その赤いの」

　軽やかな声がねだる。それを悠真は無視して、ぱたんと冷蔵庫のガラス扉を閉めた。

「おごんねぇよ」

「えーケチ」

　文句をひとつこぼすだけで、澪はあっさりと引き下がる。自ら冷蔵庫の扉を開けると、紅茶のペットボトルを取り出していた。

「ハルは部活帰り？」

「そ。澪は？」

　この時間に会うのは珍しい。部活に入っていない澪は、常なら帰宅はもう少し早い時間だ。

「本屋の帰り」

「ふうん」

　レジに向かいながら、目についた菓子をいくつか手に取る。明日は部活が休みなので夜更かしする予定だ。レジで会計を済ませると、澪と並んで店を後にする。肌を撫《な》でる空気は、すっかり冷たくなっていた。

「ねぇ、なんの本買ったとか訊《き》かないの？」

「どーでもいい」

「あのね、ずっと楽しみにしてた新刊、発売日は明日なんだけど、フラゲできないかなって本屋行ったんだ。なかったけど。わかっててもがっかりで、違う本買っちゃった。なかなかよさげなの。読んだら貸すよ」

「訊いてねぇし、借りなくていい」

「あ、読んだら感想聞かせてね」

　会話になっていない。相変わらずの態度に、悠真はげんなりする。

「だから、なんで俺に読ませようとすんだよ」

「感想とか話したいの。リアルで！」

「どうせBLなんだろ。そんなもん友達と話せ」

「それがね」

　澪が何か言いかけたところで、突如足下が光る。ぎょっとして足を止めると、きゃ、と傍らで微《かす》かな悲鳴が響く。同時に、腕をがしりと掴まれた。

「うわっ」

　腕に尋常じゃない重みがかかる。支えきれず悠真はバランスを崩し、慌てて転ばないように踏みしめようとした足は空を切った。

「は？」

　唐突な、落下するような感覚に悠真は目を閉じる。わけもわからないまま、予想される衝撃に身体をこわばらせるが、すぐに痛みもなく地面に尻がついた。

　なんだったんだ、と悠真は怪訝《けげん》に思いながら、閉じていた瞼《まぶた》を開ける。と同時に、まったく覚えのない場所、黒いローブをまとった人たちが視界に飛び込んできた。

　え、と声にならない息がこぼれる。明らかに日本人には見えない人たちの視線を一斉に浴び、思考が固まる悠真をよそに歓声が上がる。びくりと、肩が揺れた。

　あちこちから上がる声は耳を素通りしていく。驚きすぎて声が出ない、なんて経験を初めてした。

　ぱたん、ぱたん、と瞬《まばた》きしても、視界に映る光景は変わらない。見事なくらい理解が追いつかないが、間違いなく先ほどとは違う場所にいるのはわかる。尻をついているのは、通学路の見慣れたアスファルトではなく大理石の床だ。

　尻に触れる堅くひやりとする感触と、腕にかかる重みが、夢ではなく現実だと悠真に教えていた。

　不意に、カツン、と硬質な靴音が響く。歓声と、広がったざわめきに戸惑っていた意識が、音の方へ向いた。

　ほぼ同時に、跪く男の姿が視界に飛び込んでくる。黒いローブが大半を占める地味な色彩から、突如色彩豊かなものに変わった。

　きらきらと輝く金糸の柔らかそうな髪。澄んだアクアブルーの瞳。すべらかな肌に整った顔。

　作り物めいた美しさには、視線どころか思考すら奪う効果がある。自信たっぷりな表情と態度から、自らの容姿のもたらす効果を充分に理解していることが知れた。

　茫然と、見るとはなしに悠真が眺めていると、形のいい唇がゆるりと開く。

「聖女様、私はこの国の王太子で、エドワードと申します」

　まばゆい光をまとったような美男子が、優雅な仕草でさっと手を差し出す。今の状況に置かれてからずっと、悠真の腕を掴んで放さない幼なじみに向けて。

目の前で行われる映画のワンシーンのような光景を、悠真は息を詰めて見守る。

　心の中では、澪が聖女⁉　ありえねぇだろ、という突っ込みをひそかに入れていた。

　端から見れば厳かにも見える雰囲気を、叫んで壊すほど無粋ではない。

　突如こんな非現実的な状況に放り込まれても、案外冷静に突っ込みを入れられるものだと悠真は感心する。現実逃避という可能性も、多分にあった。

「聖女様」

　一人が上げた声が、水に落ちた雫《しずく》が波紋を広げるように、「聖女様」と次々に上がっていく。いくつもの声が耳に飛び込んできて、なんとなくだが悠真は現状を理解する。聖女、というからには一般的に考えて男ではないはずだ。

　実際エドワードと名乗った男は悠真の存在を空気のように扱っていて、澪にばかり微笑《ほほえ》み注視している。それに対して、特に怒りはわかない。ただなんとも言えない気持ちで眺めていた。

　澪とは付き合いが長いせいで、聖女とかありえない気持ちでいっぱいだが、見た目だけなら見えなくもない。しゃべらなければ、澪は美少女だ。しゃべらなければ――と、ここが大事だと悠真はこれも心の中でだけ突っ込む。

　これって、完全に巻き込まれたやつだよなと、悠真は現状を分析して嘆く。

　がしりと澪に腕を掴まれ、そのまま光の中に落ちた記憶は新しい。偶然会って一緒にいなければきっと、今頃家で夕食を食べている頃だ。

　だからといって、巻き込まれたくなかったなんて責めるつもりも、恨む気持ちもない。知らないところで澪が姿を消して、そのまま行方不明なんて状況は遠慮したかった。互いに扱いは雑だが、大切な存在なのは確かだ。

巻き込まれてしまったのは仕方のないことだとして、これからどうなるのかは、まったくわからない。俄《にわか》には信じがたいが、拾い上げたいくつもの情報が、ここは違う世界であると告げていた。

異世界転生、召喚、そんなジャンルが賑《にぎ》わっているのはなんとなく知っている。書店に行けばぱっと目につく棚に並べられた、それ系の小説や漫画を見かけるが、悠真は手に取ったことも読んだこともなかった。

ふと、澪ならわかるかもしれないと気づく。今日も書店に行っていた。今までに押しつけられた本の中にないジャンルではあるが、嗜《たしな》む程度はしていそうだ。

(案外、この状況を面白がっていたりして)

「聖女様」

いつまでも差し出した手を取ろうとしない澪に焦《じ》れて、エドワードがどこか甘く呼びかける。それに、悠真の意識も引き戻された。

「どうか、我々に力をお貸しください」

まっすぐに、澪に視線を合わせエドワードが乞う。

「は？　いやだけど」

腹減ったから、無関係な俺なんてさっさと帰してくんねぇかな――なんてどこか他人事《ひとごと》のように悠真が考えていると、澪の冷たい声がばっさり断った。

一瞬、時が止まったかのような沈黙が落ちる。

「聖女様、なぜですか」

エドワードが困惑を滲《にじ》ませた声を上げると、ざわざわっと、ざわめきが広がった。

伺《うかが》う形ではあったが、断られるとは想像もしていなかったらしく、エドワードはひどく驚いた顔をしている。それを見た悠真は、うん、俺も驚いた、と心の中で同意して、澪の方を窺った。

いくつもの視線を集めた澪は、不快そうに眉を寄せる。

「なんでって、当然じゃない」

「当然、とは？」

「は？　わかんないの？　じゃあはっきり言うけど、こっちの都合も意思もまるっと無視、有無を言わさず唐突にさらってきたあなたたちの頼みを、なんで私が『喜んで』って協力すると思うわけ？」

ど正論。その通りだ。

まわりも、怯《ひる》んだのが伝わってくる。

「逆に訊くけど、あなたが同じように知らない国にさらわれて、協力しろって言われて、するの？」

ぐ、とエドワードが言葉に詰まるのがわかる。わかりやすい例えに、理解したようだった。

「私はいやよ」

再度きっぱりと、澪は言い切る。昔から儚《はかな》げな印象の容姿で誤解されやすいが、本人はかなり気が強い。ほんとしゃべらなければ薄幸の美少女なのにね、というのが親しいまわりの評価だ。

「非礼は深くお詫《わ》び申し上げます。これから誠心誠意お仕え致しますので、どうかお慈悲を」

エドワードとはまた違う美形で、線の細い優美な印象のプラチナブロンドの男が、澪に跪いて乞う。

「いや」

返事は変わらず、取りつく島もない。当事者ではない悠真から見れば、なかなかすごい光景だ。タイプの違う二人の美形に、澪が跪かれている。面白がって手を貸すかと思っていたので、この澪の冷気を漂わせたかたくなな態度は、悠真には少し意外だった。

「神官、一緒に召喚された彼の方に力はないのか」

誰かが上げた声で、ざっと視線がこちらへ向く。

やめてくれ、と悠真は心の中で叫ぶ。変な使命なんて押しつけられるくらいなら、巻き込まれた一般人の方がましだ。断るのも面倒くさい。

「残念ながら」

その言葉に安堵《あんど》する。澪に跪いたもう一人の男が、神官だった。

「……あの」

ほんの少し空気が緩んだのを感じ、悠真はそろりと声を上げる。

「俺、必要ないみたいなんで、とりあえず先に帰してもらえません？」

「ちょっと！　何一人で帰ろうとしてんのよ」

横から、即座に抗議の声が上がった。

「いやだってさ、腹へったんだよ」

部活で散々身体を動かした後だ。現状をなんとなく把握して気持ちが緩んだのか、腹が空腹を訴えている。ピン、と張り詰めた空気の中、ぐうぐうと腹を鳴らすのも申し訳なかった。

「……なんか、ハルのせいで毒気が抜けた。ほんの少しだけど」

はあ、と澪が息を吐く。すぐに顔を上げ、まわりに鋭い視線を投げた。

「私は協力する気ゼロなんだから、さっさとハルと一緒に帰して。そんで、素直に協力してくれる子召喚しなおしたら？」

声に、かなりの険が混じっている。本当に、この状況が嫌そうだ。

「あー。それがいいと思います俺も」

ここまで感情をあらわにする澪は、少し珍しい。付き合いの長さから察するに、かなり立腹している。きっぱりと協力しないと言い切ったのだから、そう簡単に撤回するわけがない。

「それが……」

黒いローブの人が控えめに声を上げ、先の言葉を濁した。

「何」

即座に澪が、問いただす。

「その、こちらに喚《よ》ぶことはできても、還《かえ》すことはできないんです」

「はあ⁉」

想定外の台詞《せりふ》に、悠真は愕然《がくぜん》とする。自分の置かれた状況を、楽観視していたと気づいた。

「うそでしょ」

同じように愕然とした澪がこぼした声に、悲愴さが滲む。けれど否定の言葉はどこからも聞こえない。

王子様然としたエドワードも沈痛な面持ちで、それでも唇を閉じているのはきっと、それが揺るがない答えだからだ。

「ふざけないでよ！」

澪の声が荒々しく、感情的になる。今にも、泣き出しそうに見えた。

かける言葉が見つからない。置かれた状況は悠真も同じなのだが、困惑はあれども澪ほどの焦燥感はない。いつになく取り乱している澪を見て、冷静になったとも言えた。

いまだ実感がないせいもある。怒濤《どとう》の展開に、思考も感情もついていけなかった。

絶望感に打ちひしがれている澪を、悠真はそっと窺い見る。この状況を打破する術《すべ》は持ち得ない。途方に暮れていると、澪は両手で顔を覆った。

「新刊……明日発売で楽しみにしてた新刊が、うそでしょ」

「そこかよ！」

耳に届いた悲痛を滲ませた嘆きに、悠真は脱力感に襲われる。なぜかたくなに、この世界に否をつきつけているのか理解できた。

「当たり前でしょ！　雑誌で追わずにコミックスになるの、ずっと待ってたんだから！」

「お、おう」

心の中で突っ込んだつもりでいたが、口に出ていたらしい。即座に、感情的な声が返ってきた。

やがて、はあ、と深い息を澪が吐く。それで気持ちを切り替えたように顔を上げ、成り行きを見守っていた人たちへ視線を流した。

「とりあえず、詳しい説明と話し合いを求めます」

嘆いていたのが嘘《うそ》のように凛《りん》としている。昔から、こういうところが敵《かな》わない。子どもの頃からいつだって、途方に暮れたあと先に前を向くのは澪だ。

「もちろんです」

あからさまに神官が安堵した表情を浮かべ、頷《うなず》く。

協力を仰ぐために喚び出したにもかかわらず、けんもほろろに断られたうえに、機嫌も損ねているのだからその心痛は計り知れない。誰が見ても、この国に対する澪の印象は最悪だ。

「では、場所を変えましょう」

「あ、その前にひとついいですか」

案内しかけた神官に、澪が声をかける。見るからに身分の高そうな相手にも、物怖《ものお》じしない態度だ。

「なんでしょう」

「この、はた迷惑な、召喚に巻き込まれたハルの扱いは、私と同じにしてください」

先ほど悠真を空気のように扱い、完全に無視していたエドワードを澪はじろりと睨《にら》む。はた迷惑な、を強調しているあたり、澪の怒りは静かに継続していた。

「監禁、軟禁なんてもってのほかだから」

続いた台詞に、悠真はぎょっとする。そういうこともありえるのだと、今の今まで思い至らないでいた。

「もし、ハルのことを邪魔にして虐げたり、追い出したりしたら」

そこで、澪は言葉を切る。続く言葉は悠真にも予想はつかない。

「全力で呪うから」

物騒な宣言に、周囲の者たちの表情が固まった。

「も、もちろんです。聖女様と共に、正式な客人としてお迎え致します」

「そ。それならいいの」

にっこりと、澪が笑う。けれど瞳は少しも笑っていない。

（この人たち、挽回《ばんかい》できんのか）

ぱっと、そんな懸念が浮かんだ。

巻き込まれたことに対する強い憤りはないが、澪を宥《なだ》める気も、取りなすつもりも悠真にはない。それなりに、この国に対する印象は悪かった。

「こちらへどうぞ」

今度こそ、場所を移動する。先を行くエドワードと神官の後について歩きながら、悠真は傍らの澪に小声で話しかける。

「なあ、呪うとかできんの？」

自信たっぷりに宣言していたので気になった。力がないと言われた悠真は、身のうちに感じるものはない。だがこちらの世界に聖女として喚ばれた澪は、特別な力を感じているのだろうか。

「できるわけないじゃない」

少しも悪びれず、同じように声をひそめ返してくる。堂々としたはったりに、ああそう、としか言えないでいると、「今は」と澪が続けた。

声の真剣さに、ざわりと心がざわめく。絶対に澪を怒らせることはやめようと決めて、悠真は聞こえなかったふりをした。

いずれ、本当にできるようになりそうなところが怖い。聖女が呪う――その違和感はすごい。


「こちらです。食事を用意しましたので」

案内され足を踏み入れた室内は、煌《きら》びやかだけれど趣味の良いインテリアで揃《そろ》えられている。中央に置かれた金の縁取りがされた白い横長なテーブルに、食事が並べられているところだった。

勧められた椅子にも、テーブルの脚と同じく繊細な彫刻と金があしらわれている。場違いだと感じながら澪と並んで座ると、テーブルを挟んで澪の前にエドワードが、悠真の前にはジェデオンと名乗った神官が座った。

「聖女……ミオ様とハル様のお口に合えばいいのですが」

澪がハルと呼んでいたからか、聖女のおまけは『ハル』と思われている。正しくは『ハルマ』なのだが、特に不都合はないので訂正はしない。

　四人の他に部屋にいるのは、先ほどの広間から共に移動してきた騎士服の二人と、給仕に来ていた人だ。けれどメイド服を着た人たちは、悠真と澪の前に料理を並べ終えると、綺麗《きれい》な礼を残して部屋を出ていった。

　まずは、丁寧に謝罪される。王子であるエドワードも躊躇《ちゅうちょ》することなく頭を下げた。

　許す、とは言えないので、曖昧に頷くだけにする。澪も、何も言わなかった。

「話は、食事をしながら聞いていただければ」

　ありがたい申し出だ。悠真は素直に感謝する。そろそろ空腹も限界だった。

「じゃあ、遠慮なく。いただきます」

　テーブルに並べられた料理が豪華すぎて少し気後れしたが、空腹に負けて悠真は手を伸ばす。当たり前だが、箸ではない。正しいテーブルマナーなどは知らないので、無作法があっても見逃してもらうことにした。

　料理を口に運びながら耳を傾けた説明によると、この国、ファルカハイム王国は、聖なる結界に覆われていて、それは歴代の聖女の力が込められた道具で保たれている。だが魔物が増え、瘴気が濃くなってくると少しずつ効果が弱まっていくものらしい。

　魔物の増殖、瘴気の発生の原因はわかっていない。ここ百年近くは兆しもなく、警戒も緩んでいたところ、少し前に瘴気の発生を確認した。

が、現在この国には聖女が存在しない。十歳になるとこの国に住む者は教会で洗礼を受け、魔法の才能を調べるので聖女の資質を持つ者がいればそこでわかる。聖女の力は必ずしも持って生まれた素質ではなく、後から覚醒することもあるが、可能性でしかない。探すのも困難を極める。国の上層部で話し合いを重ね、予知の力がある魔女に予言を授けてもらうことにした。

　その際、提示された予言は二つ。

　――異なる世界より渡られた聖なる乙女が魔を払い、国に平穏をもたらし、一人の王子の進む道を明るく照らし、良きものへとかえる。

　――待ち望まれた乙女は力を得て、魔を払い国に平穏をもたらすが、同時に混沌《こんとん》も連れてくる。惑えば、進む道は暗きものへかわる。

　不確定な未来を読み解きながら、珍しいことだと魔女が興味深そうにしていたらしい。

　その予言を城に持ち帰り、再度の話し合いを経て、異なる世界から聖女を喚ぶ道を選びましたと、ジェデオンは言った。

　この世界には魔女もいるのかと、悠真は感心する。貧困な想像力しかなく、姿を思い浮かべられないでいると、澪がフォークを置いた。

「混沌を避けたのはわかったけど、間違いなく人選ミス。喜んで協力してくれるような子を喚べばよかったのに、なんで私なんて喚ぶかなぁ」

「それは、こちらが指定したわけではないんです」

「じゃあなんなのよ」

「女神様のご意志です」

　迷いなく、ジェデオンが言い切る。信仰心のない者からすれば、ああそう、としか思えない。

　ただ予言を踏まえれば、エドワードが澪を特別視しているのも納得できた。今も口を挟まないが、澪に視線を送っている。完璧に、無視されてはいるが。

「私に、聖女の力があるのは間違いないんですか？」

「はい。鑑定しなくてもわかる強い力を感じます」

「ハルにはない？」

「そうですね、聖者の力はないかと。ただ魔法の才を鑑定することはできますが」

「あ、興味あるんでしてほしいです」

　黙々と食事を口に運びながら聞き役に徹していたが、興味を惹かれ悠真は声を上げる。せっかくの異世界だ。危険がなければ少しくらい楽しみたい。魔法なんて、つい先ほどまで空想の世界の中にだけあるものだった。

「では、明日にでも」

　了承されるが、この場ではできないらしい。少し残念に思いながら、話の続きを聞く。

　簡単にまとめると、国境沿いにある各地に結界を構築する道具があるので、それに聖女の力を流してほしい。結界が強化されれば、強い魔物は市街地には現れなくなる。各地を回る際に聖樹の種を植えると、それが成長と共に魔素を浄化するようになる。

　後は一日一度祈ってもらえれば、他に特別な制限等はないので、とジェデオンは懇願の眼差《まなざ》しを澪に向けていた。

　へぇ、という感想だ。澪も悠真と似たようなもので、興味なさそうに淡々と聞いていた。

「国境沿いにある各地に祈りを捧《ささ》げに行かなければならないので、移動を含めそれなりに時間は取られますが、危険なことはないかと。もちろん、護衛もつけますので」

「何かを倒せってわけじゃないのね」

「はい」

「各地へは、私が一緒に行きお守り致します」

「それはどーでもいいんだけど」

　エドワードの申し出を、澪は一蹴する。あまりの塩対応に、悠真の方が少し焦った。

　けれどエドワードが機嫌を損ねた様子はない。多少、ショックは受けているようだった。

「それ、すぐにでも行かないと、結界が壊れるんですか？」

「いえ、そんなことは。差し迫って大事があるなんてことはありません」

　穏やかなジェデオンの声に、澪は思案するように目を伏せる。わずかな間の後、強い眼差しで前に座る二人を見据えた。

「……では、私に力を貸してほしいと言うのなら、それ相応の誠意を見せてください。ぶっちゃけ、私のこの国に対する印象は最悪です。最低です。拉致られたんで」

「はい。猛省しております」

「もちろん、できる限りのことはさせてもらうつもりでいる」

　ジェデオンに続き、真摯にエドワードも頷く。

「まず、この世界の知識を。知らない国を助けてほしいなんて、知るか！　なのよね」

「わかった。こちらの環境に慣れることが先だな。教師を手配する」

　簡単に、澪の提案は受け入れられた。

「ハルはどーする？」

「あ、俺も」

　知識はあった方がいい。何も知らないのは不安だ。勉強は嫌いなどと言っていられない。

「きっと、わからないことばかりなのだろうな」

　エドワードが申し訳なさそうにして、澪の後見人になると言った。

　決まっていたことだったらしい。主にこちらでの生活の手助けをする、世話係だと言った。悠真が喚ばれたのは想定外だったので、当然後見人が事前には決まっていない。

「ハル様には……」

「私が」

ジェデオンの声を遮り、今まで沈黙を守り控えていた男が一歩前に出る。少し癖のある柔らかそうなダークブロンドの髪の男だった。

　エドワードのような正統派美形ではないが、穏やかさをたたえた美しい顔だ。

「アルフレッドが？」

　ぴくり、とエドワードが眉を跳ね上げる。アルフレッドと呼ばれた男は、ええ、と静かな笑みで応えた。

「護衛も兼ねて。私なら適任かと」

「……そうだな」

　わずかな逡巡《しゅんじゅん》の後、エドワードが許可を出す。この場の決定権は、彼が持っているようだった。

「明日からも、ハルとは自由に会えるようにしてくださいね」

「……ああ」

　一応落としどころは見つかったので、後はまた明日以降改めて、という話になる。部屋は今用意させているので、今夜はもう寛《くつろ》いでくださいと言われた。

「私たちは報告と手続きがあるので、これで失礼する」

　エドワードが場を締め、席を立つ。続いてジェデオンも席を立ち、悠真と澪に軽く頭を下げた。

「では、また明日」

「はい。せめて、力を貸してもいいかなって思えるくらいの、信頼関係を築いてくださいね」

　澪の台詞に、エドワードは一瞬虚を突かれた後すぐに頷くと、アルフレッドを促しジェデオンと共に部屋を出ていく。護衛は残っているが、対峙《たいじ》する相手がいなくなったことで悠真は脱力感に襲われる。ゆっくり息を吐いて、澪へ視線を投げた。

「おまえなぁ、なんでそんな強気なんだよ」

「ものすっごく、腹が立ったから」

　わかりやすすぎる答えが返ってくる。そうだろうけど、でも――という気持ちは消えない。

「郷に入ってはって、ことわざもあるだろ」

「わかってるよ。でもね、こっちの理《ことわり》から外れた私たちを喚び出したの。だったら、私たちに合わせるのが当然じゃない」

「いやでもさ、上に立つ者が暴君で、俺らなんて問答無用で斬られたかもしんないだろ」

　ちらり、と騎士の腰にある剣へ悠真は視線を送る。顔を寄せての内緒話だ。聞こえていないと信じたい。

「それはないってわかってたから、強気に出たんじゃない」

「へ？」

「だって、最初に言ったじゃない」

——素直に協力してくれる子、召喚しなおしたら？

あ、と悠真は理解する。チェンジしたくても、できないのだ。

ふふん、と澪が得意げに笑う。

「最初が肝心。帰れないなら、できるだけ快適な環境を整えなきゃ」

「……なんか、すげぇな」

たくましい。悠真ではきっと、交渉はできなかった。

「まかせてよ」

「けど、無理すんなよ」

「うん」

その顔には、先ほどのような悲愴感はない。綺麗に隠しているだけの可能性はもちろんあって、役には立たなくても悠真が共にこの世界にいることで、澪に少しでも救われる何かがあればいいと願うばかりだった。

1　異世界で新生活を

ふわりと、緩やかに意識が浮上する。けれど覚醒からはまだ遠く、とろりとした心地好《よ》いまどろみの中を漂いながら、悠真《はるま》は休日の朝を堪能した。

　部活も、予定もない。もう少し寝ていようと寝返りを打つ。ふかふかのベッドが身体《からだ》を受け止め沈んだ。手を伸ばしても、ベッドの端から出ることもない。違和感に、まどろんでいた意識が覚醒へと向かう。自分がどこにいるのかわからず焦り、悠真は飛び起きた。

　ぱっと視界に飛び込んできたのは、自室ではない。馴染《なじ》みのない場所に慌て、視線を走らせる。同時にぐるりと思考を回して、思い出した。

　はあ、と深く息を吐く。昨夜悠真が案内された部屋だった。俄《にわか》には信じられない出来事は、夢ではなかったらしい。

　改めて部屋の中を見回すと、寝ていたのは二人で横になってもまだ余裕がある広い天蓋付きのベッドで、今いるこの寝室には風呂もトイレもある。繋《つな》がった隣室はリビングルームのようになっていて、少しクラシカルで品のある高級そうなソファと、負けず劣らずの脚の彫刻が美しいテーブルが目を惹《ひ》く。

　食事のできそうな楕円《だえん》形の大理石のテーブルもあり、内装も調度品もすべてが超一流で、まるでホテルのスイートルームのようだった。

　当然泊まったことも実際見たこともないので、悠真のイメージでしかないが。

　とりあえず、分不相応なのはわかる。この部屋に案内され、入った瞬間引いた。

　一介の男子高校生が、生活拠点としてあてがわれる部屋ではない。もっと簡素な部屋でいいと訴えたが、案内してくれた人を困らせただけだった。

　――こちらに案内を、と指示されましたので。

　雇い主の意向を無視して、勝手に部屋を移動させるわけにいかないのは理解できる。ごねたところで無駄だろうと、悠真は早々にあきらめた。

　簡単に説明をされた後寝衣を渡され、勧められるまま風呂に入り着替えベッドに横になった途端、あっという間に悠真は眠りに落ちて今に至る。我ながら図太い神経をしていると感心した。

窓の外は明るく、それなりに日は高そうだ。何時だ、と無意識に時計を探して、ないことに気づく。スマートフォンはあるが、この世界の時間ではない。電波もなく役に立たないので、昨夜電源を落とした。

生活音さえない、静かで馴染みの薄い広々とした部屋に一人でいると、漠然とした心許《こころもと》なさがある。悠真は、澪の部屋がどこなのかも知らなかった。

昨夜案内に従って食事をした部屋から出た後、途中で別れた。澪の部屋は、簡単には男性が立ち入れない区域にある。そういう決まりだと説明されれば納得せざるを得ない。近くの部屋がいいのにと、澪は不満そうにしていた。

それは悠真も同じだ。改めて、今も感じている。唯一の知り合いが、近くにいてほしいのは当然だ。昨日の今日では、まだ色々なものを呑《の》み込めていない。

すぐに考え込みそうになる思考を止めて、悠真はぐ、と身体を伸ばす。ベッドから降りようと足を下ろすと、隣室から声がかかった。

それに、軽く驚く。

「おはようございます。ハル様。ご不便はありませんでしたでしょうか？」

昨夜案内してくれた、アガットと名乗ったメイドに優しく声をかけられて、悠真は姿勢を正す。一人だと思って、完全に気を抜いていた。

「おはようございます。不便とかないんで大丈夫です」

「それならよかったです。食べられそうなら朝食をお持ち致しますが」

食べに行くのではなく、運んできてくれるらしい。至れり尽くせりで気が引けるが、右も左もわからない悠真では、お願いするしかなかった。

いっそのこと、豪華異世界旅行が当選したと割り切って、この生活を満喫するのが正解なのかもしれない。どうにもならないのだから、開き直るのも大事だ。

だからといって、世話を焼かれすぎるのはよくない。着替えの手伝いは固辞した。自分でできるからと、これからも必要ないと伝える。できない時には頼むのでと言って、納得してもらった。

まずは顔を洗って、用意されていた服に着替える。シンプルなシャツとズボンで安堵《あんど》した。

隣の部屋に移動すると、すでに朝食は並んでいる。感想は、これを毎日食べたら体重増加待ったなしだろ、だ。悠真は運動部に所属しているせいか、量もそれなりに食べる。だが、朝からこの量は無理だ。パンの盛り合わせなんて、山だ。品数も多い。

「あの、こんなに食べられないんですけど」

　部屋に控えていたアガットに、悠真は申し出る。

「残していただいて大丈夫です。初日でわからなかったので、多めに用意させていただきました」

　それなら、と食べ始めるが、一方的に見られながら食べるのに慣れていない。一人にしてもらっていいと伝えるべきか迷いつつ、並べられた料理を黙々と減らしていると、アルフレッドの訪れが伝えられた。

「ゆっくり休めましたか？」

　昨夜と同じ騎士服姿で、椅子に座っている悠真の正面ではなく、少し斜め前にアルフレッドは立つ。姿勢が美しい。

「はい、自分でも呆《あき》れるくらい」

「それはよかった」

　表情をやわらかく緩める。好青年、という印象だ。

　エドワードは同年代に見えたが、アルフレッドは少し年上に見える。昨夜はまじまじと見る機会がないまま退室していったので、なんとなく整った顔という印象だったが、こうして間近で見ると印象そのままだ。

　この国の男はどうなってんだと、悠真は思わずにいられない。目にした主要人物の三人が、揃《そろ》いも揃って驚くほど容姿が整っている。

　神官のジェデオンは、プラチナブロンドの長い髪を緩く結わえ、どこか儚《はかな》さを漂わせる容姿で、王太子のエドワードは、正統派の王子様然とした華やかさがあり、まわりに美しさを振りまく綺麗《きれい》系の容姿。目の前のアルフレッドは、華やかさを控えめにした分野性味をプラスした、美しいと形容するより格好いいと評したい容姿だ。

　澪ならきっと、えろい、と付け加える——と考えたところで、悠真は慌てて思考を止める。毒されていることにぞっとして、ふと、綺麗な色味をしている瞳に気づいた。

「どうかしましたか？　ハル殿」

「いえ」

　口に出せないようなことを考えていたとか、光の加減によって色を変える、ヘーゼルの瞳に目を奪われていたなんて言えない。

「ハル殿。昨夜は名乗ることもせず、申し訳ありませんでした。アルフレッドと申します。正式に私が後見人になりましたので、色々遠慮なくお申し出ください」

「あ、はい。ありがとうございます」

　この世界の後見人は、主に世話係の意味が強いと聞いたが、いまいちよくわからない。

「訊《き》きたいことがあれば、答えられる範囲でお答えしますよ」

　表情に出ていたのか、アルフレッドが言葉を継ぐ。ありがたい申し出だが、現時点では訊きたいことすらわからなかった。

「とりあえず、座りませんか？」

　大理石のテーブルを挟んで置かれた椅子を、アルフレッドに勧める。当然のように立ったままで座る様子がないので、言わなければ駄目だと判断した。

「俺だけ座って食べてるとか、何様だって感じなんで」

　後見人という名の世話役になったのだから、これから頻繁に顔を合わせる。護衛も兼ねてと言っていたが、昨日のようにずっと、部屋の隅や背後で控えていられるのは落ち着かなかった。

「では、失礼して」

　唇の端をわずかに上げると、アルフレッドは向かいの椅子に腰を下ろす。

「あの、アルフレッドさんにも、何か飲み物お願いできますか？」

　アガットに声をかけると、手際よくすぐに用意してくれる。音もなくテーブルに置かれた高そうなカップには、香り高い紅茶が淹《い》れられていた。

「ありがとう」

　カップを持ち上げる仕草は優雅だ。比べるのもおこがましいほど、悠真よりも品がある。食事も勧めてみたが、遠慮された。

「後ほど、王城を案内します。その際にジェデオンのところへ行き、魔力鑑定してもらうことになります」

　そうだった。少しそわそわする。簡単な魔法でもいいので、悠真は使ってみたかった。

「魔法に興味が？」

「そうですね。普通は使えないし」

「そちらの世界では、使えないことが当然ですか。不便ではないですか？」

「日常生活で不便はないですね。他の手段？　があるので」

　むしろ、こちらの世界の方が不便そうである。

「他の手段ですか……」

　興味深そうにアルフレッドが頷《うなず》くが、正しく説明できる気がしないので、悠真は話を戻すことにした。

「魔法って、どんなことができるんですか？」

　イメージは、有名なゲームの魔法だ。

　外国の小説で、映像化もされた作品にも魔法は登場していたが、姉が観《み》ていたテレビで見かけたことがある程度の、ふわふわしたものだった。

「使い方しだいで、色々、ですね」

「アルフレッドさんも使えます？」

「ええ、それなりに。私のことは、アルフレッド、とお呼びください」

「俺より年上そうなんですけど」

「どうぞ、気にせず」

　笑顔で促されても、長く体育会系に属していたので気が引ける。わずかに逡巡《しゅんじゅん》して、妥協することにした。

「でしたら俺のことも、ハル、と呼んでください」

「……わかりました」

　快諾、とまではいかなくても、了承を得てほっとする。召喚に巻き込まれ迷惑を被《こうむ》ってはいても、悠真自身はどこにでもいる男子高校生でしかない。慣れない特別扱いは、どうしても落ち着かなかった。

「そろそろ行きますか？」

　食後の紅茶を飲み終えるタイミングで、アルフレッドが提案する。急《せ》かすことなく、さりげなく待っていてくれたらしい。モテそうな人だと、新しい情報を追加した。

　頷き、「ごちそうさまでした」と悠真は感謝の言葉を口にする。完全に普段より食べすぎで、腹が苦しかった。


　王城——先ほどはさらりと聞き流したが、喫茶店やどこぞのピンクな休憩、宿泊施設の名前ではなく、正真正銘王様の住む家、建造物だった。

（手の込んだどっきりだったらよかったのにな）

　こぼれそうになるため息を、悠真は呑み込む。緩く歩みを進めながら、部屋の周辺を中心に、城の敷地内に何があるかざっと説明を聞く。

　宮殿内を歩いている実感はあまりない。この世界に来た時から中にいるせいだ。外観も目にしていない。

城と言われればぱっと浮かぶのは日本の城だが、間違いなく違うのだけはわかった。案内される場所に、和の欠片《かけら》も見かけない。

悠真が間借りしている部屋も宮殿の中にあるのだから、豪華だと感じるのも当然だった。主に他国から訪れた賓客が使う、いわゆる貴賓室と呼ばれる一室だ。しばらくは使用される予定もなく、同じような部屋は他にもいくつかあるので支障はないらしい。悠真の心情以外、と注釈がつく。

「もっと、こぢんまりした部屋でいいんですけど」

イメージとしては、一人暮らし用のアパートのワンルームだ。寝起きできれば充分という気持ちで、アルフレッドに訴えてみる。けれど返ってきたのは、申し訳なさそうな表情だった。

「警護の都合もあるで、今の部屋を使っていてもらえるとありがたいのですが」

貴賓室の利用者は、身分の高い者だ。城内で何かあったら問題になる。それを考えれば、警護態勢も万全になるよう配慮されているというものだ。

「……わかりました」

警護などいらない、などとは言えない。必要があると判断され、配備されている。理由はどうあれ守ってもらう立場なのだから、悠真の我侭《わがまま》で振り回し、迷惑をかけるべきではなかった。

「王族の居住区と、男子禁制の区域以外は、庭園含め自由に出歩いていただいてもかまいませんが、私か別の護衛がお供するのをお許しください」

「いいですけど、迷惑じゃないんですか？」

悠真が部屋を出るたび、付き合わなければいけない。

正直に言えばありがたい。宮殿内は広く複雑で、どこも同じに見える。一度案内されただけでは覚えきれず、一人でうろうろすると確実に迷子になる予感があった。

「護衛騎士はそれが仕事ですし、私はハルがこの世界で不都合なく快適に過ごしてもらえるようにそばにいるので、遠慮なくどうぞ」

「それなら、はい」

一人で出かけたい場所もない。積極的に、出かけるかもわからない。

「庭園へ、ここから出られます」

散歩にいいですよと、花が咲き誇る庭園を案内されても、へぇ、という感想しかなかった。

薔薇《ばら》園もあると言われたが、悠真は遠慮する。行ったところで、わずかな感嘆の声を上げる程度だ。

「あまり興味なさそうですね」

「まあ」

花を愛《め》でる趣味を持つ男子高校生は、ゼロではないだろうがそういない。けれど天気が良く、やわらかく吹く風は心地好かった。

初対面に近いので、どうしても会話は弾まない。ぽつぽつとする雑談の流れで、アルフレッドが二十歳、エドワードが十六歳だと知る。悠真も十六だと言うと、軽く驚かれた。

もう少し幼く見えたらしい。容姿を客観的に眺めたことはないが、年相応だと思っていたので軽く衝撃を受けた。

もしくは身長のせいか？　と、自己分析してみる。傍らを歩くアルフレッドとは、間違いなく十センチ以上の差があった。容姿からして違うので、張り合う気にもなれない。それよりも、時々すれ違う騎士の方に悠真は興味を覚える。ちらちらと見ていると、身につけている服に違いがあった。

改めてアルフレッドを見ると、濃紺で金のラインが入っている。非常に似合っているが、主に見かけたのは白だった。所々に立っている人は鎧《よろい》を身につけている。疑問が浮かんで、悠真は内心で首を傾《かし》げた。

「騎士に興味が？」

先ほどから悠真の視線の先に騎士がいることに、アルフレッドが気づく。そんなにあからさまに見ていたかと、少しバツが悪い気持ちになった。

「騎士って、見たことなかったので」

「でしたら、騎士団の駐屯場の方へ行ってみますか？」

「行ってみたいです！」

この世界に来なければ、見られなかった場所だ。

即提案に飛びついたが、これから悠真が世話になる住居の案内ではなく、どうにも、王城ツアーの様相を呈してきている。すっかりツアーコンダクター兼ガイドのようなアルフレッドは、説明もしてくれた。

騎士団の駐屯場は王城の敷地内にあり、いくつかの鍛錬場と演習場、それに加え騎士団の寮、医務室も併設されている。食堂の規模も一番大きい。

気になっていた騎士の服装の違いも教えてくれる。

騎士服に使われているカラーは所属を示し、白に緑が近衛騎士、それ以外の騎士は基本、白に碧《あお》だ。

　召喚された直後悠真の視界に飛び込んできたローブ姿の人は魔術師で、あの時は黒だと思ったが紫だったらしい。

　アルフレッドが身につけている、濃紺に金は魔道騎士。詳しい説明はなくさらりと流される。名称通りに受け取るとして、アルフレッドはかなり強いのではないかと、悠真は横顔を盗み見た。

「私にとって当たり前のことだと、説明し忘れることもあるので、気になったことは訊いてください」

「あ、はい。そうだ、俺も騎士団の寮に住んだらだめなんですかね？」

　警護上の問題で今の部屋をあてがわれているなら、騎士が住んでいる寮なら問題ないはずだ。

　言ってから、相部屋は困ると気づく。

「いえ、そういうわけにはいきません。有象無象の輩《やから》がハルに寄ってきては困るので」

「はい？」

「貴族も多くいるので、中にはよからぬ企みを持つ者がいないとも限りません」

「こわっ」

　思わず声に出る。今まで身近になかったことだ。

「もちろん、気さくで気持ちのいい者も多くいますが、今のハルには見分けがつかないと思いますので、知らない相手には簡単に気を許さないでください」

　こくこくと、悠真は頷く。無用なトラブルは、全力で回避の方向だ。

「何より、ミオ様より申しつけられていますので。待遇は同じようにと」

「あー……」

　そういえば、そんなことを言っていた。

　気後れすることばかりで、すっかりそんなやりとりがあったことは頭の中から消えていた。

「待遇に不満が？」

「んー、というかですね、居心地が良すぎて居心地が悪いというか」

　正直に内心を吐露すれば、小さく笑われる。馬鹿っぽい言い分に、呆れられた予感がした。

「すみません、それは慣れてください」

「……ソウデスネ」

　衣食住が保証され、生活の不安も不便もないのだから、悠真が慣れればいいだけだ。ふと、澪の名前が出たことで、どうしているのか気になった。

　それなりに歩き開けた広い鍛錬場に着くと、降り注ぐ日差しが目に眩《まぶ》しい。悠真は軽く目を眇《すが》め、充分に距離を取ったところで、二人一組で打ち合っている光景を眺める。熱気と、張り詰めた緊張感が伝わってきた。

　時折、派手に金属がぶつかる高い音が響く。

「真剣を使った打ち合いをしていますね」

　おお、と悠真は心の中で声を上げる。目の前で繰り広げられていたのは、実践形式での訓練だった。剣での打ち合いなど初めて目にする。

「まだ動きは拙いですが、騎士団へ所属するのが決まっています」

「へぇ」

　相槌《あいづち》を打ってみたものの、どこが拙いのか悠真にはわからない。剣を受け止め、弾《はじ》き、今度は打ち込む。速いテンポで打ち合っている人たちもいて、すごい、以外の感想が浮かばなかった。

　画面を通してではなく、直接見るのは言い表せない迫力がある。ざっと見回した後、距離の近い手前の打ち合いを、悠真はじっくり眺めた。

　真剣ということは、怪我《けが》をしてもおかしくはない。それでも怯《ひる》むことなく、互いに遠慮なく剣を振っている。すごい。エンターテイメントではないが、悠真が心を躍らせながら見ていると、なぜか打ち合っていた騎士の片方が、こちらを気にしているように見えた。

「あまり前には——」

　激しく剣同士がぶつかり、騎士の手に握られていたはずの剣が離れる。え、と思った時には、煌《きら》めく刃《やいば》が勢いよく悠真の方へ迫ってきていた。

　身動きひとつできない。思考が焦り出すより先に、目の前に黒い影がすっと現れる。剣を抜くと、キィンと高い音を響かせ、飛んできた剣を払った。

「訓練中によそ見するな！　やる気がないなら出ていけ！」

「も、申し訳ありません！」

（び、っくりした）

　声を荒らげ叱責するアルフレッドの背後で、悠真は今更心臓がばくばくと騒ぎ出す。完全に、思考も何もかも固まっていた。

「悪いアルフレッド！　助かった。怪我はないか？」

いかにも上官という人が走り寄ってくる。顔見知りのようだった。

「気が緩んでるんじゃないのか」

頷き、アルフレッドは苦言を呈す。表情が険しい。

「そうだな。あいつには罰則を与え、他も絞ることにするよ」

「それがいい。気が緩む頃だ」

同意したアルフレッドが剣をしまい、悠真に向き直る。その姿も決まっていた。

「怖い思いをさせて悪かった」

気遣う声は優しい。鍛錬場の外へ出るように、悠真は促される。残念ながら見学どころではなくなってしまった。

屋内に目が慣れてくると、悠真はじっとアルフレッドを見つめる。

「どうした?」

「アルフレッドって、それが素なんだ」

「……そこかよ」

脱力したように、アルフレッドがこぼす。

「危険な目に遭ったんだから、もっとこう青くなって震えるとか、茫然《ぼうぜん》自失で俺に縋《すが》りつくとかあるだろ」

「誰だよ、それ」

どこの乙女だ。想像だけで寒気がして、うっかり素で突っ込む。

近づきすぎた悠真にも責任があるのだし、かすり傷ひとつない。確かに剣が飛んできたのにはぎょっとしたが、アルフレッドに目を奪われてもいた。流れるように剣を抜いて弾き飛ばすところは、男から見ても格好良かった。

感嘆していたところに、今までとまったく違う話し方をされれば気になる。むしろ、好ましく思えた。

「そーいう性格か」

得心したように、アルフレッドが頷く。釈然としないのは悠真だ。

「そーいうって?」

「動じない？　昨日も、そんな感じだったろ」

すっかり、アルフレッドの口調がくだけている。やはり、こちらの方が話しやすい。

「いや、普通にびびってた、ました。昨日もさっきも」

「そうは見えなかったけどな」

軽く、肩をすくめる。そんな仕草も、アルフレッドは様になっていた。

「それで、そーいう話し方の方が素なんですか？」

「まあ、そうだな。必要に応じて使い分けている」

「それなら、俺には素の方でお願いします」

ここぞとばかりに、悠真は希望を伝える。頻繁に顔を合わせるなら、かしこまっていない方がいい。

「先ほどまでの私は、お気に召しませんか？」

「っていうか、緊張するんで」

年上からの丁寧すぎる対応は、落ち着かない。

「それになんか、うさんくさかったんで」

綺麗な微笑《ほほえ》みと口調で繕われたアルフレッドは、どこか作り物めいている。むしろ完璧な対応で境界線を引き、壁を作っているようにも見えた。

大人なんて皆多かれ少なかれ、本音と建前を使い分けているのだろうけれど。

ふはっと、アルフレッドが吹き出す。困惑する悠真をよそに肩を揺らして、くつくつと喉を鳴らし楽しげに笑っていた。

「あの……？」

「うさんくさいとか、初めて言われた」

声に、笑いが滲《にじ》んでいる。うっかり考えなしに口にしたが、失礼な物言いだったと悠真は気づいた。

「ごめんなさい？」

けれど怒るどころか笑っているので、自然と謝罪の言葉も曖昧になる。やがて深い息を吐いて、アルフレッドは笑いをおさめた。

「気にしなくていい。俺にも、楽に話してくれていいから」

素の表情は、やわらかい。そっと悠真は肩の力を抜く。気を遣うばかりではなく、向こうの世界と同じように話せる相手ができて、少し気が緩んだ。

「エドワードの対応に合わせていたんだ」

「えっと、エドワード、殿下？　もそんな感じ？」

あの容姿で、粗雑な口調は違和感がすごくもあるが。

「いや、ほぼあれが素だな」

まじか、と悠真は心の中でこぼす。しっくりくるが、ますます同じ歳《とし》には思えない。

「……っと、そろそろハルの鑑定してもらうのに、行かないとだな」

鑑定、と思い出した途端、悠真は浮き立つ。小さく笑ったアルフレッドが足を止めた。

「その前にひとつ。気をつけてほしいんだけど。そこに兵士が立ってるだろ」

視線で促された先に、先ほども見かけた鎧を身につけた人が立っている。軽く悠真が頷くと、アルフレッドが言葉を継ぐ。

「境界線なんだ。こちら側は主に王族と、許可された人たちしか入れない区域。だからこちら側には危険はないはずだけど――」

「ここからは立ち入り禁止です」

不意に制止を促す声が響き振り向くと、視界にショッキングピンクが飛び込んでくる。悠真は一瞬ぎょっとして、布の塊が動いていると驚いたが、ひらひらと幾重も布が重ねられ大きく膨らんだドレスだった。

「アルフレッド様！」

甘ったるい声が響く。ドレスと同じような色の唇が、浮いて見えた。

ぱたん、と悠真は瞬《まばた》きする。満面の笑みで境界線を越えようとした緋色《ひいろ》の髪の女性は、制止に従わないばかりか眉をつり上げ文句を言っていた。

彼女の行動が非常識なことくらい、悠真でもわかる。王族の居住区に、安易に入れるわけがない。職務を全うする兵士に対して理不尽に声を荒らげている姿には、唖然《あぜん》とするしかなかった。

それに加えて――ついまじまじと見てしまう。今まで悠真が接したことのある女性は、身の回りの世話をしてくれる人ばかりだ。皆上品で落ち着いていて、メイド服を着ている。だから着飾った女性を初めて見た。

身につけた宝石の煌めきもあり、目を見張るほど派手だ。化粧も濃くケバい。おまけに、傲慢さが顔に滲み出ている。絶対に近づきたくない相手。そんな印象を悠真は強く受けた。

「アルフレッド様！　この兵士に無礼だと言ってくださいまし！」

決して通そうとしない兵士に、埒があかないとアルフレッドへ声を上げる。甘えるような視線が、そばにいた悠真を捉えた途端ぎょっとした。

それを怪訝《けげん》に感じるより先に、アルフレッドが身体で悠真を隠す。毒々しい姿が視界から消えた。

「ハドソン伯爵令嬢、また迷われたのですか？　こちらへは立ち入り禁止だと再三伝えたはずですが」

表情を消したアルフレッドが目を細め、冷えた低い声で苦言を呈す。けれど声をかけられたことで、ぱっと表情を明るくした。

「ミュレットとお呼びください！　考え事をしながら歩いていたら、ついうっかり」

　絶対に嘘《うそ》だ。色々疎い悠真でもわかる。

「サロンまで、送ってくださらない？」

　なぜここでこんなことが言えるのか、悠真は心の底から理解できなかった。

「きみ、送って差し上げて」

　興味がない姿勢を崩さず、引き留めていた兵士の一人にアルフレッドが指示を出す。は、と短く了承の意を返すと、ミュレットを促した。

「アルフレッド様！」

　それでもわあわあ騒いで、ミュレットはその場を離れようとしない。アルフレッドはもう完全に無視を決め込んで、ちらりとも見なかった。

「ごめん、少し遠回りになるけど」

　捕まりたくないんだ、とげんなりした声を隠しもせず、悠真の耳元でこそりと告げる。アルフレッドが申告しなければ、城内を把握できていない悠真にはわからない。あえて言うのだから誠実な人だ。

「モテますね？」

「嬉《うれ》しくないよ」

　うんざりした声だ。日々の苦労が窺《うかが》えた。

「さっきの話の続き、まあ、なんとなくわかったと思うけど、向こうは交流用のサロンもあって、手続きを踏めば貴族なら誰でも入れるから、絶対に一人では行かないでほしい」

　即、悠真は了承する。絶対に行かない。むしろ一人でなくても行きたくない。見初められることはないだろうが、理不尽に話が通じない系に絡まれたらと、想像しただけでぞっとした。

「それと伝えそびれていたけど、この国含め周辺諸国では、黒髪黒目は珍しいんだ」

「ええ」

　驚愕《きょうがく》の事実だ。

「だから黒髪黒目の人は特別な存在だって、すぐにわかる」

　決して、その他大勢にはなれないということだ。どこにでもいる、男子高校生ではなくなってしまった。正直嬉しくない。

「さっき、見られたのまずかった？」

「いや、もう高位の貴族と城勤めの者は知っているから、問題ないよ。その辺に周知しなければ、ミオ様もハルも、自由に動けないからね」

　伝えられたのは聖女召喚の成功と、巻き込まれた人物を保護していること。あの場にいた者たちには、箝《かん》口令《こうれい》が敷かれていると言った。

　情報を得られ、わきまえている貴族はいいが、それ以外が問題らしい。何をするかわからないので、悠真と澪への接触を避け、警戒しているようだった。


「ここだよ」

　話を聞いている間に、鑑定の間へ到着する。扉の前には護衛らしい人が数人控えていて、物々しい。

　気軽な鑑定だと思い込んでいた悠真は戸惑いながら、開かれた扉から中へ足を進める。空気が、変わったような感覚を覚えた。

　広間と言ってもいい部屋の中にはすでにジェデオンが待っていて、なぜか澪の姿もある。袖が少し膨らんだ白いブラウスに、ふわりとしたスカートはくすんだ紫色で、大きめなリボンが腰で結ばれていた。

　見た目だけは、相変わらずお嬢様感がある。傍らには、エドワードが控えていた。

　自然と、悠真の唇からは息が洩《も》れる。物々しさの原因がわかった。

「澪も来たのか」

「もちろん。面白そうだもん」

　隠さない興味津々さが、澪の瞳に滲み出ている。この部屋に足を踏み入れた瞬間、厳かな空気を悠真でも感じたのだから、本来はそんな理由で見学できるものではないはずだ。けれど、咎《とが》める者はいない。部屋の顔ぶれを見る限り、澪はそれで許されるのがわかった。

（振り回されて、苦労しそうだよな）

　理不尽な我侭は言わないだろうけれど、これからもきっと、面白そう、で行動の多くを決める。それに振り回されるのは近しい人たちだ。同情はしない。

　澪が努力をして、ひそかに立てていた将来設計を狂わせ楽しみを奪ったのだから、苦労も甘んじて受け入れてもらうしかなかった。

「ハル殿、こちらへどうぞ」

　静かな笑みをたたえたジェデオンに促された先、一段高いところに台がある。その上に、存在感のある大きなクリスタルが置かれていた。

「軽く触れてください。特に違和感等はありませんので、ご安心ください」

悠真は躊躇なく、言われるまま触れる。少しひやりと冷たい。そのまましばらく待っても、なんの変化も表れなかった。

「えっと、まだですか？」

いつまでこのままでいればいいのかわからず、悠真は尋ねる。ジェデオンを窺うと、困惑したように眉を下げていた。

「すみません、ここまでなんの反応もないのは珍しくて」

「え」

「属性も、魔力もないようです」

「……まじかよ」

衝撃の事実に、愕然とする。自分で思うより期待していたことに、悠真は気づいた。

「せっかく魔法がある世界なのに……」

クリスタルから離れ、とぼとぼとアルフレッドのそばに戻る。テンションが一気に落ちた。

「そう気を落とすな」

「無理だって」

差し出されたおもちゃに手を伸ばした途端、奪われた気分だ。手に入るかもと期待してしまった分、落胆は大きい。

「ほんの少し使えたら、満足すんのになぁ」

自然と、唇から嘆きがこぼれた。

「……まあ、方法がないわけではないが」

ぼそり、と呟《つぶや》かれたアルフレッドの声は悠真には届かない。澪の上げた声に遮られた。

「なにこれ、きれい！」

「すごいですね」

感嘆の声を、ジェデオンが洩らす。先ほどは腹立たしいほど無反応だったクリスタルが、今は万華鏡のようにきらきらと虹色に輝いている。まばゆさに悠真は目を眇めた。

「もう、手を離していただいて結構ですよ」

「あ、はい」

クリスタルから手が離れると、次第に輝きはおさまっていく。違いは一目瞭然。本当に聖女だったんだと、悠真は感心した。

「聖属性を含めた、全属性に適性があります」

なるほど、と呟く澪の表情は嬉しそうだ。

「すごいことなんだよな？」

　こっそり、アルフレッドに尋ねる。ええ、と肯定され、悠真は感嘆の息を洩らした。

　羨む気持ちはない。未知への憧れのようなもので魔法を使ってみたくあったが、悠真には適性がないのだから仕方がない。多少の複雑さ――主につまらない、があるだけだ。

「色々できそうだね！」

「ええ」

　僥倖《ぎょうこう》ですとエドワードが頷いているが、悠真の予想では認識に齟齬《そご》がある。唇の端を引き上げ楽しそうに思案している澪は、絶対に何か目論《もくろ》んでいる。

　何が僥倖だ。悠真からすれば、懸念材料が増えただけだろ？　なのだが、それを指摘して、澪に文句を言われたくなかった。

　静観。選ぶ選択肢は、それだ。

＊

「え、騎士団の訓練見に行ってきたの!?」

　優美に整えられた、時間がゆったり流れるような静かな庭園に、澪の素っ頓狂な声が響く。

　魔力ゼロ。適正ゼロで、悠真が肩を落とすことになった鑑定の間から場所を移していた。

　同じ顔ぶれで、席に着いている。遠慮しそうなアルフレッドは、悠真が隣へ座るよう促した。

　テーブルの上には手軽に口にできる軽食と、女性が好みそうな菓子が並べられている。目でも楽しめるそれらに口元を綻ばせていた澪が、何気なく悠真が口にした出来事に、さあっと表情を変えた。

「ああ。澪は行って――ないみたいだな」

「行ってないよ！　重要そうなとこざっと教えてもらって、庭園を散歩した後バラ園行ってお茶して、図書館に結構長い時間いた。以上！　で、騎士団どうだったの？」

　すごい喰《く》い付きだ。目がきらきらと輝いている。確かに、悠真も騎士団の訓練が一番興味を引かれた。

「新人騎士が、真剣で打ち合い訓練してたんだけど」

　あの迫力を思い出して、ふわりとテンションが上がる。迂闊《うかつ》に近づきすぎたせいで、早々に切り上げることになったのが残念だった。

「その剣が飛んできてさ」

「えぇ⁉」

「アルフレッドがさっと前に出て、剣で打ち払ってくれたんだ。とっさにあーいうことできんの、すごいよな」

　思い返しながら話していると、澪がぷるぷると肩を震わせている。うっかり危機感なく話していたが、聞く人によってはぞっとする出来事かもしれない。怖がらせたかと、悠真は慌てた。

「ケガとかないし！」

「すみません、ハルを危な――」

「ずるくない⁉　私もそれ見たかった！」

　護衛を兼任しているアルフレッドの謝罪を遮って、澪が叫ぶ。とっさに理解が追いつかないらしく、アルフレッドは困惑したように動きを止めた。

「危なかったって話じゃ、ない？」

「なんでよ。守ってもらったんでしょ。ハルずるいー」

　そのずるいは、どこにかかっているのか。

　うっかり訊くと、全部、と言いそうな剣幕だ。藪《やぶ》をつついてはいけない。

「……見に行けばいいだろ」

　無難な提案を口にする。悠真だって、あっさり案内してもらえた。訓練は、大抵毎日しているはずだ。

「女性が行く場所ではないですよ」

　会話のキリがいいところで、エドワードがさりげなく窘《たしな》める。連れていくことに気乗りしないようだ。美しい顔に憂いを滲ませている。世の女性はきっとこの表情を目にすれば、気遣われているのだと喜び撤回するのだろう。

「ハル、一緒に行こう！」

「俺？」

「ハルが一緒なら、アルフレッドさんも来るでしょ。護衛がいればどこ行ってもいいって言われてるし」

　ね、とにっこりと笑って、澪が告げる。

　さすがだ。渋るエドワードを説得するなんて選択肢は、澪にはないらしい。さくっと切り捨て、瞬時に代わりの手段を考え見つけ、選んだ。

「アルフレッドさんも、いいですよね？」

「ハルが行くなら、お供します」

　満足そうに、澪は頷く。

「楽しみだなぁ」

　ふふ、と吐息で笑って、優雅にカップを口元へ運んだ。

いつの間にか、行くことが決定している。手際の良さに感心していいのか、呆れていいのかわからないが、悠真もまた行きたいと思っていたのだから否はない。

予定は勝手に立ててくれと丸投げして、悠真は具材の挟まれたパンへ手を伸ばした。

「ミオ様は剣術にも興味が？」

「はい！　あ、見たいだけですけど」

ジェデオンの疑問に澪が答えると、エドワードが安堵したような表情を見せる。そこから広がる他愛《たわい》のない会話に悠真は入らず、黙々と口を動かす。非現実な事柄ばかりの中でもしっかり腹が減るのだから、衣食住が保証されているのはありがたかった。

「ハル、甘いものは嫌い？」

「それなりに食べる。けど、もうちょっと食べてから」

菓子類には手を伸ばさない悠真に、アルフレッドがキッシュを取り分けながら首を傾げる。先ほどから、悠真の皿に好みそうなものを乗せてくれていた。

「アルフレッド、ハル殿に対するその話し方はなんだ」

「ああ、騎士団のとこ行った時にバレたんだ」

「それはそれは……思ったより、早かったですね」

二人は素のアルフレッドを知っているようだ。エドワードが苦言を呈す横で、ジェデオンが苦笑している。

「だからって、それでいいわけがないだろう」

「あ、俺がその方がいいって言ったんで」

眉を寄せるエドワードに、慌てて悠真は声を上げた。悠真の希望のせいで、迷惑をかけるのは申し訳ない。

「ハル殿が希望したのなら……」

不承不承とわかる顔で、エドワードが引き下がる。

ほっとして、悠真は食べかけのマフィンを手に取った。これが想像以上に美味《おい》しい。気に入ったのがわかったのか、アルフレッドが自分の分を悠真の皿に乗せてくれた。

素直に礼を言う。

「なんか、ハルとアルフレッドさん、仲良くなった？」

え、と微《かす》かな声をこぼして、悠真は手を止める。ちらりとアルフレッドの方を窺うと、澪の疑問には答えず笑顔を返された。

「……の、か？」

曖昧に答えて、悠真は首を傾げる。是も非も、自信を持って言える答えは持っていない。言葉も態度も、当初より気安いものにはなったが、仲良くなったと断言できるほど、関係に変化はなかった。

だいたい会話らしい会話をしたのは今日が初めてだ。

「ふうん」

「なんだよ」

「んーん」

意味深に笑い、その応えはくれない。さっとエドワードに話しかけ、話題を変えてしまった。

「そうだ。家庭教師が明後日から来てくれることになった。しばらくは二人一緒で、様子を見て対応することになる」

澪と共に了承する。勉強することになるのに、不思議と億劫《おっくう》な気持ちはない。必要に迫られているのもあるが、異世界、という未知の世界に対する興味の方が勝っているようだ。

「今更だけど、なんで言葉がわかるんだ。異世界の共通言語がまさかの日本語？」

「それ、私も疑問に思ってた。図書館に行ったって言ったでしょ。どの本も知らない言語で書かれてて、でもね、わかるの。不思議な感覚だった」

「そうなのか？」

初めて知る事実だ。そういえば、悠真はまだ文字を見たことがない。

「それはですね」

疑問に、ジェデオンが答えをくれる。召喚時に使用した魔法陣に、言語理解の魔術式を組み込んでいたので、この世界に渡ると同時に聞き取れるようになり、話せるようになっていたらしい。

そんなことが可能なのかと驚き、他の言語でもできたら苦労しないなと、悠真はひっそりと考えた。

「なんとなく、ハルの考えてることわかるかも」

「うっせぇ」

勉強なんて、必要に迫られてしているだけだ。楽ができるなら、楽がしたい。そんなスタンスでいる悠真の成績は当然良くはない。けれど、悪いわけでもない。勉強するなら、身体を動かす方が好きだった。

「はい！　ここでハルに残念なお知らせです」

残念と言いながら、口元が笑っている澪に嫌な予感がする。

「……なんだよ」

「この世界の人が話してることはわかるし、文字だって見たことないけど読める。ここまではいい？」

「おう」

「だがしかし！　書けないんだな、文字が！」

笑っちゃうよねぇと嘆息した澪の台詞《せりふ》を理解した途端、悠真は顔をしかめた。

「いやでも、書けなくてもよくね？」

読めるのなら、差し迫って困ることはない。

「ミオ様もハル殿も、書類への直筆サインや、何かしらの記載を求められることもあるので、正しく文字が書けないと困るかと」

「あー……わかりました」

ジェデオンの台詞にがっくりと、悠真は肩を落とす。残念なことに、逃れられなかった。

けれど考えてみれば、英語の勉強から逃れた分、こちらの言語を勉強すると思えばプラマイゼロだ。むしろ読める分、プラスからのスタートだ。

「文字なら、俺も教えてやれるよ」

ありがたいアルフレッドからの申し出がある。苦手意識は奥へ奥へと追いやって、悠真は新しい言語の習得を決めた。

＊

眠りに落ちていた意識が、唐突に浮上する。ゆるりと瞼《まぶた》を上げ、悠真が視線を流した先の窓の外は、まだ夜の名残があった。

けれど、ぱたぱたと数度瞬きしただけで、わずかに残っていた眠気はあっという間に飛んでいく。二度寝は、できそうにない。テレビもゲームもないこの世界では時間を持て余し、昨夜も早々にベッドに入ったので、明らかに寝すぎだ。

ベッドに横になったまま、悠真は耳を澄ませてみる。昨日はかなり遅くまで寝ていたので、今日は朝食の時間になれば遠慮なく起こしてほしいと頼んであった。

物音も、人が動く気配もない。静けさに包まれていた。

呆れるほど、極端な起床時間だ。この世界に来て日が浅いので、どのくらい待てば人が動き出すのかわからない。わずかに思案して、悠真は身体を起こす。

ベッドから下りると、洗濯後たたんで置かれていたジャージに着替えた。

持ち込めて良かったと、思えるもののひとつだ。脱ぎ着が楽で動きやすい。こちらの世界にはないようで、着ていると目立ちそうではあるが、異世界人だと認識できて、不審者と誤解されない目印にはなりそうだ。

そろり、と扉を開け、部屋を後にする。部屋の前に護衛が立っているなんてことはなく、誰にも咎められることなく抜け出せた。

その足で教えてもらった庭園に向かってみる。途中誰かに会い止められたらおとなしく部屋に戻るつもりでいたが、難なく着いてしまった。

深く、肺に新鮮な空気を吸い込む。早朝には独特の空気がある。それは異世界も同じようで、少しひんやりした空気が心地好かった。

散歩より走りたいと思いつつ、悠真はのんびり足を進める。こうして庭園だけ見ていると、広すぎはするけれど絶対にない景色ではない。異世界にいるのが嘘のようだ。

帰りたい気持ちはあるが、この世界を嫌ってもいない。内心は窺い知れないものの、良くしてもらっている。元々悠真は召喚に対し、強い怒りを持っていたわけではないので、気持ちも軟化するというものだ。

現代日本に近い生活環境のせいもある。過去にも何かしたのか、あったのではないかと推測している。けれどそのおかげで、トイレと風呂に困らない。下着もまぁ、許容範囲だ。

お好きなものをといく種類か並べられていた下着の中に、ヒモパンがあったのは見なかったことにした。その直後、生地が透けているのを見つけ愕然とした。どういうことだ。

突っ込む相手も確かめる相手もいないので、悠真は疑問がくすぶっている。

そんなとりとめのないことをつらつらと考えながらのんびり歩いていると、悠真が昨日予想した通りに迷子になった。

「どこだ、ここ」

ぼそりと呟くが、当然応えはない。庭園の中にいることしかわからなかった。

失敗した。少しくらいなら、なんて安易に考えていた数分前の自分を全力で止めたい。

庭園なんて、見回しても目に入るのはほぼ植物で、観光地ではないので順路の看板などあるわけがない。ここまで広いとは思っていなかったのが敗因だ。

いつの間にか空は明るさを増していて、悠真は本格的に焦り始める。楽観的な性格ではあるが、黙って部屋を出てきた事実があった。

もぬけの殻になったベッドを見たアガットが、部屋のどこにもいない悠真に青くなっていないことを祈るしかない。今更ながら、非常に申し訳ない気分になってきた。

誰かに助けを求めようにも、見事に誰もいない。こんな時スマホが使えたらと思い、便利なものをずっと当たり前のように手にしていたことを知った。

おとなしく留まっているか、もう少し歩いてみるか。迷い悠真が足を止めていると、忙《せわ》しなく駆ける足音が聞こえた。

「ハル！」

振り返るより先に、名前を呼ばれる。その声に、悠真は気持ちのこわばりがほどけた。

息を軽く乱し現れたのは、昨日より軽装のアルフレッドだ。それでも帯剣はしていた。

「おはよ。アルフレッド。えっと、ごめん！」

間違いなく、探させている。口にする順番を間違ったと、慌てて悠真は謝罪した。

はあ、と深い息をアルフレッドが吐き出す。よかった、と呟く声には切実さが滲んでいた。

「ハルがいなくなったって、かわいそうなくらい焦って取り乱したアガットが、知らせに来たから驚いたよ」

「ほんとごめん。アガットにも後で謝るよ。目が覚めたから、散歩に出ただけなんだけど……」

迷子になった、と言外に含ませる。それはしっかりと伝わって、アルフレッドに苦笑された。

「そろそろ朝食だよ。部屋に戻ろう」

「ん、探しに来てくれてありがとう」

感謝を伝えると、ふ、とアルフレッドの口元が緩む。

「どういたしまして」

そして何かに気づいたような顔をして、微笑んだ。

「おはよう、ハル」

律儀に、朝の挨拶を返してくれた。

戻ってすぐに、悠真はアガットに謝る。何事もなく無事でよかったと安堵され、夜でも早朝でも気軽に出かけられる日本ではないのだと再認識した。

「明日からは、早めに来るよ」

「え、いいよ」

「俺がいないと、どこにも行けないだろ」

「もう黙って抜け出さないって。絶対」

　そんなやりとりをアルフレッドとしている傍らで、朝食が並べられていく。相変わらず豪華だ。量は昨日の悠真の訴えを聞き、さすがに減らされていた。それでも充分に多い。今は身体を動かしてもいないので、全部食べれば昨日に続き食べすぎだ。

「アルフレッド、朝食は？」

　昨日と同じ椅子に腰を下ろしたアルフレッドの前には、香り高い紅茶の湯気が揺れるカップだけが置かれていた。

「食べないことが多いから」

　食べていないということだ。間違いなく原因は悠真だ。わずかに思案して、アルフレッドを呼ぶ。

「朝は、しっかり食べた方がいいよ」

　食べやすくカットされたサンドイッチを取ると、手を伸ばしアルフレッドの口元へ運ぶ。唇に押しつけてしまえば、食べないわけにはいかない。

　してやったりと、悠真が口元を緩めた瞬間、いつも空気に徹しているアガットが、息を呑んだ気配がする。反射的に悠真が視線を流そうとした瞬間、ぱたん、と瞬きしたアルフレッドが唇を開いた。

　それに意識が引き戻される。並びの綺麗な白い歯がサンドイッチに立てられ、一口分が消えた。

　なぜか、小さく鼓動が跳ねる。ふ、とアルフレッドの瞳がやわらかく緩み、色が深みを増すのが少し近い距離で見えた。

　仕掛けた悠真の方が、動揺している。なんとなく悔しい。何に張り合っているのかもわからないが。

「ハルが食べさせてくれんの？」

　今はもう差し出していないのに、形のいい唇をまた開くので悠真は戸惑う。すぐに、くく、と笑い出すアルフレッドに、からかわれたと気づいた。

　仕返しかよ、と悠真は眉を寄せる。案外、アルフレッドはいい性格をしていた。

「いや、ハルはこういった愛情表現に慣れてるのかなってさ」

「え、愛情表現、になるのか？　初めてやったよ。こうしたら食べてくれると思って」

「ふうん、他でするなよ」

「しないよ」

冷静に考えてみれば、かなり恥ずかしいことをした。客観的には、何してんだこいつ、でしかない。バツの悪い思いで、一部始終を目撃しただろうアガットの方を悠真は見られなかった。

「で、俺には食べさせてくれんの？」

蒸し返すのはやめてほしい。切実に。

「好きなのを自分でどうぞ。食べきれないんで」

残念、というようにアルフレッドが肩をすくめる。

「なら、少しもらおうかな」

差し出された手にアルフレッドの食べかけのサンドイッチを渡して、平静を装い悠真も違うサンドイッチに手を伸ばした。

食べながら、明日以降の予定を聞く。

朝食は今くらいの時間で、午前中に必要な知識を学び、午後からはマナー等を学ぶ。

どうにもならない予定が入らない限りは、アルフレッドが付き添うらしい。

仕事はいいのかと尋ねると、これも仕事のうちだと言われる。それなりに融通が利くから、なんて軽い声で言われるが、どこかで無理をしていそうだ。

それこそ、食事を抜いて。

「アルフレッドも、ここで食べたら？」

「は」

「俺とほとんど行動を共にするんだしさ」

その方が、効率がいい。悠真としても話し相手ができる。まだ知り合って日も浅いが、アルフレッドといる時間に気詰まりは感じなかった。

「……あ！　食事まで俺と一緒だと、アルフレッドの気が休まらないか」

またよく考えないで口にしてしまい、悠真は反省する。アルフレッドも同じだと決めつけるのは良くない。食事中くらい仕事から離れ、ゆったりしたいはずだ。

「そんなことはない」

「ほんとに？」

「ああ」

「……それなら、一緒に食べるってことでいい？」

気を遣われた可能性もあったが、アルフレッドの言葉をそのまま受け取ることにする。一人で取る食事は、どこか味気なかった。

「ああ。そうするか」

自然な笑みでの了承を得て、悠真はほっとする。気を取り直しスープに手を伸ばそうとすると、部屋の扉をノックする音が響いた。

すぐにアガットが対応に出る。澪からの使いで、お茶と騎士団の訓練見学へ、悠真を誘うものだった。

昨日の今日かよと、澪の行動の早さに呆れる。返事を訊かれ、アルフレッドに了承を得てから、行く旨を伝えてもらうことにした。

どうせやることも、やりたいこともない。時間を持て余しているので、悠真に断る理由はなかった。


朝食の後着替えを勧められたが、悠真は断る。これから会うのは澪だ。ジャージ姿だろうと問題ない。むしろ身体を動かすには都合がいい。騎士団の鍛錬場に行くのだから、その隅で少しくらい――なんて、悠真はひそかに考えている。通常の訓練の多くは、木剣を使用していると言っていた。

指定された時間には余裕があったので、昨日行けなかった場所を中心に案内してもらい、頃合いになると庭園の方へ向かう。今朝悠真が迷子になったばかりの庭園とは別の所で、花を愛でるのにいいよとアルフレッドが教えてくれた。

それに曖昧に頷く。花を愛でながら庭園でお茶など、悠真のガラではなかった。

「きっと、焼き菓子もあるよ」

微かに笑いを含んだ声が、追加で教えてくれる。花より団子なのは、お見通しのようだ。

優しい日差しが降り注ぐ宮殿の外に出ると、花を揺らしていた風が頬をくすぐる。昼寝をしたら気持ちよさそうだと、情緒のないことを悠真は考えた。

「ハル！」

そう歩かないうちに名を呼ばれる。足を止め振り向いて、悠真は瞳を瞬いた。

「早かったね」

「ああ、って……なんでそんな格好してんだ」

「かわいいから」

ああそう、としか言えない。悠真が訊いたのは、そこではなかった。

「澪……それ、メイド服だよな」

周囲に流れる空気を読んで、悠真は服装に言及する。澪が今身につけているのは、悠真の身の回りを世話してくれる、アガットと同じ服だ。

ロングワンピースに白いエプロン姿はシンプルだけど上品で、クラシカルな雰囲気が漂う。澪の容貌と相まって、清楚《せいそ》な印象を受けた。

「そーだよ。似合う？」

くるりと回って、スカートを指先でつまんで軽く持ち上げる。似合ってはいるが、だからそこではない。

「そこはドレスとかじゃないのか」

「もっと、ハル様からも言ってください」

澪の後ろに控えていた侍女が、声を上げる。表情に、必死さが滲み出ていた。

「え、と、何を」

「メイドの格好などやめるようにです。聖女様がこのような格好など」

「いいじゃない。動きやすいの」

聞けば用意されていた多くの服は、ぴらぴらっとした、いかにものドレスだったらしい。せっかくなので一度は着てみたが、動きにくいし苦しい。短時間でうんざりしたと言った。

まぁ、そうだろうと納得する。現代日本ではドレスなど馴染みのない服装だ。普段着には召喚時に着ていた制服を着ると言ったら、それはと渋られたらしい。女性が足を出すのは、この世界ではありえないようだ。

面倒くさいと、澪が嘆息する。

「うちの学校の制服、かわいいって有名なのに」

噂《うわさ》は、耳にしたことがある。偏差値もかなり高いので、着てみたい、を含め、悠真の通う高校でも話題になることがあった。

「澪の好きにさせといていいと思います、よ？」

侍女へ向かって、悠真は苦笑する。このことで侍女が叱責されるようなら、澪はフォローを入れるはずだ。

「てか、ハルはなんでジャージなんて着てんの」

庭園に用意されていた席に着きながら、今度は澪が悠真の服装に言及する。席は二つだけで、アルフレッドを窺えば、空いている席へ座るように促されていた。

二人で気軽にどうぞ、という気遣いらしい。

「こっちに喚《よ》ばれたの学校帰りだったろ。だから持ってたんだよ」

「いいなぁ」

「いいだろ」

「それ貸して」

「やだよ」

身体を動かす時に、着るつもりでいる。もう少し環境に慣れたら、どこか走れる場所を探すつもりだ。

「だよねぇ」

あっさり澪は引き下がる。言ってみただけのようだ。

「メイド服にしとく」

「いいのか、それで」

先ほどの反応を見ると、反対されそうだ。

「いいんじゃない？　あ、ハルもメイド服着てみる？」

「着ねぇよ」

ろくでもない提案だ。断固拒否する。

「えー、似合いそうなんだけど」

「似合うか！　だいたい似合っても嬉しくねぇし」

つまんないなぁと、不満そうに澪はティーカップを口に運ぶ。それに倣うように悠真も手を伸ばすが、場違い感が拭えない。庭園で本格的な紅茶を飲むなど、縁がないどころか考えたこともなかった。それに加え今は、澪はメイド服姿で悠真はジャージ姿だ。

美しい庭園に用意された、テーブルの上の高級感あるティーセット、美しい小ぶりの焼き菓子、そこだけ切り取れば優雅な光景だが、全体を見るとちぐはぐ感が強く、面白空間になる。優雅からはほど遠い光景だ。

「服もアレだけどさ、こっちの下着もすごくない？」

「何がすごいか知らねぇ」

ぱっと浮かんだのはヒモパンと、透けた下着だ。けれどそれはすぐに、頭から追いやった。

「え、見る？」

「見せられても困る」

なんでよ、と不満そうにされる意味がわからない。これからできるだろう特別な相手にだけ見せてくれと、悠真は言いたかった。

「きゃっきゃうふふしたいんだもん」

「知るか」

「冷たいよ、ハル。お風呂にも一緒に入った仲じゃない。下着くらいなんだっていうのよ」

「いくつの時の話だよ」

なんとなくしか覚えていないような、子どもの頃だ。頻繁に家を行き来していたので、泊まることも珍しくなかった。

とはいえ、うっかり誰かに聞かれたら、誤解されるようなことを言わないでほしい。

「そーいや、殿下は？」

さっさと、話題を変えるのが一番だ。

絶対についてくると予想していた、エドワードの姿はない。急ぎで片付けなければいけない執務があって、今日は朝に顔を見せただけだと澪は言った。

「忙しいなら、挨拶もいらないのに」

テーブルに頬杖《ほおづえ》をついて、澪はぽつりと呟く。本当に、どうでもよさそうだった。けれどエドワードの立場的に、そうはいかないのだろう。

「目の保養とか言わないんだな」

「ん？　ああ、殿下ね。まあ、キレイな顔してると思うけど」

　含みのある言い方だ。

「けど？」

「足りない」

　端的に返ってくる。余計に疑問符が頭の中に増えた。

「何が？」

「相手が」

　ん？　と、悠真は眉を寄せる。意味がわからない。

「単品萌《も》えするほどじゃないんだよね」

　よろしくない方向に、話が行った。迂闊に振った話題を悠真が後悔していると、近づいてくる人影が視界の端に映った。

「焼きたてのお菓子をお持ちしました」

「ありがとう……え」

　声の方を向いた澪の目が、丸くなる。その直後、悠真も目を丸くした。

　艶やかなシルバーグレーの、毛並みのいい耳が揺れる。肩までのふわふわな髪の色も同系色で、目はくりっと丸い。くぅ、と澪が息を呑んだ。

「ねこ、みみ？　え、そしたらしっぽ……は」

「あ」

　澪の呟きに、しまった、と言わんばかりに菓子を運んできたメイドが顔を青くした。

「も、もうしわけありません」

　唐突に、震える声で謝罪され、悠真は澪と顔を見合わせて首を傾げる。謝られるようなことはされていない。むしろまじまじ眺める悠真たちの方が失礼で、謝るべきだ。

「えっと……」

　当惑していると、気づいたアルフレッドが駆け寄ってきた。

「何かありましたか」

「いや、猫耳だなって」

つい反応してしまっただけだ。

「……ここには獣人の使用人もいるのですが、気分を害しましたか？」

「まったく！」

「ぜんぜん！」

澪と示し合わせたように声を上げる。

気分を害す、理由がわからなかった。

「なんか、異世界だ」

頭の悪そうな感想を呟く程度には、悠真はテンションが上がっている。

「リアル猫耳すごいな」

びくびくしているところが、警戒している猫のようだ。

「うわぁ、もふりたい！　あの耳なに、ぴこぴこ動いてるよー！　かわいい」

「触ったらだめかな」

意識せず、澪の呟きに答えるように悠真は心の声がこぼれる。

「ハルはだめでしょ。女の子だもん。その上この城の客人とか、セクハラ待ったなし」

「わかってるよ」

けれど、あきらめきれない。

「私付きのメイドにしちゃだめかな」

「理不尽な人事の強要はやめとけ」

「そうだよね」

澪と悠真のやりとりに、獣人のメイドは目を白黒させる。傍らに立っているアルフレッドも、状況を理解した途端表情を緩めて、今は笑いを堪《こら》えていた。

「ね、ね、お名前は？」

「ミ、ミミと申します」

勢いに呑まれていたミミが、我に返り丁寧に挨拶をする。所作が綺麗で、王宮に勤めているだけあった。

「ねぇ、ちょっとだけ、触ってもいいかな？」

たっぷりの期待を込めた眼差しを、澪がミミへ向ける。手がもう、撫《な》でようと不自然に動いていた。

「は、はい」

「やったぁ！」

即座に手を伸ばし、揺れる耳に触れる澪に、悠真は羨む気持ちが強くなる。どう見ても、手触りは最高そうだ。

「アルフレッド」

男の獣人ならワンチャンあるかもと、乞うような視線をアルフレッドへ向けるが、静かに首を振られる。存分に撫で回す澪を、悠真は恨めしく眺めた。

　王城内に、獣人はそれなりにいるらしい。多くは身体能力の高さから、騎士団に所属している。触ろうとしないことを約束して、アルフレッドから聞き出した。

「気性の荒い者もいるので、触ろうとするなんて絶対にだめだよ」

　追加でクギも刺される。ハルはもう少し色々と危機感を持った方がいいと、苦い顔をされた。

「そうなんだよねぇ」

　澪にも同意されたのは解せない。これでもかと、目の前でミミを触っていた。

「猫、触りたい」

　一度意識してしまえば、動物の柔らかな毛並みに触れて、これでもかと撫でたくなる。本物の猫なら許されるだろうと、広い王城内、どこかにいないのかと尋ねてみたが答えは芳しくない。ここでも望みが薄いことに、悠真はうなだれた。

　猫に限らず動物は好きなのだが、昔から縁がない。姉にアレルギーがあったので、家では飼うことができなかった。通学路で時折見かける野良猫は警戒心が強く、近づくことさえできない。

　あまりにも悠真がしょげる姿が哀れに見えたのか、使い魔としての猫なら、いないこともないとアルフレッドは教えてくれる。ただ、触らせてもらえるかはまた別の話らしい。

「その使い魔って、誰でも手に入れられるものです？」

　澪が、興味を示す。

　俺も欲しいと、悠真は顔を上げた。

「強い魔力があって、魔法陣が描けるようになれば」

　わずかな期待も、あっという間に霧散する。

「私でも？」

「聖女様なら、神獣とも契約できるはずです」

「へぇ。もふもふしてる？」

　シンジュウってなんだ？　と疑問に思う悠真とは違い、澪が気になるのはそこらしい。

　ええ、とアルフレッドが頷いた。

「フェンリルはお好みに合うかと。その、少し大きいかもしれませんが」

「おっきいもふもふですと⁉」

　ぱあっと、澪が表情を明るくする。正確に、意図を汲《く》んでいた。

「ハル、待っててね。もふもふ手に入れるから！　そしたら思う存分もふっていいよ」

　それが一番の近道かもしれない。急がば回れ。

「期待しとく」

　どうやって手に入れるのかは、まったく想像もできないけれど。

「明日からの、学習の中で学べますよ」

　さりげなく、アルフレッドが学習の意欲を高めてくる。さすがだ。異世界ならではの色々に、悠真は興味がわく。魔法は使えなくても、間近で見られるのは楽しみだった。

　少し冷めてしまった菓子を食べ、ファストフードのテーブルで充分な、騒がしい茶会を切り上げる。その足で、騎士団の鍛錬場へ向かった。


　着いた時にはもう基礎訓練は終えていて、各々が木剣を手にしている。数人で組み連携して戦う、実戦に近い訓練を始めるところだった。

　始まってしまえば、あっという間に目を奪われる。足下に舞い上がる土煙、激しくぶつかり合ういくつもの音、上がる声――呼吸を忘れるくらい見応えがあった。

　目をきらきらさせながら眺める澪に、負けず劣らず悠真も目を輝かせていたらしい。ほんの少し木剣に興味を示したたけで、アルフレッドが用意してくれた。

「どうぞ」

　渡された木剣は、案外重い。興味を持った澪に渡すと、眺め振って、すぐに返してきた。

「軽く振ってみる？」

　アルフレッドの提案にのって、訓練の邪魔にならない端の方へ悠真は移動する。持ち方、扱い方を教えてもらうが、当然うまく扱えるわけがない。

　以前学校の授業でやった、嗜《たしな》む程度の剣道は、木剣を扱うのにまったく役には立たなかった。

　手も足も出ない。わかっていても、負けず嫌いが顔を出す。小さく苦笑したアルフレッドが、軽く稽古とも言えない稽古をつけてくれた。

　なぜか時折、ちらちらと向けられる視線を感じたが、あっという間に熱中して、悠真は気にならなくなる。

　後から、気をそらした騎士たちは上官に怒鳴られ、絞られていたと澪が教えてくれた。

「剣を扱うのって、すげぇむずかしい」

真剣より軽い木剣でさえ、長時間扱うのは厳しい。軽い打ち合いをしただけで、腕がもう限界だと悲鳴を上げている。真剣を振れる自信はなかった。

腰の長剣をさらりと抜き、飛んでくる剣を弾いたアルフレッドのすごさを、悠真はしみじみと感じる。

「初めてなら、そんなものだよ」

普段使わない筋肉を、盛大にこれでもかと使ったので、明日は間違いなく筋肉痛だ。それでも、身体を動かすのは気持ちがいい。充実した時間だった。

わずかな打ち合いで疲労困憊《こんぱい》の悠真とは違い、アルフレッドは涼しい顔だ。鍛え方の違いは顕著だった。

脱いだらきっと、綺麗に筋肉がついているのだろうなと、服越しの身体を眺める。持て余し気味の時間を、筋トレに費やすのもいいかもしれない。

「片付けてくるよ」

「ありがと」

差し出された手に、木剣を渡す。

遠ざかる背を眺めていると、澪が深く吐き出した息が悠真の意識を引き戻した。

「やばかった。すごかった。最高すぎた」

堪能したのは澪も同じようだ。平静を装いながら、内心喜びにもだえていたのを悠真は知っていた。

「アルフレッドさんの本気、見たいなぁ」

ぽつりと呟く声に、心の中で同意する。悠真相手では、遊んでいるようなものだ。

「よし、がんばろ」

「え、剣の訓練すんの？　澪が？」

「まさか。しないよ。無理」

即座に否定の言葉が返る。ほっとすると、澪が言葉を継いだ。

「身体能力がモノをいう力は無理だけど、それ以外の力と知識は手に入れてみせるから」

ふふ、と軽やかに笑い、澪は宣言する。何が琴線に触れたのかはわからないが、決意を新たにしていた。

有言実行。だよな、きっと。

鑑定の結果が思い出される。どこを目指しているんだと思わずにはいられないが、ああそう、と悠真は相槌を打った。

視線を遮蔽物の少ない鍛錬場へざっと流すと、アルフレッドが騎士の一人と話している。遠目ではっきりとは見えないが親しげだ。軽く手を上げ、背を向ける態度は今までになく気安かった。

「お待たせしました」

　戻ってきたアルフレッドと、澪を送っていく。侍女と部屋の方へ消える横顔には、満足と書いてあった。楽しんだのならなによりだ。

　明日からは本格的に、この世界について学ぶことになる。知識を得て、それを活用する術《すべ》を身につける必要性は、悠真よりもきっと澪の方が高い。

　ある意味、巻き込まれただけの悠真は気軽だ。何も背負っていない。けれど澪は、強いられたものだとしても聖女の役割を背負っていた。まだその立場を、受け入れるか明確にしてはいないが。

　あの日この国のやり方に腹を立て、怒りに任せて感情をぶつけてはいたが、最終的には聖女の役割を全うすると悠真は見ている。

　知ったことではないと放棄すれば、それによって苦しむ人が出る。わかっていて、見捨てられるほど澪は強くも薄情でもない。平和な日本に暮らしていた、普通の女子高校生だ。

　だから、澪が不本意なものではなく、まあいいか程度でも、その立場を受け入れられる人たち、環境であったらいいと、悠真はひそかに願っていた。

　許せないような人たちだと判断したならきっと、澪は力と知識を手にし、最低限のことをしたら、他の国に出奔しそうではあるのだけれど。

　その際、悠真の同行も決定事項だ。引っ越すのも面倒なので、この国の上に立つ者がまともで、澪の決意がそちらの方向へは進まないことを祈るばかりだ。

「どうかした？」

　ため息がこぼれていたらしい。アルフレッドが、窺うように尋ねる。憂いともいえない気がかりが、ほんの少し胸の中にあるだけだ。

「なんでもないよ」

「何かあったら、遠慮なく言ってくれていいよ」

「そーいうんじゃなくて、澪のバイタリティには圧倒されるなって」

　ああ、とアルフレッドが納得したように頷く。表情を少しだけ、真面目なものにした。

「ハル、訊いても？」

　改まって言われ、悠真は目をしばたたく。悪いことなのかと、わずかに身構えた。

「えっと、何？」

鼓動が、小さく跳ねる。意識してゆっくり、悠真は呼吸した。

「ミオ様と恋仲なのか？」

「……は？」

想定外のことを訊かれ、悠真はぽかんとする。一気に、脱力感に襲われた。

「ミオ様は、ハルをひどく気にしているから」

「あーまぁ、それは」

たぶんきっと、罪悪感だ。

こちらへ喚ばれる時に、悠真の腕を掴《つか》んでしまったせいで巻き込んでしまったと、澪のことだから後悔している。そこに恋愛感情は存在しない。

「一緒に、風呂に入る仲なのだろう？」

少し、理解が遅れる。ひと呼吸置いて、庭園での会話を思い出した。

聞こえていたらしい。当然と言えば、当然だ。声が通る静かな場所で、特にひそめもせず話していた。

「それはまあ、幼なじみだし」

思考が勝手に先ほどのやりとりを反芻《はんすう》し、悠真はほんの少し、バツが悪い気持ちになる。振られた話題とはいえ、下着の話はさすがにどうかと思った。

「許嫁《いいなずけ》なのか？」

「――は？　ないない！　ただの幼なじみ」

澪となんてありえない。近すぎて、家族のような存在だ。

「俺らの世界じゃ、許嫁とかないから」

ゼロではないかもしれないが、それはまた別世界の話だ。一般庶民の感覚では自由恋愛。本人の意思次第。

はっきりきっぱり否定しているのに、アルフレッドは整った顔に困惑を滲ませている。わけがわからず、悠真も首を傾げた。

「アルフレッド？」

知らず、誤解されるような行動を取っていただろうかと、考えてみてもわからない。悠真にしてみたら、澪とは友達の距離感で話していただけだ。

「失礼を承知で訊くが」

逡巡が見える。うん、と頷いて、悠真は先を促した。

「恋仲でもなく、許嫁でもない男女が一緒に風呂に入るのは、そちらの世界では普通なのか？」

「はい？」

ここにきてやっと、会話が噛《か》み合っていないことに悠真は気づく。間違いなく、どこかにずれがある。けれど即座にそれを、見つけられない。

「え、ちょ、まった」

　急かされているわけではないが、落ち着くために悠真は声に出す。どこだ、と急ぎ思考を回し、アルフレッドとの会話を反芻した。

「庭園での会話、聞こえてたんだよな？」

　念のために確認する。前提が違えば、アルフレッドの誤解もありえそうだ。

「全部は聞いていない。ミオ様の侍女に、話しかけられていたからな」

　そこか、と悠真は誤解の原因を見つける。眉をひそめているところを見ると、不快なことを言われたか、不快な出来事があったのだろう。あの侍女は最初から、妙にアルフレッドのことを気にかけていた。

　恋愛に関することに鈍すぎる、と揶揄《やゆ》される悠真でさえ気づいたのだから、相当あからさまだ。

　そのせいで澪が冷たい視線を向けていたのに、気づいているのか、いないのか。もしくはどうでもいいのか。ずっとアルフレッドだけを見ていた。

　侍女は連れてきたのではなく、強引に、半ば勝手についてきたのだと知ったのは、鍛錬場で澪と二人で話している時だ。

　そこそこの身分がある家の、令嬢らしい。だから思い通りになると考えている節があるのだと、澪が嫌そうな顔をしていた。

「澪と風呂に一緒に入ったのは、すげえ子どもの頃。たぶん、親も一緒だった」

　せいぜい、幼稚園の年長くらいまでだ。小学校に入る頃には悠真の姉の影響もあって、澪の方が大人びていた。

　――男の子と女の子が一緒にお風呂に入ってもいいのは、愛し合ってるふたりだけなの。ハルとミオは違うからだめ。

　そう言って、悠真と一緒に風呂に入らないどころか、着替えもベツよ、と宣言されたのをおぼろげに覚えている。悠真はまだ思考が幼すぎて、ただ唐突に距離を置かれたと感じた。

　あの時、寂しかったんだろうな、と悠真は自己分析してみる。絶対に、本人には言わないけれど。

「そうなのか？」

「そーなんだよ。さすがにもう一緒に入らないよ。俺たちの世界でも、一緒に風呂に入るのは特別な関係の相手だけ」

混浴なんてものもあるが、説明が面倒なので言わないでおく。いつも部屋の風呂を使っているが、この世界にも温泉とかあるのだろうかと少し気になった。

「誤解、だったのか？」

「そ、誤解。澪は家族に近い」

はっきりと悠真が告げると、今度はアルフレッドも納得する。誤解されたことを澪が知ったら、ないない、と大笑いしそうだ。

「ではミオ様に、向こうの世界にそういった相手は？」

「え……たぶんいない？　俺もよく知らないかな」

趣味に突っ走っていることしか知らない。中学の頃は時折告白されてはいたが、違う高校に進学してからのことは、悠真にはわからなかった。

「ハルには？」

「俺？　え、なんで」

答えられないわけでも、答えたくないわけでもないが、唐突な恋バナに戸惑う。軽い口調ではなく、真剣なところがさらに、悠真の困惑を大きくした。

それをどう取ったのか、アルフレッドが言い淀《よど》み、表情に憂いを滲ませる。向けられたその表情は、無駄に色気があった。

「恋人がいたなら、引き離してしまった」

言わんとすることを理解する。元の世界に戻れる可能性は、とてつもなく低い。

確かにそういう相手がいたのなら、置いていった方にも、置いていかれた方にも酷だ。

「ちょっと前に別れて、今はいなかったよ」

告白されて、なんとなく付き合って、おままごとの延長のような付き合いで終わった。

部活を優先していたせいだ。正直なところ、後悔も、彼女に未練もない。そんな温度の低い別れだった。

「え……いたのか」

正直に隠すことなく答えたのに、なぜかアルフレッドに驚かれる。尋ねておきながら、悠真に彼女がいたことが意外だったのだろうか。

「俺って、アルフレッドにどう思われてんの」

「悪い。少し意外で、勝手にショックを受けているだけだ。見かけによらず、その、ハルは遊び人だったのかって」

「はあ⁉　なんで遊び人⁉」

　ぎょっとして、素っ頓狂な声が出る。先ほどよりも驚いた。どうしたらそんな誤解をされるのか、さっぱりわからない。

「複数の相手と関係を持ち、浮名を流すのは遊び人だろう？」

「関係持ってない！　完全にそれ誤解！」

　慌てて否定する。異世界の認識の違いが恐ろしい。悠真程度が、遊び人認定されるところだった。

　はっきり言ってくれてありがたい。否定する機会があることを、感謝せずにはいられない不名誉な誤解だ。

「こっちの世界は結婚までに付き合って別れてって、繰り返すのも珍しくないから。特に学生の頃の交際なんて、結婚までたどり着く方がある意味すごい」

「それはまた……」

　信じられないことのようで、アルフレッドが言葉を失う。やはり常識が違うようだ。

「こっちは違う？」

「そうだね、貴族になると幼い頃から許嫁がいる者が多い。結婚は家が決めることがほとんどだ」

　感情は必要ないなど、馴染みのない価値観だ。

「アルフレッドにもいる？」

「いや、俺はいない」

　立ち振る舞いから、それなりにいい家の出だと感じるので、意外だった。

「ああ、それこそ遊び人か」

「違うからな」

　声に出ていたらしい。否定され、アルフレッドに苦笑される。仕返し？　と笑いの含んだ声で言われたが、そんなつもりは悠真になかった。

「なんで、こんな話になったんだっけ」

　恋愛に関する話など、悠真には縁のないものだ。彼女なんて面倒くさいと、実感したばかりでもあった。

「ああ、話を戻すな」

　げ、と悠真は顔を歪《ゆが》める。まだ続くのかとげんなりする。苦手意識の強い話題は、早く終わらせてほしかった。

　そんな悠真の心情に気づいても、話を切り上げるつもりはないらしい。涼しい顔で、アルフレッドは言葉を継いだ。

「エドワードはそれなりに見目がいいと思うが、ミオ様の好みではないのか？」

「それは……」

悠真の知ったことではない。なのだが、答えることを渋るようなことでもなかった。

「たぶん、でしかないけど、見た目は好きなんじゃないかな」

そんなことを言っていた。鑑賞用かもしれないが。

「では、中身がだめだということだろうか」

「さあ？　この短期間で、人となりなんてわからないだろうし、そーいうんじゃなくて」

単品萌えするほどではないと言っていたなんて、言いにくい。どう説明していいかわからないので、悠真は言葉を濁しておく。

「あー……と、現状に、納得がいってないのが一番じゃないかな」

どんなに奉られ、敬われても、この世界には澪が望む物は存在しない。手に入れようがない。そのことを嘆き呪詛《じゅそ》を吐いていたから、今の状況を作った相手に好意を持つとは思えなかった。

「可能性はゼロではない？」

「さあ？　俺はなんとも言えないかなぁ」

どう転ぶかなんて、悠真にもわからない。現時点の好感度が、顔面偏差値補正が入っても、マイナスかプラマイゼロあたりかと想像することしかできない。

「わかるのは、エドワードの見た目には、それなりに好意的なことだけか」

「うーん……けど、どっちかっていうと」

じいっと、目の前の顔を悠真は見つめる。ぱっと見、やわらかい印象を受けるが瞳は鋭く、油断のなさを感じさせた。

「アルフレッドの方が、好みなんじゃないかな」

有無を言わさず見せられまくった本の登場人物の面影が、なんとなくだがある。散々見せられてきたので、わかるようになっていた。

「すまない。それはできれば誰にも言わないでもらえるとありがたい」

硬い表情で、アルフレッドに口止めされる。

「え、ああ、それはいいけど」

そんなに緊張感を持って、受け止めることでもないのにと考え、思い至った。

「あ、あー！」

これは、誤解されている。

「ハル？」

「俺の言葉が足りなかった。そーいうんじゃないんだ」

澪はアルフレッドに、恋愛感情を持っていない。もっと、俗物的な感情だ。

「澪はなんつーか、見て楽しむ的な？」

うまく説明できないのがもどかしい。けれどなんとなく伝わったようで、アルフレッドの表情が緩んだ。

「あくまでも、鑑賞物に対する好みのようなもの？」

それだ、と首を縦に振って、悠真は肯定する。物語の登場人物に対する感情だ。

「それならいいんだ。立場的なもので、俺は聖女様とどうこうなるわけにはいかないから」

へぇ、と頷き、悠真はやっと気づいた。

「あ、もしかして」

小さく、アルフレッドが肯定する。国の思惑としては、王太子であるエドワードと、聖女である澪が婚姻を結ぶのが望ましい。元々聖女が現れた時には王族と婚姻を結ぶことが多く、そのためエドワードには婚約者を据えていなかった。

予言のこともあり、エドワードは澪を気にかけている。ただ肝心の澪が、エドワードにまったく興味を示さなかった。

大変だな、と思ったところで、悠真には他人事《ひとごと》でしかない。

澪ならば不本意なら全力で回避するだろうし、選ぶなら悠真は祝福するだけだ。

「協力とか、無理だから」

「わかっている。ハルを巻き込んだら、それこそその時点で見限られそうだ」

断れないところから探りを入れろと指示されたんだ、とアルフレッドは暴露してくれる。後は、ほんの少しの個人的な興味もあったと言った。

「それ、俺に言ってもよかったわけ？」

機密的なものではないだろうか。

「口止めはされていない」

ああそう、と悠真は返し笑う。不本意な仕事なんだと、アルフレッドの表情が物語っていた。

「まあ、ミオ様とハルが恋仲でないとわかっただけでもいいよ。後はエドワードのがんばりしだいってことだしな」

前途多難。そんな言葉が浮かぶが、言わないでおく。

澪が恋に落ちる可能性は、ゼロではないはずだ。

思惑の絡んだ話はそこでおしまい。後は他愛のない話をしながら部屋に戻ると、控えていたアガットが迎えてくれる。食事の用意はすぐにできると言った。

「アルフレッド、夕食はここで？」

一緒に食事を取る話をしたのは今朝だ。いつから手配されるのか、悠真にはわからない。

「いや――」

「アルフレッド様もどうぞご一緒に。お食事の方は、こちらに運ぶ手はずになっております」

「マーサ！」

珍しく焦った声を上げるアルフレッドに、その人は上品に微笑む。初めて見る人だ。メイドなのは服装でわかる。ぴん、と伸びた姿勢が綺麗だった。

「なんで、ここにいるんだ」

静かに微笑んだマーサが、悠真の方へ向き直る。

「初めまして、ハル様。マーサと申します。本日よりアガットと共に、食事の用意などお手伝い致します」

どうぞよろしくお願い致しますと、優雅に、手本のような礼をした。

所作が綺麗な、少し年配の優しそうな人だ。イメージは母親だった。

そんな人に対して、アルフレッドは顔を歪めている。あからさまな感情を顔に出すのを、悠真は初めて見た。すぐに取り繕った表情を浮かべてはいたが。

「アルフレッド様がこちらでお食事なさるとのことですので、私もこちらへ」

「俺が我侭言ったせいか！　すみません」

「いえいえ、我侭だなんてとんでもございません。ハル様のおかげで、アルフレッド様もきちんとお食事を取られるのでありがたいことです」

「それって、アルフレッドはよく食事を抜いてたってこと？」

「そうですね。食事する手間を厭《いと》って、書類に目を通しながらお酒だけを召し上がることも多々あります」

「余計なことを言うな、マーサ」

「いや、よくないからな！　それ」

悠真が声を上げれば、我が意をえたり、とマーサが微笑む。渋面になるのはアルフレッドだ。二人に気安い空気を感じるのも当然で、マーサはアルフレッドの乳母だった。

幼い頃から知っているので、日々の不摂生が気になり心配していたらしい。諌《いさ》めてもまったく言うことを聞かず困っていたところ、悠真の申し出をアルフレッドが了承したと聞き、すぐに食事の場を移す手配をしたとマーサが言った。

それ以来、アルフレッドは悠真と一緒に食事を取ることになる。ただ今まで食事を抜いて仕事をしていた分が、できなくなった。今度は睡眠を削りそうで、悠真は少し心配だった。

2　異世界ならではのアレソレ

「疲れた……」

部屋に戻ってすぐに、悠真《はるま》は誘われるようにふらふらとソファに近づき座り、ぱたりと倒れ込む。行儀が悪いとわかっているが、柔らかく身体《からだ》を受け止めてくれたクッションから離れられなかった。

くすり、と吐息で笑う気配がする。さらに、力が抜けた。

「お茶を用意させよう」

無作法を見逃すどころか、アルフレッドは気を遣ってくれる。それをありがたく感じ、申し訳ないと思いつつ、返事をする気力もなかった。

ぼんやりしながら、無意識にアルフレッドの気配を追う。アガットに声をかけているようだった。

悠真は小さくため息をつく。先日から始まった学習の、馴染《なじ》みのない内容に苦戦している。勉強なんて、結局どこでも簡単なものではない。はあ、と再度こぼれるため息を呑《の》み込めない。

「大変そうだな」

トレイを手に戻ってきたアルフレッドが、自らお茶を淹《い》れてくれる。ソファに懐いて動かない悠真に気を遣ってくれたようだ。部屋にアガットの姿はない。

「もう許容量超えそう」

詰め込みすぎて、頭が爆発しそうだった。

今までも学校に通い授業を受けていたので、知識を吸収するため学ぶことに違和感はない。だからなんとかなる。そんな風に、どこか安易に考えていた。甘く見ていた。

幼い頃から少しずつ、日常生活を送る中で当然のように身近にある色々な事柄を学んでいくのと、一気に詰め込むのでは全然違う。開始から三日目の時点で、悠真はすでに音を上げそうになっていた。

それでも投げ出さず七日がたち、少しずつ知識を増やしているが、まだまだ足りない。

生活に必須ではない知識は、ざっと触れただけで覚えることを放棄した。一般市民などそんなものだ。取捨選択。開き直ったとも言えるが。

切り捨てることもできず、厄介に感じるのが身分制度だ。

頂点は王族。家名はリンドヴァル。この国の王は三十代後半とまだ若く、正妃と側妃、二人の王子と一人の王女がいる。名前は、王太子のエドワード以外知らない。聞いたところで覚えられない自信があったので、悠真はざっくりした説明を希望した。

　王族はわかりやすい存在で、通常は関わることもないのでいいとして、その他の貴族が面倒くさい。公爵と侯爵なんて、発音が一緒だ。音を聞いただけでは判断できない。

　正直貴族と関わり合いになりたくないけれど、そうは言っていられないのがこの世界の現実だ。

　現在悠真の生活拠点になっているのは王城内にある宮殿で、先日立ち入るのを止められた区域には、高位貴族が多くいる。

「一緒にいるときはフォローするよ」

　そう言ってくれたアルフレッドは、顔と名前、爵位を覚えているのは当然のこと、高位貴族に関しては家族構成までざっと覚えていた。

　ハイスペックぶりに感心すればいいのか、それがこの世界の常識と捉えるべきなのか、悠真はわからない。フォローがあるならば、必要に応じておいおい覚えていくことにした。

　だから、最大の難関はそこではない。

「マナーだのダンスだの、俺に必要か!?　譲りに譲ってマナーはまだいいよ。必要って認めてもいい。けどダンス、おまえは無理だ！」

　馴染みのあるのはフォークダンスくらいだ。

「まあ、こちらでは一般教養だからな」

「そっか、アルフレッド踊れるんだよな、うぅ……」

　愚痴に同意は得られない。この件に関しては、悠真の味方は誰もいなかった。

　澪《みお》は案外、楽しんでいる。

「ダンスなんて、ぶつかったり、転んだりしなければいいんだ」

「……それ、できる人が言うことだよ」

　正しい姿勢を維持したまま動くので、想像以上に全身を使う。一人では踊れないので、相手にも気を遣う。そんな気楽なものではない。

「俺なんて、嗜《たしな》み程度だよ」

　絶対に嘘だ、と悠真は疑いの眼差しを向ける。謙遜にしか聞こえない。無様な踊りを見せるアルフレッドなど、想像もできなかった。

「ほんとだって。夜会は苦手だから最低限しか出ないし、出たとしても踊らないからね」

それが許されるなら覚える必要ないんじゃ、と言ったところで免除はしてもらえない。踊らない選択をしても、覚えておくべきことなのだ。

運動が苦手で、体育の授業なんて必要あるか？　と、嘆いていたクラスメイトの気持ちがわかった。どうあっても逃げようがないことに、悠真はうなだれた。

「ハルもすぐに、踊れるようになるよ。ステップは覚えているみたいだしな」

澪に散々駄目出しされ、必死に覚えざるを得なかっただけだ。足を踏んだらペナルティだと笑顔で告げられている。それはいいですね、と教師から賛同の声が上がったので、悠真の意思など関係なく決定事項になった。

そうなれば嫌な予感を抱え、悠真はペナルティの内容を聞くしかない。

「そうねぇ」

楽しげに唇の端を引き上げた澪は、見事なくらい予想を裏切らなかった。

メイド服を着る、から始まり、ダンスの練習時にメイド服を着用。さらにはメイド服を着て庭園でお茶をするなど、足を踏んだ回数によってペナルティが設けられた。

「どんだけメイド服着せたいんだよ！」

あきらめていなかったのかと悠真はげんなりし、まじか、と絶望感も覚えた。

「そうだ！」

ぱあっと、名案が浮かんだとばかりに表情を明るくして、最後に付け加えられたペナルティの内容に悠真は耳を疑った。まさかの、メイド服を着てアルフレッドと踊る、だった。

「迷惑だろ！　巻き込むなよ」

当然悠真は澪を窘《たしな》めたが、意味はなかった。

「ミオ様のご要望とあれば」

なんて当のアルフレッドが了承してしまったのだ。

「はあ⁉」

盛大に声を上げた悠真は、悪くないはずだ。

喜ぶ澪を横目に「本音は？」と、悠真はアルフレッドに訊《き》いてみた。涼しい顔で、「協力は惜しまないよ」と返ってきた台詞《せりふ》が『面白そうなんで』に聞こえた。

やっぱりいい性格をしていた。足を踏まれるかもしれないリスクなど、些細《ささい》なことのようだった。

「ドレスではなくていいんですか？」

余計なことまで言い出す始末だ。

げ、と悠真は顔を歪《ゆが》めて、澪がアルフレッドの提案を採用しないことを願った。

「わざわざ用意してもらうの、悪いから」

声が残念そうではあるが、真っ当な澪の答えに悠真はほっとした。ドレスなんて、間違いなく動きにくい。裾を踏んで、転ぶところが目に浮かぶようだった。

そんなやりとりを経て、悠真はペナルティ回避のためにそれはもう必死でステップを覚えた。

だからといって、理想通りに踊れるとは限らない。ペナルティ回避のため、足を踏まない、を第一に考えているせいでとにかく動きがぎこちなかった。

危なっかしくてハラハラする、綱渡りのようなダンス、と評したのは澪だ。爆笑もされた。下手をすればリードされているのは悠真という体たらくだ。

「リードとかわかんねぇし」

間違えないようにするのが精一杯で、足下を気にしすぎるとリズムの取り方、身体のバランスの取り方、そのすべてがあっという間に崩れていく。動きに優雅さの欠片《かけら》もない自覚はあった。

「俺と踊ってみる？」

「え」

「リードされてみると、わかるかもな」

そういうものだろうかと、気持ちがぐらりと傾く。

どうせみっともなく慌てる姿は、散々見られていた。

「では、一曲、お相手願えますか？」

教師に教えられた完璧な仕草で、アルフレッドは丁寧な誘いを悠真に向かってしてみせる。これを断れる女性は、間違いなくいない。頬を染めて喜び手を取るはずだ。

「女性パート踊れないって」

男性パートでも踊りきれていない。かろうじて、どう動くかを知識として覚えているだけだ。

「さわりだけ。俺に合わせたらいいよ」

少し迷って、それならばと頷く。

「手を」

優美な仕草で差し出された手のひらに、悠真は右手を重ねる。軽く握り返されたと思った瞬間、ぐ、と身体を引き寄せられた。

反対の手が腰に回る。身長差もあるから、違和感がないところが悲しい。

ゆったりと動き出したアルフレッドに合わせて身体を動かすと、視界が動いていく。自然でなめらかな、安定感のあるリードだった。

女性側のステップがよくわからない悠真でも、戸惑いなく動ける。足下がおぼつかなくなってもさりげなくフォローを入れて、次の動作へと促した。

「楽しんで。それが一番だ」

声の近さに、身体の動きに気を取られていた悠真の意識がアルフレッドへと向く。ぎょっとするほど、顔が近かった。

「姿勢を正して、それを維持して」

それどころではない。どこもかしこも近いことに、今更ながら悠真は動揺していた。

「こんな感じだ」

確かに、アルフレッドのリードはうまい。ためにはなったけど、心臓が多大なダメージを受けることを同時に知った。

現在進行形でそれは続いている。無理だ。顔を上げられない。

じわじわと悠真は逃げたい気分になってきた。

「ハル、ダンスの時は相手の顔を見るものだ」

指摘されてしまえば、覚悟を決めるしかない。教えてもらっている立場で、失礼でしかなかった。

えいっと、うつむけていた顔を上げる。近い距離で目が合って、悠真は息を呑んだ。

動揺したせいで足下がおろそかになる。足を引っかけ、バランスを崩した。

「うわっ」

転ぶ、と悠真は覚悟する。

その瞬間、力強い腕に引き寄せられた。

とん、とアルフレッドの胸が頬に触れる。転倒を免れ悠真はほっとした。まったく危なげなく、軽々と悠真を支えたアルフレッドのおかげだ。

「ハル？」

「……すげぇ」

「え」

「うわぁ、すげぇいい身体してんだな」

一見細身に見えるのに、触ると服の上からでも鍛えられているのがわかる。手のひらでぺたぺたと身体に触れ、鍛えられた身体つきを確かめた。

鍛えているつもりでも筋肉の付きが薄い悠真の身体

とは、明らかに違う。状況も忘れ羨ましく思っていると、触れている身体が震え、ふふ、と笑いを含んだ吐息が頭上から降ってきた。

「うわっ、ごめん！」

慌てて、悠真はアルフレッドから離れる。助けてもらった直後に、鍛え上げられた身体に夢中になり、状況も忘れ悠真はそのまま腕の中にいた。

「えっと、ありがと」

今更ながら、どきどきしてくる。誰かに抱きしめられるなど、子どもの時以来だ。

妙に、腹の中がむずむずする。

「俺の身体が気になるんだ？　ハルが望むなら、脱いでみせてもいいよ」

ぐう、と悠真は息を呑む。なぜか妙に、意味深に耳に響く声だった。

鼓動が跳ねる。わけがわからず悠真は戸惑うばかりで、思考がうまく動かなかった。

ぱたん、ぱたん、と瞬《まばた》きするばかりの悠真に、ふはっとアルフレッドが吹き出す。ひと呼吸遅れて、からかわれたことに気づいた。

それでもまだ鼓動がうるさい。動揺をごまかすように悠真がむずりとしていると、アルフレッドは笑いをおさめた。

「腕の中で無防備に身体を預けてその人の身体を触ったりすると、誘ってるって、誤解されるからな」

性質《たち》の悪い人だと、その場でさくっと食べられるから気をつけろと、本気の注意をされる。恋愛方面での経験値が低すぎる悠真では、そちらの方に思考できなかった。

からかいと、忠告と、わざとそんな雰囲気を出してみせたのかと納得して、悠真は引っかかりを覚える。

「ん？　俺、男だけど？」

その疑問には、うん？　と同じような疑問が返ってきた。二人で顔を見合わせる。

はい、と悠真は質問するように軽く手を上げた。

「もしかして、男同士も珍しくない？」

「ああ、そうだが。ハルの世界では違ったのか？」

「んー、まあ、俺の住んでた国では、結婚は異性間でしかできなかったよ」

「そうなのか？　この国では同性でも婚姻を結べる」

「まじか」

会話が噛《か》み合わないはずだ。

「嫌悪が？」

「いや全然。結婚できるのに驚いただけ」

偏見はない。澪に布教されているのは、主にそういう本だ。

「そうか。結構常識が違うんだな。こちらで苦労しないよう、できるだけのことはするから」

「今でも、充分すぎるくらいだよ。アルフレッドってそれなりにえらい人だよな？　仕事もあるだろうし、忙しいのに無理して俺に付き合ってるだろ」

「何か聞いたのか？」

「何も。ただあの時いた人たちって、地位があるんじゃないのかなって」

澪の後見人は、王太子のエドワードだ。悠真はおまけではあるが、その後見人にあっさりおさまることができるのだから、ある程度の地位がなければおかしい。高位貴族の一人なのだろうと予想していた。

「すごいな」

ぽん、と頭に乗せられた優しい重みを感じる。よくできましたと褒めるように、アルフレッドが悠真の頭を撫《な》でた。優しい手つきは心地が好《よ》い。けれど妙に照れくさくもある。頭を撫でてもらった記憶はもう遠かった。

一緒にいる時間が増え、それなりに親しくなったからなのか、スキンシップが多くなっていた。

嫌なわけではないが、距離が近いとどきりとする。スキンシップの少ない、日本生まれ日本育ちなので戸惑うし、無駄にどきどきするので心臓には悪そうだ。

「俺の仕事のことは気にしなくていいよ。できる時にしてるから」

確かに家庭教師と向き合っている時には、アルフレッドは仕事に行くようになっている。けれど圧倒的に、悠真と一緒にいる時間が長い。

「だからダンスの練習も、いつでも付き合うよ」

「え、ああ！」

離れていく手を無意識に追い、少し理解が遅れた。

そうだ、ダンスと思い出した途端、気が重くなる。つい恨めしく、アルフレッドを見てしまった。

「気が変わって、俺の裸が見たくなった？　一緒に風呂でも入る？」

く、と悠真は息を詰める。からかうならもっと恋愛初心者にも優しくしてほしい。無駄に色気がダダ洩れている。無自覚なのか、自覚ありなのか、アルフレッドは間違いなくタラシだ。

勝手に動揺したのは悠真だが、性質の悪い冗談を口にしたのはアルフレッドで、くそっと心の中で悪態をつく。頭の中に色々な言葉が浮かんで、消えて。

「遠慮します」

それしか言えなかった。本当に、なんて性質が悪い。

＊

早朝の空気を、深い呼吸で身体にたっぷりと取り込む。清々《すがすが》しく静謐《せいひつ》な空気は、やはり好ましく感じた。人気《ひとけ》のない静かな鍛錬場で、悠真はぐ、と身体を伸ばす。少し前から、騎士団の訓練が始まる前に、悠真は鍛錬場で走るようになっていた。

「どっか、走れる場所ない？」

そう切り出したのがきっかけだ。

知識の詰め込みと、馴染みのないマナーとダンスに辟易《へきえき》した日々を送れば、身体を動かして気晴らしがしたくなる。ダンスも運動になるのかもしれないが苦手意識の方が強く、悠真にとっては運動と認められなかった。

なので、アルフレッドに泣きついてみた。

「運動したくってさ。なんか、身体がなまりそう」

存外、嘆くような声になった。ああ、限界だったのかと悠真は自覚した。

色々考えた末の希望としては、朝の早い時間に走って、汗を流してから朝食。これなら今の学習ルーティンにも影響はないはずだ。多少眠くなるかもしれないが、それはそれ、これはこれ。

それなら、と案外あっさり提案されたのが、騎士団の鍛錬場だった。訓練の時間とも合わないので、問題ないと言われた。なぜかアルフレッドの所属する第三ではなく、第二騎士団の鍛錬場だったけれど。

「訓練にも混ざってみる？」

「いや、無理だから」

即答すれば笑われた。

「そういうとこが、ハルらしくて好ましいよ」

表情をやわらかく緩めるアルフレッドに、そういうところ？　と、悠真は内心で首を傾《かし》げた。騎士の訓練に混ざれると思うほど、過信していないだけだ。木剣を使ったアルフレッドとの手合わせは楽しかったが。

言えばきっと無理にでも時間を作りそうで、悠真は思うだけにとどめていた。ただでさえ、巻き込まれた異世界人の後見人、なんて面倒事を抱えているアルフレッドに、これ以上負担をかけたくなかった。

　深い呼吸を意識しながらストレッチで筋肉を伸ばしていくと、じんわりと血流がよくなるのを感じる。走る時に負荷がかかる部分を中心に、筋肉や関節の動きをよくしておくのは大切だ。

　気晴らしのランニングに護衛騎士を巻き込むのは悪いので、近くで待機していてもらっている。

　それこそ昨日まではアルフレッドがランニングにも付き合ってくれて、これからも一緒に走ると言ってくれたのだが、自分のことだけをしていればいい悠真とは違って負担になりそうで断った。

「よし」

　走ろう、とかけようとした声を、悠真は呑み込む。いないんだった。

　小さく苦笑すると、ウォーミングアップを兼ねてスローペースで走り出した。

　身体に馴染んだペース、昨日も見ながら走った景色、何ひとつ変わっていないのに、悠真は物足りなさを感じる。数日一緒に走っただけなのに不思議だ。

　アルフレッドが隣にいると、走りながらぽつぽつと雑談をする。だから余計に、音がないと感じた。

　以前から早朝にランニングをしていたが、意識せずとも、鳥たちのさえずり、ゆっくりと明けていく空、どこからか聞こえてくる生活音、世の中が少しずつ動き出す気配や音を感じていたのだと知る。なくなってから、初めて。

　規則的な足音、自分の呼吸音、これらの音を聞きながら風を切り走っていると、だんだん頭の中が空になっていく。

　朝寝坊するのも、一日怠惰に過ごすのも好きだが、同じくらい身体を動かすのも悠真は好きだった。

　運動神経はそれなりにいい。特別優れていると悠真自身は思わないけど、大抵のことはそつなくこなせる。小学校、中学校と、部活動が必須だったので陸上部に所属していた。

　その延長で、高校に入っても陸上部に所属している。ただ青春を部活に捧《ささ》げるような熱意はない。悠真にとっては学校生活の延長で、日常の一部でしかなかった。

　他に、夢中になれるものがなかったせいもある。付き合っていた彼女を部活より優先できなかったのは、結局そういうことだ。

　無理のない距離を走った後、ゆっくりと走る速度を落としていき、軽く流すようにしてから悠真は足を止めた。はあ、と深く息を吐く。ぽたりと汗が落ちて、心地好い疲労感を身体に感じた。

「今日も走りに来ていたのか」

　不意に声をかけられ、悠真は顔を上げる。声をかけられるまで、気づかなかった。

「マティアスさん、おはようございます」

　先日知り合いになった、マティアス・ディークスと名乗った人はアルフレッドの友人だ。信用に足る者なので、安心していいと言われている。

　――ハルには、害はないはずだから。

　少し気になることを言っていたが、男同士、色々あるのだろう。友人同士の羽目の外し合いは、どこもきっと同じだ。

　マティアスは、衣服を身につけていると細身に見えるアルフレッドとは違い、見るからに筋肉を身にまとったようながっしり系だ。ガチムチとまでは言わないけれど、すげぇ、と感嘆の声を上げるくらいにはいい身体だった。

　――ハル。

　声と視線で、触ろうとするなよ、と窘められるくらいにはガン見していたらしい。

　するわけがない。すごいとは思うが、触りたいまでは思わなかった。

「おはよ。チカはまめだな」

　チカ呼びに、違和感が拭えない。ぼんやりしている時に呼びかけられても、反応できない自信があった。

　当初悠真は、ハルでいいと言ったのだが、そうはいかないと固辞された。だからといって、殿や様付きは仰々しく遠慮したい。メイドは使用人だからあきらめてと言われているので仕方がないが、アルフレッドの友人に殿や様付きで呼ばれるのは抵抗があった。

　苦肉の策で、名字の方を呼び捨てではどうかと悠真は提案してみた。

「えっとファミリーネーム？　家名？　って、言えばいいのかな」

　なぜか、それに驚いたのはアルフレッドだ。それに悠真も驚いた。

「家名が、あったのか」

「え、ああ、うん。市川《いちかわ》っていうんだ」

名乗る機会がなく、今まで訊かれなかっただけだ。故意に隠していたわけではなかった。

「イ、チーカワ？」

顔を見合わせる悠真とアルフレッドの横で、マティアスがうまく発音できないイチカワを繰り返し、必然的に、そちらに気を取られた。

「いちかわ、です」

「イチ、カーワ」

こちらの世界の人には、発音が難しいようだ。どうしても、マティアスは正しく発音できなかった。

なぜか眉間にシワを刻んだままのアルフレッドも挑戦したが、やはりうまく発音できない。眉間のシワが深くなった。

「略していいですよ」

ぱっと、マティアスの表情が明るくなった。

「悪いな、チカ」

なぜそこを取った。想定外に真ん中を取られ悠真は驚いた。勝手に、イチと呼ばれると思っていたからだ。

「よろしくな、チカ」

あっという間に決定事項になった。それから違和感たっぷりのチカと呼ばれていた。

初対面の悠真にさえ気安く、朗らかに話すマティアスは、気のいい近所のお兄さんという印象だ。赤みがかかった茶色の髪と茶褐色の瞳、目を奪われるような容姿の派手さはないが、その分親しみやすさがあった。

——あれで部下の騎士には恐れられているんだよ。

とは、アルフレッドの言だ。

第二騎士団の副団長をしている、と教えてもらい、悠真は少し驚いた。若くないか？　と。

ゆっくりマティアスと話してみたい気もするが、走り終えたばかりの今は汗が冷えると悪い。ひと言、ふた言話して、自主練のために騎士たちが姿を見せたのをきっかけに、悠真は鍛錬場を後にした。

部屋に戻るとすぐに、浴室へと向かう。部屋に備え付けなのでありがたい。

シャワーでざっと汗を流して出ると、用意されていた着替えを身につける。こんな時、優雅で贅沢《ぜいたく》な環境だな、と悠真は強く感じた。

今までの環境と違いすぎる。以前の悠真の日常の朝は、もっと慌ただしい。

ランニングの後シャワーを浴びても、着替えを用意するのは当然自分だ。朝食だってのんびり食べていたら学校に遅刻する。毎朝バタバタと忙《せわ》しなく、朝のルーティンをこなして家を出ていた。

ほんの少し、それが懐かしくも思える。小さく息を吐き出し濡《ぬ》れた髪を拭っていると、隣の部屋から語尾を軽く上げた、悠真を呼ぶ声が聞こえた。

ひょいっと、隣の部屋へ顔を出す。何かの書類を手にしたアルフレッドが、ソファに座っていた。

「来てたんだ」

「おはよ、ハル」

「おはよ、アルフレッド。早いね」

「そうでもないよ。ハルはもう走ってきたんだろ」

そうだけれど、そうではない。待つくらいなんてことはないのだから、もっとゆっくり来てくれていいと、悠真は思わずにはいられなかった。

それを伝える前に、アルフレッドの方が口を開く。

「ハル、髪を乾かさないと」

「後でする」

本音は、ほっとけばそのうち乾く。

「だめだって。こっち来て」

ソファから立ち上がったアルフレッドに、手招きされる。

「乾かしてあげるよ」

申し出に、悠真は首を傾げた。ドライヤーもどきは隣の部屋だ。

早く、と促され、疑問符を浮かべたままアルフレッドのそばへ行く。

伸びてきた手のひらが、うなじのあたりに添えられる。どきりと、鼓動が小さく跳ねた。触れられてはいないのに、触れられているような感覚がこそばゆい。

ふわり、と暖かな風を感じる。次いで、ふわふわと髪が揺れる感覚があった。

「はい、乾いた」

先ほどまで水分を含んでぺたりとしていた髪が、今は軽い。触れてみればしっかり乾いている。あっという間の、出来事だった。

「え、すげぇ、これって魔法?」

目を輝かせて、悠真はアルフレッドの顔を見上げる。

「ああ。人の髪を乾かすのは初めてだったけど、うん、うまくできた」

長い指先が、悠真の黒い髪をすくう。手触りを楽しむように髪をさらさらと滑らせ、アルフレッドは瞳を緩めた。

「ありがと」

なんだか少し、くすぐったい。

「どういたしまして。俺がそばにいるときは乾かしてあげるよ」

「いいの!?」

女性のように長くはないが、髪を乾かすのは面倒くさい。家では当然のように自然乾燥だった。

けれどここでは濡れたままにしていると、アガットもマーサもいい顔をしない。すぐに乾かそうとしてくるので、悠真は仕方なく乾かしていた。

「もちろん」

こんな使い方もできるのかと感心して、魔法が使えるのは便利なのだと実感する。使えないのだからと、悠真は真剣に学ばなかった。

「あ、でも甘えすぎだよな」

ドライヤー扱いはよろしくない。髪を乾かすくらい自分でしろという話だ。

「そんなことないよ。俺になら、もっと我侭《わがまま》言ってもいいくらいだ」

「そんな甘やかして、つけ上がったらどーすんの」

「ハルの我侭を叶《かな》えるくらいの甲斐性《かいしょう》、あるつもりだ」

過保護なのか、完全に子ども扱いなのか、いまいち判断がつかない。

容姿も立ち振る舞いも、さらには強さも兼ね備えた最高の男に甘やかされるなんて心地が好いに決まっている。子供じみた優越感だって、ある。

けれどそれが当たり前になったらきっと駄目な人間になる予感がして、悠真は気を引き締めることにした。

(澪があんなこと言ったからなんだろうな)

悠真としては、もう少し雑な扱いでも充分だった。

「ハル、朝食にしようか」

髪を乾かしてもらっている間に、手際のいい優秀なメイドは朝食の用意を終えている。何も言わず控えているマーサは、微笑《ほほえ》ましいものを見る眼差しだ。

気のせいだと思いたい。些細な魔法にも喜ぶ姿はまるで幼子で、悠真は少し恥ずかしくなった。

ごまかすように、椅子へ座る。アルフレッドもすっかり定位置になった椅子へ座ると、「いただきます」と食事を始めた。

「今日、学習時間が終わったら、魔術師塔に行かないか？」

「魔術師塔？」

「ああ、魔術師たちが研究したり、魔道具を作ったりしている場所だ。師団長が、今日なら比較的まともな状態で会えると思うから」

比較的まともとは——疑問が浮かぶが、それ以上に魔術という言葉に興味が惹《ひ》かれる。魔術師塔なんて、これぞ異世界というべき場所だ。

それと、もうひとつ。

「使い魔？」

正解、とアルフレッドが微笑む。

そんな人参を目の前にぶら下げられれば、勉強にも身が入る。か、どうかは置いておき、うとうとはせずに学習時間を終えた。

魔法に関しての指導がある澪と別れ、迎えに来たアルフレッドと魔術師塔へ向かう。

石造りの塔を目にして、うわぁそれっぽい、と内心で感想をこぼし、悠真は物珍しそうにあちこちを眺めた。

音が響く階段を上っていくと、見覚えのあるローブを身につけた人を時折見かける。けれど騎士服を着た人は見かけなかった。

「ここだよ」

軽くノックをすると、すぐに応えがある。

アルフレッドが扉を開けると、その人は笑顔で迎えてくれた。

若い、が第一印象だ。師団長というからには、もう少し壮年の人を想像していた。

アルフレッドと同年代に見える。淡い水色の髪に、青緑の瞳、繊細なデザインのモノクルが知的な印象を与えていた。

「この塔の責任者の、ユーリ・リシェールです。どうぞお見知りおきを。チカ殿」

虚を突かれ、一瞬思考が固まる。ふふ、とユーリが楽しげな笑みをこぼし、悠真は我に返った。

「なんでチカ……」

今のところ、悠真をチカと呼ぶのはマティアスだけだ。

「第二騎士団のマティアスとは、親しくしていますからね。もちろん、アルフレッドとも。学生時代からの付き合いなんですよ」

　軽い声で告げられた情報に、へぇ、と二人の顔を悠真は順に見る。楽しげなユーリとは違い、アルフレッドは少し苦笑混じりの笑みだった。

「えっと、召喚された時にいた人じゃない？」

「よく覚えていますね。ええ。あの日いたのは僕じゃありません。エドワード殿下主導での召喚でしたから」

　よくわからないが、あまり仲が良くないということだろうか。勝手に、悠真は推測してみる。どこにでも表に出ないことは多々あり、皆仲がいいなんてありえない。

「部下を数人連れていったのは知っていますよ」

　断りはありました、とユーリが言った。

「チカ殿にとっては不本意極まりない強制転移、償いにもなりませんが、できるだけ不便なくチカ殿が楽しく暮らせるように尽力致しますので、こちらの世界にないこういう物が欲しい、がありましたらぜひ詳しく詳細を！」

　迫るような勢いに怯《ひる》み、悠真は一歩後退《あとずさ》る。圧がすごい。当惑していると、アルフレッドがさりげなく前に出た。

「ユーリ」

　咎《とが》めるように、アルフレッドが名を呼ぶ。小さく息を吐き、ユーリが肩をすくめた。

「わかりました。ですが、何かあればぜひ」

「えっと、はい。ありがとうございます？」

　礼を言えば、ぱたん、と瞬きしたユーリが、ゆるりと微笑む。

「今日は、使い魔を見せてほしい、でしたね」

「ああ、ハルに使い魔を見せてやってほしいんだ」

「使い魔なら、僕じゃなくても……」

「猫！　触りたいです！」

　ぼそり、と呟くユーリの声を、悠真は欲望のままに声を上げ遮ってしまう。やべぇ、とすぐに反省したが、ユーリは気を悪くすることもなく小さく笑った。

「チカ殿は、猫に触りたいのですね」

「はい。あ、チカでいいです。あと話し方、そんな丁寧じゃなくていいんで」

「では、チカと。話し方は、これが常なのでお気になさらずに。僕には気軽にどうぞ」

「うさんくさいだろうが、気にしないでくれ」

聞いたことのある台詞だ。気にしていたのかと、悠真は苦笑した。

「失礼ですね。猫をかぶっているあなたも相当ですよ」

「ああ、ハルに言われた」

「あなたに！」

感嘆の声を上げ、ユーリが顔を背け口元を拳で隠す。肩を震わせているのは、笑いを堪《こら》えているせいだ。

「笑ってないで、早く喚《よ》び出せ」

軽く眉をひそめ、アルフレッドが急《せ》かす。笑いをおさめたユーリが頷《うなず》いた。

「リジェ」

指先が、優雅に何かを描く。何もなかった空間から、ふわりと猫が姿を現した。

とん、と軽やかにユーリの肩に降り立つ。とても綺《き》麗《れい》で、ツンとすましていた。

見た瞬間から、悠真の目は釘《くぎ》付けになる。毛並みは艶やかで、柔らかそうだ。誘われるまま、そろり、と手を伸ばした瞬間、ぱっと姿が消えた。

「あ」

悲しげな、悠真の声が響く。

「すみません、気位が高くて気まぐれなので」

申し訳なさそうに、ユーリが眉を下げる。

「ユーリにそっくりなんだ」

フォローになっていないようなフォローが、アルフレッドから入った。

「いえ、こちらこそすみません。我侭言って」

こうなる可能性はわかっていても、悠真はしょげてしまう。ふわふわの毛に触れたかった。

「あなたが過保護になる気持ちが、少しわかる気がします」

「黙れ」

「とりあえず、アルフレッドの頭でも撫でていたらどうですか。逃げないでしょうし、なかなか柔らかそうに見えますよ。実際は知りませんけど」

「無理！」

アルフレッドも、渋い顔をしている。

「……やはり、かわいげがないのがだめですか。無駄にでかいですしね」

「はい？」

なんでこんな話になっているんだ、と悠真は首を傾げる。

「じゃなくて、緊張するんで」

年上で、容姿が整っていて、間違いなくモテるアルフレッドを、猫のようにかわいがるなんて想像できない。どう考えてもおこがましいことだった。

「そうですか」

面白いことなど何も言っていないのに、くつくつとユーリが喉を鳴らして笑う。なぜかアルフレッドは、微妙な顔をしたままだった。

ひとしきり笑った後で、ユーリは自然な笑みを悠真へ向ける。裏がない、そんな印象の笑みだ。

「何か相談事があれば、いつでもいらしてください。僕は大抵ここにいますので。もちろん、なくてもチカなら歓迎しますのでどうぞご随意に」

「ありがとうございます」

「特に、アルフレッドに本意ではないことを強要されるなど、困ったことがあればいつでも遠慮なく。喜んで匿《かくま》いますよ」

「はあ？」

疑問符が、頭の中に浮かぶ。曖昧に頷きアルフレッドへ視線を流すと、嫌そうな顔をしていた。

「全部聞き流せって、言えない言い方するところが腹立つな」

ふん、とアルフレッドが小さく鼻を鳴らす。

「後半は聞き流していいよ。もし俺が不在とか、頼れる状況にない時に、困ったことがあればユーリに言えばいい」

ええ、とユーリも頷いた。

信頼し合っているのが伝わってくる。その時は、頼ることにした。

知り合いができて嬉《うれ》しい。それもアルフレッドの親しい友人で、有事の際に頼ることを許された相手だ。

「しかし、チカは本当に魔力がないんですね」

「わかるんですか」

「専門ですので」

「その、インチキメガネだよ」

「即座にさらっと暴露するのは、やめていただきたい」

「魔道具で、色々見えるらしい」

抗議の声も気にせず、アルフレッドは追加情報をくれる。魔道具、そわそわする響きだ。

ふふ、とユーリが軽やかに息で笑う。

「何が見えるかは内緒です。まあ、僕より魔力が強い方には、あまり役には立たないのですが」

　知っている人は限られているので、他言しないようユーリに頼まれた。そんな重要そうなことをさらっと教えられたが、いいのだろうかと困惑する。

　もちろん悠真は頷いた。言うような相手もいないが。

「魔道具も、魔力がないと使えないもの？」

「大抵はそうですね。自分の魔力を流して使うので」

　やっぱりそうか、と落胆する。魔力がない悠真には使えない物だった。

「せっかくの異世界、魔法でも魔道具でも、向こうにはないもん使ってみたかったなあ」

　納得はしていても、嘆いてしまうのは仕方がない。

「アルフレッド、使えるようにしてあげたらどうです」

「簡単に言うな」

　じろりと、アルフレッドがユーリを睨《にら》む。それに肩をすくめて、物騒な視線を平然と受け止めた。

「まあ、そうですね」

　何か方法があるのだろうかと、二人のやりとりを悠真は眺める。使えるなら、使ってみたい。

「確実なものではなく、実験に近くなりますが」

「やめろ」

　詳細を聞かず、アルフレッドが即座にユーリを窘めた。

「いいじゃないですか。危険はありませんよ」

「何するんですか？」

　まったく気が乗らない様子のアルフレッドを見れば、警戒するのが正解なのかもしれない。けれど興味が警戒心を上回る。口を挟んで、悠真は尋ねた。

「魔道具を使います」

「俺、使えないんですよね？」

「ええ、魔力を流して使う物は。ですので魔道具自体にそれなりの魔力が込められていれば、あるいはと」

「へぇ」

「ってことで、アルフレッド。これに魔力を込めてください」

　さっとバングルを取り出したユーリは、アルフレッドに差し出す。

「断る」

「清々しいくらいの拒否一択ですね」

「おまえが研究、実験がしたいだけだろう」

「まあ、そうですけど」

驚くほど簡単に、ユーリが認める。

「とはいえチカが魔法を使ってみたいと言っているのですから、少しくらい協力してくれてもいいのでは？」

違いますか？　と、ユーリが軽く首を傾げる。口元には、薄い笑みが浮かんでいた。

ち、とアルフレッドが舌打ちする。嫌そうに、バングルを受け取った。

「魔力付与と、増幅、か？」

「ええ、さすがですね。全属性が使える仕様になっています」

「悪用されるなよ」

「わかっています。実験後は僕が身につけているので、ご安心を」

我が意を得たり、とユーリは唇の端を引き上げる。非常に嬉しそうに見えた。

「おまえが欲しかっただけじゃねぇのか、これ」

いつもよりぞんざいなアルフレッドの話し方が、新鮮に目に映る。その唇からこぼれた息が、答えの代わりだった。

「入れすぎて壊さないでくださいね」

「だったら、自分でやれ」

「僕は全属性使えません。いいじゃないですか。あなた、魔力ありあまっているのですから」

「アルフレッドって、そんなに魔力多いんですか？」

「おや、チカは知らないのですか？」

「そこそこって、言ってましたけど？」

ぎゅ、と、ユーリの眉間にシワが寄る。まるで、とんでもなく苦いものを食べたような顔だ。

「アルフレッドがそこそこでしたら、僕ですら微々たるものになってしまいますね。他の者などないにも等しい」

「え？」

バングルに魔力を流しながら、アルフレッドが余計なことを言うなと視線で咎めるが、どこ吹く風でユーリは言葉を継ぐ。

「アルフレッドの魔力量は、この国一ですよ」

「は、い？」

「おまけに全属性使えるとか、意味がわからない」

もっと僕の研究に力を貸すべきですと、ユーリが力説する。それには無視を決め込み、アルフレッドは素知らぬ顔で聞き流していた。

「アルフレッドって、すごいんだ」

ありきたりな感想しか、出てこない。

「……怖くないのか？」

「え、なんで？」

ぶほぉと、ユーリが盛大に吹き出す。唐突なそれに、悠真はぎょっとした。

「おま、それで、そこそことか言って、ぶほっ」

言葉遣いが崩れて、ユーリが腹を抱えてげらげらと笑う。状況についていけず、悠真は唖然《あぜん》としていることしかできない。しばらくすると、はあ、と深い息を吐いてユーリは笑いをおさめた。

「面白すぎますねぇ」

「ほら、できたぞ」

不機嫌そうに、アルフレッドがユーリに向けてバングルを放り投げる。かなり、ぞんざいな扱いだった。

「ちょ、危ないですよ」

慌てたように、ユーリが手を伸ばす。キャッチすると、バングルを矯《た》めつ眇《すが》めつ眺めた。

「綺麗に入ってますね。さすがです。ですが、魔力が控えめすぎませんか」

「物騒なもん、作りたくないからな」

「まあ、そうですね」

案外軽く、ユーリが相槌《あいづち》を打つ。さて、と場所の移動を提案され、魔術師の訓練場へ移動した。

「かなり強固な結界が張ってありますので、アルフレッドが全力で壊そうとしないかぎりは問題ないはずです」

へえ、と悠真はまわりを見回す。騎士団の鍛錬場とはまた違う趣で、遠くに的が見えた。

「では、チカ。これを腕にはめてください」

差し出されたバングルを、言われるまま右腕に通す。金属の重みと、わずかな冷たさを感じた。

こうなれば、期待してしまうのも仕方がない。自然とそわそわした。

「魔法を見たことは？」

「あ、と。今朝アルフレッドに髪を乾かしてもらった時と、澪が練習してるとこくらい？」

へぇ、とユーリの唇が弧を描く。

考えてみれば、派手な魔法は見たことがない。ゲームの知識から魔法といえば攻撃魔法をイメージするが、澪は悠真が見学していた時には、癒やしの力に関して学んでいたので見る機会はなかった。

「魔法はある意味想像力です。魔力があれば、簡単なものは使えるものです。そのバングルにはアルフレッドの魔力が入っていますのでどうぞお試しください」

「えっと、お手本が見たいです」

元の世界に魔法は存在していない。ここは悠真の知るゲームの世界でもない。魔法は、未知のものだ。

ちらりとユーリはアルフレッドに視線を送り、動かないのを見ると頷く。

「いいですよ」

一歩前に出て軽く手を伸ばし、手のひらを上に向けると水が勢いよく噴き上がる。おお、と悠真が感嘆の声を上げると、水は竜に姿を変え的へ向かっていった。

ぶつかり、派手な音を立てる。水しぶきがおさまると、的がひとつ消えていた。

「すげぇ！」

魔法だ！　と、悠真は瞳を煌《きら》めかせる。一気にテンションが上がった。

「無駄に派手なことをして」

「チカに喜んでもらえるよう、がんばってみました」

「喜んだ！」

満面の笑みを、悠真はユーリに向ける。漠然としたイメージしかなかったので、直接見られて嬉しかった。

「では、チカもどうぞ。そのバングルだけでは、あのような派手なものは無理ですが」

「簡単なもので充分です」

全属性が使えると言っていたが、失敗しても害のなさそうな水をイメージする。手のひらの上に集めるように意識するが、まったく何も反応はなかった。

「だめです！　ユーリ先生！」

「少し確認をさせてください」

差し出された手に、悠真はバングルを渡す。ユーリはそれを腕にはめると人差し指を立て、炎を出現させた。

「正常に動作しますね。僕は普段、火属性は使えないので。どうやら、魔力がないとこのバングルは使えないようですね」

駄目か、駄目なのかと、悠真は肩を落とす。

「アルフレッド、直接チカに触れてください」

「は？」

唐突に話を振られたアルフレッドが、怪訝《けげん》そうにした。

「触れて直接魔力を渡せば、魔力ゼロの人でも使えるかもしれないですよ」

「その仮説が正しいか、実験がしたいんだろ」

「何を言っているのですか、チカのためですよ。ほら」

　さあ早く、とユーリがアルフレッドを急かす。

「何も口づけろ、なんて言っていないのですから、手くらいさっさと繋《つな》いでください。どこのヘタレですか」

「誰がヘタレだ。マティアスと一緒にするな」

「そうですね。僕もマティアスはどうかと思います」

　この場にいないのに、飛び火した。ぱっと、マティアスの顔が浮かぶ。

「でしたらどうぞ」

　ぽんぽんとテンポよく交わされる会話に、悠真は圧倒される。よくわからないが、マティアスがヘタレっぽいのは伝わった。

　いないので、異議を申し立てることもできない。

「相性が悪いと、魔力酔いを起こすだろ。ただでさえ、俺の魔力は強すぎるんだ」

「過保護ですね。手のひらから少量移すくらいなら、せいぜい軽いめまいでしょうに」

　魔力操作も得意ですよね、とユーリは言葉を継ぐ。

「あ、そのくらいなら試してみたいかも」

「ハル！」

「だって、使えるかもしれないんだろ。使ってみたい」

　めまいがするくらいのリスクは、リスクとは言えない。じいっと、期待の眼差しを悠真はアルフレッドへ向けた。

　わずかに逡巡《しゅんじゅん》した後、アルフレッドはあきらめたように小さく息を吐く。無造作に手袋を外すと、はい、と悠真に向かって手を出した。

　その長い指先を眺め、アルフレッドの顔へ視線を移す。どうぞ、というような笑みが浮かんだ。

「試したいんだろ？」

「試したい！」

　意気込んで返事を返し、けれどそろりと、差し出された手を悠真は取る。触れた瞬間、アルフレッドが小さく吹き出した。

「え」

「逆がいいと思うけど」

　逆？　と、悠真は首を傾げる。理解できず疑問符を頭の中に浮かべていると、アルフレッドが繋いだ手を軽く振った。

「これじゃ握手だよ。どうなるかわからないのに、向かい合って魔法を使うと危ない」

「あ」

「ああ、いいか」

指摘したアルフレッドが手を握り直し、悠真の背後に回る。後ろから抱きしめられているようにも感じる体勢に、悠真は軽く動揺した。

触れ合わせた手のひらからは、体温が伝わってくる。反対の手をアルフレッドは取ると、上向かせた。

「いい？　少しでも体調がおかしく感じたら、俺の手を振り払って」

耳元で、声が聞こえる。鼓動が騒ぎ出して、こくこくと悠真は頷くことしかできなかった。

あ、と吐息のような声がこぼれる。繋いだ手が、体温とは違う熱を伝えた。

「いいよ。魔法を使うことを意識して」

先ほどとは違い、炎のイメージが頭の中に浮かぶ。繋いだところが、熱を持っているように感じるせいだ。

すると、前に差し出した手のひらの上に炎が現れる。

驚いていると、的に向かって飛ばすようにと指示され、言われるままイメージすると飛んでいく。それは、的の端に当たった。

「うわっすげぇ、使えた！」

首だけで振り向き、アルフレッドに喜びを伝える。このまま、抱きつきたい気分だった。

「具合悪くは？」

「全然！　すっげぇ」

はっきり言って、アルフレッドのおかげでしかないが、無理だとあきらめていたものが使えたのは嬉しい。端から見ればこんなことで、と笑われるかもしれないが、楽しいものは楽しい。欲しいおもちゃを、手に入れたような感覚だった。

「せっかくなので、そのまま他の属性も使ってみては？」

ユーリに促されるまま、風、水、土――と試していく。些細なものばかりとはいえ、そのすべてが使えた。

ふむふむ、と頷いていたユーリがにっこりと笑う。

「二人の相性は、ものすごくいいみたいですね」

「へぇ、そうなんだ」

「他人の魔力を受け付けない人や、相性が悪い場合、今頃めまいに襲われてるか、動けなくなっています」

「全然そーいうのないけどなぁ。あったかいのが流れてくる？　感じがするくらいで」

「ええ、よかったですね」

　アルフレッド――と、背後に視線を流したユーリが、唇の端を引き上げる。

　ぱたん、と瞬きした悠真は、なんでアルフレッド？と、首を傾げた。

＊

　基礎的な学習が、先日一通り終わった。

　解放されたことを喜ぶ悠真とは違い、澪はさっそくより専門的な学習に取り組んでいる。家庭教師と学ぶ時間以外も、図書館の本を次々に読破していた。

　意欲的に取り組みすぎて、周囲が唖然としている。それは学習の面だけに留《とど》まらず、聖女が使う聖魔法を極めるどころか、全属性の魔法もかなり使えるようになった。

　本人の、自己申告だが。

　けれど澪は誇張するような性格ではない。周囲の反応も、それが正しいと裏付けていた。

　澪の魔法は習い始めの頃に少し見ただけなので、現在どんな風に使うのか悠真はまったく知らない。ユーリが見せてくれたような魔法も使えそうで、興味がある。澪と顔を合わせる機会は減っているが、今度会った時にでも見せてもらうつもりでいた。

　悠真はといえば、苦手なダンスに及第点がもらえた。かろうじて、と注釈がつくが。

　――まあ、いいでしょう。

　教師のその声を聞いた瞬間、定期考査を終えた後のような解放感があった。

　残る懸念事項は、ひとつ。いまだ悠真は、文字の記述があやふやだ。

　新しい言語の習得は容易ではない。時間がかかる。そう主張したいのに、まったく同じ条件の澪は、いつの間にか記述の方も完璧になっていた。

は？　と唖然として、さすが進学校でトップの成績だと、ただただ嘆息するしかない。

　やる気も成績も平均値でしかない悠真とは違いすぎる。かと言って、感心してばかりもいられなかった。

　文字が書けなければ悠真自身が困るわけで、お手上げだと投げ出すことはできない。なんとしても、覚えるしかなかった。

他が一段落ついた今しかないと、アルフレッドに付き合ってもらい、必死で習得中だったりする。読めるのに書けないちぐはぐさが、なんとも言えないもどかしさがあった。

「なんか、ひっどい字だよなぁ」

日本語も美しい字を書けていたわけではないが、それに輪をかけてひどい。悠真が書いた文字を眺めると、そんな感想しか出てこない。例えるなら、板書をノートに写す際に、きちんと書いているつもりが眠くて意味不明な文字になっているそれだ。

「少しずつ、上達してるよ」

「フォローありがと」

付き合わせているアルフレッドに、申し訳なさを感じる。参考に書いてくれるアルフレッドの文字は、整っていて読みやすかった。

少しずつ書ける語彙は増えてきているけど、文章にすると非常にたどたどしい。書くことに慣れるため、決めたお題について書いたり、アルフレッドと筆談したりしているのだが、時々群を抜いてひどいことがある。先日など『天気いい、俺を、外で、食べる、いかが』と書いてしまい、さすがのアルフレッドも頭を抱えていた。

悠真としては『天気がいいから、俺と外で食べませんか』と、書いたつもりだった。

本当はそこに『昼食を』と入れるつもりだったが、単語がわからず省略したせいでひどさが増し、うっかりアルフレッドを食人鬼にするところだった。

それ以来、絶対に他の人と筆談はするなとクギを刺されている。人に何か書いて渡す時は、読めるのだからよく確認するか、一度アルフレッドに見せるように言い含められた。

うっかり変な文章になったところで、悠真が笑われるだけなのだが駄目らしい。ただ相手が澪ならかまわないようだ。

「で、今日のお題は？」

「そうだな。恋文でも書いてみる？」

まさかの提案だ。

「わかってると思うけど、そんな相手いないよ」

予想外すぎて、なんで？と突っ込むのも忘れた。

こちらの世界に来てから、ほぼアルフレッドといる。

　他に会うのはメイドのアガットとマーサ、騎士団の人たちとも時々話すが、恋文を書いて渡すような相手はいない。澪は家族枠なので対象外だ。

「架空の相手？」

「むなしいって」

「なら俺は？」

「さらにハードルが上がった！」

　なんで、と笑われる。

「文章書く練習なんだし、気楽に書いたらいいよ」

　そんなことを言われても、ラブレターは気軽に書けるものではない。現代社会ではすっかりＳＮＳが主流で、手紙自体が若者には希薄なものだった。

「あー、でも確かに、外国語を上達させたければ、現地の恋人を作れ、とか聞いたことあるかも」

「へぇ」

「必死にコミュニケーション取ろうとするから、必然的に覚えるんだってさ」

「なら、それでいこうか」

「え、それってどれ」

「ハルの提案だよ。恋しい人に向けた言葉」

「いや、提案してない！」

「楽しんで覚えるのが一番だ」

　楽しいか？　と首を傾げないでもないが、否定するだけの嫌悪もない。羞恥があるだけで。

　それが簡単には頷けない、一番の理由なのだけれど。

「恋しい人に向けた言葉とか、俺わかんないよ」

「そうなのか？」

「そうなんだよ！」

「口説いたことくらい」

「ない！」

　食い気味に否定した。

　誰かを口説いたことも、口説かれたこともない。受けたことのある告白は、好きです、付き合ってください、だいたいこんな感じだ。

　これだけを文章にしても、まったく勉強にならない。

「あ、じゃあ、アルフレッドの考える、恋しい人へ向けた言葉を書くってことでどう？」

　思いつきで提案してみる。後学のためにもいいかもしれない。確実にモテるであろうアルフレッドなら、口説かれたことも、口説いたこともありそうだ。

　いつか役に立つ日のために、心のメモ帳に書いておこうと悠真は決めた。

「俺の、ねぇ」

「そうそう」

　こくこくと、悠真は頷く。極上の男の口説き文句に、興味もあった。

「俺もそういうのは縁がないんだけど。まあ、いいか」

「え」

　ないんだ、と悠真は驚き、すぐに口説く必要はないのかと自己完結した。

　そんな悠真の思考を見透かしたように、アルフレッドが嘆息する。

「ハル」

　呼ぶ声はやわらかい。とん、と長い指先が軽くテーブルをたたく。

「信じて、俺は今まで誰にも愛を囁《ささや》いたことはないよ。ずっと、恋しいと思える相手はいなかった」

　ぐ、と悠真は息を呑む。先ほどまでとは変わった真剣な口調に戸惑う。

「えっと……」

　反応に迷っていると、アルフレッドが笑った。

「書くんだろ？」

「あ！」

　始まっていたのかと、悠真は慌ててペンを持つ。文字を頭の中に思い浮かべながら書いていくと、間違っているところは、アルフレッドから指摘が入った。

　書き終えると、またゆったりと言葉が紡がれていく。

「だから、こんな風に惹かれ、伝えるのは初めてなんだ。ありきたりだけど、運命の、出会いだったのかもしれないな」

　手を動かしながら聞く、アルフレッドの声が穏やかで心地好い。とても自然で、悠真へ語りかけているような錯覚を覚えた。

「モノクロだった世界が、色づいた。楽しくて、そばにいると不思議と癒やされる。だから、これからもそばにいたい。ずっと」

　滔々《とうとう》と紡がれる言葉たちが、優しく鼓膜を震わせる。文字にするために頭の中で反芻《はんすう》していると、少しずつ、少しずつ、悠真の中に蓄積していくようだった。

「寂しくさせない。何があっても、俺が守るから」

　言葉に説得力がある。比喩ではなく、守ってもらっている。こんな風にアルフレッドに言ってもらえる人はきっと、幸せだ。

「だから」

　言葉を切ったアルフレッドに、悠真は何気なく視線を上げる。

　目が、合った。

　光の加減で色を変える瞳に、目を奪われる。緩み、甘さを増したような眼差しに、悠真は鼓動が跳ねた。

「俺に、愛を囁いて」

　一瞬、呼吸を忘れる。真摯に愛を乞う台詞に、思考が停止して悠真は動揺した。

　すぐに我に返り、今の状況を思い出す。ばくばくと、騒ぐ心臓の音がうるさい。

　記述の練習をしているだけなのに、アルフレッドの声で聞くから変な気分になる。まるで、本当に愛の言葉を囁かれ、口説かれているみたいに。

　そんな悠真の動揺を知ってか、知らずか、アルフレッドは言葉を継ぐ。

「好き、なんだ。きっともう、愛している。俺だけを見てほしい。だから、好きになってくれるまで待ち続けるよ――ハル？」

　限界だった。キャパシティは完全にオーバーした。

　悠真はうつむき、うなり声を上げることしかできない。

　無理だ。なんだこれ、恥ずかしい。ぐるぐると、そんな言葉ばかりが頭の中を回る。今にも頭が爆発しそうだった。

　ちらりとアルフレッドを窺《うかが》うが、平然としている。なんでそんなに平気で口説き文句を口にできるんだと、聞いている悠真の方が耐えられなくなった。

　こんな風に、アルフレッドに真摯な表情で口説かれたらきっと、落ちない相手などいない予感がした。

「ハル？」

　怪訝そうに声をかけられても無理だ。手はまったく動かない。これ以上アルフレッドからの甘い言葉の摂取は、間違いなく毒だった。

　じわじわと広がり、身体の中を侵し息を止める。

「あたま、ばくはつしそう」

　これは、無茶ぶりをした仕返しの類いなのだろうか。とはいえ、恋文などと言い出したのはアルフレッドだ。本当にどうしてこうなったと、嘆かずにはいられない。変なお題は、これからは絶対に拒否すると決める。絶対にだ、と悠真は疲れた気分で深い息を吐いた。

「やはり、少しずつ、だね」

くしゃくしゃと、髪をかき混ぜられる。慰撫《いぶ》するような優しい指先に、悠真は目を細めた。

先ほどまでの空気は霧散している。知らず入っていた身体の力を、そっと抜いた。

「おてやわらかにオネガイシマス……」

うん、とアルフレッドが頷く。

「気晴らしに、遠乗りでもいく？」

思わぬ提案だ。

ぱっと悠真は瞳を輝かせ、逡巡することなく飛びついた。


この世界に来てからずっと、悠真も澪も、王城の敷地外へ出たことがない。

だからといって閉じ込められているわけではなく、この世界での常識を学んだ後、いずれ城下の方へも案内すると言われていた。

確かに先日、一般常識といわれることは学び終えている。けれどアルフレッドの誘いは唐突で悠真は驚いた。喜んで、その申し出に飛びついたけれど。

今の生活に不自由はない。特に不満もない。ただ今まで日本国外にすら出たことのなかった悠真は、国外どころか世界さえ違う場所にいるのだから、どんな光景、どんな景色が広がっているのか興味はあった。

連れていってくれるのなら、喜んで行く。アルフレッドが一緒なら、危険もないはずだ。

ただ今回は街の方ではなく、少し馬を走らせたところにある森に、美しい湖があるのでそこへと誘われた。人気《ひとけ》のない静かな場所で、時々気晴らしに城を抜け出し行っていたと、悪戯《いたずら》を告白する子どものようにアルフレッドが笑った。

「何があるわけじゃないけど」

ずっと城の中で勉強だけをしているよりは、少し外に出てみるのもいい。馬を走らせるだけも気分転換になるのでは、というアルフレッドからの提案だった。

そのうち城下にも降りようか、そんな会話をしながら厩舎《きゅうしゃ》へ向かう。ここも初めて行く場所だ。

厩舎の所にいた厩番《うまやばん》に軽く手を上げるだけで、アルフレッドは中へ入っていく。両者の慣れた対応に、本当によく抜け出していたのが察せられた。

「俺の馬で、デュランダルだよ」

栗毛が美しい馬の前で足を止める。周囲の馬よりも、ひときわ大きい。アルフレッドの姿を見た途端、頸を上げ、短くいないた。

「ハルです。よろしく」

じいっと見てくる目を、悠真は見つめ返す。とても賢そうに見えた。

「近くで馬を見たの、初めてかも。結構でかいんだな」

「俺の馬は少し特殊なんだ。軍馬でもあるからな」

「へぇ……凛々《りり》しい顔してる」

「ハル、馬には？」

「乗れません」

即答。乗れるのは、自転車くらいだ。

「なら、相乗りでいい？」

「俺はいいけど、デュランダルは大丈夫？」

「ああ、力はあるし、頭がいいからね。ハルなら乗せてくれるはずだよ」

「ふうん」

俺なら？　と、悠真は首を傾げる。馬に好かれるような何かがあるとは思えない。確かに今のところ、悠真を拒絶する態度は見せなかった。

互いを窺うように見つめ合っている間にも、アルフレッドが自ら馬装を整えていく。おとなしくしているデュランダルは、機嫌がよさそうに見えた。

（ああ、一緒に出かけられるからか）

しばらくアルフレッドは、悠真につきっきりだった。知らないところで出かけていたのかもしれないが、間違いなく以前より、共に出かける頻度は減っていたはずだ。

「用意できたよ。デュランダル、行こう」

促し、馬房から外へ連れていく。

改めて外で見ると、かなりでかい。これどうやって乗るんだと、悠真はデュランダルを眺めた。

一人で乗れる気がしない。

「俺が先に乗って、ハルを引き上げた方がいいかな」

それに同意する。先に乗せられても、どうしていいかわからない。うっかり落ちそうだ。

「大丈夫。怖がらないで」

宥《なだ》めるように、アルフレッドが悠真の頭を撫でる。

俺か、とつい苦笑した。

不安が、表情に出ていたのかもしれない。

「デュランダル」

顔を寄せ、アルフレッドは何か話しかけている。ひそやかな声で、悠真の耳には届かない。その後軽くたたくように撫で、左手で手綱と馬のたてがみを掴《つか》むと、軽やかな動作で背に乗った。

鮮やかで、自然と見惚《みと》れる。アルフレッドにできないことなど、ない気がしてきた。

「ハル」

笑顔で、悠真を促す。小さく頷いた。

「アルフレッドのこと、俺が独占しててごめんな。乗せてくれると嬉しいんだけど」

声をかけ、差し出されたアルフレッドの手を取る。ぐいっと力強い腕に引かれ、デュランダルも終始おとなしくしていてくれたので乗ることができた。

ほっと、安堵の息を吐く。顔を上げると、かなり目線が高くなった。

「たかっ」

想像以上だ。

「俺が支えてるから、大丈夫だよ」

耳に直接吹き込まれるような、アルフレッドの声が聞こえる。ぎょっとして、悠真はやっと今の状況を正しく理解した。

狭い馬の背で、悠真はアルフレッドの前に座っている。後ろから支えられているというよりは、手綱を握ったアルフレッドに、後ろから抱きしめられているようにも見えた。

声も近くなるというものだ。

「まずは、ゆっくり歩かせるからな」

「ん、うわっ、結構、ゆれる……っ」

歩み出すと、予想外に縦揺れがある。バランスが、なかなかうまく取れない。視界が高いので、つい不自然に身体に力が入った。

「落とさないから大丈夫だよ。俺にもたれて」

申し出に甘える。身体を預けると、少し怖さが和らいだ。慣れてきたところで、アルフレッドはデュランダルのスピードを少しずつ上げていく。

高い！　速い！　なんだこれ、と悠真は心の声を盛大に上げる。頬を嬲《なぶ》る風の強さはジェットコースターのようで、体感はそれよりも優しい。

怖々揺れに身を任せていたが、少し慣れるとまわりを見る余裕が出てくる。デュランダルが駆けているところは、木々が生い茂る緑が豊かな自然の中だ。

着ている衣服をはためかせるのは涼やかな風で、向かってくるそれに悠真は前髪を乱されている。風を切って駆けていくと、景色はあっという間に流れていく。

「なんか、すげぇ」

感嘆の声が洩《も》れる。こんな経験、向こうの世界ではきっと、することはなかった。

「怖くない？」

「平気」

身体をアルフレッドに預けたことで、安定感が増している。普段ではありえない近い距離も、あっという間に慣れてしまった。

「ああ、ほんと気分転換にいいんだな」

「そうだろ」

城を抜け出し、遠乗りに出かけるアルフレッドの気持ちがわかる。悠真ならランニングで頭の中を空にするところだが、こうして自然の中を馬で駆け抜けるのは心地が好い。今度、乗馬を教えてもらうのもいい気がした。

「城って、抜け出していいんだ」

「今？」

「それもだけど、今までアルフレッドが」

「まあ、いいんじゃない？」

笑いを含んだ声が、答えだ。少し呆《あき》れて、すぐに気分転換も必要だよなと、悠真は結論づけた。

まわりはたまったものではないかもしれないが。

「もうすぐだよ」

少し、スピードが緩む。徐々に歩く速度まで落としていくと、やがて開けた場所に出た。

「おお、すげぇ」

今日は、そんな台詞ばかり口にしている。それも仕方がない。目の前に広がっていたのは、映像で観るような光景だった。

枝を伸ばし、緑の葉を生い茂らせる木々に囲まれた、澄んだ美しい湖が広がっている。時が止まったかのような静寂に包まれていて、情緒がないと言われる悠真でも、感嘆の息をついた。

「下りる？」

「いいの？」

「ああ」

手綱を左手で持ったアルフレッドは、右手でデュランダルの首や肩を優しく撫で落ち着かせる。それから身体を沿わせながら、静かに下りた。

「ハル」

　手を貸し、危なげなく悠真を下ろす。それなりに体重はあるはずなのに、軽々と扱われると少し複雑な気分になった。

　おまけに、全身の筋肉が痛む。アルフレッドが支えてはくれていたけど、無意識にバランスを取ろうとしていたらしい。腹筋と背筋、そして太ももの筋肉が特に悲鳴を上げていた。

「筋肉欲しい」

　平然としているアルフレッドが羨ましい。

「なに、急に」

「アルフレッドがいい身体すぎる」

　口にしてから、前にもこんなやりとりをした気がした。

　一瞬、アルフレッドが目を丸くする。すぐに緩い笑みを浮かべた。

「ありがと。ハルが俺の身体を気に入ってくれたなら、鍛えていてよかったよ」

　決して間違ったことは言っていないのに、語弊があると訴えたい感じがなんとも言えない。

「触る？」

「……アルフレッド、無防備すぎない？」

「ん？」

「俺が襲いかかったらどうすんの？」

　油断大敵、という言葉がある。容姿で苦労していそうなのに、普段から距離は近いし、妙に無防備だ。襲われそうになったこともある、なんて言っていたが、原因はアルフレッド疑惑が悠真の中でむくむくとわく。

　結構真剣に言ったのに、アルフレッドは盛大に吹き出した。喉を鳴らし、肩まで震わせ笑っている。

「アルフレッド！」

「だってさ、ハルが俺を襲うとかさ」

　まだ笑っている。むすりとしていると、やっと笑いをおさめた。

「いつでも襲ってくれていいよ」

　軽く、両手まで広げる。腹が立つ。嫌がらせに飛び込んでやろうかと、悠真は一瞬考えた。

「どーせ、簡単に返り討ちにできるって思ってんだろ」

　睨めば、返事の代わりに軽く肩をすくめる。そんな姿さえ様になるのだから、ずるい。

「むきむきになりたい」

容姿はもうどうにもならないので、せめてガチムチマッチョになって、アルフレッドを見返したい気持ちになってきた。

「俺のこと襲いたいから？」

「それはもういいよ」

「残念。期待したのに」

戯《ざ》れ言《ごと》は無視することに決めた。

ぐるりと、あたりを見回す。緑に囲まれ、木々の隙間から差し込む日差しが光と影を落としている。湖のそばに、覚えのあるシロツメクサを見つけた。

足下はまったく整備されていない。人の手の入っていない自然が、そのままあった。

湖に近づいてみる。底が見えそうなほど澄んでいるが、深そうだ。

「好きに散策していいよ。魔物は出ないはずだから」

「……はず？」

「俺は出会ったことない」

「ああ、そう」

想定外に出ても、アルフレッドがなんとかしてくれるはずだ。そうでなければ、こんな風に平然としていない。

「魔物って、結構出るもん？」

「辺境と言われる場所や、街道にはそれなりに」

「ああ、冒険者って呼ばれる人たちが対処してくれるんだっけ」

「そうだね」

異世界ならではの職業だ。

「興味ある？」

「まあ、少し？」

危険な目に遭いたいわけではないが、見て見たくもある。ギルドには一度行ってみたい。

「冒険者って、誰でもなれるもん？」

「一応……ハル、なりたいのか？」

「いや、単なる好奇心？」

興味本位だ。実際に魔物を狩るとか、無理に決まっている。平和な日本生まれの日本育ちだ。魔力もない。

現在進行形で甘やかされている自覚もあるので、無謀な試みはするつもりなかった。

「それならよかった。荒くれ者も多いから」

機会があったら、遠くから眺めるプランに変更を決める。危険は回避が鉄則だ。

「ん？」

急に、あたりが薄暗くなる。何気なく見上げた空は、黒い雲に覆われ始めていた。肌を撫でる風は冷たい。湿気を、多く含んでいるように感じた。

「降りそうだな」

アルフレッドの呟《つぶや》きを肯定するように強い風が吹いて、ざわりと枝葉をざわめかせる。遠くから少しくぐもったような、ごろごろと低い音が響いた。

「戻った方がいいな」

「ん、あ」

頬に雫《しずく》が落ちる。見上げた途端、また頬に落ちて、肩にも落ち、ぱたぱたと落ちる雫が勢いを増した。

雨の匂いが強く香る。

「ハル！」

促され走る。アルフレッドの後に続き、枝を大きく伸ばし、葉を茂らせている木の下に飛び込んだ。けれど葉の隙間から、雨の雫はこぼれ落ちてくる。かろうじて、雨宿りができる程度だった。

湿った土の匂いが立ちこめている。目の前に広がる景色は雨に滲《にじ》んで、先ほどまでとは印象をがらりと変えていた。

「まいったな」

「まさか降るとはね」

こちらの世界に来てから初めての雨が、たまたま出かけた今なのだから、なんて確率だ。

「悪かった」

「え」

思わぬアルフレッドからの謝罪に、悠真はきょとんとする。何かをされた覚えはない。

「連れ出さなければ、濡れることもなかった」

ああ、と言いたいことを理解する。律儀だな、と悠真は苦笑した。

「アルフレッドが謝ることじゃないだろ。連れ出してもらって、俺すげぇ楽しい」

「ハルだな」

向けられる眼差しがやわらかい。

「え、何が」

くしゅん、と小さなくしゃみが出る。雨のせいで、気温が下がっていた。濡れたシャツが、急に冷たく感じる。寒さを感じる身体は、勝手にふるりと震えた。

雨は、少しも弱まる気配を見せない。ずぶ濡れになりながら、帰ることになりそうだった。

不意に、肩にわずかな重みを感じる。ぬくもりも感じて、悠真は暗い空を見上げていた視線を落とした。

アルフレッドが脱いだ上着を、悠真の肩にかけてくれる。それに慌てた。

「アルフレッドが寒いだろ！」

「平気だよ。それにシャツが透けてる」

見れば、肌にぴたりとシャツが張り付き透けている。そんなの気にしないが、悠真が上着を返すと言ったところで、アルフレッドは受け取りにそうにない。押し問答になる予感しか、なかった。

逡巡して、甘える方を選ぶ。気遣いは嬉しい。

「ありがと」

応えるようにアルフレッドが緩く笑むと、一瞬、空が明るくなる。その後すぐに、地響きと共に雷鳴が鳴り響き、雨の音がさらに激しくなった。

枝葉の隙間から落ちてくる雫が増える。すっかり濡れて額に張り付いた前髪を、アルフレッドが鬱陶しそうにかき上げた。

整った顔があらわになる。ぽつりと落ちた雫が頬を伝い、首筋に落ちていった。

目が離せなくなる。視線を感じたのか、アルフレッドが視線を悠真に流し、目が、合った。

ハル、と呼ばれた気がする。けれど激しい雨が音を遮り、それは定かではない。この雨では、会話さえままならない。きっと耳元で話さなければ、はっきりとは聞こえない。

ぽたりと、悠真の頬にも雫が落ちる。伝い落ちるそれを、アルフレッドの指先が拭う。触れた体温があたたかい。冷えた頬に体温を移すように、大きな手のひらが添えられる。そのまま動けずにいると、目元に雫が落ちて、悠真は反射で目を閉じた。

なぜかすぐに目を開けられない。妙な空気に、呑まれたのかもしれない。自己分析はうまくできなかった。けれど不自然すぎると気づき、悠真がそろりと瞼《まぶた》を開けると、間近にアルフレッドの瞳が見える。く、と息を呑み、悠真は思考も何もかもが固まった。

わずかな見つめ合いの後、空を切り裂くような稲妻が走る。どおん、と身体の奥にまで響く雷の音があたりに響き、悠真はびくりと肩を震わせた。

停滞していたような時が動き出し、アルフレッドの唇が寄せられる。鼓動が、跳ねた。

「やみそうにないし、濡れるの覚悟で帰ろうか」

耳元近くで、アルフレッドが告げる。それに頷きはしたが、悠真は息苦しいほどに鼓動が騒いでいた。

激しい雨の中でもおとなしく主《あるじ》を待っていたデュランダルは、雷鳴にも怯《おび》える様子はない。葉が茂った木立の傍らでたたずむ姿は、凛《りん》としていた。

足下にたまった雨水を跳ね上げ、駆け寄るアルフレッドと悠真の姿に気づくとひと声いななく。

「ハル」

手綱を握りながら、アルフレッドが顔を寄せてくる。軽く息を詰め、そんな些細なことで動揺する自分に悠真は舌打ちしたくなった。

「少し無理をすれば、転移魔法で城に帰すこともできるけど」

「は？」

王城の敷地内は、転移魔法に制限があるはずだ。

とはいえ、使用不可ではない。悠真の覚え方として『常識的に考えて転移で訪れては駄目な場所』を除けば、敷地内でも転移魔法は使える。城外に転移するのも基本的には自由だ。

けれど外から王城の敷地内へ転移しようとすれば、結界に弾《はじ》かれると家庭教師から聞いている。どう考えても、少しの無理ではない。

「そんな無理いらないからな。絶対やだ」

間違いなく聞こえるように、悠真は声を張った。

言い方からして、悠真だけを帰す気でいる。一人帰されるのも嫌だし、禁止事項を破り、アルフレッドが罰せられるのも嫌だった。

「ハルなら、そう言うか」

ぽつりと呟かれた声が、雨音に混じり聞こえる。予想はしていたらしい。黙っていればそんな手段があるなど悠真はわからないのに、あえて提示して選択を委ねるところがアルフレッドだ。

「なら、少し急ぐよ」

帰城を急かすよういななくデュランダルの背に引き上げてもらい乗ると、返したはずの上着を頭からかけられる。それに悠真は慌てた。

「アルフレッドの方が寒いだろ！」

たたきつけるような雨だ。後ろから腕を回され、身体で雨からかばわれている悠真より、アルフレッドの方が体温を奪われる。

「向かい風でハルの方が寒いんだよ」

訴えは聞き入れてもらえない。

上着ごと抱え込むようにされ、デュランダルが走り出したので返すことは困難だ。暴れて、迷惑をかけるのも本意ではなかった。

「舌を噛むと悪いよ」

　話はおしまいとばかりに告げられ、悠真は仕方なく唇を閉じる。駆けるスピードは、先ほどよりも速い。初心者の悠真に配慮されていたのだと知る。揺れも大きく振り落とされそうで身を固くしていると、腹に腕が回された。

　ぎゅ、と力が入る。身体が密着して、背にアルフレッドのたくましい胸が当たった。

「支えてるから、楽にしてて」

　片方の腕で悠真を抱きしめ、片手で難なく手綱を操っている。ぐんぐんとスピードは上がっていくが、力強く優しい腕にわずかな困惑はあっても、怖さは感じなくなった。

　すっぽりかぶされた上着で、打ち付ける雨もあまり感じない。安心できる腕の中で悠真はいつの間にか肩の力が抜け、胸に身体を預けていた。

　こんなところを、アルフレッドに好意を寄せる令嬢に目撃されれば、恨まれ、妬まれそうではある。考えてみれば、記述練習のためにアルフレッドが口にした台詞も、経緯を知らない誰かに聞かれたら誤解されてもおかしくなかった。

　なんて意識を無理やり違うところへそらし、現実逃避してみたけれど、先ほど間近で見たアルフレッドの瞳が瞼の裏に焼き付いている。濡れた前髪を上げ、あらわになった額に印象が変わり、向けられた流し目は色気があった。

　色っぽい、なんて、今まで誰に対しても感じたことはない。戸惑うと同時に、色気に当てられていたのを本人に見透かされたようで、悠真は内心狼狽《うろた》えていた。

　と、少し時間を置いた今ならわかる。あの時は、肌に触れた体温だけがリアルで、間近に見るアルフレッドの瞳に目を奪われていた。

（キス、されるのかと思った）

　思考は結局、避けていたそこにたどり着く。あの瞬間を思い出せば、羞恥で暴れ回りたくなる。それは悠真の盛大な勘違いで、うるさい雨の音に遮られないように会話するため、アルフレッドは顔を寄せただけだった。なんて、恥ずかしい勘違いだ。

　相手に不自由しないだろうアルフレッドが、悠真に手を出すわけがない。自意識過剰だ。居たたまれない。

そんな感情を抱えてアルフレッドの腕の中にいるのだから、他のことへ思考を逃がそうとしてもうまくいくわけがない。思考は勝手に、アルフレッドとのやりとりを反芻していた。

　堂々巡りの思考に羞恥が限界に達して、遠乗りに出かける前のやりとりに、毒されていたのかもしれないと悠真は結論づける。とりあえず、うっかりした変な勘違いは、頭の隅にぎゅぎゅっと押し込めるイメージで、居たたまれなさを薄めることにした。

　思い込みも大切だ。大丈夫、アルフレッドは気づいていない。そんなことをつらつらと考えているうちに城に着く。雨は、弱くなっていた。

「アルフレッド様！」

「すまない、デュランダルを頼む」

　迎えてくれた厩番に、アルフレッドはデュランダルを預ける。全身びしょ濡れなので今更なのに、悠真を部屋へ急がせた。

「俺より、どー見てもアルフレッドの方がびしょ濡れだって」

　送ってくれなくてもいい。現地解散を希望する。

「鍛えてるから平気だ」

　そんなことを言われれば、目がいってしまうのも仕方がない。

　濡れたシャツはアルフレッドの肌に張り付き、身体の線を鮮明にしている。自己申告通りに鍛えられた身体を目の当たりにして、悠真は動揺した。

　くそっと内心で悪態をつき、そんな場合ではないと言い聞かせる。

「だめだって。早く風呂入んないと」

「ハルを部屋に送ったら」

「こっからなら。ひとりでも戻れるって」

　滞在している部屋は覚えた。さすがに迷子にはならない。

「だめだ。俺が連れ出したせいで濡れたんだから」

「行くって言ったの俺だし、完全に同罪」

　なのに、どうあっても引かないアルフレッドに、悠真はあきらめの気持ちが強くなる。埒があかないやりとりをするより、さっさと部屋に送ってもらい、アルフレッドも部屋に戻ってもらう方が早かった。

「なら、俺が部屋戻ったらすぐに、アルフレッドも風呂入りに行けよ」

「……ああ」

妙に嘘くさく感じるが、信じるしかないのがもどかしい。

「どうかされましたか」

騒いでいた声が聞こえたのか、マーサが顔を見せる。びしょ濡れの二人を見た途端、目を丸くした。

「まあ！　なんですか、そんなに濡れて」

「遠乗りに出かけて降られたんだ。ハルを風呂に頼む」

「わかりました。アルフレッド様も早くお部屋へ」

「いや、俺は」

「そのような格好でうろつかれては迷惑です」

きっぱりと、マーサが言い切る。おお、と悠真は小さく感嘆の声を上げた。

「それにそのように濡れたままではハル様も気に病まれます。部屋に戻り風呂と着替えを済ませてください」

まっすぐにアルフレッドを見据え、マーサが告げる。やがて、はあ、とアルフレッドが観念したように息を吐く。母のような存在のマーサには勝てないようだった。

「わかった」

喝采をマーサに送る。この様子では、自分のことは後回しにするつもりだったのが窺えた。

「アガット、後は頼みました」

指示を残し、アルフレッドを追いやる。信用がないのか、マーサも後をついていった。

「さあ、ハル様も」

二人を見送っていると、悠真もアガットによって浴室へ押し込まれる。確かに人のことを気にしている場合ではない、ずぶ濡れの状態を思い出した。

くしゅ、とくしゃみが洩れる。風邪を引くと悪いので、悠真はさっさと濡れた服を脱ぎ浴室へ向かった。

シャワーを浴びると湯が熱く感じる。自分で思うより雨で冷えていたらしい。ざっと身体を洗うと、湯船へと身体を沈めた。

ふう、と深い息が自然とこぼれる。温かい湯が心地好かった。じわじわと、心も身体も緩んでいく。

今頃アルフレッドも、冷えただろう身体を温めていてくれたらいい。べたりと思考に張り付いている事柄たちには気づかない振りでごまかして、悠真はぐ、と身体を伸ばした。

＊

「マーサ、なんでついてくるんだ」

　正論で言い負かされ、自室へと追いやられたのは仕方がない。確かに濡れた衣服は、さっさと着替えてしまうべきだ。滴るほど濡れていれば容赦なく体温を奪っていく。アルフレッドも、寒さを感じないわけではなかった。

　だが、マーサが部屋までついてくる必要はない。身の回りのことは、一通りアルフレッド自身でできた。

「その濡れた衣服の回収です」

　苦い顔で、アルフレッドは舌打ちする。付き合いの長い相手は性質が悪い。絶対に口では勝てない。世話をするのではなく、洗濯物の回収だと言われてしまえば、必要ないと邪険にはできなかった。

　降参だ。仕方なくマーサを伴いアルフレッドは自室に戻る。そこで上着を、悠真に預けたままだったことを思い出した。

「マーサ、上着はハルのところだ」

「後ほど、受け取っておきます」

　急ぎ必要な物ではない。頷き着替えるつもりでいると、マーサに行く手を阻まれた。

「浴室の方へどうぞ。着替えはお出し致しますので」

「着替えるだけでいい」

「いけません。湯に浸かり、しっかり温まってください」

「必要ない」

　素っ気なくあしらっても効果はない。

　静かな笑みを、マーサは浮かべた。

「うっかり間抜けにも体調を崩すなどしたら、ハル様が気に病まれますよ」

　無遠慮で、容赦がない。けれど確かにそうだ。治療魔法はあるが、雨に濡れた後体調を崩したという事実に、悠真は心を痛める。痛いところを突かれ、アルフレッドは深いため息で返事をした。

「ゆっくり温まってから戻られた方が、急ぎ戻るよりハル様は喜ばれるかと」

　今頃は、悠真も湯に浸かっている。風呂は好きだと言っていた。食事の時間はまだ少し先で、マーサもここにいる。

「わかったよ」

　結局、マーサには敵《かな》わない。

「……嬉しそうだな」

「そう見えるのであれば、そうなのでしょう」

「うるさい」

「まあ、何も言ってはおりませんよ」

　わざとらしく、マーサは大げさな反応を見せる。向けられる眼差しに、アルフレッドはすべてを見透かされているような錯覚を覚えた。

　どうにも気まずい。

「視線がうるさい」

　嫌そうにアルフレッドが眉を寄せると、くすくすとマーサが吐息で笑う。表情がすっかり、メイドとしてのそれではなくなっていた。

「風呂に行く」

　これ以上、余計なことを言われたくない。今度こそ素直に、アルフレッドは浴室へ向かった。

　歩くのに合わせ、毛先からぽたりと雫が落ちる。普段ふわりとしている少し癖のある髪は、雨で濡れてぺたりとしていた。

　たっぷり水分を含んだ衣服も肌に張り付いている。客観的に見ると、確かにひどい状態だった。まるで服を着たまま、シャワーを浴びた後のようだ。もしくは、湖に落ちた。

　運の悪さに顔を歪め、濡れた服の脱ぎにくさに辟易する。手間を取られながら脱ぐとまとめて、回収しやすいようにしておく。どさりと重い音がしたので、回収する方も濡れそうだ。

　濡れた肌が外気に触れ、ざわり、とざわめく。さっさと温まろうと、アルフレッドは浴室で頭からシャワーを浴びた。

　先ほどまでとは違う温かい雫が素肌を軽やかにたたき、つるつると滑り落ちていく。

　心地が好い。気持ちも緩んだせいか、シャワーの水音が記憶を呼び覚ましたのか、思考が緩やかに流れ、湖での出来事を反芻した。

　自然と、深いため息がこぼれる。自らが取った行動に、アルフレッドは自嘲した。

　――やみそうにないし、濡れるの覚悟で帰ろうか。

不自然さはあったが、ごまかされてくれたと思いたい。うっかりやらかしそうになったのはアルフレッドだが、無防備なのはどちらだと説教したい気分だった。

　信用されているのは嬉しい。その信頼を裏切るつもりもない。けれど本能的な衝動があるのも事実で、たぶん、と付け加えるしかない。

　自制心は強い方だが、触れたい、なんて衝動を今まで誰かに対して持ったことがないので、自らの行動を諫《いさ》めきれるか定かではなかった。

　こんな感情をアルフレッドが抱えているなど、悠真はきっと気づいていない。

　常識の違う世界にいるのに、無防備で鈍感。時々見せる危なっかしい行動に、アルフレッドが勝手に気をもんでいる。こんな状況になるなど想定外もいいところだ。

　最初は、ほんの少しの興味だった。

　エドワード主導で聖女召喚の儀式を行うことを知り、ただの見学であることを告げ、立ち会わせてもらうことにした。

　異世界から召喚など半信半疑だったが、驚くことに成功する。けれど現れたのは二人だった。

　黒髪に黒い瞳、身につけている衣服で、異なる世界に生きる者だとすぐにわかった。アルフレッドが部外者に徹して眺めていると、エドワードは女性の方にしか興味を示さない。それならばと様子を窺い、タイミングを見計らって、アルフレッドは悠真の後見人に名乗り出た。

　異なる世界から渡ってきた、生まれから何もかもが違う相手と話してみたい、そんな好奇心からだった。

　思いつきではあったが、持っている立場がそれを可能にする。普段は鬱陶しく、受け入れてはいても執着などない、手放すことさえ惜しくないそれが今回は役に立った。

　きっかけは好奇心からとはいえ、悠真の後見人となったからには役割を果たすつもりでいた。ただ深く関わるつもりはなく、一線を引いていた。

　けれど素直な賞賛、なんの下心もない言葉と態度で、悠真はするりと境界線を越え近づいてくる。距離を詰められることが不快ではないことにアルフレッドは驚き、今でも少し戸惑っていた。

　もしも悠真がただ現状を嘆き、自分の権利だけを主張し、人に縋《すが》るのを当たり前とするような性格であればここまで関わっていない。最低限の役割を果たすだけだった。

　そんな最悪の想定と真逆に行くのだから、悠真を好ましく思うのも当然かもしれない。芯があり、己を持っている。時々斜め上の思考で行動するので、悠真はまるでびっくり箱のような存在だった。忘れていたどきどきハラハラを、アルフレッドに与えてくれる。楽しいなんて、久しく感じなかった感情だ。

日常にほんの少し彩りを与えてくれる存在。それで良かったはずなのに、近くなった距離は余計な感情と衝動も連れてくる。あの時悠真が目を開けるのがもう少し遅かったら、口づけていた。

気持ちごと手に入れるまで、気長に待つつもりでいるのに、触れてしまえばきっと止められない。確実に、唇を触れ合わせるだけでは済まなかった。唇を割って舌を差し込み、無遠慮に口内を蹂躙《じゅうりん》していた。

舌を搦《から》め捕り擦《こす》り合わせ、唾液を混ぜながら、濡れたシャツから透けていた乳首を指先で——慌てて、アルフレッドは思考を止める。体温が上がった気がした。

いかがわしい妄想を振り払おうとして、うまくいかない。サイアクだ、とアルフレッドは苦い気持ちを噛みしめた。

3　異世界は油断大敵！

優しくて、時々ほんの少し意地悪な人。

そんな印象を、アルフレッドに対して悠真《はるま》は持っていた。

年の差はそうないのに、どこか過保護なところがあって——喚《よ》ばれて早々に剣が飛んできたり、迷子になったりしたせいかもしれないが。

意地悪に関しては、悠真をからかって遊ぶのを楽しむ程度だ。どちらかといえば、趣味が悪いと表した方がいい。

もしかしたら森で悠真がした勘違いも、性質《たち》の悪い冗談だったのだろうか——そんな可能性がよぎるが、判断がつかなかった。

確かめる術《すべ》もなく、考えたところで答えは出ない。ならば忘れてしまえばいい。わかっていても、向けられたアルフレッドの瞳が脳裏から消えてくれなかった。

思い出せばまだ少し動揺するけれど、深呼吸ひとつで切り替えられる。昨夜アルフレッドと過ごす時間があったからだ。

風呂から上がってしばらくすると、同じように冷えた身体《からだ》を温め、着替えも済ませたアルフレッドが部屋を訪れた。少しラフな格好で、悠真のまだ濡《ぬ》れたままだった髪を見ると乾かしてくれた。

その後、普段同様とりとめのない会話をしながら夕食を一緒に取ったので、勝手に感じている妙な気まずさもましになっている。変わらない態度にほっとしたのか、夜もベッドに入った途端、あっという間に眠りに落ちて朝になった。

かなり疲れていたらしい。それを裏付けるように、慣れない乗馬のせいで変なところまで筋肉痛だった。

元々考えるのは苦手だ。真剣に悩まなければいけないような出来事が、二人の間にあったわけでもない。恥ずかしい勘違いなどなかったことにしようと、誰に言うともなく言い訳して、ふっと唐突に、誰かからアルフレッドの話を聞いたことがないと気づいた。

噂《うわさ》話も耳に入らない。人から見たアルフレッドは、まったくわからなかった。

だから悠真の持つ認識が、修正や上書きされない。

ほんの少しだけ、興味を惹《ひ》かれる。走るため今も騎士団の鍛錬場へ向かっているので、機会がありそうなのはマティアスだが、ごめんな、と知り合ってすぐの頃に謝られていた。

――勝手に教えると、俺がやばそうだから。

そんな言い訳と共に、悠真は何も訊《き》いていないのに。曰《いわ》く、うっかり口を滑らせそうだから、最初からアルフレッドに関することは話さない旨を宣言した、と言われ笑ってしまった。

悠真としては、ほんの少し性質が悪いな、と感じる以外は年上の余裕があり、アルフレッドはそばにいて安心できる人なのだが、知らない顔があるのかもしれない。

人なんて、多かれ少なかれそんなところがあるので、知ったところで落胆も失望もしないだろうが。

逆に、いつ悠真の方が見限られてもおかしくはない。役にも立たない異世界人の後見人など、面倒事の塊でしかなかった。

（このままいい友人関係を築けたらいいのに）

そっと心の中で嘆息し、朝の鍛錬場内へ視線を走らせる。マティアスはいないが、身体をほぐしている知った人の姿を見つけた。

「おはよ、チカ。今日も走りに来たのか。けどちょっと遅い？」

先に声をかけられる。笑顔を向けられ、悠真も笑顔を返した。

「おはよ。ちょい寝坊した。マイクだって自主練だろ」

「まあな」

最初は遠慮がちに、挨拶を交わすだけだった。それが今では、自主的に早朝の鍛錬をしている新人騎士と、悠真は雑談するまでになった。

その中の一人が、マイク・クラークだ。話す内容はいつもとりとめがない。今も並んで走りながら、ぽつぽつと交わす会話の話題は、ころころと変わっていく。主に、話題を振るのはマイクだ。

「もうすぐ祭りがあるだろ。チカも行くのか？」

声はまだ、しっかりしている。走るのにも余裕がありそうだ。

「祭りって？」

ぱっと浮かぶイメージは、神社の境内、ぼんやり明るい提灯《ちょうちん》、お囃子《はやし》に、ずらりと並んだ出店。ソースの焦げる匂いが空腹を刺激して、わたあめ、林檎飴《りんごあめ》の甘い匂い、しゅわりと弾《はじ》けるラムネ、夏の風物詩だ。妙に懐かしく感じる。うっかり定番の浴衣姿を、アルフレッドで想像してしまった。

「豊穣祭だよ。今年度の豊穣に感謝の気持ちを捧《ささ》げ、また次年度の豊穣を願う祭りがあるんだ」

「へぇ」

「興味あるなら、一緒に行くか？」

　思いがけない誘いで、ありがたい申し出だ。

　楽しそうで、悠真は行ってみたくなる。異世界の祭りに惹かれた。

「うーん、行ってみたいけど、俺が出かけるのは簡単じゃないよなって」

　ふらりと、出かけられる立場ではない。市井《しせい》の方へ行ったこともなく、色々な人たちに迷惑をかけそうで、行く、と即答できなかった。

「そっか」

「ん、誘ってくれたのは嬉《うれ》しい。てか、マイクは彼女とかと行かないのか？」

「いねぇよ！」

　ドンマイ、そんな気持ちで、悠真は緩い笑みを返す。貴族なら婚約者くらいいそうなのにと思ったが、言わないでおいた。

　それから少しずつ会話が減っていく。やがてざっくり決めた距離を走りきると速度を落とし、軽く流してから足を止めた。呼吸を整えていると、傍らで荒い呼吸を繰り返していたマイクが座り込んだ。

「チカ、すごいな」

「え？」

「俺、結構身体鍛えてるつもりなのに、チカも平然と同じだけ走ってるしさ」

「走ることに関してだけだろ。他は問題外だし」

　見よう見まねで木剣を振り回しても、すぐに腕が限界を訴える。マイクの練習相手にすらならない。

「騎士を目指してるわけじゃないのか？」

「目指しては、ないかなぁ」

　どう考えても、騎士は無理だ。正義感などないし、悪意あるものだとしても傷つける覚悟を持てるとは思えない。必要に迫られれば違うのかもしれないが、今現在危険な目に遭ったこともなければ、魔物といわれる類いを目にしたこともなかった。

　それにまだ先のことは考えていない。考えられないと言った方が正しい。知らないことも多く、この世界に慣れるだけで精一杯だった。

　元々、将来の夢があったわけでもない。世界さえ変わってしまったので、選択肢さえ曖昧だ。

　あえて上げるなら、スローライフを思い描いている。異世界に転移しておきながら、と思わないでもないが、魔力もないのだし、そのあたりが妥当だ。スローライフにも、漠然としたイメージしかないが。

「そっか。てっきり騎士になりたいのかと」

　鍛錬場にちょくちょく顔を出しているので、誤解されたようだ。限られた場所にしか行けない悠真は、鍛錬場がランニングするのにちょうどいいだけだ。

「マイクは、学園の騎士科を卒業したんだっけ？」

「ああ、騎士科から騎士団に入ることが多いからな。特待生枠で通ってたやつも、ここは結構いるし」

「特待生枠？」

「知らないのか？　この第二騎士団は平民もいるんだよ」

「へえ」

　そういえば、聞いた記憶がある。対して第一騎士団は、貴族だけが所属しているとも聞いた。

　いわゆる、古くからある体質を継承している部隊。

老害、と言ったのは誰だっただろうか。

　アルフレッドが所属している第三騎士団は、完全に実力主義。家柄なんてまったく考慮されない。希望しても簡単には入れないらしい。そんなところで副団長をしているアルフレッドの実力は、かなりのものだ。

「……それだけか？」

「それだけ？」

　意味がわからず悠真は首を傾《かし》げる。窺《うかが》うような視線で、マイクにじっと見られた。

「なんかないのか」

「なんか？」

「ないならいいよ」

　まったく浮かばない。

　なぜかマイクは苦笑する。意味がわからない。

「平民なんて、って割とあるからさ」

「ああ、そっか。そーいうのがあるのか」

　面倒くさい、が正直な感想だ。身分制度は、この世界に来るまでは馴染《なじ》みのなかったものだ。

　それだけかよ、とマークが笑う。

「俺、貴族じゃないし」

「……そうなのか？」

「保護されてるだけ？」

悠真にも、立ち位置がよくわからない。特に気にしていないとも言えた。

「よくわかんないし、なんでもいいよ」

「いいのかよ、それで」

「いいんじゃない？」

今のところ、身分を提示することもなければ、意識することもない。狭い世界で、悠真はのんびり異世界生活を送っていた。

「ほんと無頓着だな。そーいや、字は書けるようになったか？」

以前、字が書けないと嘆いていたのを覚えていたらしい。

「……まだヘンなこと書く」

うっかり動揺してしまった。せっかく忘れていたのに、不意打ちのように昨日のアルフレッドの台詞《せりふ》の数々を思い出した。

「ヘンなこと……面白そうだな。今度俺と筆談する？」

「いや、あんまりにもひどいから禁止された」

「どんだけひどいんだよ」

容赦なく笑われる。悠真としては、こんな風に笑い話にしてもらっていいのだが、禁止されたので仕方がない。

「マシになった方なんだけどな」

「まあ、がんばれよ」

「ああ。じゃあ、俺そろそろ戻るわ」

ただでさえ今朝は寝坊している。これから汗を流して、と考えるとゆっくり雑談してはいられなかった。

きっちり時間になると訪れる、アルフレッドを待たせてしまうことになる。

「そうだ、ネッドには気をつけろよ」

「ネッド？」

「ネッド・ハドソン。俺と同じ伯爵家で、ほんとは第三に入りたかったけど、だめだったんだ」

「ふうん」

だからなんだ？　と、視線で続きを促す。話が見えない。

「で、その憧れの第三騎士団副団長に叱責されたもんだから、それはチカのせいだって恨んでるみたいだぞ」

「は？」

「ほら、剣をチカに飛ばした奴いただろ。そいつだよ」

ああ、とアルフレッドの優美な動作を思い出す。

「え、それ完全に逆恨み」

むしろ、悠真は被害者だ。

「まあ、そうなんだけどさ。変にプライド高い奴で、自分の非を人に転嫁すんだよ」

「謎思考なんだけど」

「まあ、貴族なんて多かれ少なかれそんなところあるからな」

「マイクだって貴族だろ」

突っ込むと、マイクに苦笑を返される。ネッドは、親の権威を自分の権威だと思い込むタイプの、いわゆる勘違い子息だと教えてくれた。

似たもの親子で厄介な家だから、関わっていいことはないと忠告付きで。

「朝の自主練なんてするような性格じゃないし、そうそう会わないと思うけど念のため」

ありがと、と返した悠真は、困惑を滲《にじ》ませる。

「てかさ」

「うん？」

「俺、そのネッドって人の顔知らないんだけど」

気をつけようがない。

わずかな間があって、ぶはっとマイクが吹き出す。

「認識すらされてねぇし」

「ちらっとしか見たことなきゃ、覚えてないだろ」

話したこともない相手など、覚えているわけがない。

あの時はさらに真剣を使っていたこともあって、新人騎士は皆が鎧《よろい》を身につけていた。

だいたい常識的に考えて、恨まれるような場面でもない。謎思考が怖すぎる。

「うん、そうだよな。普通はそうなんだけど、チカはわかりやすいから」

地毛なのに目立つ髪を、染めたくなってくる。自然と、悠真はため息がこぼれた。

「一人でふらふらしてることなんてないけど、気をつけるわ」

疲れた気分になりながら、忠告してくれたマイクに礼を伝える。じゃあ、と悠真は踵《きびす》を返し、今度こそ本当にアルフレッドと朝食を取るため部屋へ戻ることにした。

＊

コンコンコン、と軽く握った拳で扉をノックする。すぐに、内側から応えがあった。

「失礼します」

そろり、と悠真は部屋に顔を出す。一人で訪れるのは初めてで、少し緊張していた。

「いらっしゃい。そんな遠慮がちにしなくても」

くすりと、軽やかな吐息で笑われる。迷惑そうではない。むしろ楽しそうだ。

「えっと、仕事の邪魔だったりは？」

最近忙しくしているアルフレッドを見ていると、思いつきで訪れてみたが悠真の来訪は迷惑でしかない可能性が今更よぎる。たとえ、いつでもどうぞと言われていたとしても。

「いいえ、まったく。どうぞこちらへ」

にっこり、そんな笑みを浮かべ、ユーリは執務机から離れ迎えてくれる。来ておきながらぐだぐだしているのも失礼かと、悠真は促されるままソファに腰を下ろした。

「一人ですか？」

向かいに座ったユーリが、扉の方へ軽く視線を流す。

「あ、えっと護衛の人はいるんで」

勝手に部屋を抜け出したわけではないと、主張する。護衛は扉の向こうにいた。悠真と共に中へ入るのは、固辞されてしまったからだ。

「ええ、それは大変結構です。が、アルフレッドは一緒ではないのですね、と」

ああ、とユーリが言いたいことを理解する。

「最近忙しいみたいで」

日に日に疲労の色が濃くなるアルフレッドとは、ここ二日ほど、食事も一緒に取れていない。その前の数日も、顔を合わせたのは朝食の時だけだった。

「今の時期は、王城内は忙しいですからね」

「そうなんですか」

丁寧な話し方のユーリにつられ、自然と悠真も丁寧な言葉遣いになる。混ざってもいいかと、悠真は気にしないことにした。

「ええ、豊穣祭があることは？」

「あ、この前聞きました」

楽しそうだな、と興味を持った記憶はまだ新しい。

「行くのですか？」

尋ねるユーリの唇が、弧を描く。

「誘ってはもらったけど、ふらふらって行ける立場じゃないなって」

詳しいことをアルフレッドに訊くつもりでいたが、忙しそうでタイミングを逃していた。

「行きたければ、行っていいと思いますよ」

「けど、俺が城外に出るのって、簡単じゃないんだろうなって」

「まあ、そうですが、申し分のない護衛と一緒に出かけるなら、問題ないかと」

「えっと……それ、今年度入団した騎士は？」

「――はい？」

「え」

驚いたようなユーリに、悠真も驚く。

「ちょっと待ってください。チカはどなたに誘われたのですか？」

「騎士団の人ですけど」

「それはマティアスでもなく、今年入団したばかりの？」

「はい」

頷《うなず》き肯定すると、なぜかユーリがこめかみを押さえる。

「……たぶん、お許しは出ないでしょうね」

「まあ、そうかなって」

落胆はない。そうだろうと、予想はしていた。

「チカはその彼と、いえ、僕には関係ないですね」

何か言いかけ、自己解決したユーリが緩く首を振る。小さく嘆息すると、言葉を継いだ。

「アルフレッドに、訊いてみるといいですよ」

「うーん、けど、忙しそうだし」

「いえいえ、ぜひ、今の話をそのまま伝えてください」

「今の話？」

「ええ、新人騎士に豊穣祭へ行こうと誘われていると」

「いや、無理ってわかってるんで」

「そう言わず、せっかくなので、こーいうことがあったと、そんな感じでかまわないので」

「それなら？」

何か意味があるのだろうかと、悠真は首を傾げる。ああそう、で終わるような話だ。

「そういえば、お茶も出していませんでしたね」

どこからともなく、紅茶のポットが現れる。高級そうなカップも現れ、悠真は目を見張った。

「え、どこから⁉」

「空間収納ですよ。魔法の一種です」

「へぇ！」

ふわりと、テンションが上がる。魔法を見ると、悠真は自然と表情が綻んだ。

優雅な手つきで紅茶が注がれたカップからは、やわらかな湯気が揺れている。当たり前のように魔法を使って見せるユーリに、悠真は目を輝かせた。

「チカは、素直でかわいいですね」

「かわいい、すか？」

そんなこと、言われたことはない。むしろ、愛想がないとよく言われていた。

「ええ。僕たちのまわりにはいないタイプです」

珍獣的なものかと悠真は解釈する。馬鹿な子ほど、かわいいとも言った。

「あ、子どもっぽい？」

些細《ささい》なことで目をキラキラさせている姿は、好奇心旺盛の子どもと同じだ。仕事も持っていて、落ち着いた人たちばかりの中、悠真は物珍しく目に映るはずだ。

だからアルフレッドは過保護なところがあって、悠真を甘やかそうとするのか。納得してすっきりした。

「これは、前途多難なんでしょうか、ね……まあ、苦労するのは僕ではありませんし、訂正はしないでおきましょう」

「はい？」

「いえ、空間魔法のかけられたバッグなどもありますので、アルフレッドにねだるといいですよ」

「ねだるとかないだろ。なんか高そうだし」

「それくらいの甲斐性《かいしょう》、アレにはありますよ」

「それはありそうだけど、俺相手には違うんじゃ？」

必要経費でいけるのか？　と、そんな考えがよぎる。空間魔法のかけられたバッグに興味はあるし、欲しいとは思う。ただ、悠真には分不相応な気はした。

「欲しいものは、欲しいと口に出していいのですよ」

「え、それはダメだろ」

言うだけはただ、ということだろうか。

「いえ、チカは望みを呑《の》み込まず言ってください。僕たちは、それをできるだけ叶《かな》えなければいけない。それだけのことを、したのですから」

「けど、なんか悪いなって」

「逆です」

「逆？」

「こちらの身勝手な心情としては、ある程度の我侭《わがまま》、おねだりはしていただいた方がいいのですよ。その分、微々たるものだとしても償いができていると感じるので。ですから気に病む必要はなく、どんどん言ってください」

「ええ」

我侭を言えなど、戸惑ってしまう。普通は戒められることだ。

「それに、令嬢にドレスや宝石を贈ることを考えれば、ねぇ」

ふ、と息を吐いて、ユーリが肩をすくめる。ぱっと浮かんだ人が普通かは知らないがなんとなく察するものがあった。

宝石なんて、きっと安くはない。

「貴族が積極的に金を使わなければ経済が回らないので、悪いことではないのですよ」

それならいいのか？　と、悠真は思案する。元々、訊くだけでもと来たのだ。

えいっと、口を開く。

「あの」

「はい」

「ずうずうしいなって思ってはいるんだけど」

「僕におねだりですか？　アルフレッドではなく」

愉快そうな表情だ。口元が笑みの形を作っている。

興味をたたえた瞳を、ユーリは悠真に向けた。

「何をご所望ですか？　どーぞ、言ってみてください」

やけに楽しそうな顔で尋ねてくるユーリに、悠真は背を押された。

「目の色を変えられるようなものが欲しいなって」

ぱっと浮かぶのはカラーコンタクトだが、こちらの世界にあるのかわからない。そして、できればコンタクトでないものがあったらいい。

「髪は帽子か何かで隠せるけど、目は無理だから。まあ、近くで見なければわからない気もするけど」

魔道具でそういうものがあればと思い、ユーリを訪ねてみた。

「そうですね、なくもない、というか、作れます」

「まじっすか！」

ええ、とユーリが頷く。

「直に、挿《い》れる方がいいです？」

「え、いや、挿れんのはちょっと……びびるんで」

ぱたん、と瞬《まばた》きしたユーリに、くすくすと笑われる。

やっぱり、子ども扱いが正しい。

「メガネにしましょうか。今、お作りしますね」

「そんな簡単にできるんだ……」

「ここをどこだとお思いですか？　魔術師塔ですよ。材料、素材、いくらでもあります」

それに、とユーリが言葉を切る。

「以前、どこかのやさぐれ男の素行不良に付き合っていた甲斐あって、個人的な手持ちの素材もたくさんあります。それこそ、稀少《きしょう》と言われるような素材までも」

はあ、と悠真は曖昧に頷く。魔術、素材、別世界すぎて、まったく想像がつかなかった。

あとどこの世界にも素行不良っているんだな、と思ったが、思うだけにとどめる。なんとなく、ユーリの台詞から、悠真の知る素行不良とは別世界な気がした。

先ほどの紅茶と同じく、何もない空間から材料と思わしき物が取り出されていく。その中のひとつで、手のひらに乗るサイズの薄いガラスにも見える素材を悠真は眺める。角度によって、色が変わって見えた。

「それは、クリスタルドラゴンの鱗《うろこ》ですよ」

「ドラゴン!?」

思いがけない名称にぎょっとする。悠真の中では空想上の生き物なので、価値が想像もできない。容易《たやす》く出てくるのだから、という気持ちと、先ほど言っていた稀少素材かも？　という気持ちがせめぎ合い、言葉を失う。

最終的に思考は放棄した。使って問題がないから、ユーリは躊躇《ちゅうちょ》なく取り出し使うのだ。考えすぎると頭が爆発しそうになる。

「えっと、これもユーリさんが自分で？」

「ええ、迷宮の隠し部屋の番人でした。予想外だったので、死を覚悟しましたね。まあ、この時に限らず、死んだ、と何度思ったことか」

想像して、悠真はぞっとする。かなりの実力者であろうユーリが死を覚悟する状況など、絶対に経験したくはない。

同時に、この世界はいつでも死と隣り合わせになり得るのだと、再認識させられた。

「けれど充実していたのもまた確かで、楽しかったですよ。あの頃を思うと、今は余生のようです。部屋にこもり、日々好きなことをしていられますので」

　突っ込みどころ満載な台詞のような気がするが、どう突っ込んでいいかも悠真はわからない。

「あ、さっき言ってたやさぐれた人？　と一緒に？」

「ええ。彼は生き急ぐように、いえ、死に急ぐと言った方がいいくらいで。無謀なことばかりし続けていました。きっと、生に執着がなかったんでしょうね」

　だから当時は行動を共にしていたと、痛みをたたえるような顔でユーリは苦笑する。

「まあ、今は楽しそうですよ。振り回されていますが」

　眉を下げた悠真に気づいたのか安心させるように付け加えて、ユーリは紅茶のカップを優雅に傾けた。

「少し、余計な話をしすぎましたね。作りましょうか。色は、僕に任せてもらっても？」

「作ってもらえるならなんでも！」

「さすがに話しながらは無理なので、少し集中します」

　頷いて、悠真は唇を引き結ぶ。作業の邪魔になってはいけない。

　けれど興味はあるので、黙ってユーリの手元を見つめる。何をしているのかは見ていてもまったくわからないが、手つきは優雅で目が離せなかった。

　やがて、きらきら光っていた鱗の輝きが落ち着き、ガラスのようになる。それをユーリは光にかざし、確かめるように眺めると、鱗越しに悠真を見た。

「レンズはできました」

「もう⁉」

「ええ。後はフレームにセットするだけです。デザインの、ご希望はありますか？」

「特には」

　種類も何もかもがわからない。そういう時は、任せるに限る。目的は目の色を変えることなので、デザインにこだわりはなかった。

「では、そうですね」

　まっすぐに、ユーリに見つめられる。視線が合うと、なんとなく居心地が悪かった。

「丸みがあって、下が少し細くなっているものにしましょうか。色はブラウン系、でしょうかね」

　さっそくフレームを取り出すユーリに、本当になんでも揃《そろ》っているのかと唖然《あぜん》とする。収納空間の中を、のぞいてみたくなった。

「えっと、レンズをはめるのもユーリさんが？」

「ええ、人に頼みに行くのが億劫《おっくう》なので、色々覚えました」

　なんでもないことのように言っているが、簡単ではない気がする。どうするのかと見ていると、フレームの上にレンズを乗せて手のひらをかざした。

　レンズの輪郭が揺らぎ、やがて眼鏡フレームのレンズ部分におさまる。どういう仕組みかはさっぱりわからないが、自然と感嘆の声が洩《も》れた。

「どうぞ」

　反対側も同じようにセットし終えると、渡される。あっという間に完成したそれを、悠真は眺めた。

「強度はかなりありますので、多少乱雑に扱った程度ではレンズに傷ひとつつきませんよ」

「色々すげぇ」

「どうぞ、かけてみてください」

　促され、かけてみる。今まで眼鏡に縁がなかったのでかけた違和感はあるが、視界に違和感はない。伊達眼鏡をかけているような感覚でしかなく、どう変わっているのかまったくわからなかった。

「きちんと、瞳の色は変わって見えますよ」

　満足そうに、ユーリが頷く。

「え、どんな感じなんだろ」

　室内を見回し、悠真は鏡を探す。

「残念ながらここに鏡はないので、後のお楽しみで」

「そっか。ユーリさんありがと！」

　新しいものはそわそわする。それも、今まで縁のなかった魔道具だ。嬉しくないわけがない。

「どういたしまして。そんなに喜んでいただけるなら、僕が用意できる範囲で、いつでもご所望の品をお作りしますよ」

「そんなこと言っていいんだ。すっげぇ甘えるかもよ」

「どうぞ。面白そうなので。色々と」

「そんなに、面白い発想はできないけど」

　真面目に言ったのに、なぜかユーリに微笑《ほほえ》ましいものを見る目を向けられる。

「そうでもないですよ」

「はあ？」

「お茶のおかわりを淹《い》れましょう。せっかくなので、ゆっくりしていってください」

「ほんとに、仕事の邪魔してない？」

「ええ、まったく」

部屋に戻っても、特にすることがなかった。

「リジェでも、喚んでみましょうか？」

嬉しい申し出に即座に頷くが、結果は以前と変わらない。愛らしい猫の姿は、目の前ですぐに消える。がっくりとうなだれた悠真に、ユーリは慰めるように高級そうな菓子を出してくれた。

遠慮なく手を伸ばしながら、ユーリとあったらいいな、の魔道具の話をする。充実した時間を過ごして、悠真は魔術師塔を後にした。


部屋に戻ると、マーサが出迎えてくれる。期待が顔を出し、予想通りにアルフレッドからの伝言があった。

今夜は、夕食の時間までには仕事を終わらせる予定なので、一緒にとの誘いだ。もちろん、断る理由はない。むしろ少しくらい遅くなっても待つ旨を、マーサに伝えた。

普段の夕食の時間までには、まだ余裕がある。手持ち無沙汰確実で、悠真は先に風呂に入ってしまうことにした。

その前に、鏡とにらめっこ。こんなに自分の顔を見ているのは初めてじゃないか？　と、頭の片隅で呆《あき》れながらも眺め、それなりに満足するとシャワーを浴びて、手早く身体と髪を洗う。浴室内に暖かな湿気と、爽やかでほんの少し甘い香りが広がった。

元の世界では、平気で髪も身体も同じ石鹸《せっけん》で洗うような無頓着さがあったが、こちらで手入れに手を抜くと、やはり世話係を、とアガットに言われるので仕方がない。正直面倒くさいが、説明された通りに並べられた物を使っていた。

ゆったりと湯に浸かると、心地好《よ》さに自然と息がこぼれる。ぼんやり眺める天井は、すっかりもう目に馴染んでいた。

本当に、優雅な生活をしている。元の世界でも親の庇護《ひご》下にいる学生だったので、今とそう変わらないといえば変わらないが、感情が違うと訴えた。

こうしていつでも入れる風呂、用意される豪華な食事、清潔な衣服、世話をしてくれる専属のメイドまでいる。ここまで至れり尽くせりでいいのかと、時々思うことがあった。そんなことを考えるあたり、根っからの庶民なのかもしれない。

「うーん」

ぐ、と手足を伸ばす。いい加減上がることにした。

つらつらと色々なことを考えていたせいか、少し長く入りすぎたようで暑い。さすがに上半身裸というわけにはいかず、シャツは羽織ってボタンをいくつか開けておくだけにする。髪は無造作に拭っていった。

だんだん面倒になり、雫《しずく》が落ちなければいいだろうと、湿ってはいたが指先で軽く梳《す》いて終わりにする。素足のまま歩くと、毛足の長い絨毯《じゅうたん》に包み込まれるようなふわふわな触感が心地好い。土足の生活に慣れない、とこぼしたら、あっという間にほぼ以前と変わらない環境が整った。

寝室は素足でも歩けるように、隣室は履き心地のいいスリッパを用意されている。澪《みお》の部屋も同じように改装されたようで喜んでいた。出入りする人が多すぎて、言いにくかったらしい。

作ってもらったばかりの眼鏡を手に、何気なく隣の部屋をのぞくと、ソファから出た足が見える。思わず、悠真は目をしばたたいた。

アルフレッドが横になっているなんて珍しい。それだけ疲れているのかと、納得した。

手に持った眼鏡に気づき、せっかくだから見せようとかける。悠真は柔らかく足を包むスリッパを履いて、アルフレッドの方へ向かった。

「ア——」

名を呼ぼうとして、悠真は慌てて呑み込む。

歩みを緩め、できるだけ音を立てないようそろりと近づいていく。

ソファに横になっているアルフレッドの瞼《まぶた》は、自然に閉じられていた。

触れられる距離まで近づいても、瞼は開かない。寝たふりで驚かせようとしている可能性もよぎったが、息をひそめ眺めていても、瞼が開く気配はなかった。

（寝ている？）

寝顔なんて初めて見る。

咎《とが》める人がいないのをいいことに、まじまじとアルフレッドの寝顔を悠真は眺めた。

伏せられた睫毛《まつげ》が、当たり前だが髪と同じ色なのだと知る。高めの鼻梁《びりょう》はまっすぐに伸び、形の綺麗《きれい》な唇は緩く結ばれている。じっくり見ても、整っている顔だ。

　肌も綺麗で、触れたくなる。無遠慮で不躾《ぶしつけ》な視線に気づいたのか、長い睫毛が震えた。あ、と思った時には、ゆるりと瞼が開いた。

　綺麗なヘーゼルの瞳が悠真を映し、軽く見開かれる。

　内心にかなりの焦りはあるが思考は真っ白になり、アルフレッドの顔をのぞき込んだまま動くこともできなかった。

「ハル？」

「えっと……」

　なんて言っていいかわからない。寝顔を盗み見ていたのは悠真だが、謝ることでもない気がする。戸惑っていると、手が伸ばされた。

　自然と息を詰める。

　相変わらず身体は動かず、ただアルフレッドを見ていると、指先がフレームに触れた。

（そうだ、メガネ）

　かけていたことを悠真は思い出す。と同時に、指先が軽く眼鏡を下げる。レンズ越しではなく目がぱちんと合って、動揺する間もなく指先はすぐに戻した。

「これは？」

「あ、今日ユーリさんとこ行って、作ってもらった」

「……アイツはひまなのか」

「忙しくないって言ってたけど、やっぱ邪魔したかな」

　気を使わせてしまったかと、悠真は申し訳ない気持ちになる。

「いや、忙しくはないだろうな」

「じゃましてないならいいんだけど」

「大丈夫だ。忙しくしてるなら、来客があろうがそっちのけで、自分のしたいようにする奴だからな」

　ああ、と納得できてしまった。

「アルフレッドは忙しそうだな」

　こんな風に、うたた寝をするくらい。

「そこまでじゃないよ。無駄な会議がいくつか入って、時間を取られただけだ。けど、人が忙しくしてるのにアイツが遊んでると思うと、面白くないな」

　間違いなく今日の遊び相手は悠真だったので、何も言えない。小さく苦笑するしかなかった。

「おつかれさま」

　口調も、表情も、どこか拗《す》ねた子どものようで、悠真はつい手が出て頭を撫《な》でる。驚いたように、アルフレッドが目を見張った。

「あ、嫌だった？」

「いや。人に頭を撫でてもらうのもいいものだな」

そんな風に言われると、やめどきがわからない。戸惑いながらも、細く柔らかな髪の手触りを悠真は楽しんだ。

「瞳の色、俺と同じ色なんだな」

柔和に瞳を緩め、悠真を見上げながらアルフレッドが笑みをこぼす。

一瞬、見惚《みと》れた。

「あ、ユーリさんが、アルフレッドの色と同じにしてくれたみたいで」

先ほど確かめて驚いた。自分の瞳とは思えず違和感はあったが、綺麗で、悠真はしばらくの間眺めてしまった。

「ふうん」

少し、複雑な表情だ。同じ色は嫌だったのかもしれない。なぜかぐうっと、喉の奥が苦しくなった。

「とっても？」

「え、うん」

眼鏡を取ったアルフレッドが、間近で瞳をのぞき込む。頬に添えられたあたたかな手に、妙にどきどきした。

「同じ色もいいが、ハルは黒い瞳の方がいいな」

するりと頬を撫でた手が、襟足へ滑っていった。

くすぐったい。軽く首をすくめると、指先に力が入った。

「ハル」

合わせた視線を、外せない。

「失礼致します。お食事の用意をしてもよろしいでしょうか」

「――マーサ」

ため息混じりの声で、アルフレッドが名前を呼ぶ。不意に声をかけられ驚いたせいか、妙に速い鼓動を悠真は耳にうるさく感じた。

「順序はお守りください」

「……そうだな」

ふわりと、暖かな風を感じる。まだ濡れていた髪が乾いた。

身体を起こしたアルフレッドが、ソファに座り直す。少し、バツが悪い表情だった。

「マーサ、用意してくれ」

指示を出すと、アルフレッドが深く息を吐く。

「寝てしまった」

少し、驚いているようにも見える。寝るつもりまでは、なかったようだ。

「疲れてたんだろ」

それなら仕方がない。けれどアルフレッドは、納得がいかないようだった。

「豊穣祭が終わるまで、忙しい？」

「祭りのこと、知っていたのか？」

「あ、うん。前に誘われて」

ユーリの台詞を思い出し、アルフレッドに伝える。

ふうん、で終わるような話だ。

「……ユーリにか？」

わずかに、声が低くなる。忙しくしているアルフレッドからすれば、ユーリを恨めしく思っても当然だ。

誤解は解いておこうと、悠真は口を開いた。

「ユーリさんじゃなくて、騎士団の人なんだけど」

誘われた経緯を話す。とはいっても、軽いノリの誘いでしかない。

「行く約束をしたのか」

「ううん、ダメだろうなって断ったけど、行ってもよかった？」

「いや、さすがに新人騎士では許可はできない」

「だよな」

それは悠真もわかることだ。無理を通して、万が一何かあった時に、責任を負わせることになるのは申し訳なさすぎる。終わった話でもあった。

「けどそれをアルフレッドに言えって、ユーリさんに言われたんだよ。なんでだろ」

疑問を口にすると、なぜかアルフレッドが渋い顔をする。

「どうかした？」

「……いや」

ユーリの意図が見えないのは一緒で、困惑したのかもしれないと、悠真は見当をつけた。

「俺が連れていくよ」

「え」

「豊穣祭。俺が一緒なら、問題はないはずだから」

「いいの⁉　でもアルフレッド忙しいんじゃ。すげぇ疲れてるみたいだし」

「俺が疲れてるのは、だいたいは会議のせいだ。元々、豊穣祭にはハルを連れていくつもりでいたんだ」

まじか、と苦笑しているアルフレッドを悠真は見つめる。

「連れてってくれんなら、行きたい！」

「なら、一緒に行こうか」

「ん！」

行けることになり、悠真は素直に喜ぶ。まったく、未知の世界だ。

「これは、祭りのために？」

先ほど外した眼鏡を、アルフレッドが見ている。興味があるのだろうかと、悠真はその姿を眺めた。

「ただの思いつき。髪は隠せるけど目は無理だから、何かで色が変えられたらいいなって」

「それでユーリのとこに行ったのか」

「まあ」

そうなる。単に、忙しそうなアルフレッドに、急ぎで頼むほどのものではなく、時間を持て余し気味だった悠真がふっと思い出したのがユーリだっただけだ。居場所もわかっていた。そういうものがあるのかを訊くために行って、結果的にその場で作ってもらえた。

「ハル、俺に何かねだるものはないのか？」

「は？」

「ユーリに、ねだったんだろう？　これを」

「あー、うん？」

ねだった、ことになるのだろう、きっと。

「俺には？」

「えぇ」

「ハル様、遠慮なくねだればよろしいかと」

今まで空気に徹し、食事の用意をしていたマーサにまで、笑顔で後押しされる。なんだろうこれは、という気分だ。

おもちゃを買い与えたい祖父母か！　と、ひそかに突っ込む。普段あまり空気を読むようなことはしないが、ユーリの台詞も思い出されて、なんとなく、ないとは言いづらい空気があった。

「それなら……」

なんだ、と急ぎ思考をぐるりと回す。元々、物欲はそうない方だ。

「あ、髪を隠せるような帽子？」

駄目らしい。急に言われてもと悠真は困惑して、ふと浮かんだ物があった。

「えっと、空間魔法？　のかかったバッグとか」

結局、ユーリのアドバイス通りになっている。けれどぱっと思いつくのはもうそれくらいだ。

正直物の価値がわからなすぎて、安易に欲しがっていいのかわからないところが怖い。こちらの貨幣も知識としては知っていても、触ったことがなかった。

「そんなものでいいのか？」

「そんなもの⁉」

その程度のものなのだろうか？　と、浮かんだ悠真の疑問に答えてくれる人はいない。

「市販のものはあまり選ぶ余地がないから、気に入ったバッグを買うか、素材から選んで好みに作ればいい。それに空間魔法を施そう」

そんな簡単に作れるものなのかとか、なんですぐに作ろうとするんだとか、疑問符が頭の中を埋め尽くしていく。常識がまったくわからない。

「よかったですね、ハル様」

微笑ましい光景を前にするような瞳を、マーサに向けられる。けれどそれで済ませていいのだろうかと、戸惑わずにはいられない。

「お食事の用意もできました。ここにはうるさく言う者はおりません。どうぞ、ゆっくりとお話ししながら食事を楽しんでください」

困惑する悠真をよそに、マーサが告げた。

＊

祭りの開催は三日間。悠真が行くのは初日だ。観光客もそれなりに訪れ、この時期の王都は多くある宿屋もほぼ満室になる。となれば、治安の維持も難しかった。

――夜は、ハメを外す者が増えるから。

一部、無礼講の空気が強くなるんだ、とため息混じりにアルフレッドが教えてくれる。毎年憲兵は、それはもう一晩中大変で、皆が皆、この期間の勤務にげんなりしていた。

日が落ちてからは、昼とはまた少し趣が変わるらしい。けれどアルフレッドの話と渋い顔から、決して健全ではないことが伝わってくる。怖い物見たさで興味がないこともないが、積極的に行きたいわけでもないので、午前中の早い時間から行くことになった。

当日朝から、というよりも前日から悠真はそわそわしていた。日課にしているランニングの際には、

「ペースが速くないか⁉」とマイクに突っ込まれるし落ち着きがない。まるで遠足前の子どものようだった。

　外出用にと用意された衣服は、ほんの少しいつもと違う印象を受ける。しばらくして部屋に訪れたアルフレッドも、似たような服装をしていた。

「目立たないようにな」

　無理だろ、というのが、悠真の正直な感想だ。たとえ服装を地味にしてみたところで、長身で整っている容姿のアルフレッドが目につかないわけがない。悠真に至っては、髪と瞳が珍しい色だ。

「街の近くまでは馬車で、後は徒歩になる」

「ん、わかった」

「結構、歩くがいいか？」

「え、うん。歩くのなんて、普通だろ」

　申し訳なさそうに言われる意味がわからない。きょとんとする悠真に、アルフレッドは苦く笑う。

「そうでもないんだよ、貴族はね」

　うわぁ、と軽く引く。一般的な貴族と、話が合わない予感しかなかった。

「足下気をつけて」

　馬車に乗るのも初めてだ。走り出すと、ガタガタ揺れる。それだけで、今のところ乗り心地はそう悪くはない。ただ、お忍び用の馬車だから狭いと聞いていたが、密室の中、予想以上にアルフレッドとの距離が近かった。

「髪とか、このままでいいんだ？」

　馬車に乗ってしまえば後は運ばれていくだけなので、先ほど気になったことを悠真は訊いてみる。眼鏡も必要ないと言われたので、持ってきていない。

「いや、目立つから変えようか」

「え、そんな簡単にぱぱっとできんの？」

「ああ、魔法でできるよ」

「すげぇ、便利」

　そんなに簡単にできるなら、試しで色々できて楽しそうだ。

「希望の色はある？」

「希望、かあ」

　考えてみる。奇抜な色を選ぶほど、冒険心はない。あれこれ思い浮かべて、ふと目の前のアルフレッドの色が悠真は目についた。

「じゃあ、アルフレッドの色に染めてほしい」

「……っ」

軽く、アルフレッドが息を呑む。表情に出た一瞬の動揺は、悠真が気づく前に消えた。

「アルフレッド？」

反応がないことに、悠真は首を傾げる。いたって普通でしかない顔立ちでは、豪奢《ごうしゃ》な印象の髪にしても似合うわけがないと自己分析してみたが、考えてみればアルフレッドの髪色も充分に美しい。

「あ、似合わない？」

「いや、俺の色でいいのか？　地味だと思うけど」

「地味って、綺麗な色だろ。特に目とか。光の加減で結構色味が変わるし、神秘的だなって」

少し変な顔をした。間近で見ていなければ気づかないほどわずかに。

「ありがと」

はにかんだような笑みに、ときめく。これだから顔のいい男は性質が悪いと、悠真は理不尽な悪態を心の中でついた。

「手をかして。ハルは魔力がないから、触れてた方が馴染みやすい」

促されるまま両手を差し出す。大きな手が軽く握り、体温が馴染む間もなく、わずかなぬくもりを残して離れていった。

「うん、俺の色に染まった」

指先で髪に触れ、アルフレッドが嬉しそうに微笑む。

ぐ、と息が詰まって、悠真は妙に恥ずかしくなった。

「ありがと。鏡がないのが残念だけど」

似合っている、と褒めてくれる。優しい男なので、社交辞令かもしれないが。

「せっかくハルと同じ色なのに変えるのは不本意だけど、俺もこのまま行くわけにいかないから」

「あ」

一瞬で、アルフレッドの印象ががらりと変わる。髪と瞳の色が変わっただけなのに、不思議だ。

髪の色は青みのかかったグレー、アッシュブロンドに、瞳は澄んだグリーンに変わっていた。

「すげぇ、印象が全然違う！」

「ハルが一緒にいて不快でない容姿ならいいが」

「え、不快とかないから」

色味のせいか、こちらの姿の方がクールな印象で、少し近寄りがたい雰囲気がある。こんなにも変わるのかと、悠真は感心した。

「こっちの目も綺麗だな。エメラルドみたいだ」

じいっと、のぞき込む。咎めることなく、アルフレッドは悠真の視線を受け止めた。

「今のアルフレッドも綺麗でかっこいいけど、普段から一緒にいるなら、いつもの方が安心感あるかな」

わずかな間の後、ふうんとアルフレッドが頷く。

「ちょっとした刺激を求める時はこちらの姿で、と使い分けたらいいんだな」

「え、うん？」

首を傾げると、くすりと笑われる。こういう表情はやっぱりいつものアルフレッドで、悠真は妙に安堵《あんど》した。

「ハル、この姿の時はフレッドと呼んでくれ」

「フレッド？」

「ああ、この姿の俺を知ってる者に会う可能性もあるから」

なんとなく、察する。今までも姿を変えて街に出ていたのだ、きっと。

自然と口元が緩む。一緒にいるなら断然、真面目一辺倒よりも柔軟さがあった方がいい。アルフレッドも間違いなく高位貴族のはずなのに、息が詰まるような感覚がないことが不思議だった。


「着くよ。馬車はここまで」

馬車から降りると、自然と感嘆の声が洩れる。初めて見る街並み、喧騒《けんそう》と人混みがそこにはあった。

建築様式が見るからに日本と違い、異国にいるのが顕著にわかる。気分が高揚して、浮かれてしまうのは仕方がない。

「手を繋《つな》ぐ？」

「子どもじゃないよ」

はしゃいでいるのがバレたらしい。子ども扱いまでされ、悠真はバツが悪い気持ちになった。

近づいていくと、喧騒のうねりが強くなっていく。そしてなぜか、見知ったような色彩が溢《あふ》れていることに気づく。んん？　と悠真は目をこらし、ざっと遠くまで眺めた。

（ハロウィンだろこれ）

つい突っ込んでしまうくらいには、目に馴染みのあるものがあちらこちらに飾られている。店先に置かれたかぼちゃのランプなんて、どう見てもジャック・オー・ランタンだ。

けれど仮装している人はいない。皆がだいたい悠真とアルフレッドのような服装をしている。

午後からパレードがあると聞いているが、聞く限り、ニュースで見たようなものではないことは確かだ。半端に、地球の知識が入っている気がして仕方がない。

「ア、じゃなくて、フレッド、トリック・オア・トリート、とか言って回ったりすんの？」

「なんだ、それは？」

怪訝《けげん》そうな顔を返される。違うらしい。

「えっと元の世界で、このくらいの季節にあった行事？　なんだけど、トリック・オア・トリートは、お菓子かいたずらか、で、お菓子をくれないといたずらするよって、相手に迫る的な？」

説明しながら、悠真は何か違う気がしてくる。意図せずぱっと脳裏に浮かんだ、目の前のアルフレッドが吸血鬼の格好をして迫る光景が、妙にいかがわしく感じるのは気のせいだろうか。

「……それは、大人が楽しむ行事なのか？」

どうやら、同じように感じたらしい。言いにくそうに、アルフレッドが遠回しに尋ねてくるから悠真も居たたまれなくなる。慌てて、否定した。

「健全！　なはず……なんでするかは知らないけど」

例に洩れず、悠真は正しい知識などない。

「あ、澪ならわかるかも」

丸投げにする。これ以上何かを説明しようとすると、どんどん悪化しそうだ。

「今度、機会があったら訊いてみるよ」

追及されなかったことにほっとする。話は途切れ、人々の笑い声が耳に飛び込んできた。

顔を上げると、誰もが浮かれているように見える。屋台がずらりと並んでいて、手に様々な物を持っていた。

人混みの熱気の中、石畳の通りを颯爽《さっそう》と歩くアルフレッドは、予想通りに人の目を惹く。当の本人はまったくの無頓着で、気にする素振りもなかった。

視線を集めることに、慣れているのかもしれない。

「腹は減ってる？」

「そこまでては？」

食べられなくはない、という程度だ。

それなら街に来たついでに、買い物でもとアルフレッドに誘われる。眺めるのもいいかもしれない。なんて気軽に後をついていくと、想像とはまったく違う、気軽とはほど遠い店に入っていった。

「えぇ」

腰が引けながらも後に続くと、いかにも職人という人が対応に出てくる。アルフレッドの買い物なのかと思えば、好みのバッグを選ぶよう悠真に促した。

先日のやりとりはまだ記憶に新しい。本当にいいのか？　とか、値段が怖い！　とか思いつつ、迷って悩んで、最終的にベルトに通すタイプの、小ぶりのウエストバッグを選ぶ。空間魔法を施すから大きさは必要ないと言われ、邪魔にならないサイズにした。

試しにつけてみても問題ない。フロント部に大きめな金具があるデザインのせいか腰の細さが強調されるとアルフレッドに言われたが、そんなに細くはないはずだ。騎士で鍛えているアルフレッドと比べてはいけない。

「デザインはこれで、素材は持ち込みで頼む」

選んだ物を買うのかと思えば、まさかのオーダーメイドに悠真は驚く。

「これでいいよ」

「せっかくだから」

すでに話はついているらしく、市販品で充分だと言っても聞き入れてはくれない。仕方なく打ち合わせが終わるのをおとなしく待っていると、アルフレッドが出した素材に、店主が驚愕《きょうがく》の表情を浮かべた。

なんの素材かはわからない。けれど濃いめの茶色で、確かに色味は好みだった。

「素材、使ってよかったやつ？」

「ああ、手持ちのだから、たいした物ではないよ。眠らせておくのもどうかと思うしな」

「そっか。ありがと、すげぇ楽しみ！」

色々思うところはあるが、伝えるのは感謝の言葉だ。

「使ってもらえたら嬉しいよ」

それは正解で、アルフレッドが笑顔になった。

次に連れていかれたのは帽子屋だ。髪を隠せるものが欲しかったので、素直に甘えることにする。ざっと店内を眺めると、壁際にある鏡を見つけた。

適当な帽子を手に取ると、悠真はそそくさと鏡の前に移動する。そこに映ったのは、まったく目に馴染まない姿だった。

おお、と内心で声を上げる。頭の中にある自分の姿と差異が生じ、かなり違和感が強いが、瞳の色も髪の色も自然だ。

アルフレッドと悠真では髪質が違うので、同じ色なのに印象が随分違って見える。じっくりと鏡を眺めていると、背後のアルフレッドが吹き出した。

「気に入ってもらえたならよかったよ」

帽子の試着をそっちのけにし、自分の姿だけを眺めているなどまるでナルシストのようで恥ずかしい。もっと早くに指摘してくれればいいのにと、悠真はむすりとして持っていた帽子をかぶった。似合わない。勝手に、追い打ちをかけられたような気分になった。

戻そうとして、試しにアルフレッドにかぶせてみる。顔面偏差値の違いを、思い知った。

（次いこ）

現代に比べれば種類はそう多くない。目につくとかぶって確かめて、好きにさせてくれるのをいいことにアルフレッドにも時々かぶせる。目的を忘れかけていると、すっぽりとかぶれ、髪を入れてしまえるキャスケットに近い帽子を見つけた。

「あ、これいいかも」

「似合ってる」

「じゃ、これにする」

さっとアルフレッドは受け取ると店員のところへ行き、流れるように会計を済ませる。品物は便利な空間収納。荷物を増やすことなく身軽に、二人は店を渡り歩いた。

「アルフレッドの買い物は？」

「俺はいいよ。ハルは初めて街に来たんだ、他にも欲しいものがあれば買うよ」

「え、もう充分だよ。てか、祭りに関係ないもんばっか買ってない？」

いくら使ったのか、正直悠真はまったくわからない。会計は見せてくれない上に荷物は増えない。悠真が知らないうちに、アルフレッドが何か買ってもいそうだ。

（なんか、採寸されてたし）

素材を渡しているところも目にした。何を頼んだのか訊いても、アルフレッドは必要なものだよ、としか言わなかった。

「ついでだからね」

「祭りがついでの気分だよ」

とは言っても、悠真の中で祭りのメインは屋台だ。問題ないと言えば問題ない。元々、異国情緒豊かな祭りを楽しむような性格ではなかった。花より団子。色気より食い気。

街に連れてきてもらい、普段食べられないようなものを食べられたら満足だ。パレードは、ちらりと見られたらいい。そんな情緒のなさだ。

「そろそろ何か食べる？」

「食いたい！」

さっそく眺め物色する。あちこちに屋台が並ぶ通りは、人の姿が多く賑《にぎ》わっている。どこの世界も同じだなと、行き交う人波を悠真は眺めた。

空腹を煽《あお》る匂いが、ふわふわ風に運ばれてくる。今いる場所からよく見える屋台では、串に刺された肉がこんがりと焼け、いい匂いが手招きしていた。

「食べたいものは？」

「肉！」

即答に笑われる。ちょうど焼きたてだという串を、アルフレッドが二本買う。受け取った一本に悠真はすぐにかじりつき、顔を歪《ゆが》めるはめになった。

とんでもなく熱い。

「にいちゃん、焼きたてだって言っただろ」

店主にも笑われる。悠真が必死で熱さに耐えていると、アルフレッドが果実水を出してくれた。

「ありがと」

しっかり冷えているところをみると、魔法で冷やしている。相変わらずの気遣いに、感謝するしかない。

「そっちのにいちゃんは空間収納使いか。羨ましいな」

曖昧に流すアルフレッドと屋台を離れ、今度は気をつけてかじる。先ほどは熱すぎてわからなかったが、香ばしさと旨《うま》みたっぷりの肉汁が口の中に広がった。

「うまい」

あっという間に食べ終える。次は何を食べるかに迷い目移りした。祭りの定番とも言える、お好み焼きやたこ焼きは当然ない。その代わり、どれも悠真には目新しかった。

「どこか、店に入ってもいいけど」

「せっかくだから、買い食いがいい」

誰もが皆、食べ歩きをしている。店で食べるのはいずれまた、そのうち機会があるはずだ。

「ハルがそれでいいなら」

「じゃあ、それで！」

方針が決定したので、興味深くあちこちを眺める。気になる物が多く、あれもこれもそれも食べてみたい。どうしようか悠真が真剣に迷っていると、アルフレッドから半分にしようか、と提案があった。

ぱあっと、悠真の表情が明るくなる。食い意地が張っていると呆れられてもいい。色々な種類を食べられることの方が重要だ。

「買ったら、その先の広場で食べようか。踊りが見られるよ」

「へえ」

頷いて、食べたい物を選んでいく。最後に薄いパンに具材を選んで挟む、ピタに近い物を選んだ。

人波を縫って進み広場に出ると、軽やかな音楽が流れている。その音楽に合わせ中央で楽しそうに踊っている男女は、同じ装いをしていた。祭りの衣装だ。こういうところは、確実に日本の祭りとは違った。

中央から離れれば、空いているスペースはある。適当な場所で立ち止まると、悠真は手に持っていたパンにかじりつく。甘めのソースで肉も軟らかく、これも美味《おい》しかった。

「ハルのとこにも、祭りはあった？」

もごもごと口を動かして、ごくんと呑み込む。

「あった。同じようにいろんな屋台が出るから、俺は買い食い目当てで行ってたなぁ」

「ハルらしいな」

「まぁ、ん？　フレッド、あれ何してんの？」

見るとはなしに踊っている人たちを眺めていると、女の一人に男が近づき、跪《ひざまず》いて白い花を差し出した。

わずかな間の後、笑顔で女が受け取ると拍手と歓声が上がった。

「あれは、求愛だよ」

「え、公開告白ってこと？」

「そういう趣旨もある祭りだからね」

「え」

知らなかった。

豊穣祭は婚活も兼ねていて、祭りの間首に巻くスカーフの色が意味を持つ。相手募集中の人はオレンジのスカーフ、相手がいる人は白いスカーフを巻く。首に何も巻いていないのは観光客と既婚者、関係ないと思っている人たちだ。

広場で踊るのは未婚の人たちで、目にとまりやすくという意図がある。この祭りにかけている人も多い。求愛する際はマーガレットを一輪差し出し、求婚する時は花束を差し出す。それを受け取ってもらえたら成立となる。どうりで食べ物の屋台に混じって花屋があり、マーガレットを大量に置いているはずだ。

（それで）

首にスカーフを巻かれたのかと、悠真は納得する。アルフレッドも巻いている。ちらちらと向けられる視線があるのに声をかけられなかった理由も、あからさまに落胆する姿の理由もわかった。

「ハルも相手探し、したかった？」

「まさか」

無一文の悠真は、甲斐性はゼロだ。今のところ積極的に、恋愛事に関わりたいとも思えない。

首元にある、わずかな違和感の原因である白いスカーフに、悠真は無意識に指先で触れた。

「食べものの方がいいか」

唇の前にコロンとした一口サイズの、黄金色のものを差し出される。反射でぱかりと開くと、アルフレッドが口の中に入れてくれた。

「あ、うま」

ほんのりと甘い、スイートポテトのようなものだった。呑み込むと、またひとつ唇の前に差し出される。

「自分で食べられるけど」

主張しても引かれないそれを、悠真は口に含む。

さらに差し出そうとする手を掴《つか》み、アルフレッドの唇の方へ方向を変え持っていく。すると笑って、ぱくりと食べた。

「うん、うまいな」

「だろ、買って帰ってもいい？」

「もちろん」

食べ終えると、楽しげな熱気に包まれている広場を後にする。人はますます増えていた。賑やかで楽しげな空気はあるが、辟易《へきえき》するのもまた本当で人酔いしそうだった。

腹はだいぶ満たされている。後は土産か、最後にもうひと品、そんな気持ちで悠真は屋台を眺め歩く。途中で、カラフルな花に砂糖がまぶしてあるものに目が行った。

「見てるだけだから」

店主ではなく、アルフレッドに小声でクギを刺す。目についただけだ。こんな上品な食べ物はガラではない。きっと美味しさもわからないものだ。

「買ってもいいのに」

どうも嬉々《きき》として悠真に金を使っているところがある。無一文でここにいるのに、腹が限界を訴えるくらいには満腹だ。これでもかと甘やかされていた。

いいのだろうかとアルフレッドを窺うが、穏やかな笑みが返る。尋ねたところで、是としか返ってこないのもわかっていた。

「そろそろパレードの時間かな」

それで人が多くなっているのかと、周囲を見回す。いつの間にか、人がひしめき合っていた。

「うわっ」

唐突に、人の流れがあった。肩がぶつかり、押しのけられる。甘く見ていた。

(あ、やばい)

はぐれる、と慌てた瞬間、ぐいっと腕を引かれる。驚いて、視線を向けた。

「え、ちょ、なに」

姿は見えないが、ぐいぐいと力強く腕を引かれる。アルフレッドのいる方向とは反対だ。戸惑う声は喧騒に混じり消える。ちらりと見えた姿は子どもなのに、案外力が強い。

人を避けるのが精一杯で、手を振り払うことも引き留めることもできない。人が減り、ほんの少し余裕ができたところで悠真は強引に足を止めた。

やっと、腕を掴んでいた子どもが振り向く。目が見張られ、悠真が口を開く前にぱっと腕が解放された。

「ごめんなさい！」

それだけ叫んで、あっという間に姿を消す。引き留める間もなかった。

茫然《ぼうぜん》としていると、人とぶつかりそうになる。とりあえず人混みから離れて、喧騒が少し遠くなったところで立ち止まり、悠真は周囲に視線を走らせた。

「まじか……」

まったく、どこにいるのかわからない。完全に迷子だった。

「どこだ、ここ」

疑問を口に出してみたところで、答えてくれる人はいない。自然と深いため息がこぼれる。きっと、すべてのタイミングが悪かった。

たまたま、アルフレッドとの間に人が流れ込み、たまたま、子どもに誰かと間違えられて腕を引かれた。

これが元の世界なら、ここまで途方に暮れた気分になっていない。スマホも持っているだろうし、土地勘もそれなりにはある。けれどここは右も左もわからない異世界で、迷子の規模が違いすぎた。

迂闊《うかつ》に動けない。道を尋ねようにも、どう尋ねていいかわからない。まるで幼い子どものようだと、悠真は苦く思った。
（自力で帰るにしても、場所が悪すぎるんだよな）
王城なんて、一般市民が気軽に行く場所ではない。この世界の常識に疎い悠真でもわかる。道行く人に尋ね、行きたいと言ってもあしらわれるか、不審者扱いされるところしか想像できなかった。

こうなるとアルフレッドに見つけてもらうしかない。悠真の方が探そうとあちこちさまよって、うっかり見つけにくい場所に行くのは自分の首を絞めるだけだ。

それを前提に、人の気配のする方へ行くべきか、ここで待つべきか迷って、子どもの走っていった方向へ行ってみる。喧騒が大きくなり、人波に乗って少し歩いたところで、人に紛れていれば見つけにくいことに気づいた。

仕方なく離れて、目についた路地に入る。喧騒が少し遠くなり、知らない街並みすべてが物珍しく目に映り、迷子なのも忘れ興味深く眺めてしまった。

心細さがないわけではない。けれど漠然と、アルフレッドなら見つけてくれる気がしていた。

さすがに日が落ちたらまずいのはわかるが、日はまだ高い。最悪見回りをしているだろう憲兵を捕まえて、騎士団の誰かに連絡を取ってもらえないか試してみようと決める。なんとなくアルフレッドやユーリだと、相手にされない予感がした。

手持ち無沙汰を感じ、悠真は先ほどの広場に行ってみることにする。あそこなら誰かに訊けば、教えてくれそうだ。

来た道を戻ろうとしたところ、行く手を遮るように男が二人立っている。ぎくりとして、悠真は軽く怯《ひる》む。ぱっと見、あまりガラは良くなかった。

大通りに出るには、二人の脇を通り抜けなければいけない。わずかに逡巡《しゅんじゅん》して、悠真は端の方へ寄り足を進める。通り過ぎたら、即走って遠ざかることにした。

けれど二人は悠真の前に立ち塞がる。当たってほしくない悪い予感が、当たってしまった。

試しに空いた反対側へ抜けようとすると、男もそちらへ移動する。完全に、目的は悠真だった。

「オニイサンどーしたの？　こんなとこで」
どうするべきか迷っていると、軽薄な声がかけられる。どう見ても目の前の男の方が年上だ。体格もいい。

「あの、金目のもんとか、持ってませんよ？」
自己申告してみる。

「祭りに来てんのに？」

「連れが持ってて、俺は持たされてないんで」

「へぇ」

「どこのおぼっちゃん？」

「えーっと、フツーの一般庶民です」

　絶対に信じていない顔で笑われる。じわじわと危機的状況に追い込まれていると、悠真は感じた。

「ふうん、じゃ、金は俺らが出してやるから遊ぼうぜ」

「えっと、遠慮します。連れがいるんで」

「連れ、いないじゃん」

「ちょっとはぐれて。探してると思うんで」

　さっと脇を通り過ぎようとするが、うまくいかない。易々《やすやす》と進路を塞がれた。

「へぇ、よく見るときれいな顔してんな」

「通してください」

「そーいわずにさ、遊ぼ。愉《たの》しめると思うよ？」

　無遠慮に顎を掴まれ、上向かされる。さすがに危機感を覚え、力任せに男の胸を押すと、悠真は踵を返し走り出した。

　とっさの行動だった。考えがあったわけではない。


どこをどう行っていいかもわからないまま、闇雲に走った。

　ざっと視線を流しても、隠れるような場所もない。あきらめてくれることを願って走っていたが、道なりに曲がった先が行き止まりで、悠真は足を止めるのを余儀なくされた。

　やべぇと、引き返そうとして振り向くと、駆ける足音が聞こえる。息を詰めていると、先ほどの男たちが姿を見せた。

　上がった呼吸を整えながら、悠真は一歩後退《あとずさ》る。ジャリ、と靴底が地面を踏みしめる音が響いた。

「足速ぇな、おまえ。けど土地勘ねぇんだろ」

　にやりと笑って、男が近づいてくる。逃げようにも、もう一人の男が背後の道を塞ぐように立っていた。

　最悪だ。走ったせいではなく、心臓がばくばくいっている。追い詰められている現状に、焦りと緊張感から、悠真はうまく思考が回らなかった。

　じり、とまた一歩後退る。と同時に男が一気に距離を詰めてくるのに驚き、とっさに逃げようとするが腕を掴まれ、乱暴に壁に押しつけられた。

「……っ」

軽い痛みと衝撃に、悠真は顔を歪める。壁に縫いつけられた手の反対にも男は手を突き、顔を寄せてきた。

「つーかまえたっ」

軽やかな声が告げる。近い顔、肌に触れるぬるい体温が、悠真は気持ち悪かった。

「なあ、俺のモンにならねぇ？」

「ならねぇよ！」

嫌悪感しかない。意識せず拒絶の言葉は飛び出した。

「はなせっ」

身を捩《よじ》っても、腕を振りほどけない。その事実に、悠真は背筋が寒くなった。

「つれねぇ返事だな。上流階級の生活なんて、上品でつまんねぇだろ。俺といれば刺激があって愉しいぜ？」

ふざけんな、そんな気持ちを込めて悠真は睨《にら》み付ける。決して好意的ではない目を向けられた男は、けれど、は、と短く息を吐き愉快そうに笑った。

「サイッコーだな。ここでめそめそぴいぴい泣くような奴なんてうぜぇだけだ」

男は目を眇《すが》め、悠真を眺める。

「まじで欲しくなったわ。その意思のつえぇ目、俺だけに向けてぇ」

獲物を前にしたような眼差しを向けられ、悠真はぞわりとした。

「なあ、俺のもんになれよ」

「嫌だ」

「まあ、拒否権なんてねぇんだけどな」

手のひらが、口を押さえる。一気に、悠真は血の気が引く。いつの間にか男は手にナイフを持っていた。

「人のもんに手ぇ出すのも、燃えんだよな」

ナイフの切っ先が、首に巻かれたスカーフの下に入り込む。ぐ、と悠真が息を詰めると、生地は切り裂かれ落ちていった。

覆う物がなくなった肌に空気が触れる。妙に、心許《こころもと》なさを感じた。

あらわになった首筋に男は顔を寄せ、べろりと舐《な》める。まるで、味見するようだった。

ざわり、と肌が粟立《あわだ》つ。ぬるく湿った舌が這《は》ったところが、ひどく気持ち悪かった。

「すげぇいい匂いすんな。肌とかすべすべ」

シャツの裾から手を差し込み、無遠慮に脇腹を撫でる。さすがに男たちの意図を悟り、この世界に強制的に喚ばれた時よりも、悠真は絶望感を覚えた。

「身体から、ってのもまぁ、アリだよな。ちゃんと、気持ちよくしてやるから安心しろよ」

「そーそ、いいクスリあるからよ」

下卑た笑いだ。成り行きを見守っていた男が、懐から何かを取り出した。

「せっかくだ、愉しまねぇと損だろ?」

反論の言葉は、口を覆う手のひらに遮られる。くぐもったうなり声が、微《かす》かに響くだけだった。

「まあでも、クスリだけでも先に挿れとかねぇとだな」

男の手がズボンのウエスト部分にかかる。冗談じゃないと身を捩るが、二人がかりで押さえ込まれればどうにもならない。

「おとなしくしてろって、気持ちよすぎて、すっげぇぐずぐずになるからさ」

嫌だ！　と心の中で叫んで、悠真は抵抗する。少しも緩まない拘束に心臓が冷えていくと、不意にバサ、と大きな羽音が響いた。

「うおっ」

「なんだ！」

唐突に、拘束が緩む。美しい純白の鷹《たか》が、悠真を押さえつけていた男たちに襲いかかっていた。

「こいつ！」

男の叫ぶ声で我に返り駆け出すが、腕を掴まれる。振り払おうとすると同時に今度はその男に向かって、鷹とは違うものが猛スピードでぶつかっていった。

今だ、と悠真は拘束が緩んだ瞬間走り出す。

「待て！」

視線を上げると、道の先に人影が見えた。

「あ」

「くそっ」

悪態をついた男たちが、刃物を取り出す。けれど振り上げる間もなく、動けなくなってその場に転がる。唖然としていると、伸びてきた腕の中に閉じ込められた。

「ハル！」

「アルフレッド」

「無事でよかった」

触れ合ったところから直接響く声に、こわばっていた悠真の身体から力が抜ける。ぎゅうと、抱きしめるアルフレッドの腕に力が入った。

「見つけるの、遅くなって悪い」

　触れている身体が熱い。探し回ってくれたのだろう。呼吸が乱れていた。

　二度目だ。前回迷子になった時とは比べものにならないほど、心細さがあった。

　王城の中はいわゆる箱庭のようなもので、大きな危険にさらされる可能性は低い。けれどそこから出てしまえば未知の世界だ。悠真にとって、優しいものはない。

「見つけてくれて、ありがと」

　深く、安堵の息を吐く。気が抜けたせいか、今更身体が震えた。ナイフを突きつけられるなど初めての経験だ。二度と経験したくはない。

「ハル、あいつらになんかされなかったか」

　軽く身体を離して、アルフレッドが悠真の全身へ視線を走らせる。大きな服装の乱れはないはずだが、少しだけ気になった。

「あー、うん。未遂だから平気」

　バサ、と羽音が聞こえ、反射で音の方へ視線を向ける。先ほどの白い鷹が羽ばたいて、アルフレッドの肩に優雅に止まった。

『脱がされそうになっていただけだ』

「え」

　驚きに悠真は目を見開き、アルフレッドと鷹を見つめる。色々と思考がついていかない。

　固まっていると、子犬サイズのドラゴンがふわりと浮いて姿を見せた。

『これが、主《あるじ》のつが――』

　ドラゴンの口を、アルフレッドの手がわし掴みにする。乱暴な仕草に、悠真はぎょっとした。

　そんな扱いをして、怒らないのか心配になる。けれどドラゴンは羽をバタバタさせてはいたが、おとなしくしていた。

「両方、俺が使役しているんだ」

「え」

　まじか、と悠真は視線を往復させる。自然と、感嘆の息が洩れた。

「すげぇかっこいい！」

　わずかな間の後、アルフレッドが笑みをこぼす。

「鷹がヴァイス、ドラゴンがグリューンだ。怖くないのか？」

「え、なんで？　触りたい！　あ、やっぱだめ？　や

だ？」

「ヴァイス、グリューン」

『かまわぬ』

『我も。だが、呑気《のんき》にしていていいのか？』

「あ」

身動きできずに、転がっている男たちのことを思い出す。睨むような視線が視界に入ったのは一瞬で、すぐにアルフレッドが身体で遮った。

「憲兵の詰め所に送るか。ヴァイス、一緒に送るから説明してくれ」

『……使い魔使いが荒いな』

一瞬で、男たちとヴァイスが消える。ずっと魔法で拘束されていたことに、悠真は思い至った。

ぱっとグリューンも姿を消す。ああ、と悠真は落胆した。

「いつでも喚んでやる」

心情を察したアルフレッドから、フォローが入る。

元凶が消え安堵すると同時に、不快感も思い出した。

「どうかしたのか」

無意識に首筋を擦っていたらしい。アルフレッドに見とがめられて、悠真は手を取られた。

「舐められた」

感触が甦《よみがえ》り、肌がざわめく。心底気持ち悪かった。

「触っても？」

「え、ああ」

アルフレッドの手のひらが、優しく悠真の肌を撫でる。あの男の手は気持ちが悪いだけだったのに、心地好く感じるから不思議だ。

「浄化魔法をかけた」

「ありがと」

それだけでもほっとしたのに、アルフレッドは自分のスカーフを外して悠真の首に巻いてくれる。布にわずかに残ったぬくもりを感じた。

「帰ろう」

城に、ということだ。

「え、やだ」

とっさに口をつく。

「ハル？」

「せっかく来たんだから、もうちょっといたい」

嫌な思いをしたままで、帰りたくない。

じいっと窺うような視線を向けると、眉を下げたアルフレッドにため息で了承される。けれどまたはぐれると悪いからと、城に帰るまで繋いだ手を離してもらえなかった。

自業自得だが、あからさまな子ども扱いに悠真は少しへこんだ。

遠足は、家に帰るまでが遠足——どこかで聞いた台詞を悠真は思い出す。一難去ってまた一難。今日は厄日なのかと、悠真はさすがにうんざりする。帰城したばかりで居住区にはたどり着いていないが、危険のない執務室のあるエリアで、今は注目を浴びる髪色もしていない。それなのにアルフレッドと離れただけで、なぜ、という気分だ。

——悪い、すぐに戻る。

——ここから動かないで待ってて。

——絶対に、どこにも行かないこと。

至急確認が必要な書類があると、待ち伏せていた事務官に言われ、渋々を隠さないアルフレッドが悠真を言い含め、通路の先の部屋に姿を消してすぐだった。

横柄に、「おい」と声をかけられた。目の前に立った男は印象そのままに、初対面なのに態度が悪い。正直、絶対に関わり合いになりたくないタイプだ。けれど無視しようものなら面倒くさい反応をしそうで、「なんでここにいる」と訊かれたので、「人を待っている」と悠真は素直に答えた。

それなのに「はあ？」と低い声で威嚇し、不愉快そうに顔を歪めて、男は悠真を睨んでいる。今の短いやりとりのどこに気分を害するところがあったのか、想像すらできなかった。

今は王城内なので、そこまでひどい目に遭わないはずと思いたい。面倒事になったら、大声でアルフレッドを呼ぶか、いそうな部屋に飛び込もうと悠真は決めた。

「おまえ、平民だろう」

「はあ……？」

貴族籍はないので、平民扱いなのだろう、きっと。正しく知らないので、返事は自然と曖昧になった。

「なんでこんなところにいる。どうやって入り込んだ」

まくし立てるように言われ、悠真は困惑する。声を荒らげた攻撃的な口調で、先ほどと同じような質問だ。なんで、にはもう答えている。無礼な男の相手をしてやる義理はなく、今すぐにでも立ち去りたいが約束がある。仕方なく、どうやって、を答えることにした。

「普通に入り口から」

他に答えようがない。けれど正しく答えたのに、男は目をつり上げた。

「ふざけんな！」

悠真としては、ええ、という心境だ。コイツ態度悪いな、と気分を害しても顔には出さず、訊かれたことには答えていた。

「ふざけてませんけど？」

なぜ難癖つけられているのか、まったくわからない。

「さっさと出ていけ」

「だから、俺はここにいるように言われてるんで」

堂々巡りの会話だ。昼間の迷子でこりているので約束を違《たが》えるつもりはないのに、執拗《しつよう》に絡まれ悠真も辟易していた。

「ウソ言うんじゃねぇ」

一方的に決めつける態度に、悠真はむっとする。失礼な男だ。

無視していいかな、そんな気持ちになってくる。間違いなく、話が通じない系だ。ある意味、昼間の男たちと同類。

「俺は言われた通りにここにいるだけなんで、あなたこそ、俺のことなんてほっといて、どこか行ってください」

「なんだぁ、その生意気な物言いは。俺を誰だと思ってんだ」

「知りません」

そんなに有名な人なのだろうか。まさかこれがもう一人の王子とか言わないよなと、悠真は怪訝な視線を投げた。

まったく、気品というものが感じられない。その印象通りに、男は乱暴に舌打ちした。

「人が下手に出てやれば！」

唖然とする、驚きの発言だ。今までの発言で下手に出ているというなら、この男こそここにいていい人物なのか甚だ疑問だ。

「おまえなんかがいていい場所じゃねぇんだよ。おら、さっさと出てけ」

駄目だ。何を言っても無駄なことを悟り無視を決め込むと、乱暴に腕を掴まれる。容赦ない力に痛みを感じ、悠真は顔を歪めた。

「放せ」

　おとなしくしているのも限界だった。腕を掴む男を、悠真は睨む。

「てめぇ、平民のくせに！」

「つか、礼儀知らずのアンタこそ誰だよ！」

　強引に腕を引かれ、蹴り上げて反撃するつもりでいると、扉が音を立て勢いよく開く。男の意識がそちらへ向いた。

「何をしている」

　駆け寄る足音と、低い抑揚のないアルフレッドの声が響く。拘束がわずかに緩み、悠真は乱暴に手を振り払った。

「てめぇ」

　即座にくってかかろうとする男から、距離を取る。

「やめろ」

　ぴしゃりと、冷たい声が告げた。

「何をしていると訊いたんだ。ネッド・ハドソン」

　先ほどまで威圧的だった男が、目に見えて怯む。それを眺めながら聞き覚えのある名にマイクの忠告を思い出し、鈍い痛みの残る腕を悠真はさすった。

　それに気づいたアルフレッドが、眼差しを鋭くする。

「ふ、不審者を追い出すところで」

「不審者ではない。彼の話は聞かなかったのか」

「平民の話など、聞く必要ありません」

　動揺を見せながらも、ネッドは自らの正しさを主張した。不愉快そうに、アルフレッドが眉を跳ね上げる。軽く目を眇め、侮蔑を含んだ視線をネッドに投げた。

「権力を笠に着て、暴力を振るうなどあってはならないことだ。騎士団の精神に悖《もと》る」

「なっ、私は間違ったことはしていません」

　なおも言い募るネッドに、アルフレッドは不快そうに息を吐く。事務官が呼びに行き、後ろに控えていた騎士に視線で合図した。

「懲罰房へ連れていけ」

「なっ、なんでですか！　追い出すべきはそいつです」

「まだ言うか。彼はこの城の正式な客人だ。その相手に向かってその失礼な態度、家ごと処罰されてもおかしくはない」

　納得がいかないと訴え叫んでいるが、ネッドは騎士に両腕を取られ連れていかれる。やがて辺りには静寂が戻った。

「ハル、ひとりにして悪かった」

眉を下げ、謝罪するアルフレッドはしょげているようにも見える。珍しい表情に、悠真は瞳をしばたたいた。

「仕事だったんだろ」

そちらを優先するのは仕方がない。

「だが、ひとりにするべきではなかった。まさか、あんなバカがいるとは思わず油断した」

「びっくりするくらい話が通じなくてさ、タイミング良くアルフレッドが来てくれて助かった」

人の話に耳を傾けない人を、悠真ではどう対処していいかわからなかった。

もう少しで、蹴り飛ばすところだったのは内緒にしておく。怒られそうだ。

「アイツの声が部屋の中まで聞こえたんだ」

慌てて、部屋を飛び出したとアルフレッドは言った。

「今日は、不快な目にばかり遭わせてしまったな」

「そんなことないよ。楽しかった」

嘘《うそ》ではない。また街に連れていってほしいとも思う。

「さっきの人、そんなに有名な人？」

「どちらかといえば評判の悪い伯爵家だが、どうかしたのか」

「俺のこと知らないなんてー的なこと言われてさ」

そのせいで王子かと思って焦ったとは、言わないでおく。

「無駄に自信家なだけだ。存在ごと忘れていい」

よく知っているような口ぶりだ。向こうも、アルフレッドには敬意を払っていたように見えた。

「えっと、騎士団の人だよな？」

「ああ」

頷く表情が苦い。苦労が窺えた。

「ハルの、髪と瞳の色を戻しておけばよかったな」

注目を浴びないように、悠真は戻していない。アルフレッドはあの姿を見られたくないからと、早々に戻していた。

「うーん、元に戻していたら戻していたで、別の絡まれ方をしたんじゃない？」

否定の言葉は返らない。表情が肯定していた。

「仕事は？」

「終わった。行こう」

促され、悠真は部屋に向かう。なんだか精神的に、とてつもなく疲れた一日だった。

「夕食は、風呂の後でもいいか？」

「いいよ」

珍しい申し出だ。普段は悠真に合わせていて、アルフレッドから希望を伝えられることはない。

「また後で来る。少し遅くなるかもしれないから、ゆっくりしていて」

「ん、わかった」

他にも仕事があるのか、と予想する。アガットたちには伝えておくと言ったアルフレッドと別れ、悠真も風呂に入ろうと脱衣所に行き、やっと気づいた。

「はあ、もう……」

本当に、そういうところがずるい。珍しく風呂に入りたいなんて言い出したのはきっと、悠真のためだ。

鏡の前でしゅるりと、首に巻かれたスカーフを外す。外気に触れた首筋が、少し寒く感じた。

浄化魔法をかけてもらったとはいえ、洗い流したいと思ってもおかしくはない。嫌な記憶を思い出させないように、アルフレッドの希望という形で悠真を風呂に促した。

こんなスマートな対応は、悠真では絶対にできない。色々な感情がごちゃごちゃになって、うまく消化できなかった。

「ああ、もう」

思考を放棄して、衣服を脱いでいく。何もかもを洗い流すように、悠真は全身を泡だらけにして洗っていった。

ゆったりと温かな湯に浸かると、悠真の意思に関係なく、思考が勝手に今日の出来事を反芻《はんすう》する。まさか同性から性的な対象として見られ、襲われるとは想像もしていなかった。

この世界が、同性愛に寛容なことは知っている。偏見もない。ただ悠真自身は恋愛に興味がないせいか、どこか他人事《ひとごと》だった。それが当事者になり得るのだと、今日思い知った。

（迂闊すぎたな）

昼間に経験したことに対する不快感が消えることはないが、今はもう冷静に受け止められる。アルフレッドのおかげだ。

押さえつけられていたあの時、恐怖と、絶望感にさいなまれていたのに、抱きしめてくれた力強い腕が悠真に安心感を与え、あっという間に気持ちを引き上げてくれた。

その後ずっと繋がれていた手のぬくもりも、もう大丈夫だと伝えてくれているようだった。

　幼い頃の記憶はもう遠い。けれど迷子になった子どもが、再会した親の手をぎゅっと握って離さない気持ちが、悠真はわかった気がした。

（アルフレッドでよかった）

　後見人に名乗り出てくれたことを、感謝する。あまり迷惑をかけないようにしようと決め、悠真は風呂から上がった。


「うわ、すげぇ」

　豊穣祭に合わせた料理だと聞いていたが、実際に目にすると豪華のひと言だ。

　こんがり焼けたパンプキンミートパイにローストチキン、野菜入りのマッシュポテト、ブルスケッタ、スープ、次から次へと並べられていく。カナッペも色が鮮やかで、目を惹かれた。

　この部屋での食事は悠真の希望で、一皿ずつゆっくりサーブされる形式ではない。そのせいでテーブルに所狭しと並べられた料理は、一品ずつの量は少ないが圧巻だった。

「アルフレッド様はワインでよろしいでしょうか」

「ああ」

　ボトルで用意される。時々アルフレッドは夕食の時にワインを飲んでいるが、酔ったところを悠真は見たことがない。記憶にある父親の酔った姿を思い出し、見てみたい気もするが、悠真では酒に付き合えないので難しかった。

　綺麗な所作でグラスにワインが注がれると、深い色合いが不思議と美味しそうに見える。ワインを飲んだことがないのでただのイメージだが、特に今夜の料理には合いそうだった。

「ハルも飲む？」

「うん？」

　気にはなる。軽くアルフレッドが勧めるということは、飲んでもいいということだ。

　だったらいいか、と結論づける。咎める者もいない。

「じゃあ、ちょっとだけ」

　味見がしたいと言えば、すぐに悠真の分のグラスも用意される。ワインボトルを持ったアルフレッドが、注いでくれた。向かいにあるグラスと、同じ量を。

（ちょっとって、言ったのに）

味見の量ではない。普通に一杯だと悠真はグラスを眺め、ふとアルフレッドにとってのちょっとと、味見がこの量なのだと気づく。感覚に差異があることを知った。

「あ、食事の用意ありがと。後はいいよ」

いつもはアルフレッドが声をかけるのに、今夜は何も言わない。少し迷ったが、悠真が代わりに声をかける。仕事で、メイドとしては当然かもしれないが、部屋の隅に控えたままでいられると気が引けた。

「……いいのか？」

いつものことなのに、なぜかアルフレッドに確認される。まだ何かあっただろうかと見回しても、思いつかなかった。

「え？　いいよ。飲み物とか自分で注ぐし」

窺うように悠真を見て、アルフレッドが軽く頷く。それを合図に、マーサとアガットは部屋を出ていった。

「アルフレッド、乾杯しよ」

「ああ」

ワインが注がれたグラスを、悠真は持つ。年齢は変わらないのに、少し大人になった気分だ。

「乾杯」

マナーで習った通りにグラスを目の高さまで掲げて、アルフレッドの目を見ながら軽く会釈する。さっそく口をつけグラスを傾けると、自然と悠真は渋面になった。

「……美味しくない」

渋くて酸味が強い。ワインとはこんな味なのかと、まじまじとグラスを眺める。イメージと実際の味が乖《かい》離《り》していた。

ぶどうジュースのイメージがあるせいだと、悠真は思い至る。これは好んで飲みたいものではないと結論づけていると、アルフレッドが吹き出した。

「ハル、すごい顔だよ」

「渋いんだよ。アルフレッドはこれうまい？」

「ああ、いいできだと思うが」

グラスを傾ける仕草は優雅だ。言葉通りに、美味しそうに見える。ふう、と悠真は軽く息を吐いた。これはもう、認めるしかない。

「うん、お子様舌にはワインは早かった」

降参を宣言すると、アルフレッドにまた笑われる。差し出された手に、持っていたグラスを渡した。

平然と飲み干す姿に、まざまざと違いを感じる。本来悠真のために用意されていただろう飲み物のピッチャーを手に取り、新しいグラスに注ぐ。口直しだ。

（あ、うまい）

爽やかでほのかに甘い、林檎の味だった。

素直に美味しいと思えるけれど、複雑さはある。目の前のアルフレッドはカナッペを口にしながらワインのグラスを傾けていて、大人の魅力があった。

「……無理だな」

うん、と悠真は自己完結する。比べるのもおこがましい。

「ん？　何が無理？」

「あと四年？　で、アルフレッドみたいになるの」

「俺？」

「そ。そんな風に大人の魅力みたいなの、俺には出せないんだろうなって」

困りはしないが、いつまでも子ども扱いも微妙な気分だ。悠真としては、酒くらい飲めるようになりたい。

「ハルには、俺が魅力的に見えるのか？」

思わぬ問いに、悠真はきょとんとする。訊くまでもないことだ。

「そりゃ見えるだろ」

こんなに完璧な男を、悠真は他に知らない。容姿も気遣いも完璧で、強さもある。それなりの地位もあるとなれば、誰から見ても魅力的な優良物件だ。

「それは嬉しいな」

本当に嬉しそうに瞳を緩めるから、驚く。自信もありそうなのに不思議だ。疑問が顔に出ていたのか、アルフレッドが言葉を継ぐ。

「世の女性たちは俺自身より、俺の持つ肩書きの方が魅力的なんだよ」

「えぇ、んなことないだろ」

いい男に立派な肩書きがあってラッキー、という感じではないのかと悠真は想像してみる。たとえ地位や肩書きを持ち得ていなくても、アルフレッドの魅力は変わらないはずだ。

本心からそう伝えれば、軽く首を傾げた。

「さあ、どうだろ」

空いたグラスに、アルフレッドがピッチャーから注いでくれる。甘すぎず飲みやすいので、あっという間にグラスを空けてしまった。

手を伸ばす料理は、どれも美味しい。順調に減っていく。

「高位貴族の女性は、家に釣り合う相手を捕まえるのに必死だからな。特にプライドが高いと、贈り物のドレスや宝石で張り合うために婚約者には財力が必要だ」

　怖すぎる。無理だ。どんどん貴族女性に対する認識が、近づきがたいものになっていた。

「もしかして、アルフレッドって女性不信気味？」

「……かもしれないな」

　小さく、アルフレッドが苦笑する。まじか、と悠真は驚いて、何があると女性不信になるのか少し気になった。

「ああ、妙な先入観を持たせてしまったか。けど、優しく笑んでいる令嬢にも裏がある場合も多いから気をつけて」

「貴族ってこえぇ。けどまあ、今のとこ、そーいう人たちに会う機会もないしなぁ」

　他人事のようにこぼせば、アルフレッドが眉を下げる。え、と悠真は瞳をしばたたいた。

「ハルの存在を公にすれば、きっと男女ともに好意を向けられるはずだ」

　は、と息がこぼれる。まったく、理由がわからない。

「てか、男女？」

「男の方が、野心が強いからな」

「ああ、そう」

　こちらの世界は、同性も当たり前なのだと悠真は思い出す。どうしても、自分が対象になり得るのだと失念してしまっていけない。

「けどなんで？　俺なんて澪のおまけなのに」

　魔力もなければ、武力もない。財力さえもないので、悠真を選ぶメリットなどないはずだ。

「ミオ様がハルを大切にしているからな。となれば、利用価値があると思って手に入れようとするバカが出てくる」

「うげぇ、まじか」

　聞いただけでげんなりする。権力争いに、巻き込まれるのはごめんだ。

「利用するな、と達しは出るだろうが、それで引き下がるような連中じゃない。表だって利用すれば処罰されるが、好意を利用し、ハルが自主的に動いたかたちにすればわかりにくい」

「そんな理由で俺に近づいてくんの？　わざわざ？」

「ああ、悪いな」

「アルフレッドが謝ることじゃないだろ」

むしろ、余計な火種を抱えさせている。利用される気は悠真にはないが、知らず利用される可能性は皆無ではなかった。

「純粋な好意なのか下心があるのか、見分けつかない自信あるんだけど」

人の好意にも疎い自覚はある。特に困っていないので、時々友人に残念なものを見る目を向けられても、悠真は気にしていなかった。

「まあ、全部まるっと無視ならどっちでもいいか」

誰かとどうこうなる気はない。手軽な打開策とかあればいいのに、と考え、あるわけないかと自己完結する。こぼれるのは深いため息だ。

普通の生活が恋しい。街をうろついたせいか、そろそろ自由に出歩きたくなった。

「ハルは、伴侶を探したいと思わないのか？」

コンビニ、ラーメン屋、行きたい場所をぼんやり考えていたせいで、理解が遅れる。不自然な沈黙が、二人の間に落ちた。

「え、伴侶って……結婚したいかってこと？」

「ああ」

「うーん？」

ううーん、と悠真はうなり声しか出てこない。ごくごくとグラスの中身を飲みながら考えてみたけれど、ぱっと浮かぶ未来予想図はなかった。

「だめだ、うまく想像できない」

お手上げ、とアルフレッドに両手を挙げてみせる。すべてが漠然としていた。

まず、この世界の人と接点が少ない。それに今は通っていなくても、悠真はまだ高校生だ。意識は簡単には変えられない。ただでさえ恋愛から距離を置いているのに、急に結婚など考えられるはずがなかった。

「あ、こっちって、結婚が早いんだっけ？」

「そうだな」

「付き合うイコール結婚？」

「近いものがある」

となれば、気軽にお付き合いしましょうなんて、絶対に選んではいけない選択肢だ。

「んーと、俺らの世界って、男女ともに独身も多いし、特に男なんて三十過ぎくらいが適齢期？　だったよ」

雑誌かテレビか、何かで見た記憶がある。おぼろげな記憶なので、正しくない可能性もあった。

　それでも、十代の結婚はどう考えても早い。周囲に驚かれても、おかしくはなかった。

「そんなに遅いのか」

　逆に、アルフレッドが驚く。こちらの世界では、三十代の独身はかなり珍しいようだ。特に貴族の女性は、ほぼありえないと教えてくれた。

　それもすごいと、悠真は感心しながら口を開く。

「男が結婚できるのは十八からって決まってて、早くてもそれ以降だし、十八になってすぐ結婚するってほとんどないんじゃないかな」

　やむなく、という場合はあるだろうが。

「それだと、ハルは結婚を考えられないか」

「うん、今はまったく。結婚のために相手を探すって、俺にしたら逆だろって感じだよ」

　一生独身でいると決めているわけではないが、今現在は結婚と言われても、自分のこととして考えられない。想定する相手がいなければ尚更だ。

「逆……」

「この人とずっと一緒にいたいって思うから、結婚ってするもんじゃない？　って」

　自分で言いながら、悠真はおかしくなってくる。普段、こんな話を誰かにするなどありえない。そんなキャラではない。けれどなぜか今は、浮かんだままの言葉がぽろぽろと唇からこぼれた。

「なら、好きな人ができたら結婚は考えられるってことか」

　ぽつりと独り言のような響きでこぼされたアルフレッドの呟《つぶや》きを、悠真は妙に緩慢な思考で考える。肯定も、否定もできない。

「……俺、よくわかんないんだよ。恋愛って」

　不確かで、曖昧で、漠然としたもの、そんな認識だ。目に見えるものでもないのに、同じだけ返さなければ責められる、厄介なものでもあった。

　なくても、悠真は特に困りはしない。

「今、ハルの中には誰もいない？」

　まっすぐに視線を合わせ、アルフレッドが尋ねてくる。少し色を濃くした美しい瞳に、悠真の姿だけが映っていた。

　アルフレッドから向けられる眼差しに、とくん、と小さく鼓動が跳ねる。考えるまでもなく、答えはイエスのはずが、なぜか喉に言葉が詰まって出てこない。

答えを急《せ》かすことなくアルフレッドは待っている。ゆっくりひと呼吸してから、悠真は口を開いた。

「……たぶん？」

なぜかいないと断言できなくなり、曖昧な返事になる。どうも今夜は、思考がうまく回らない。さすがにたった一口のワインで、酔ったとは思いたくなかった。けれど、ふわふわした感覚が強くなっている。久しぶりに人の多い場所へ出かけ、思いのほか疲れているのかもしれない。瞼が少し、重い感じもあった。

「ハルを落とすのは、持久戦ってことかな」

「うん？」

首を傾げ、ゆるりと瞬きする。どこかに落とされるのは嫌だと、悠真はアルフレッドに目で訴えた。口を開くのが、ひどく億劫だったせいで。

「そんな目で、人のこと見たらだめだよ。ハル」

どんな目だ？　と、悠真は怪訝に思う。むしろアルフレッドの方こそ、そんな目で見ないでほしかった。

「ほんとに、気をつけろ。無自覚なんだろうけど」

「なんのはなし？」

会話についていけない。どこがどう繋がるのか、悠真にはわからなかった。

はあ、とこれ見よがしに、アルフレッドが盛大なため息をつく。呆れているのが伝わってきた。

「時々、安全な場所に閉じ込めておきたいって思うよ」

ぼそりとこぼされた台詞に、悠真は瞳を瞬く。

「アルフレッドなら、できるだろ？」

何を閉じ込めておきたいのかは知らないが、その気になればできるはずだ。

「……」

「欲したもので、なくなっていいならだけど」

ぱっと浮かんだのは、昼間目にした純白の美しい鷹だ。自由に空を羽ばたく姿に魅せられ、欲して望んで、それこそカゴに閉じ込めてしまえばきっと、それはもう魅せられた鷹ではなくなる。まさに、カゴの鳥だ。

「だったら、あまり隙を見せるな」

「好き？」

誰にも、見せているつもりはない。言いがかりだ。

「簡単に、気を許すなと言ってるんだ」

正しく伝わっていないことに気づいたアルフレッドが言い直すが、悠真は会話をうまく結びつけられない。

「誘惑されたと言いがかりをつけ、手段を選ばずハルを手に入れようとする奴もいるってことだ」

「手段えらばず……」

「ああ、それこそ男だと力尽くで、とかな」

ぞわり、と肌が粟立つ。無意識に、悠真は手で首筋を撫でていた。

「悪い、思い出させたか」

「へーき」

動揺をごまかすように、悠真はグラスに手を伸ばす。残り少ない中身を飲み干し、ピッチャーから自ら注ぐ。

「ハル」

少し硬い声に、名を呼ばれる。顔を上げ目が合うと、アルフレッドは少し言い淀《よど》んだ。

「その、俺とこうして二人でいるの、苦痛じゃないか？」

何を言われたのか、すぐに理解できない。頭の中で反芻しながら、悠真はゆるゆると瞬きした。

「まさか、え、なんで？」

「俺がハルを襲えば、抵抗しきれないだろ」

「そりゃ、まあ」

どう考えても、無理だ。

ぼんやりと鈍い思考で悠真は想像してみる。けれど不思議なほど、昼間のような恐怖も嫌悪感もなかった。

「触れてほしくないなら、触れないようにするよ」

どう答えていいか、わからない。うまく働かない思考を、悠真は放棄した。

「アルフレッド」

「ん？」

「ここ」

傍らにある椅子を近くまで引き寄せ、手のひらでたたいて隣に来るようにアルフレッドを促す。けれど驚いたように瞳を瞬くだけで、動こうとはしない。それに、悠真はむうっと唇を尖《とが》らせた。

「こっちきて」

「ハル？」

「はやく」

急かすと、戸惑いを滲ませながらアルフレッドは隣に座る。それに満足するように、悠真は表情を緩めた。

ぎゅっと抱きつくと、アルフレッドが硬直する。

「ほら、へーきだろ」

苦痛になどなっていない。嫌悪感もない。もしかしたら、アルフレッド以外にはまた別の感情を持つのかもしれないが、それは些末なことだ。

今、近くにいるのはアルフレッドだけで、悠真に触れるのもアルフレッドだけだ。だったら、他の男などどうでもいい、と考え、だんだんと何について考えていたのかわからなくなった。

「えっと、なんの話だっけ？」

思考が、ぼんやりする。ふわふとした心地好さがある中アルフレッドを視界に映し、悠真はゆるゆると瞬きした。

「……もしかして、酔ってる？」

「よってない」

ワインは一口で、後はジュースしか飲んでいないのに、と悠真はへらりと笑う。

「いや、でも」

訝《いぶか》しむアルフレッドが、悠真のグラスに目をとめる。手を伸ばし取るのを何気なく視線で追っていると、飲んでいいかと訊くので頷いた。

一口飲むと、眉を跳ね上げる。やがてそうか、とアルフレッドはため息混じりにこぼした。

「豊穣祭だから、林檎酒か」

「どうかした？」

首を傾げ、悠真は尋ねる。グラスを持ったまま、アルフレッドは何か思案していた。

「……ハル、酒には弱いのか？」

先ほどから、まるで悠真が酒を飲んでいるような口ぶりだ。アルフレッドこそ酔っているのかと、じいっと窺うように見つめた。

けれど普段との、違いがわからない。

「ハル？　酒には弱いのか？」

遠慮のない悠真の視線を受け止めたアルフレッドは、再度同じ問いを口にする。その表情は、なぜか心配そうだ。

「さあ？」

それは悠真こそ知りたい。遺伝を考えると、可能性は半々だ。父親はあまり酒に強くないが、母親は強い。

「さあって、自分でわからないのか？」

「のんだことない」

「そうなのか？」

こくりと、緩慢に悠真は頷く。先ほどもらい飲んだワインが、初めてだった。

「未成年だし」

飲む機会は早々ない。隠れてこっそり飲むほど、酒に興味はなかった。

「ハルは十六って言ってなかったか」

「んー？　十六」

「酒は？」

「はたちからー！」

「あー、そういう」

はあ、とアルフレッドがため息をつく。なんだか今日は、ため息をよく聞いている気がする。幸せが逃げていくんじゃないかと、どこかで耳にしたことを思い出し、悠真は少し心配になった。

「もっと、そちらの常識を学んだ方がいいな」

「なんでだよ」

勤勉さに、悠真は笑う。こちらの世界で生きていくのには、必要のないことだ。

「齟齬《そご》があると困ると、実感したんだ」

一人納得しているアルフレッドを悠真はぼんやり見つめ、その胸に額をつける。びくり、と微かに身体が震えるのを感じ、なんとなく面白くなった。

くすくすと息をこぼし笑っていると、性質が悪いと聞こえる。声に反応するように悠真が顔を上げると、ぱちんと目が合った。

「……ハル、もう酒は飲むなよ」

「んー？　のんでないよ」

「今言っても無駄か」

「なに？」

懐くように、ぐりぐりと額を擦り付ける。けれど今度は反応がない。昼間のように抱きしめてくれない腕も、悠真は不満だった。

「ハル、もう寝た方がいい」

「やだ」

「酔っているだろう」

「よってないってば」

胸元に頬をつけているせいで、アルフレッドが話すたび触れた場所から声が響き伝わってくる。鼓動も聞こえてくるので、ふくふくと悠真は笑った。

「ハルが飲んでいたのは、酒だ」

「ジュースだって」

酒など悠真は飲めない。美味しそうに見えるワインさえ、一口飲んでギブアップだった。

「林檎の味で飲み口はいいが、結構強い酒なんだ」

さけ、と頭の中で繰り返して、ふうんと悠真は頷く。美味しかったので、どちらでもよかった。

グラスに手を伸ばそうとすると、止められる。唇を尖らせ悠真が睨むと、アルフレッドが困ったような顔をした。

「……もうだめだ。寝室行って寝ろ」

やだ、と答えかけたが、触れ合わせたところから伝わるアルフレッドの体温が心地好く、眠気を誘われているのも確かだ。逡巡して、悠真はふと思いつく。

「アルフレッドがいっしょなら寝てもいいよ」

「それは……だめだ」

「なんで？　どーせベッドでかいじゃん」

「そういうことではなく」

「いっしょにねよ？」

ぎゅ、としがみつく。

「……っ」

存外、人のぬくもりが心地好いのだと知り、離れがたい。最近気温が低くなりシーツが冷たく感じるが、一緒に寝たら温かくて気持ちがいいはずだ。

「ハル、気軽に寝所へ誘うな。俺に襲われたらどうする」

剣呑な眼差しに、ぱたんと悠真は瞬く。

「ころされんの？」

死ぬのはやだなぁと、悠真は眉を下げる。痛そうで、顔を歪めた。

「なんでそうなる。物騒な方じゃない」

んー、んー？　と身体ごと傾げて、ああ、と気づく。

「せーてきに襲うってこと？」

「そうだ。わかったら――」

「それならまあ、しょうがない？」

「――は？」

「アルフレッドに襲われんなら、しょうがないよ」

うん、と悠真は頷く。

「いや、待て。しょうがなくないだろ」

なぜか、アルフレッドの方が焦っている。それが愉快で、悠真は笑った。

「笑い事じゃない。この酔っ払い」

「よってないってば。だってさ、アルフレッドならまあいっかって、お、もたんだ」

ふわりと、あくびがこぼれる。眠い。

思考に、ぼやぼやと霞《かすみ》がかかったような感覚があった。

「いた、ぃの、ゃ、だ、……ど」

すり、と頬をアルフレッドの胸にすり寄せ瞼を閉じると、ふわりと落ちるような感覚がする。耳に馴染む声が近くで聞こえるのに、思考はどんどんと曖昧になっていくのを悠真は感じた。

「ハル？」

名を心配そうに呼ぶ声を聞いたのを最後に、意識はぷつりと途切れた。

4　変化はひそかに、けれど確かに

眠りから覚めた瞬間、頭も身体《からだ》も、すべてがずっしりと重かった。

全身にまとわりつく不快感に、悠真《はるま》はうなり声が洩《も》れる。特に、腰のあたりに重みを感じた。

なんだ、と考えてみるが原因に心当たりはない。混乱しながら重く感じる瞼《まぶた》を上げ、ぎょっとした。

今は、ベッドの上だ。隣にいるはずのない人が視界に飛び込んできて、驚きのあまり悠真は呼吸さえも忘れた。

目を疑うが、何度瞬《まばた》きしても消えない。見間違えでもない。不意に息苦しさを感じて、呼吸を忘れていたことに気づいた。

慌てて酸素を肺に取り込み、アルフレッドの寝顔を凝視する。腰のあたりに感じる重みの原因は、抱き寄せるように回されているたくましい腕のせいだった。

ありえない状況に夢かとも思ったが、触れ合っているところから体温が伝わってくる。現実だ。

(なんで、一緒に寝てんだ)

一人で寝起きするようになってから、家族でさえベッドを共にしたことがない。鈍い痛みを訴える頭に、疑問符がぽこぽこ浮かぶ。

昨夜のことを思い出そうとしても、悠真はベッドに入った記憶もなければ、直前のことさえ欠片《かけら》も思い出せない。混乱に具合の悪さも相まって、うまく思考が働かなかった。

悠真が一人で焦り困惑していると、そんな気配に気づいたのか、閉じていたアルフレッドの瞼が震える。知らず息を詰め、固まっていると、瞼に隠されていた綺麗《きれい》な色の瞳が悠真の姿を映した。

鼓動が跳ねる。身じろぎさえできずにいると、眠気を振り払うように、ゆるゆると瞬きを繰り返した。

「おはよ、ハル」

ふわりと、アルフレッドが笑う。

「おはよ、アルフレッド」

つられ笑んで返した挨拶の声が、掠《かす》れている。驚いて、いつになく喉が渇いていることに悠真は気づいた。

「ああ、ちょっと待って」

腰に回していた腕を外し、アルフレッドがベッドから抜け出す。代わりに冷えた空気が入り込み、微《かす》かに肌が粟立《あわだ》った。

　隣にあったぬくもりが消え、急に体温が下がったような気がする。名残惜しさを振り払うように身体を起こすと、ぐわんと頭の中が不協和音を奏でた。

　顔を歪《ゆが》め、悠真は軽くうめく。ゆっくり息を吐き鈍い痛みと不快感をやり過ごしていると、アルフレッドが水の入ったグラスを手に戻ってきた。

「はい」

「ありがと」

　受け取って、すぐに口をつける。渇いた喉に流し込み人心地つくと、グラスを受け取ってくれた。

　サイドテーブルに置くと、アルフレッドはベッドの端に腰を下ろす。

「ハル、平気？」

「へ？」

　心配そうに顔をのぞき込まれ、悠真は動揺する。間近で見る瞳に、妙な落ち着かなさを感じた。

「体調どう？」

「えーと、頭が結構痛いかも。あと、軽い吐き気もあるような？　できるだけ、頭を揺らしたくない。倦怠《けんたい》感もあるので、風邪でも引いたのかと見当をつけていた。

「完全に二日酔いだな」

「え？　ワイン一口で!?」

　うっかり上げた自分の声さえ、頭に響く。うめき声を上げながら頭を抱え、まさかたった一口でと愕然《がくぜん》とした。

　だとしたら、あまりにも弱い。それなりに酒を嗜《たしな》むのを楽しみにしていたのにと、悠真は絶望感を覚えた。

「もしかして、覚えてない？」

「え」

　何を、と視線だけを上げると、苦笑したアルフレッドが状態回復の魔法をかけてくれる。瞬く間に、全身の不快感が消え悠真は目を見張った。

「楽になった？」

　こくこくと、頷《うなず》く。先ほどまであった、ぐわんぐわんと、頭の中で鐘が激しく鳴り響いているような症状がなくなった。

「朝食は？」

「食べる」

　楽になった途端、食欲がわく。なんとなく味噌《みそ》汁が飲みたい気分だったが、残念なことにこの世界に来てからお目にかかっていなかった。

　身支度を済ませ、移動した朝食の席でアルフレッドがざっと説明してくれる。

　昨夜悠真がごくごく飲んでいたドリンクは、ジュースではなく林檎《りんご》酒。まさかの酒だった。口当たりが良く飲みやすいが、度数的にはかなり高いものらしい。

　こちらの世界では十六になればアルコール飲料を飲んでよく、林檎酒は豊穣祭の日に飲まれる定番のもので、悠真にも用意されていた。

　そこまではいい。知らないでうっかり飲むこともきっとある。ただ飲んだら気づけよ、と悠真は自分の味覚の鈍さに愕然とした。最後まで、ジュースと信じて疑わなかった。

　おかげで、覚えているだけでもかなり飲んでいる。それでも顔にはまったく出ていなかったというのだから、中途半端に酒に強い母親の遺伝子を受け継いでいるのかもしれない。顔に出ないせいで、完全に酔うまで気づけなかったとアルフレッドが言った。

　起きた瞬間からの具合の悪さは風邪ではなく、二日酔いだったのだと悠真は正しく理解する。あのなんとも言えない具合の悪さは、もう遠慮したい。そんな思いがけず経験した二日酔いの症状は、アルフレッドが対処してくれたのだから感謝するしかなかった。

　ただ身体は楽になっても、気持ちの方はすっきりしない。昨夜の記憶が、途中からぷつりと途切れている。話を聞きながら必死に記憶の糸をたぐりよせても、まったく思い出せなかった。

　ちらり、とアルフレッドを悠真は窺《うかが》う。ぱっと見、機嫌を損ねているようには見えなかった。

「えっと……俺、なんか迷惑かけた？」

「かけてないよ」

　いつもと変わらない表情で、即答される。それを信じていいのか、わからない。

　人の感情の機微に疎い自覚はある。軽く深呼吸して、悠真はえいっと口を開いた。

「一緒に、寝てたのは？」

　訊《き》いた瞬間、鼓動が騒ぎ出す。どくどくと、耳にうるさい。

「ああ、酔ったハルが一緒に寝るって言って、放してくれなかったんだよ」

「うわあああっ！　ほんとごめん！　しっかり迷惑かけ

てるじゃん」

だよな、そうだよな、と納得して、悠真は羞恥に頭を抱える。そうでなければ、一緒に寝ているはずがなかった。

「迷惑じゃないよ」

焦る悠真にアルフレッドは笑い、はっきり否定する。それでも再度謝って、申し訳なさに悠真はうなだれた。


記憶がないと、何をしたのかとハラハラする。今までそんな経験がないせいか落ち着かない。もっと詳しく抜けている記憶の部分を知りたいようで、知りたくない。そんな葛藤を、悠真は豊穣祭の翌日の朝から抱えていた。

とはいえ、訊ける相手がいないのではどうしようもない。あの日から五日、所用があると言ったアルフレッドは姿を見せなくなっていた。

食事も一緒にしていない。避けられているのかと思うと、喉の奥が苦しくなる。何をやらかせば、見限られるのだろうか。

うっかり逆鱗《げきりん》にでも触れるようなことを言ったのか、したのか、想像もつかないところが厄介だ。

ただの考えすぎで、本当に忙しいだけなのかもしれない。けれど抜け落ちた記憶が、ふとした時に悠真の不安を煽《あお》った。

アルフレッドはいつも悠真に対しては穏やかで、内心での不満の有無を窺わせない。唐突に縁を切られるくらいなら、嫌みでもなんでも、普段から言ってほしかった。

「チカ！」

自らの粗忽《そこつ》さを嘆いていると、名を呼ばれる。うつむけていた顔を上げると、ここ数日で親しくなった庭師のグイオがいた。

――花、好きなのか？

何気なく入った温室で、そんな風に話しかけられたのがきっかけだった。

思い出せない記憶に悠真は悶々《もんもん》としていたせいで、「フッー」なんていう率直かつ、素っ気ない返事を返してグイオを唖然《あぜん》とさせてしまった。

「そんな熱心に見てたのに？」

「見てたわけじゃなくて、ぼうっとしてた？」

目に映していただけだ。改めて見ても、薔薇《ばら》だ、としか思えなかった。だいたい悠真は、花を愛《め》でる余裕などなかった。

「おまえ、育ててるやつにはもう少し気を遣った返事するだろ」

「え、だって、アンタすげぇ好きでこだわって育ててそうだから、ウソ言ったってすぐばれるし意味ないだろ」

時々、庭の手入れをしているのを見かけた。温室で、真剣な顔で作業しているのも見かけたことがあった。

その時の悠真は帽子で髪を隠してもいないし、瞳の色を変える眼鏡もかけてはいなかったけれど。

「ヘンなやつ」

心外なことを言われた。けれど笑いを含んだ声で、悠真の遠慮のない物言いにも気分を害していないことはわかった。

「邪魔だろうし、すぐ出てくよ」

足を止めていたのは、うっすら残る記憶をたぐり寄せ、一人大反省会まっただ中で、唐突に居たたまれなさに襲われたせいだ。途切れている記憶を想像で補完しようとし、不安に駆られた。酔った勢いで、アルフレッドを襲っていたらどうしようと。

酔っ払いは、本当に何をするかわからない生き物だ。絶対に襲っていないとは言い切れなかった。酒は飲んでも呑《の》まれるな、と悠真は身をもって学んだ。

「邪魔とかないから、いていいよ」

踵《きびす》を返そうとしたところで、表情を緩めそんな風に言われ立ち去りづらくなった。警戒心もあり迷ったが、グイオは悠真にかまうことなく作業を始めた。

いてもいい、立ち去ってもいい、先ほどの台詞《せりふ》をそう解釈した。近くに護衛もいることだし、気分転換に作業を眺めることにした。

「チカは、どっかの貴族の息子？」

「いや、フツーの人」

「なんだよ、それ」

今度こそ笑われた。青年という印象が、少し幼くなったように感じた。

「なら、仕事か。何してんだ？」

問われて気づいた。用も仕事もないのに、王城の敷地内にいるわけがなかった。

とっさにうまい言い訳は浮かばず、本当のことを言っていいのかもわからず、悠真は答えに窮した。

「騎士団の方の、下働き？　的な……」

結果、曖昧になった。

「ああ」

納得するんだ、と悠真は自分で言っておきながら驚いた。客観的に見て、うさんくさかった。けれど広い王城内、色々な職種があるかと、ごまかせたことにほっとした。

すぐに立ち去るつもりが、グイオは話しやすくついその場に長居してしまった。その時の雑談の中で、グイオは主に温室の花々の世話、品種改良をしていて、ほぼ毎日温室にいると知った。

――また、来いよ。

その日の別れ際の言葉に甘えて、悠真は今のところ連日温室へと顔を出している。特別に何をするわけでもないが、雑談をしながらグイオの作業を眺めていた。

単純な作業なら悠真が手伝うこともある。暇を持て余しているので、楽しかった。

「それ、何してんの？」

土に色々なものを混ぜているのはわかるが、そこになぜか宝石のようなものが含まれていた。

「土を作ってるんだ」

「きらきらしてるそれは？」

「魔石だよ」

さすが異世界だ。園芸に興味のない悠真でも、普通なら肥料を混ぜることくらい想像できる。この世界ではそれが魔石なのだろう、きっと。

「チカは、この時間が自由時間なのか？」

「え、まあ、だいたい？」

若干、後ろめたくなった。仕事などしていないので、自由時間も何もない。今のところアルフレッド以外で、時間に融通が利き話し相手になってくれるのはグイオだけだった。

簡単な仕事くらいやってみたい気持ちはあるが、現実的ではない。基本悠真がどこへ行くにも護衛付きだ。

「夕方以降は、ないのか？」

「夕方以降？」

「今度、飲みに行かないか？」

思いがけない誘いに、瞳を瞬く。

「俺、酒飲めないんだよ」

二重の意味で、と悠真は心の中で付け加える。

「そうなのか？」

「……たぶん？　それでちょっと、やらかしたっぽいんだ」

もう飲むな、とあの日の朝食の席でアルフレッドにクギを刺された。どうしても飲みたいのなら付き合うから、絶対に隠れて飲むなと言われている。

「何したんだよ」

それは悠真こそが知りたい。考えれば考えるほど、不安に駆られる。いつもならしょうがないで気持ちを切り替えるのに、今回ばかりはうまくいかなかった。何かしただろうアルフレッドに、あの朝以降会えていないせいだ。

「それがわかればなぁ……」

ずっと抱えている、もやもやも晴れる。

「記憶ないのかよ」

「見事に。酒ってこえぇ」

限界を見極めればいいのだろうが、今はそこまでして飲みたい気持ちはない。元々悠真の感覚では未成年だ。

「飯だけとかは？」

「あー……今のとこ、むりかな」

「残念。今度、都合ついたら行こう」

「うん」

とりとめのない話をしていると、あっという間に時間が流れる。時刻を知らせる鐘の音が聞こえ、悠真は約束を思い出した。

「俺、用があるから行くわ」

じゃ、と踵を返しかけると、名を呼ばれる。

「明日も来るか？」

「んー？　どうだろ。たぶん？」

特に予定はない。ただ仕事の邪魔をしている気がするので、迷うところだ。

「気が向いたら来いよ。咲きそうな花もあるし」

「ああ」

軽く頷き、温室を後にする。急ぎ待ち合わせの庭園へ向かうと、セットされたテーブルのところに澪《みお》の姿はもうあった。

ひらひらと手を振るのが見える。応えるように、悠真は足を急がせた。

「ハル？」

「悪い、遅くなった」

「いいけど。それどうしたの？」

首を傾《かし》げる澪に、悠真も首を傾げる。それとはなんだ。

「そのメガネ。目の色違うよ」

「ああ」

頷き空いている席に座ると、悠真は帽子を脱いで眼鏡を外した。

じいっと悠真を見ていた澪に手を差し出され、眼鏡を渡す。相変わらず澪は、メイド服を着用していた。

「魔道具っつーの？　目の色を変えられるのが欲しいって言ったら、作ってくれた」

「へぇ」

興味深そうに、眼鏡を日にかざしたり、角度を変えたりと澪は眺めている。同じように悠真も眺めたことがあるが、どこからどう見ても、普通の眼鏡にしか見えないから不思議だ。

「アルフレッドさんが？」

「いや、魔術師長やってる人」

ふうん、と澪が頷く。眺めていた眼鏡をかけると、悠真の方を向いた。

瞳の色が、変わって見える。庭園に鏡があるわけがなく、澪自身で確かめることはできないが満足したようで、眼鏡は悠真の元へ返ってきた。

その時のことを尋ねられ、ざっくりと話す。ふんふんと、ティーカップ片手に聞いていた澪は、楽しそうに笑った。

「ハルが順調にたらし込んでるー」

人聞きが悪い。嫌そうに眉を寄せても、うんうん、と澪は一人で納得したように頷くだけだった。

「ハルがこの世界で楽しく暮らしやすくなるなら、いくらでもたらし込んでいいんだよ？」

聞けよ、と脱力感を覚える。だいたい、悠真程度がたらし込めるわけがない。

「しねぇよ」

一応否定して、悠真は用意されていた焼き菓子に手を伸ばす。まだ温かいそれにかじりついた。

「ハルは多情じゃないもんねぇ」

澪もならうように、焼き菓子をひとつ手に取る。

「めんどくせぇ」

一人でも困惑気味だったのに、複数なんて想像しただけで悠真はお手上げ状態だ。

「まあ、私も逆ハーとかないって思うもんな。ねぇねぇ、あとどんな人と知り合った？」

興味津々に、澪が訊いてくる。隠す理由もないので思いつくままあげて、先ほどまでグイオと会っていたことまで話した。

「私がハルにスパダリ見つけてあげるつもりだったけど……うん、候補が増えるのはいいことだね」

「候補にすんな。だいたいなんでスパダリなんだよ」

　次の菓子に手を伸ばしながら、悠真は突っ込む。スパダリが、スーパーダーリンの略なのは知っている。受けをこよなく愛する、ハイスペック男子を表すことだと以前澪に教えられた。

「ハルに幸せになってほしいから」

「意味わかんねぇし、それでどうして男なんだよ」

「だって、着飾るばっかりな貴族の女なんて、お金かかるだけでハルのこと守ってくれないし、役に立たないじゃない」

　一理ある、とうっかり納得しかける。

「いや、だからってさ」

　今まで、同性を恋愛対象に見たことはない。条件がいいからと、知らない男を紹介されても戸惑うだけだ。

「ハルのことを溺愛して大切にしてくれて、それなりの地位があって守ってくれる人が理想なんだよね」

「……聞けよ」

「大丈夫、プレゼンするだけで無理強いはしないよ。最終的に選ぶのはハルだもん。私はただ、ハルを大切にしてくれそうな人を探して提示するだけ」

「いや、いらねぇから」

「なんでよー」

　ぶうぶうと、澪が文句を言う。

「ハイスペックなイケメンが、ハルのこと溺愛してるとこ見たいんだもん！」

　それが本音かと、悠真は脱力感を覚える。興味のない男に、溺愛されても嬉《うれ》しくない。

「ナマモノに興味なかったんじゃないのかよ」

「だって、こっちの世界だとナマモノしかないじゃん」

「俺を巻き込むなよ」

「趣味と実益を兼ねてるのー」

　突っ込むのも面倒になり、悠真はもう聞き流すことにする。実際に澪にプレゼンされたところで、興味ないと拒否すればいいだけだ。

　無理強いはしないとわかっている。面白半分というところだ。

「そーいや、アルフレッドさんは？」

　焼き菓子に手を伸ばしながら、澪はきょろきょろと辺りを見回す。

「なんか忙しいらしくて、ここ数日見てない」

「そうなんだ」

「殿下は？」

「忙しいのかな？　私も見てない」

少し気持ちが楽になる。王城内が忙しい時期なのかもしれない。

「……ねぇ、ハルなんかへこんでる？」

思いがけない指摘だ。これだから、付き合いの長い相手は厄介だった。

「へこんでねぇよ」

「ホントに？　豊穣祭デートでなんかあった？」

「は？」

カップに伸ばしかけた悠真の手が、止まる。視線を上げると、澪がにこにこと意味深に笑っていた。

「なんで知ってんだ？」

最近澪には会っていなかったので、豊穣祭に行くことは言っていない。誘えばよかったかとも思っていた。

「情報収集は大切よね」

ふふ、と吐息で笑って、澪はカップに口をつける。何を目指しているんだと、心の中で突っ込みを入れずにはいられない。

「てか、デートじゃねぇよ。豊穣祭には連れてってもらったけど、アルフレッドと行ったんだからな」

「うん、楽しかった？」

「……まあ」

澪は頷いているのに、正しく伝わっている気がしない。わずかに迷って、気にしたら負けだと流すことにした。

「澪も誘えばよかったな」

「馬に蹴られたくないから、そーいう気遣いいらないよ」

「馬なんていなかったぞ」

屋台が並び、歩行者天国のようになっていた。馬車も馬も、あの場では見かけていない。そう悠真が言えば、なぜか澪は哀れみを含む眼差《まなざ》しを向けた。

「……話戻すけど、何へこんでんの？」

「戻すなよ」

「戻したいの！　なんかあったんでしょ」

図星を指す澪に、悠真は軽く怯《ひる》む。まっすぐに向けられる視線に、渋々口を開いた。

「へこんでるっていうか」

「ていうか？」

「まあ、へこんでんのか。澪は、林檎酒飲んだ？」

豊穣祭で飲まれるものだと言っていた。

「え、うん、いいのかなって思いつつ」

「それ、俺はずっと酒だと気づかずに飲んでたんだよ」

酔って途中から記憶がないこと、起きたらアルフレッドとベッドで一緒に寝ていたことを話すと、澪は一瞬目を丸くして、輝かせた。

「やったの？」

「やってねぇよ」

なんてことを訊くんだ。

「ほんとに？」

たっぷりの、期待を含んだ眼差しを澪は悠真に向ける。それを受け、自然とため息がこぼれた。

「二人とも服着てた」

「なあんだ」

「おまえなぁ……記憶がねぇのって、けっこークんだからな。すげぇ失礼なことして迷惑かけたかもだし」

「そんなことくらいで、アルフレッドさん怒らないでしょ」

自信たっぷりに、澪は言い切る。だったらいいとは思うが、どうしても不安が拭えない。あの日から、会えていないせいだ。

「とりあえず連絡取れば……って、そーだよね、こっちの世界って、気軽に連絡取れないもんね。あっちだったらスマホのメッセージアプリでさくっと連絡できるのに」

「そーなんだよな」

悠真は平気でスマホを放置するタイプではあるが、使わないわけではない。便利な物に慣れていると、異世界はもどかしく感じることが多々あった。

「私はハルの考えすぎだと思うけどなぁ」

「だといいけど」

ため息混じりにこぼすと、澪が窺うような視線を悠真に送る。何、と問う視線を返した。

「めずらしいね」

「ん？」

「ハルは去る者追わずって感じなのに」

「……そうか？」

「気を許した人は別だけどねぇ」

頬杖《ほおづえ》をつき、澪は思わせぶりに笑う。本当に、付き合いの長い相手は厄介だ。

「うっせぇ、澪だってそうだろ」

「まあね。博愛主義とかない」

当然だと肯定する。昔から澪は、少年漫画の主人公は苛《いら》つくと言っていた。

「なあんか、ハルが楽しそうでよかった」

「酒でやらかして、へこんでるって言ってんだろ」

「そうだけどさぁ」

笑い話にしてみると、気持ちが楽になる。澪の想像する、酒の過ちを知ったせいもきっとある。一緒に寝ていただけでよかったと、悠真は安堵《あんど》した。

「澪」

「ん？」

「聖女とかやだったらこの国出てもいいんだからな。俺もついてくし」

「どうしたの、急に」

「急でもないよ」

ずっと、考えていた。

「ここは生活が保障されてるだろ。俺の知る限り、待遇だっていい。けどそれが澪の犠牲の上でってなら、留《とど》まる必要ないってこと。俺に楽させようとかいらねぇからな。一応言っとく」

「……ハルだね」

「なんだよ」

んーん、と澪が緩く首を振る。

「時々、権力闘争にまみれてるおっさんたちがむかつくけど、無理してないよ。むしろ、どっかで成敗してやろうかと」

何かを企んでいるような、悪い顔だ。

「……ならいい」

唇が弧を描くのを見て、知らない方が幸せなこともあると、悠真は結論づけた。

「ねぇ、今度一緒に飲もうよ。こっち十六から飲んでいいんだし」

「あー……、やめとく」

「なんでよ。なんかやらかしても、私気にしないよ」

やらかすのを前提にするのはやめてほしい。悠真を酔わせてみたいのが、わかった。

「アルフレッドに飲むなって、言われたんだよ」

「ふうん」

「なんだよ」

「べっつにぃ」

何か言い返したいのに、何をどう言っていいか悠真はわからない。結果むすりとして、次の焼き菓子に手を伸ばした。

その後は雑談を少しして、日差しが陰り寒くなってきたところでお茶会はお開きになる。今度一緒に街に行こうと約束して、澪とは別れた。

以前より動かないのに、最近食べすぎのような気がする。走りに行こうかと考えながら部屋の扉を開け、悠真は驚いた。

「おかえり、ハル」

最近はずっと空いていたソファに、アルフレッドの姿がある。久しぶりに見る笑顔が、迎えてくれた。

「ハル？」

反応がないことに、アルフレッドが訝《いぶか》しそうにする。名を呼ばれたことで、悠真は我に返った。

「ただいま」

挨拶を返すと、妙に腹の中がくすぐったい。久しぶりに、ただいま、と口にした気がする。幼い頃からの、馴染《なじ》みある当たり前の挨拶だけれど、ここでは当たり前ではなかった。

悠真に与えられた部屋はすべてが上質で居心地が良く、生活していく上で困ることはない。けれど、どうしてもよそよそしい感覚が消えなかった。

だから、嬉しかったのかもしれない。おかえりと迎える言葉と、ただいまと返した言葉が。

「使い方間違ってた？　ミオ様が教えてくれたんだが」

「澪が？」

悠真は向かいのソファに座り、帽子と眼鏡を外す。

「ああ、迎える言葉がおかえりで、帰ってきたと伝える言葉がただいまだと」

いつの間に、と悠真は瞳を瞬く。まったく知らなかった。

「合ってるよ」

「よかった。今度、俺にも言ってくれる？」

「え、もちろん」

そんなシチュエーションはぱっと浮かばないが、挨拶はするものだ。幼い頃から、苛ついてもケンカしても、挨拶だけは必ずしなさいと母親に教え込まれた。

笑顔になるアルフレッドにつられ、悠真も表情が緩む。なんだか、気持ちも緩んだ。

「どうかした？」

「ううん」

いつも通りだ。考えすぎだったことに悠真はほっとする。結局自分が思うよりも、人は気にしていない。なあんだ、と気が抜けて、ふとアルフレッドの顔色が悪いことに気づく。

「……アルフレッド、なんか疲れてる？　顔色悪いよ」

鈍い悠真がわかるくらいに、整った顔に疲労が滲《にじ》んでいる。普段の精彩さが欠けていた。

「少し魔力を使いすぎただけだよ」

「それって、大丈夫なわけ？」

魔力は生命力だ。限界を超えて使用すれば、命に関わる。人より多いというアルフレッドが使いすぎるほどの出来事があったのだろうかと、今度は気になった。

「自然に回復するよ」

「そんな魔力使わなきゃいけないようなこと、あった？」

平和な世界ではないと知っている。まだしばらくは大丈夫だと聞いているが、まさか予想外に早く結界に何かあって——そんな最悪の可能性が、悠真は頭を掠めた。

「ハルが心配するようなことはないよ。俺の都合だけで、魔力使ってたんだ」

「そっか……」

それなら、と憂いは少し晴れるが、だからといって心配は消えない。体調が悪いならわざわざ悠真の元へ来なくとも、自室でゆっくり休んでほしかった。

「心配いらないよ。ずっとユーリと魔術師塔にこもって、作業してたんだ」

「ユーリさんと？」

「ああ、作りたい物があって、協力してもらってた」

それで、ずっと姿を見せなかったのかと得心がいく。避けられているかもしれないなど、完全に杞憂《きゆう》にすぎなかった。言伝《ことづて》通りだ。タイミングが酒でやらかした翌日だったので、悠真が勝手に不安になってしまった。

「ハル」

「ん？」

「どう言ったらいいんだろうな」

言いにくそうに、アルフレッドが言い淀《よど》む。珍しい。何を言われるのかと、悠真は心臓がぎゅっと痛んだ。やっぱり、と思考が勝手に悪い方へ向かっていく。

「ハルに、身につけていてほしいものがあるんだ」

一瞬、理解が遅れる。数度の瞬きで理解が追いつくと、悠真は肩の力を抜いた。

「えーっと、何を？」

「これを」

　差し出された手に、イヤーカフがひとつ乗っている。幅広なシルバーのプレートで、一見シンプルだけど、よく見るとアザレアの花が彫ってあった。

　素材は悠真ではわからない。アクセサリー類に興味はなく、価値を想像もできないが、アルフレッドの用意するものが安物とは思えなかった。

「ああ、包装した方がよかったな」

　気が利かなくて悪い、とアルフレッドが苦笑する。

「いや、そーいうのいらないけど」

　包装紙など、捨てるだけだ。気になっているのは、そこではない。

「突然なんでアクセサリー？」

「アクセサリーというより、ハルの身を守ってくれるものなんだ。防御魔法を付与してある。身につけやすくて、邪魔にならないものを選んだつもりだが」

「ああ、そういうこと」

　それならば、拒否する理由はなかった。

「ん？　もしかして、それ作ってたとか？」

　与えられたいくつかの情報を拾っていくと、その可能性が浮かんで見える。アルフレッドは肯定も否定もせず、ゆるりと笑んだ。

「これをつけていてくれるなら、ハルがよく行くような場所は護衛なしでいいよ」

「まじで」

「ああ」

　それは嬉しい。気持ち的に楽になる。表情を明るくする悠真とは反対に、アルフレッドはほんの少し表情を陰らせた。

「防御の他にも少し特殊な加工がしてあって、ハルの居場所がわかるようになるんだが、不快だろうか」

　ぱっと、ＧＰＳ機能が浮かぶ。

「それは……誰でもわかるってこと？」

　だったら嫌かもしれない。今のところ探られても不都合はないが、気分的な問題だ。

「いや、わかるのは俺だけだ。探せばわかるというだけで、何もしなければわからない。監視の意味はないんだ」

「ああ、そう。アルフレッドだけなら」

もしかして迷子対策か、と思い至ったところで、アルフレッドが言葉を継ぐ。

「二度だ。迷子になったハルを探す俺の心臓のことを思ってくれるなら、受け取ってほしい」

真摯な眼差しに、ぐ、と悠真は言葉に詰まる。予想が当たった。それを言われると、心苦しさしかない。心配をかけまくった自覚はあった。

「なんか、ごめん。居場所がわかるのがアルフレッドだけなら不快とかないよ。むしろ安心？」

先日のような、知らない場所ではぐれ心細さを感じなくていい。身を守ってもくれるなら、ありがたいだけだ。

「喜んでつけるよ」

「よかった。ありがと」

「礼を言うのは、俺の方だろ」

色々悠真のことを考えて、用意してくれている。渡されたイヤーカフを指先でつまんで、まじまじと眺めてみた。

「これで、居場所がわかるんだ」

身を守ってくれるとも言うが、ただのイヤーカフにしか見えない。金属の塊だ。魔法関係なのだろうが、仕組みがまったくわからない。

「俺の血で完成する魔法式を組んでいるからな」

「は⁉ え、血液？」

「ああ。体液にはその人の魔力が含まれているんだ。だから、それをハルが身につけていればすぐに見つけられる」

へぇ、としか言えない。魔力のない悠真には、想像もできない感覚だ。

「それと対になっているイヤーカフがあるんだが」

もうひとつ、アルフレッドはイヤーカフを取り出して悠真に見せる。同じ物に見えた。

「ハルの血を一滴でいいから垂らしてほしい」

「俺の血を？」

思いがけないことを言われ、軽く驚く。悠真には魔力がないので、意味があるとは思えなかった。

「血を垂らすことによって、ハルと繋《つな》がりができるよう魔法式が組んである。それを俺がつけていれば、付与した魔法が発動された時に、自動的に俺の魔力が使われるんだ」

「それアルフレッド困んないの？ 俺がうっかりなんかやらかすと、勝手に魔力が取られるってことだろ」

「俺の魔力量はかなり多いから、困らないよ」

イヤーカフ自体にも魔力を注いであるが、無限ではない。なので直接渡せるように魔法式を組み、互いが身につけることでそれを解消したと教えてくれた。

仕上げるのに思ったより時間がかかったと、アルフレッドが苦笑する。顔色の悪さから、妙に儚《はかな》く見えた。

「ほんとに？」

「本当だよ。ユーリの口車に乗せられて、今は少し疲れているだけだ。ああ、そうだ。俺と念話もできるようになるよ」

「俺には魔力がないのに？」

「イヤーカフが媒体になるんだ」

「……下手したら、これ、悪用できたりするんじゃ？」

魔法に詳しくない悠真でも、有用な魔法が付与されているのがわかる。アルフレッドの魔力も注がれていると言った。

「そうだな」

あっさり、アルフレッドは認めた。

「そんなの、俺に渡していいわけ？」

「ハルは、悪用する？」

「しない」

「なら、問題ないよ」

軽く息を呑み、くそう、と心の中で悠真は悪態をつく。無条件に信頼されれば、嬉しいに決まっていた。

「完成させるためには、ハルの血が必要なんだ。痛いのは嫌だろうけど、すぐに治すから」

「ちょ、俺どんだけビビリだと思われてんの。一滴なんて、針で刺すくらいだろ」

「いいのか？」

「いいよ。むしろ、なんかすごそうなもんなのに、対価が血の一滴でいいのって感じなんだけど」

「充分だ」

じゃあ、とさっそく血を提供してしまうことにする。渡された針で躊躇《ちゅうちょ》なく指先を刺し、ぷくりと浮かんだ小さな赤い玉を、悠真はイヤーカフの上に落とす。

どういう仕組みかわからないが、赤い雫《しずく》が落ちた瞬間模様が浮かび、金属に吸い込まれるように消えた。

幻想的にも見える光景に悠真が目を奪われていると、アルフレッドに手を取られる。放っておいてもいいくらいの小さな傷なのに、魔法で治療された。

「ありがと」

完成したばかりのイヤーカフを、アルフレッドはまるで宝石を扱うように手に取り、自ら左側の耳につける。それをじっくり悠真が眺める間もなく、もうひとつの方を手に取った。

「つけても？」

「え、ああ」

左耳に、アルフレッドの指先が触れる。少しくすぐったく感じてすぐに、耳の少し上の部分に金属の感触が触れた。

無意識に悠真はそれに触れる。初めてつけるものなので、違和感があった。

「これで、それなりに身の安全は保証されるはずだ」

「えっと、ちなみに具体的にはどんな感じに？」

まったく知らないのも怖い。興味も当然あった。

「ハルに害意を持って近づけないようになっている。魔法攻撃も物理攻撃も、反射する」

「ええ」

「後は、状態異常無効効果もついているから、魅了も、毒の心配もない」

結構、とんでもない物のような気がする。一般人が、気軽に身につけているレベルではない。

危険が迫り、魔力が使用されれば当然アルフレッドは気づく。駆けつけることもできると告げられる。なんて、至れり尽くせりだ。

「ほんとに、俺がもらっていいの？」

「ハルのために用意したんだから、もらってもらわないと困るよ」

「じゃ、遠慮なく。ありがと」

満足そうに、アルフレッドが頷く。

「ああ、そうだ。それ、俺じゃないと外せないから」

「……は？」

「俺の魔力を流して、外すようになってるんだ」

つけてから言うのか、と悠真は唖然とする。常に、身につけていろということだ。

「誰かに奪われたりしたら、困ることになるから」

「あー、そっか」

魔術師塔でのユーリとアルフレッドのやりとりを思い出す。アルフレッドが魔力を込めたバングルは、ユーリが身につけると言っていた。

「え、もしかして、これかなり貴重な品だったりするんじゃ……」

「どうだろうな。用途はかなり限定されてるし、素材

は俺の手持ちで、ユーリに手伝わせて作ったものだから」

「そっか」

考えたら駄目な気がしてきて、悠真は思考を放棄する。受け取って、身につけてしまったので今更だった。まだ、耳に馴染まない金属に触れる。思うことは色々あれども、アルフレッドが悠真を思い用意してくれた気持ちが嬉しかった。

＊

自室を出て、すっかり顔なじみになった護衛騎士に声をかけると、悠真は身軽な気分で温室のある庭園へ向かう。昨夜アルフレッドが言った通り、朝のランニング同様に一人での外出を許された。

『主《あるじ》を置き去りにして、どこへ行くのだ』

頭上から、グリューンの声が降ってくる。軽く視線を上げただけではその姿は見えない。

いいんだけどさ、と悠真は小さく息を吐いた。

昨夜アルフレッドからイヤーカフをつけてもらってから、久しぶりに夕食を一緒に食べた。終始会話が弾んで——なんてことにはならないが、沈黙を気まずく感じることもない。一人ではない食事を、時折交わす会話と共に楽しんだ。

食後のお茶が運ばれ、和やかな空気の中で寛《くつろ》いでいると、そういえば、と思い出したようにアルフレッドが使い魔の話を持ち出した。

「触りたいんだろ？」

「そうだけど、今度でいいよ」

魔力を使いすぎているのだから無理はよくないと悠真は主張したが、アルフレッドは平気だとグリューンを喚《よ》び出してくれた。ヴァイスには、狭い室内が気に入らないと拒否されてしまった。

「グリューンは、契約獣というのが正しい」

違いが悠真にはわからず、聞いてもわからないだろうと、へぇと頷いて終わらせた。

「ほんとに触ってもいい？」

子犬サイズなので、ドラゴンと知っていても恐怖はまったくなかった。むしろわくわくした。

『いいぞ』

許可が出て、ソファの上にちょこんと立つグリューンへ、悠真はそろりと手を伸ばした。なんと、本当に逃げられることはなかった。

「おお」

想像上の生き物だと認識していたのに、指先に確かな感触があった。当然テンションは上がって、撫《な》で回し、抱きしめたい衝動に悠真は駆られた。

けれど犬猫のように撫でていいのかわからず、手触りを楽しむ程度でぐっと我慢した。せめて何かをあげたくなり、目についたテーブルの上に置かれた焼き菓子を悠真は手に取った。

「食べる？　あ、やっぱ菓子とかだめ？」

「どうだろう。食べ物をやったことはないな」

「え、ドラゴンって腹へらないの？」

『食事は特に必要ない』

疑問の答えは、グリューンから返った。

「そうなんだ」

軽く悠真は落胆した。餌付けするように、手ずから食べさせてみたかった。

『食べられないわけではないぞ』

「そうなの」

『ああ』

「食べられないもんある？」

『ない』

「じゃあ、はい」

笑顔でグリューンの口元に差し出すと、悠真の手から器用に菓子を食べた。

すぐにもうひとつと催促され、尻尾が機嫌よさそうにゆらゆら揺れていた。

『我に何か食べさせようとしたのは、おぬしが初めてだ』

そのせいで気に入られたのか、グリューンは悠真にべったりだ。アルフレッドがもう還《かえ》っていいと言っても無視。翌朝も当然のように悠真の傍らで、サンドイッチをもらい食べる姿にアルフレッドがなんとも言えない顔をしていた。

『寝所には入っていないのだから、いいだろう』

悠真は一緒に寝るつもりでいたが、グリューンはソファがいいと、さっさと定位置を決め丸くなってしまった。

「……もう、ハルが飼っていることにしておけ」

「けど」

――内緒だよ、ハル。

ぴんと立てた指先を唇に当て、いたずらっ子のように笑んだアルフレッドの姿が思い出された。豊穣祭の帰りの馬車の中だ。

　アルフレッドがグリューンと契約したのは学生の頃で、知っているのはその場に居合わせた者だけだ。なので人目のあるところでグリューンを喚び出すことはなく、ここ数年は放っておいた。

　――面白そうだから契約してやったのに。

　グリューンとしては、ずっと不満だった。時々アルフレッドの生活を眺め念話で話していたが、当初の目《もく》論《ろ》見《み》は外れ、面白みのない日々に退屈していた。

　それが唐突に喚び出された上に、興味を惹《ひ》かれる人間がそばにいるのだから、しばらくいるとグリューンが機嫌よく宣言した。

　俺のせいか、と悠真は愕然とした。アルフレッドに迷惑をかけるのは本意ではないが、解決する術《すべ》などなく頭を抱えるしかなかった。

「ハルに懐いているだけなら、わからないだろ」

「……いいの？」

　懐かれて、悠真としては嬉しかった。ただグリューンとアルフレッドが契約していることは隠しているのに、人目についていいのか心配だった。

「契約者が俺だと、知られなければいい」

「俺に魔力がないのみんな知ってんだから、ばれそう」

「庭で拾ったと言えばいい」

「雑すぎ！」

「なら、ユーリのせいにしておけ」

「はい？」

「ユーリがうっかり召喚して、そこに偶然いたハルにグリューンが懐いて離れなくなったでいい」

「えぇ、そんなんでいいの」

「いいだろ。種類はそうだな、ワイバーンの子どもとか」

『あんなトカゲもどきと一緒にするな！』

　即座に、グリューンが却下した。一緒にされるのは、かなり耐えがたいことのようだった。

「なら、知らないで通すか。その姿のままなら、ざっくりドラゴンの子どもで通せばいいだろ」

『しかたがない』

「なあ、そー言うってことは、実際は違うってことだよな？」

「姿を小さくしているから子どもに見えるが、実際はじじいだ」

『相変わらず失礼なやつよな』

　んん？　と悠真が疑問に思っていると、古竜――エンシェントドラゴンだと教えてくれた。なんかすごそう、としかわからなかったが。

『反応が薄いな』

「ハルは異世界人だからな」

『やはり面白い。我はしばらくハルのそばにいる』

　そんなやりとりを経て、現在悠真の頭にグリューンが乗っている。重さは感じないのでいいのだが、どうしても人の目を引く。すれ違うメイドや侍女にはぎょっとされ、騎士には二度見された。

　アルフレッド曰《いわ》く、悠真のドラゴンだと認識されてしまえば、自分の契約獣だとは思われないとのことだ。

　一般的な常識では、契約獣は契約した者以外の指示には従わない。そばには留まらない。こんな風に、悠真に懐くなどありえないことだ。

　ただ――アルフレッドは何かを言いかけ、うっかり口を滑らせたというように言葉を止めた。結局、曖昧に濁して口を閉じてしまった。

「アルフレッドは仕事だろ。置き去りってなんだよ」

　数日とはいえ魔術師塔にこもっていれば、その間の仕事はたまっている。今日は忙しいはずだ。

　見た限り、疲れはまだ残っていた。それでも顔色は、昨夜よりよくなっていた。

『一緒に行けばよいではないか』

「仕事に？　じゃまなだけだろ」

『喜ぶだろう』

「なんでだよ。ああ、その辺ふらふらして面倒事起こす心配ないから？」

『そんな心配をされているのか、おぬし』

　呆れたように言われる。たぶん？　と返すしかない。心配をかけていなければ、貴重そうなイヤーカフを渡されるわけがなかった。

『で、どこに行くのだ』

「温室。最近よく行ってんだ。話し相手になってくれる人がいてさ」

『ならば温室に着いたら、我に話しかけない方がいいぞ』

「え、なんで」

『我の声は、契約者と我が聞かせようと思った相手以外には、意味のある言葉として聞こえないからな』

「待って、それだと俺は独り言多いやつだって思われてんの」

現在進行形で。

『そうだな』

「早く言えって！」

恥ずかしい。目撃されていないことを祈り、今度から気をつけようと悠真は胸に刻んだ。

「けど、微妙に不便だな」

人がいる時は会話ができない。ドラゴンの言葉がわかると気づかれれば、それこそアルフレッドの契約獣だと知られる可能性もある。迷惑をかけるのも、面倒なことになるのも避けたかった。

『念話でいいだろう』

「俺、魔力ないけどできんの？」

『主の魔力を身につけているではないか』

「え、これってグリューンにも有効なんだ」

無意識に、イヤーカフに触れる。疑問はすぐに肯定され、悠真は感嘆の声が洩れた。

「けど、念話の使い方わかんないんだけど」

魔力がないので関係ないと、学んでいない。

『声に出さず、話しかければいい』

「えっと……」

声に出さずに、と悠真は反芻《はんすう》する。

『グリューン？　こんな感じ？』

『できているぞ』

『まじ！　やった』

これで怪しい人認定されなくて済む。要領がわかったので、今度アルフレッドとも試してみることにした。

貴重な品とわかっていても、新しいおもちゃを手に入れた気分になる。足取りも軽く、悠真は温室へ向かった。

＊

今日は騎士団の方で、新人騎士によるトーナメント戦があると知り、澪は喜び見学へ行くことにした。

確認してはいないが、第二騎士団の鍛錬場へ出入りしている悠真は見学に行くはずだ。渡したい物があるのでちょうどいい。

今回のトーナメント戦は公式のものではなく、第二騎士団内の恒例行事だ。新人騎士の実力把握と、訓練の成果を発揮する場を与え、さらに意欲を高めてもらうためだった。

優勝者には団長から褒美も出る。ちょっとした、催し物だ。噂《うわさ》によると、こっそり賭けをしている者もいるらしい。

（娯楽少ないもんなぁ）

すっかり慣れてしまった侍女による身支度を終えると、澪は部屋を後にする。久しぶりにシンプルなワンピースを選び、メイド服以外に着替えた。

いい加減堂々と一人で外出したいのだが許されるはずもなく、護衛が少し後ろをついてきている。今日は騎士団の方へ行くだけなので侍女はいない。今はもう、立場をわきまえない態度を見せる侍女は、澪のそばにはいなかった。

すでに試合の始まっている演習場に着くと、ざわめきと金属のぶつかり合う音が聞こえる。観覧席にはそれなりに人がいて、歓声や声援を上げながら試合を観《み》ていた。

「公式試合じゃないのに、ずいぶん人がいるんだ」

「非番の侍女や、騎士の恋人もこっそり観に来ていますから」

付き添う、護衛騎士が教えてくれる。言われてみれば、女性の姿もそれなりにあった。

ざっと見回し、澪は悠真を見つける。先日のように帽子をかぶってはいたが、そこだけ周囲に人がいないのでわかりやすい。

「ハル」

近くまで行って声をかけると、ぱっと振り向く。傍らにはアルフレッドがいた。

澪に気づくと、悠真から少し離れて頭を下げる。周囲の視線を受けての振る舞いだ。普段のアルフレッドの澪に対する態度には、堅苦しさはない。

「澪も来たんだな」

「うん。面白そうだし」

見目麗しい騎士の戦う姿など、目の保養とも言える。刃を潰した剣なので大きなケガの心配もない。むしろ、少しくらい血を流す姿を見てみたいが、言ったらドン引きされそうだ。

「……なあ、すげぇ注目浴びてんだけど」

「今更じゃない？」

「女の人の視線はアルフレッドに行くから、俺は空気だったんだよ」

ああ、と澪は納得する。時折女性たちがちらちらと送る視線は、アルフレッドへと向けられていた。

当の本人はないものとして扱い、気にしていない。

「なら、私の護衛のためにここにいたって感じにしたらいいじゃない」

本来の澪の護衛は、離れた場所で控えている。知らない者から見れば実状はわからない。

「じゃあ、それで」

悠真は軽く、澪の提案を採用する。そんなやりとりに、笑ってしまった。

「今日はメイド服じゃないんだな」

「たまにはね」

多くの人の目がある時には、着ないようにしている。わきまえているのではなく、イコールで結ばれないためだ。自由に動けなくなってはたまらない。

「ん？　ねぇ、ハル。それどうしたの？」

「それ？」

首を傾げるので、澪は指先で自分の耳に軽く触れる。すぐに、悠真は理解した。

「アルフレッドにもらった」

予想通りの答えだ。

「触ってもいい？」

「ああ。って、そうだ。この前触ろうとしたグイオが、軽くバチってなってた」

「庭師の？」

頷き、静電気だったかもだけど、と呟《つぶや》く悠真から、贈り主のアルフレッドの方へ澪は視線を移す。特に表情を変えることなく、涼しい顔をしていた。

「静電気でしょ」

相槌《あいづち》を打つと手を伸ばし、澪は悠真のイヤーカフに触れる。体温が馴染んだ金属の感触だけで何もない。しばらく眺めて、澪は手を引いた。

（なんていうか）

呆れるしかない。ため息を澪が呑み込むと、悠真が演習場へ顔を向けた。

「あ、マイクだ」

控えのスペースから出てきたのは、悠真が親しくしている騎士の一人だった。

「あっちでこの試合見るわ」

「うん」

前の方へ行く悠真の背を見送る。そのまま遠目に騎士の姿を眺めながら、澪は口を開いた。

「あれ、牽制《けんせい》よねぇ。どー考えても」

自分のことに関して鈍い悠真は、気づいていない可能性が高い。視線をアルフレッドの方へ投げると、相変わらず涼しい顔をしていた。

否定も、ごまかしもない。

「あなたのイヤーカフとおそろいに見えるんだけど」

それが牽制でなくて、なんだというのだ。

「ハルに何かあればすぐわかるようになっています」

「そう……それは、義務？」

アルフレッドは自ら名乗り出た、悠真の後見人だ。

「いいえ、ミオ様。私の意思で、望みです」

真剣な眼差しが、嘘《うそ》偽りのない気持ちだと澪に教えてくれる。ふっと、気が抜けた。

自然と笑みがこぼれる。悠真の気持ちはわからないけれど、守ってくれる人ができたのは嬉しかった。ありがたい。

「けど、すごい物を渡したんだね」

「そばにいない時に、何かあったら困るので」

それであんなえげつない魔法を込めたものを用意するのかと、澪はなんとも言えない気持ちになる。重い、と正直突っ込みたい。

「あーあ、先をこされちゃった」

ワンピースのポケットから取り出すと、しゃらりと、金属が微かな音を立てる。悠真に渡そうと用意した、ブレスレットだ。

「これ、あなたから渡して」

「これは……」

「癒やしの力を付与してあるの。多少のケガはあっという間に治るんじゃないかな」

悠真のために作ったものを悪用されたら腹が立つので、盗難、紛失対策も万全だ。持ち主から一定の距離を離れると、自動的に戻るようにしてある。アルフレッドなら、見ればわかるはずだ。

イヤーカフをつけている限り、癒やしの力などさして必要ないかもしれない。それでも念のため、悠真には身につけていてほしかった。

「あなたのあげたイヤーカフほどの物じゃないけど」

かなり、複雑に組まれた魔法が付与されている。

色々学び、知識も技術も身につけたはずなのに、今の澪では全部はわからない。表には出さないが、負けず嫌いが顔を出していた。

「私の物こそ、そこまでのものではありませんよ」

ふうん、と澪はわずかに目を細める。謙遜もいいところだ。

「そーいうことにしておく」

悠真の安全が保証されるのなら、なんでもいい。ずっとアルフレッドの真意を窺っていたが、信頼してもよさそうだ。

(うん、決めた)

澪は決意を固める。けれど今はとりあえず、目の前で行われている騎士たちの試合を楽しむことにした。


本当に思いがけず、優良物件が引っかかった。棚から牡丹餅《ぼたもち》。鼻歌を歌いながら、澪はスキップで浮かれたい気分だ。

この世界に来てからずっと、結果的に巻き込んでしまった悠真に、澪は申し訳ない気持ちをひそかに抱えている。謝っても、謝りきれない。

けれど謝罪など自己満足でしかないと知っているので、今は沈黙を守っている。悠真は絶対に、澪を責めることなどしない性格だ。いいよ、仕方ないだろ、なんて簡単に許されたくはない。

(だって、ハルから全部奪ってしまった)

友人を、家族を、永遠に。

あの時光に飲み込まれる時とっさに、澪が悠真の腕を掴《つか》んでしまったせいで。無関係なのに。

だから元の世界へ帰れないのならば絶対に、この世界で幸せになってもらわなければならない。そう意気込んで、その手段を得るため知識を詰め込み、魔法の腕を磨いている間に、とんでもない優良物件を捕まえるのだから感心するしかない。

初めは反抗的な澪への対策として、悠真を懐柔しようとしているのかと、アルフレッドに対して懐疑的なところもあった。けれど今はもう安心している。むしろ、疑う方が野暮だ。

(全力で外堀を埋めてるし)

おかげで、憂いはなくなった。王城内から澪がいなくなっても悠真の身の安全は保証されるし、肩身の狭い思いをしなくて済む。

「ねぇ、ハル」

軽やかな気持ちで、名前を呼ぶ。心地好い日差しが降り注ぐ温室に用意された席で、久しぶりに感じる悠真とのお茶の時間だ。

「ん？」

「ちょっと、地方巡業行ってくるね」

テーブルに並べられたスイーツの中からチョコレートを選び、指先でつまみながら澪は悠真に告げる。マナーにうるさい者がいないのをいいことに、無造作に口に放り込んだ。

「は？」

マフィンを持った手を、悠真はぴたりと止める。それにお預けをされる形となったグリューンが抗議の声を上げた。

いつの間にか彼氏候補だけでなく、ドラゴンまで悠真は手懐けているのだから、呆れていいのか、感心していいのかわからない。契約主とセットと考えれば納得もできるが。

「相撲かよ」

雑に突っ込んだ悠真は、グリューンにマフィンを食べさせる。機嫌よさそうに食べる姿に、ドラゴンは菓子なんて食べるのかと澪は認識を新たにした。

「うーん、あれだ。聖地巡礼？」

「……澪が言うと、違う意味に聞こえる」

言い直すと、悠真がぼやく。それか、と澪は言いながらあった既視感に納得して笑った。

「まあ、言いたいことはわかる」

すぐに、悠真が言葉を継ぐ。

「なんで、急にやる気になったのかってこと」

口の中に放り込んだチョコレートを溶かしながら、澪は答えを用意する。理由は、いくつかあった。その中でも一番の気がかりだったことが解決したからなのだが、それは言う必要はない。

「聖地巡礼、別名もふもふゲットの旅！」

「ああ、そう」

気の抜けた相槌を悠真に返される。むうっと、澪は唇を尖《とが》らせた。

「ハルだって、いつの間にかグリューンゲットしてるじゃない」

「俺んじゃねぇし」

「いいじゃない、懐いてるんだから」

頭に乗せて現れた時は、何かと思った。間近で見るとドラゴンで、澪は唖然とした。

『主のそばより、面白そうだからな』

「確かに？」

こちらの世界の常識に、悠真はとらわれない。先入観もない。だからドラゴンに菓子など与えようとする。

「私もあげていい？」

試しにマカロンを手に取り差し出すと、グリューンは嫌がることなくぱかりと口を開けてくれた。

「かわいい！　もっと食べる？」

もうひとつ、マカロンを口に放り込む。

『異世界人は変わっているな。我をかわいいなど』

「えー、かわいいじゃない。やっぱり私も使い魔とか契約獣とか欲しい」

「澪ならなんとかなるだろ」

嬉しいことを言ってくれる。絶対に、もふもふ系を手に入れようと澪は心に決めた。

「聖地巡礼、ハルも行く？　観光がてら。なんか美味《おい》しいものあるかもよ」

「なんだよ、そのノリは。旅行かよ」

「え、異世界旅だよ」

行く先々で観光するつもりでいる。こんな機会は、なかなかないはずだ。

「そんなんで、いいわけ？」

「いいんじゃない？　ようは、結界を維持する聖女の力があればいいんだから。私のいい加減さは関係ないよ。まあ、ちょっとくらい猫かぶるけど」

理不尽を働いたこの世界に、盲目的に協力する気など澪にはない。楽しく、やりたいように過ごすだけだ。従順ではない性格の人物に、権力と力を与えた方が悪い。

「ふうん」

「で、行く？」

「うーん、アルフレッドは行く？」

会話の邪魔にならないよう空気に徹していたアルフレッドに、悠真は尋ねる。迂闊《うかつ》なことを言えない立場なのだろうが、咎《とが》める素振りも見せない。澪は心の中で、アルフレッドに花丸評価をつけた。

ここで聖女らしく、などと苦言を呈すようなら、悠真との関係を邪魔する方向へ傾く。

「今のところその予定はないよ。ハルが行くならどうなるかわからないけど」

旅には、第一騎士団が付き添うことになっている。正直、それに関しては気が重い。貴族で構成され、脳筋と老害が多く、昔からの考えしきたりが浸透しているのが第一騎士団だ。

それこそ、聖女らしくあれ、と理想を押しつける人たちなのは間違いない。

「ならやめとく。俺が行くと邪魔になるだろうし」

「そー？　残念」

誘ってみたものの、それがいいかもしれない。愉《たの》しめないような旅に、悠真を同行させるのは気が引ける。疲れるだけだ。

「おとなしく留守番しとくよ」

「ハルは、まだ勉強があるしな」

アルフレッドから入った突っ込みに、ぐうっと悠真が喉を鳴らす。嫌そうに、顔を歪めた。

「思い出させんなって」

多少勉強ができなくても、と澪は考えて、はたと気づく。

「ハル、まだ字を書くの苦手なの？」

「……うっせぇ。だいぶマシにはなってんだよ」

ふてくされたような返事をする。子どもみたいな反応に、澪は笑ってしまった。

「だいたい、澪が勉強に意欲的すぎなんだよ」

「まあねぇ」

伊達に偏差値の高い高校に通っていない。勉強は、苦にならなかった。

長期休みの課題など、最初の数日で終わらせるのが常だ。対して、ぎりぎりになんとか終わらせるのが悠真だった。

「ハルだって知ってるでしょ。私が面倒くさいことはさっさと済ませて、後はラクして生きたいって」

じわりと、怒りが再燃する。多少の苦労は今のうちにして、将来ホワイトな環境の仕事に就き、悠々自適なオタク生活を満喫するはずだったのに、まさかの異世界召喚で、将来設計のすべてが狂ってしまった。

「知ってるよ。だから聖地巡礼もさっさと行くんだろ」

さすが悠真だ。よくわかっている。

「まあ、その前にやらなきゃいけないことはあるんだけど」

「やらなきゃいけないこと？」

「ストレス発散？」

怪訝《けげん》そうな悠真に、澪はにっこり笑う。

「ってことで、ピクニック行こ」

5　驚きはいつも身近

「おいー、ピクニックって言っただろ」

　まず、馬車を降りて悠真《はるま》は首を傾《かし》げた。なんとなく、以前アルフレッドが馬を走らせ連れていってくれたような場所を想像していたせいだ。

　けれど目の前に広がる景色は、確かに緑は多くあるが、鬱蒼《うっそう》たる、そんな形容詞をつけたくなる。澪《みお》に疑問をぶつけようにも、常に傍らにいるエドワードと話していたので、疑問符を浮かべながらも促されるまま歩き、到着した場所に唖然《あぜん》とした。

「言ったよ」

「じゃあ、なんだよここ」

　視線で、悠真は問う。

　ピクニックといえば自然豊かな場所に出かけて、野外で食事をすることだ。今の時期は風が冷たく肌寒くもあるが、魔法で周囲を快適な気温にするのは容易なので、特に訝《いぶか》しむこともなかった。

「子どもの頃、家族でピクニック行ったじゃない」

「行った。自然だらけのとこな」

　それなりに覚えている。その記憶から、今回の澪の誘いも同じようなものだと悠真は解釈していた。

「そこで、アスレチックがあって遊んだでしょ。迷路とか、水上、樹上の丸太や縄の上を歩くとかして」

「……遊んだ」

　一緒にはしゃぎ遊んでいるので、否定できない。子どもの好奇心から全部攻略すると意気込んで、時間を忘れて冒険を楽しんだ。

「ほら、同じじゃない。ちょっとおっきなアスレチックに、お弁当。ピクニックでしょ」

　順に指を差しながら、澪がにっこり笑う。

「どこがちょっとおっきなアスレチックだよ！　ここ、迷宮だろ」

　どん、と目の前に構えているのは、枝を伸ばした背の高い木々に囲まれた石造りの建物だ。長い年月雨風にさらされたような色合いで、所々苔《こけ》に覆われ、石の隙間から植物が顔を出している。正面の入り口と思われる四角く開いた暗い空間には、半ばかかるように大きく太い木の根が張っていた。

　建造物のようでもあり、廃墟《はいきょ》のようでもある。ゲームで見たことのあるような迷宮だった。

「うん、お弁当持って迷宮散歩」

　悪びれる様子もない澪に、悠真は脱力感に襲われる。安全が保証されているアスレチックと、迷宮を一緒にしないでほしい。家庭教師の話を聞いている時、確かに興味は持った。

　けれど実力がない者が入るべきではないことも、きちんと理解している。魔力も武力もない悠真は、普通に考えて入っては駄目な場所だ。

「なんで、迷宮でピクニックなんだよ」

「楽しそうだから。あと旅に出る前に、自分がどれだけのことができるか知りたいんだ」

「だからって、無力な俺連れてきてどーすんだよ。足手まといだろ」

　アルフレッド含め護衛騎士はいるが、守る方からすれば、間違いなく悠真は邪魔くさい。わかりやすく好意的ではない視線と、態度を見せる騎士がいた。

　澪も気づいている。本来、澪直々に選んだ騎士だけが同行するはずが、知らないうちに身分で脅し、勝手に入れ替わった身の程知らずの馬鹿がいると出発前にこっそり教えてくれた。

　迷惑かけたらごめんと、謝られてもいる。態度が悪く、敵意を向けられたところで悠真は気にしないが、澪の方が気にしそうだ。

「初心者用のとこだし、大丈夫だって。それにハル、すごい装備で準備万端じゃない」

「は？」

　今身につけているのは、アルフレッドから贈られたものだ。ぱっと見マントに近いコート以外、普通の衣服とそう変わらない。サイズはぴったりで、金属を使用したいかにも装備、ではないので、悠真は今言われるまで気づかなかった。

（まじかよ）

　身につけていても、違和感はない。

　澪はローブを身につけているが、似たような軽装だ。だから、いわゆる一般的なピクニックだと信じて疑わなかった。

「アルフレッド？」

　共犯だな、と悠真は睨《にら》む。緩い笑みで、アルフレッドは視線を受け止めた。

「頼んでいた装備が届いたんだ」

　豊穣祭の時かと思い至る。連れて行かれた店で採寸され、アルフレッドは店主に何かを注文していた。

「まじかよ……え、これすごいやつなの？」

「フツーだよ」

　信じがたい。アルフレッドは平然と、高価な物を悠真に与えた。

　先日納品された特注のバッグには空間魔法が施されて、悠真の物になっている。向こうの世界から持ち込んだ物を含め色々と入れているが、重さはまったく変わらない。容量にもまだまだ余裕があった。

　むしろ、いっぱいになることなどない。説明を受けた時には、唖然とするしかなかった。

「まあ、装備がなくても、アルフレッドさんがハルにケガさせるわけないし」

「もちろんです」

　横から、アルフレッドが相槌《あいづち》を打つ。

「そーいう問題かよ」

　足手まといは、いない方がいいはずだ。

「まあいいじゃん。ここまでできるようになったんだよーって、見てほしいんだもん」

「俺に？」

「そ。あれよ、子どもが親に見て見てーってするやつ」

　俺は親かよ、と心の中で突っ込んで悠真は苦笑する。来てしまったのだから仕方がない。守らなければいけない方は大変だろうが、迷宮に興味はあるのでこの状況を受け入れることにした。

（まわりも止められなかったんだろうな）

　澪が決めたことを覆せる人は、きっといない。

「ってことで」

　澪がアルフレッドに視線を送る。軽く頷《うなず》くと、空間から弓を取り出した。

「はい、ハル」

「……えっと？」

「ハル、中学までは弓道やってたでしょ。だから弓なら使えるかなって、アルフレッドさんに用意してもらったんだ」

　得意げに、澪が言う。それに困惑するのは悠真だ。

「あんなのは、静止してる的に当てるだけだろ」

だいたい、嗜《たしな》む程度にしかやっていない。袴《はかま》姿が格好いい、そんな理由で澪と結託した姉に、週に一度半ば強制的に道場へ通わせられていただけだ。実戦で使えるとは思えない。

「まあまあ、雰囲気よ。武器が何もないと不安かと思って」

それは一理ある。形から入るのも悪くはない。

「ありがと、アルフレッド。どうせ澪が無理言ったんだろ」

「いや、俺もハルには何か武器を持っていてもらいたかったから、使える物がわかって良かったよ」

「宝の持ち腐れになりそうだけど」

ぼやくと、次に短剣も渡される。

「念のため、持っていて。必要になる時がこないとは限らないだろ」

なんて言われれば、受け取るしかない。バッグの中に放り込みながら、また貴重品が増えたと悠真は嘆息した。

先日バッグに合わせた財布も、アルフレッドから贈られている。当然のように、中にはこの国の貨幣も入っていた。

――ハルが自由に使っていい金だよ。

――正当な権利だから、受け取らないと。

それ以来、考えることを放棄している。澪にも恩恵は享受しないと、と言われた。


「準備は万端だね。さあ、迷宮散歩に行こう！」

がしり、と澪に腕を取られる。声を上げる前に悠真は引きずられるようにして、エドワードと騎士たちが待つ場所へ連れていかれた。

迷宮といえば冒険者を連想するが、同行した騎士以外に人の姿はない。すでに潜っている可能性はあるが、閑散とした空気が流れていた。

今日の迷宮探索を指揮するのは、第一騎士団副団長のルイス・コーウェルだ。澪曰《いわ》く、脳筋と老害が多い第一騎士団の良心で苦労人――その人から、ざっくりした説明と指示を受けた。

この迷宮は、地下三十五階。難易度の低い初心者向けで、主に低ランク冒険者が訓練のために利用している場所らしい。何階層かおきに魔法陣が設置してあり、踏破した階まではどこからでも始められる。難易度は低いとはいえ、最下層のボスは強い。行くとしても二十階層程度まで。

邪魔にならないようついていくだけの悠真とは違い、積極的に戦闘に参加したい澪は前衛がいいと主張するが、当然許されるわけがない。しばらくルイスやエドワードと言い合いを続け、彼らの泣き落としに近い形で説得されると、先導する騎士にエドワードと共に続くことになった。

他人事《ひとごと》のように成り行きを見守っていた悠真は、最後尾にも騎士が一人配置されると聞き表情を消す。正直、嬉《うれ》しくない。

(よりにもよって)

身の程知らず、と澪が断じた騎士だ。

聖女と王太子の目に留まりたい、そんな野心を持って押しかけてきているのだから、当然二人から遠い配置場所に納得するわけがない。ブラス・オルバネハと紹介された騎士は、不服を隠そうともしなかった。

(そんなんだから……)

役に立たない者が前衛にいても邪魔になる。護衛するどころか足を引っ張った結果、澪とエドワードに怪《け》我《が》を負わせるわけにはいかない。それらを鑑みて、ルイスは影響の少ない最後尾にブラスを配置した。

悠真にはアルフレッドがいるので心配はない。そんな思惑に指揮官の苦労が窺《うかが》えるが面倒くさい。少し気が重くなると、アルフレッドがルイスに呼ばれて悠真のそばを離れた。

手持ち無沙汰に打ち合わせを眺めていると、舌打ちが聞こえる。次いで、めんどくせぇと、ブラスが吐き捨てるように言った。

「なんで俺が、こんなヤツのお守りなんだよ」

聞こえよがしに言っているのがわかる。典型的な、傲慢な貴族だ。

面倒くさいはこちらの台詞《せりふ》だと、悠真は遠い目をした。

「俺のことは気にしなくていいんで」

くるりと振り返って、はっきりと告げる。強がりではなく、偽らざる悠真の本心だ。

予想外の反応だったようで、は、とブラスは息を洩《も》らす。正しく伝わるように、悠真は言葉を継ぐ。

「守って、もらわなくていいってこと」

嫌みったらしく不満をこぼす男を、頼りたいなどと思うわけがない。むしろ馬車の所に待機を指示された騎士の誰かと、交代してほしかった。

「ああ?」

剣呑《けんのん》な声で、ブラスは悠真を威嚇する。わざと挑発したわけではないが、まったく意外性のない反応だ。

普段なら、嫌みなど聞き流している。どうでもいい相手に何を言われても悠真は気にも留めない。ただこれから共に迷宮に入り、背後をついて歩かれるとなれば話は別だ。

「信頼できない人に護衛されるとか、フツーに考えて怖すぎだろ。だから必要ない」

「なっ！　なにもできねぇくせに！」

　一瞬で、ブラスの頭に血が上るのがわかる。表情に、怒気を漲《みなぎ》らせた。

「なんにもできないよ。だからこそ、信頼も信用もできない護衛はいらない。だいたい俺、アンタいなくても困んないし」

　職務を全うする気もなく、敵対心を向けてくる男が危険のある迷宮の中で常に背後にいるなど、不穏な物を背負って歩いているのと同じだ。だったら、いない方がいい。

「アルフレッドがいるからさ」

「てめぇ」

　怒りに身体を震わせるブラスを、悠真は冷めた目で見つめる。不満をこぼしていたから、護衛はしなくていいと返した。喜んで辞退してほしい。

「ハル」

　剣呑な空気を破るように名前を呼ばれる。声の方を向くと、アルフレッドが足早に近づき、ブラスから悠真をかばい間に入った。

「どうかした？」

　穏やかな声で、アルフレッドは悠真に尋ねる。他の騎士も、さりげなく様子を窺っていた。

　澪だけが、ひっそり唇の端を引き上げる。厄介者との間の諍《いさか》いを、喜んでいるのがわかった。

「その人が、俺のお守りなんてしたくないって言うから、じゃあ、しなくていいよって言ったんだけど、なんか怒り出したんだよ」

　ざっと説明する。残念ながら、悠真は何もないなんて言ってかばう性格ではない。状況の悪さに、ブラスは悔しさを滲《にじ》ませ奥歯を噛《か》みしめた。

「そんなことは言ってません！」

「ブラス」

　抑揚のない声が、それ以上の弁解はさせない。ブラスは軽く怯《ひる》んで、は、と短い返事を返した。

「信頼のない護衛は、敵と変わらない」

　淡々とアルフレッドに告げられ、ぐ、とブラスが言葉に詰まる。わずかに顔を歪《ゆが》めると、歩み寄る足音が聞こえた。

「ブラス、与えられた役割をこなせないのなら、ここで待っていたらどうだ」

ルイスの声が割って入る。焦ったように、ブラスが顔を上げた。

「いえ、職務は全う致します！」

ルイスに視線を合わせブラスは宣言するが、悠真としてはまったく信用できない。それを正直に言えば面倒なことになりそうで、口をつぐむ。

「……誓えるか」

「はい」

実際に何かをしたわけではないので、ルイスも処罰できない。同じ理由で、この場に残れと指示したところで、ブラスは素直に従いそうになかった。

「俺はハルの護衛だ。騎士の面倒まで見る気はない」

言外に、ブラスでは力不足だとアルフレッドは言っている。何があっても、知らないとも。

初めから同行予定の騎士は、下調べも兼ねて一度この迷宮に潜っている。けれど強引に入れ替わったブラスは入ったことがない。通常騎士が迷宮に挑戦することはないので、迷宮に入ること自体が初めてだ。

「かまわない。何かあっても自己責任だ」

ルイスは頷いて、ブラスにクギを刺す。

「それでいいか？」

「わかっています」

「迷宮を甘く見るな」

それだけをブラスに告げると、ルイスは戻っていく。

決定なら仕方がない。悠真はおまけだ。背後で不穏な空気を出そうが、気にしないことにした。


今回騙《だま》されるように迷宮に連れてこられたが、異世界ならではの場所だ。初めて足を踏み入れるとなれば、自然と悠真のテンションも上がる。アスレチックとは、言い得て妙だ。

興味深く辺りを眺めていると、入り口近くの足下に魔法陣が描かれている。これで行きたい階層へ移動するのかと、悠真は横目に見ながら通り過ぎた。

「ハル、怖くない？」

「ん、むしろ興味津々？」

「それならよかった」

アルフレッドと話しながら、迷宮に足を踏み入れる。

予想より石造りの通路は広く、閉塞感はない。けれど薄暗く、遠くまで見通せないせいか陰鬱に感じた。

　これぞまさしく冒険だ。なんて悠真が内心で感動していると、唐突にぱっと辺りが明るくなった。

　眩《まぶ》しさに目を眇《すが》めていると、感嘆の声が上がる。澪の魔法だった。

　外と変わらない明るさに安堵《あんど》するのは確かだが、迷宮らしさを楽しまなくていいのかよと心の中で突っ込み、澪に視線を流すと表情まではっきり見える。悠真としては、見学しやすくなった。

　けれど明るくなったことで、当然魔物も侵入者に気づく。あっという間にわらわら現れた魔物に、悠真は目を疑った。

「え、初心者が最初に遭遇するの、スライムじゃねぇの？」

　先入観でしかないが、まったく想定外の魔物を見れば、突っ込みたくもなるというものだ。

「なんでキノコ」

　エリンギマイタケブナシメジ、頭の中にちょっとしたフレーズが浮かぶ。ただ悠真の知るキノコとはサイズが違った。かなりでかい。着ぐるみと間違うほど大きくはないが、子どもくらいの大きさはある。愛らしさからほど遠い、顔もあった。

「あれ、食べられんの？」

　疑問を、悠真はそのまま口にする。

「どうだろう？　食べるって発想はなかったな」

「あ、食べたいわけじゃないからな。単なる疑問」

　魔物を前に場違いな会話をアルフレッドとしていると、澪は躊躇《ちゅうちょ》することなく、魔法で屠《ほふ》っていく。容赦がない。護衛騎士よりも活躍しているように見えた。

「フツー、もうちょっとなんかありそうなのに」

　澪に葛藤は窺えない。案外、悠真も平気で討伐できる気がしてくる。さすがに対人は無理だが、魔物ならば抵抗は少ない。試しに、ともらったばかりの弓で魔物に向けて矢を射ってみるが、命中してもなんの感情もわかなかった。

　むしろ当たった、と感動したくらいだ。けれどやはりというか、静止していない的に対してはうまく狙いが定められなかった。

　ビギナーズラックを除くと、狙った本来の位置を外すか、掠《かす》る程度の命中率だ。

　負けず嫌いの自覚はあるので、当然悔しい。せっかく扱いやすく手に馴染《なじ》む弓をもらったので、練習しようと悠真は心に誓った。

初心者向けの迷宮というだけあって、魔物が弱いのか、あっという間に五階層目まで行く。階段を降りた途端、地下なのに明るい草原が広がっていて、昼時だしちょうどいいと澪が敷物を広げる。それに悠真も従い、危機意識の欠片《かけら》もなくのんびりと弁当を食べた。

同行している騎士たちの苦い表情を見ると、一般的ではないことがわかる。けれど迷宮の中ということを除けば、悠真の想像していたピクニックの光景だった。

昼食の後は魔法陣を利用して、十五階層目まで降りる。ここまでの魔物は弱すぎて、腕試しにならないと澪が主張したからだ。

十階層も一気に降りれば、魔物も強くなる。ところどころに罠《わな》もあり、最後尾を歩くブラスが引っかかっていた。

誰よりもぼろぼろになっている。後衛なのになんで、と首を傾げたくなるが、他の騎士とは違い迷宮内を把握していないのだから当然と言えば当然だ。

悠真はさりげなくアルフレッドに誘導されているので、罠を意識したこともない。通り過ぎた後、背後で上がる声や派手な音で、罠があったことに気づくくらいだ。

前方から現れる魔物はアルフレッドが手を出すことなく、危なげなく対処されている。おかげで悠真の警戒心はすっかり解けていた。

剣戟《けんげき》の音が響く中、悠真はのんびりと壁面を眺める。気づいた時には、絵が描かれていた。

（あれは、林檎《りんご》？）

描かれた人物が掲げている物が林檎に見える。何気なく手を伸ばし、壁に触れるはずの指先が空を切った。

「え」

驚いている間に悠真は壁に呑《の》み込まれる。身体《からだ》をこわばらせていると唐突に視界が開け、がらんとした広間が目の前に広がっていた。

「は？」

罠か、と身構え、悠真はざっと視線を走らせる。魔物の姿はない。それどころか、なんの気配も感じられなかった。

（どこだ、ここ）

見知らぬ場所で一人になり、不安がひたひたと胸の中を満たしていく。出入り口がない。完全に、閉じ込められた。

どうやってこの場に来たのかもわからない。狼狽《うろた》えたのは一瞬で、大丈夫だと悠真は自分に言い聞かせ、ゆっくり深呼吸した。

（てか、アレ気になるんだよな）

明るさはないが、部屋の中は充分見渡せる。そのせいで、どうしても視線が奥の台座へいってしまった。ただ、そちらへ足を踏み出す気にはなれない。罠があっても、避けられない自信が悠真にはあった。

『ハル！』

焦りを滲ませた、アルフレッドの声が頭に響く。

『無事なのか⁉』

「ヘーキ、って聞こえないよな」

静寂が満ちた空間に、悠真の声が響くだけだ。唐突に姿が消えたとなれば、当然アルフレッドは焦る。無事が伝わらないのがもどかしかった。焦る気持ちだけが強くなる。

『ハル！』

再度呼ばれ、そうだ、と気づく。聞こえているのは念話だ。同じように悠真も返せばいい。

「えっと……」

グリューンに教えてもらった要領を思い出す。

『大丈夫。アルフレッド、聞こえる？』

『よかった。急に消えるから焦った』

『俺もびびった』

まさか、壁に吸い込まれるとは思わない。

『どこにいる？　何らかに妨害されて、ハルのところに転移できないんだ』

『どこだろ』

改めてきょろきょろと見回すが、説明できる場所ではない。

『そこに飛ばされる前、何かした？』

『えっと、壁に描かれた林檎の絵に触ろうとしたかな』

わずかな間の後、アルフレッドの姿が現れる。

「ハル！　よかった」

「アルフレッド」

ほっと一息つく。それなりに心細かった。

「案外冷静だな」

「かなぁ？　まあ、アルフレッドのこと信じてたし、なんか危険なさそうだったから」

そういえば、アルフレッドが表情を緩める。つられて、悠真も表情が緩んだ。

「でも、心配かけてごめん」

「無事ならいいよ」

「ん、てかさ、あそこに宝箱あるんだけど」

　視線で促すと、アルフレッドも注視する。平然と足を踏み出し近づいていくのに、悠真も続いた。

　手を伸ばせば触れられる距離まで行くと、宝箱をまじまじと眺める。迷宮の宝箱など、興味を惹《ひ》かれないわけがない。

「これ、開けていい？」

「開けたいのか？」

「うん」

「まあ、大丈夫だろ」

　本物の宝箱を開けるとなればわくわくする。こんな機会は、日本で普通の生活をしていればない。異世界ならではだ。

「けど、念のため注意して」

「わかった」

　警戒するアルフレッドに頷き、悠真はえいっと蓋を開ける。中をのぞいて、入っていた物に瞳をしばたたかせた。

「ハル！」

　澪の声が響く。宝箱の中に伸ばしかけた手を止め振り向くと、澪と共にエドワードとルイスがいた。

「よかった、急に消えるからびっくりした」

「あ、わるい」

「ここは……隠し部屋か」

　エドワードが、興味深そうに部屋の中を眺める。護衛のルイスは、辺りを警戒していた。

『ハル、それ俺が預かっていい？』

『え、うん』

　不意にアルフレッドに念話で訊《き》かれ頷くと、ふっと、宝箱の中身が消える。空間収納の魔法だ。価値があるようには思えないが、気づかれないよう収納するなら見られたらまずいものだ。

　悠真が内心で首を傾げていると、パシっと弾《はじ》く音が響く。すぐには、何が起きたのか把握できない。

「ハル！」

「え」

　次々に飛んでくる矢にぎょっとして、アルフレッドが払い落としていくのを身体を硬くしてやり過ごす。すべてが落とされほっとした瞬間、足下が揺らぐのを感じた。

「あ」

ガラガラと音を立て、床が崩れていく。がくん、と悠真の身体が傾いだ。

「兄上！」

焦りを滲ませたエドワードの声が響くと同時に、さっと悠真の腰に腕が回り引き寄せる。驚愕《きょうがく》に目を見開いていると、浮遊感と共に床に着地した。

「ハル平気？」

「兄上⁉」

先ほど、エドワードが叫ぶのを確かに聞いた。二人の顔に、悠真は視線を往復させる。

「……え？」

まじ？　と問うような視線をアルフレッドに向けると、苦笑した。

「エドワードとは異母兄弟だからな」

はあ⁉　と、悠真は心の中で盛大に声を上げる。一瞬、思考が停止した。

「それじゃ、王族ってこと？」

驚きの事実に、そろりと尋ねる。

「まあ、そうなるな。正式に名乗ってなかったか。アルフレッド・リンドヴァル。一応、第一王子だ」

矢が降り注ぎ、床が突然消えて落ちかけたことよりも、悠真は衝撃を受けた。

怒濤《どとう》の一日だった、と悠真はソファの背に身体を預ける。腹も満たされ、後はベッドに入るだけになって、どっと疲れが出てきた。

向かいの一人がけのソファの上では、同じく腹を満たしたグリューンが、くわりとあくびを洩らして寛《くつろ》いでいる。すっかり、この部屋の住人になっていた。

今夜はもう、アガットとマーサは下がらせている。誰に気兼ねすることもない時間だ。テーブルの上に用意されたお茶には手を伸ばさず、悠真は隣に座るアルフレッドに視線を流した。

「何？」

小さく苦笑したアルフレッドが、物言いたげな視線を受け、話を促す。悠真の言いたいことは、わかっている顔だ。

「なんで、黙ってたんだよ」

少しわざとらしく、むすりとして見せる。それなりに高い身分だろうと予想はしていたが、王族とは思わなかった。

――ハルがいつ気づくのかなって思ってたけど。

その場に立ち会えてラッキー！　と、衝撃の事実に愕然とする悠真を面白がる澪は、知っていたらしい。軽く睨むと、肩をすくめた。

――勉強しないハルが悪いんじゃない。

正論すぎて、ぐうの音も出なかった。同じ条件の澪は知っていた。必要ないと、情報を得なかったのは悠真自身だ。

――それに、黙ってた方が面白そうだったから。

継がれた台詞に、ああそう、としか悠真は返せなかった。どう考えても、こちらが澪の本音だ。

聞きたいこと、言いたいことは多々あれども、迷宮内でのんびりしてはいられない。迷宮探索に戻ってしまえば、魔物と戦っている人たちの後ろで、個人的な感情の話ばかりするのは気が引けた。

後でゆっくり話そうと色々なものを頭の隅に追いやり、迷宮探索をそれなりに楽しみ帰城して今に至る。

「怒ってる？」

「怒ってはないよ」

ただなんとなく、胸の中がもやもやしてすっきりしないだけだ。

『主《あるじ》、浮気でもしたのか』

グリューンから妙な突っ込みが入る。無言で、アルフレッドがそばにあったクッションを投げつけた。

見事に命中する。うめくような声が上がった。

「それにしては、不満そうな顔だけど」

グリューンを視界から外して、困ったようにアルフレッドが眉を下げる。その顔をぱたぱたと瞬《まばた》きして見つめ、澪と同じように突き放すこともできるのに、向き合ってくれる誠実さに悠真は気持ちが少し緩んだ。

「だってさぁ、すげぇ驚いたんだよ」

助かった安堵よりも、勝るくらい。あの瞬間、床が崩れて落ちかけたことなど頭から消えていた。

「俺も、まさか兄上と呼ばれるとは思わなくて驚いたよ」

「え」

言われてみれば、エドワードはアルフレッドを兄上とは呼ばない。だからこそ、今まで兄弟だと知り得なかった。普段の態度も、身内とは思えないよそよそしさがある。

「驚いたんだろうな。昔の呼び方が出るくらいに」

「まあ、俺も足下が崩れてびびったもんなー」

　焦ったように兄上と呼んだエドワードは、アルフレッドが無事を伝えると、元の涼しげな顔で頷くだけで、以降兄上とは呼ばない。会話も必要最低限だった。

「もしかして、あんま仲良くない？」

　触れていい話題か迷ったが、客観的な感想として、悠真はえいっと疑問を投げる。兄や姉を名前で呼ぶのはそう珍しいことではないが、だいたい親しさが伝わってくるものだ。けれど二人の間にはそれがない。

「ハルとの方が、仲が良いんじゃないかな」

　想定外の答えを笑顔で返され、悠真は反応に困る。沈黙を選び、そう仲は良くないのだなと解釈して、今更なことに引っかかりを覚えた。

「ん？　第一王子がアルフレッドなのに、王太子はエドワード殿下？」

　王太子とは王位継承者だ。一般的には長子が継ぐ。

　その思い込みが悠真にはあって、アルフレッドがエドワードの兄とは想像もしなかった。

「この国は正妃の産んだ子の方が、王位継承権が上だからだ」

「ああ、そういうこと」

　ざっくりと理解する。与えられた情報を、悠真は頭の中で整理した。

「他に何か質問は？」

「王位を巡って、どろどろしてんの？」

　唐突に浮かんだ可能性を、悠真はそのまま口に出す。ぱたん、と瞬きした後、ふはっとアルフレッドが吹き出した。

「直球だね」

「気になったから」

　訊いたところで、本当のことを教えてくれるとは限らない。案外、澪に訊いた方が正確なことがわかりそうだ。

「王位に興味はないよ。俺は」

　意味深な言い方だ。本人の意思を汲《く》まない、まわりの思惑があるということか。

　詳しくは、知る必要はない。部外者だし、と悠真が思っていると、「むしろ」とアルフレッドが言葉を継ぐ。

「むしろ？」

「邪魔だな。義務も制限も多くなるし、自由に出歩けなくなる」

軽く肩をすくめるアルフレッドに、悠真は笑う。

「確かに」

想像するだけで、堅苦しかった。

「だろう？　……俺が欲しいのは、そんなくだらないものじゃないよ」

身分が物を言う世界で、最高権力をくだらないと一蹴する。軽く驚いて、そんなアルフレッドが望む物など悠真には思い浮かばなかった。

（なんだろ）

気になる。けれど、踏み込んで訊いていいのかわからない。内心で首を傾げていると、緩い笑みを浮かべるアルフレッドとぱちんと目が合う。向けられた眼差しに、悠真はなぜか息が詰まった。

視線が外せない。妙な居心地の悪さを感じて、慌てて口を開いた。

「殿下、って呼ぶ？」

強引に話題を変える。悠真の提案に、嫌そうにアルフレッドが眉をひそめた。

「まだ拗《す》ねてる？」

「拗ねてねぇし」

自分だけが知らなかったことは面白くないが――と思って、気づいた。

それがすべてだ。

「わざわざ言うことでもないと思ったんだ」

「いや、言おうよ」

「言ってたら、何か違った？」

「それは……」

改めて、悠真は考えてみる。最初から王族だと知っていたら、と仮定してみたが、うまく想像できない。次期王だと知っていたエドワードに対しても、特別視したことはなかった。

「違わないかも」

身分で、親しくするわけではない。多少は身構え、親しくなるのに時間はかかるかもしれないが、いずれは今の関係に落ち着くはずだ。そう結論づけると、アルフレッドが嬉しそうに表情を綻ばせた。

「俺が王族だからって、畏《かしこ》まらなくていい。ハルは、ハルらしくあればいいよ」

「じゃあ、お言葉に甘えて？」

『せっかくの最高権力王族、利用すればいい』

不意に、なんでもないことのようにグリューンが提案する。は、と悠真が声を洩らし見ると、先ほど投げつけられたクッションに懐き、尻尾をゆらゆら揺らしていた。

『今の主はハルの機嫌が取れるなら、喜んで権力を利用するぞ』

「何かあるか？」

「え、ないよ」

　ここぞと訊いてくるアルフレッドに、悠真は困惑する。うっかり何か言えば実現しそうで言えなかった。

（最高権力、王族）

　グリューンの言葉で、じわじわと実感がわいてきた。

『欲のない人間だな』

「まさか。結構欲だらけだよ」

「なら、ハルの欲を聞かせて？」

「え」

　軽い気持ちでグリューンに反論したのに、思いがけずアルフレッドから追及される。一瞬戸惑って、促されるまま悠真は考えてみた。

　欲しいもの。欲望、欲求。

「……なんだろう？」

　ぱっと浮かばない。そのことに悠真自身が驚く。人並みにはあると思っていた。

　物欲は、元々あまりない。その上今は欲しがるより先に、過分なほど色々与えられていた。

　そのせいだと自己分析してみる。さすがに無欲ではないはずだ。

『大陸全土くらい望んだらどうだ』

「……それ、王族の権力以上だろ」

　スケールが、格段に大きくなっている。王位を望むよりも、性質《たち》が悪い。

「ハルが望むなら、足がかりとしてまずはこの国の王位から手に入れるが」

「は？」

　咎《とが》めるどころか、前向きな手段を提案される。悠真はぽかんとして、アルフレッドの顔をまじまじと見つめた。

「冗談だ」

「なんだよもぉ」

　心臓に悪い。真顔で言わないでほしいと抗議するように悠真が視線を投げると、綺麗な笑顔を返された。

「ほんとにいらないからな」

　念のため、クギを刺しておく。

「わかっている。手に入れた後が面倒だ」

さらりとアルフレッドが口にした台詞に、悠真は引っかかりを覚える。手に入れられるビジョンがあると、言っているように聞こえた。

それを突っ込むより先に、話題が変わる。知らなくても困らないような話は、蒸し返さず聞き流すことにした。実際にできたところで、悠真には関係がない。

「これ、ハルに渡しておくよ」

「ああ！」

すっかり忘れていた。

差し出されたのは、迷宮の隠し部屋にあった宝箱の中身だ。誰にも知られることなくアルフレッドが回収し、持ち帰っていた。

「やっぱ、林檎にしか見えないんだけど」

受け取ってみても、一般的な林檎の重量くらいしかない。色が赤ではなく、黄金色なだけだ。

「知恵の実だよ」

「ちえのみ？」

『ほお、また珍しい物を手に入れたのだな』

「グリューンも知ってんの」

『実物を目にするのは初めてだ。長生きしてみるものだな』

「そんな珍しいモンなの」

これが、と悠真は林檎をまじまじと眺める。宝箱の中にあって腐らないのだから、林檎の形をした置物か何かだと思っていた。

「かなり、ね」

「けどさ、今日行った迷宮、初心者用って言ってたろ？ なんでそんなとこで見つかんの」

「だから、俺も驚いたんだ」

迷宮の謎は解明されていない。なので誰かが意図的に隠したのか、自然に出現したのかどうかも当然わからない。わかったのは林檎の絵の部分に、目では認識できない転移魔法陣が仕掛けられていたことだけだ。

「初心者が鍛錬のために入るだけだから、今まで隠し部屋に気づかなかったんだろうな」

今回は澪の魔法で迷宮内は明るく、尚且《なおか》つ魔物に襲われる心配のない悠真は壁をのんびり眺めていたが、初心者が薄暗い迷宮内で壁を眺める余裕などあるわけがない。

実力がつけば、上を目指すために難易度の高い迷宮に移動する。魔物も弱く、ドロップする品も価値が低い初心者用の迷宮は、時間をかけて攻略するメリットがないと思われていた。

「俺が見つけたのも偶然だしな。すげぇびびった」

突然一人で飛ばされるのは想定外だ。もう二度と経験したくない。

「俺も焦ったよ。あの時、ハルの存在がひどく曖昧だったんだ。迷宮内にいるのはわかるのに正確な場所を特定できなくて、転移しようとしても弾かれた」

「うわぁ、イヤーカフで連絡取れてよかった」

あの場にずっと一人でいるなど、ぞっとする。罠の有無がわからず身動きも取れない。無事に帰ってこられたことに、悠真は心底安堵した。

「役に立ってよかった」

アルフレッドの指先が、イヤーカフに触れる。やわらかな眼差しとぶつかり、悠真はどきりとした。

不自然な沈黙が流れる。妙な気まずさを覚えて、軽く息を詰めた。

『食べないのか？』

「え」

沈黙を破る問いかけに、悠真はアルフレッドからグリューンへ視線を移す。それ、と言われて、悠真は林檎に視線を落とした。

その発想はなかった。むしろ食べられるのか、と少し驚く。

「俺、知恵の実が何かわかんないんだけど」

そもそもの疑問を悠真は口にする。未知のものを平気で口にするほど無謀ではない。むしろ、容赦なく捨てるような性格だ。

「その名の通りの実だよ。一口食べれば望む知恵を。半分食べればこの世のすべての知恵を。まるごとひとつで全知を得る、と伝わっている」

壮大すぎて、悠真は茫然《ぼうぜん》とする。手に、全知を手に入れる手段があるのに実感がわかなかった。

まじまじと、ただの林檎にしか見えない知恵の実を眺めていると、だけど、とアルフレッドが言葉を継ぐ。

「できれば、ハルには食べてほしくはない」

「なんで？」

食べたいわけではないが、疑問が唇からこぼれる。

「全知を得てしまえば、賢者として祭り上げられ、この国に利用されるだけでなく、他の国からは狙われる存在になってしまう。それこそ、この大陸を掌握したいのなら別だが」

「食べない一択で！」

ぎょっとして、悠真は即座に宣言する。突如として、爆弾を抱えている気分だ。

　顕示欲も、傅《かしず》かれたい気持ちもない。楽しく平穏な生活を送りたかった。

「よかった」

「それで隠したんだ」

「ああ、迷宮の宝箱は見つけた者に所有権がある。ハルが知恵の実を手に入れたなどと、知られるわけにはいかなかった」

　場合によっては、争いの火種になる。けれどそれは、所有者が手放す気がなければの話だ。

「欲しければ、あげんのに」

　偶然で見つけたものでしかない。執着もなければ、未練もなかった。

　本心で言ったのに、アルフレッドが緩く首を振る。

「エドワードはいずれ王になる。過ぎたる力は、持つべきではない。愚王にもなり得る」

「そっか、こっそり持ち帰るのが最善策だったんだな」

　存在が知られれば、騒動に発展するのが想像できた。特に、手に入れたのがアルフレッドを後見人とする悠真だ。当人たちにはなんの思惑がなくとも、勝手に邪推する者は必ずいる。それこそ、王位継承権を巡る争いに発展しかねなかった。

「見つけたのがハルでよかったよ」

「え？」

「野心がある者が見つけていたら、大変なことになった」

「けど、知恵の実がこれしかないって決まってないだろ」

　それこそ、他の迷宮の宝箱から見つかる可能性もある。必ずあの絵が描かれているとは限らないが、ないとも言い切れない。

「知恵の実は、世にひとつしか存在しないんだよ」

「……うそだろ」

　さらに、林檎の重みが増した気がする。信じられない気持ちでアルフレッドを窺うと、苦く笑った。

「誰かが食して実が消えると、いずれどこかに出現するらしいが、それがすぐなのか、何十年、何百年先かもわからない」

　うわぁ、と悠真は感嘆の声が洩れる。とんでもない物だということが、やっと理解できた。

正直手に余る。誰かに譲り渡してしまいたくなった。

「……アルフレッド、いる？」

「遠慮する。過ぎたる力は身を滅ぼすからな」

「そっかぁ」

「ミオ様が望むなら、譲ってもかまわないと思うが」

「そうだな、訊いてみる」

適材適所、という言葉がある。今すでに聖女の立場にいる澪に、賢者という肩書きが増えても問題ないはずだ。たぶん。

自分の身を守る術《すべ》も、手に入れている。知恵の実を食べるにしろ、所有するにしろ、悠真よりも適任だ。

とりあえず、迂闊《うかつ》に人に見られないようにバッグへ放り込む。悠真以外が取り出すことはできないし、置き忘れや盗難に遭ったとしても、自動的に戻ってくる安心仕様だ。

「なんか疲れた……」

精神的な疲労感が強い。間違いなく、想定外に手に入れた知恵の実のせいだ。

どうせならもっと、わくわくするようなものを宝箱の中から見つけたかったと、悠真はアルフレッドに嘆いた。

＊

うんざりするな、とアルフレッドはひそやかにため息をつく。目の前で繰り広げられるのは、いつもの会議という名の腹の探り合いでしかない。以前は適当に付き合っていたが、悠真のそばにいるようになってからは無駄に時間を取られることに辟易《へきえき》していた。

今までよくこの時間を耐えていたと、アルフレッドは我がことながら感心する。特に、今日はひどい。この場にアルフレッドがいる必要のない話ばかりで、すぐにでも席を立ってしまいたかった。

それでも留まっているのは、普段は王宮内の会議に顔を出さない、神官長であるジェデオンが出席しているからだ。何か思惑があって、この場にいる。ならば、アルフレッドも席を立つべきではない。

意味のまったく見いだせない話し合いを終え、次に議題となったのは聖女についてだ。公の場に出るのを拒否されているので、いまだ面会が叶《かな》わない者も多い。それに不満を抱く一部の者が、存在を公にしないせいで他国に対し優位性を示せないと、自らの無能を棚に上げ会議のたびに訴えていた。

　またか、以外に思うことはない。王太子派派閥の、特に野心が強い貴族たちを、アルフレッドは冷めた目で眺めた。

「聖女様の意思は、何よりも尊重される」

　それがすべてで、他に言い様がない。時が来るまで待てばいいと、アルフレッド含め、正確な事情を知っている者が何度もクギを刺しているのに効果がない。

　それどころか、自分たちの優位を信じて疑わない者は強気に出ようとしている。身分や権力など意に介さない彼女の機嫌を損ねれば、友好な関係は築けないと、凝り固まった思考では理解できないようだ。老害、と最近よくアルフレッドの頭の中に浮かぶ。

「各地に赴くのは決まったのだから、それでいいのでは？」

　後は関係各所で話し合い、調整すればいい。同行するのは第一騎士団とエドワードで、アルフレッドはあずかり知らぬことだ。

「お披露目を先にするべきです。すぐにでも。本当は聖女などいないという噂《うわさ》も一掃できます」

「噂など放っておけばいい。しばらくすれば正しく伝わる」

　旅に出れば、必然と交流は生まれる。接する者が増えれば、自然とそこから噂は広まっていく。

　結界も強化されるのだから国としての憂いもなくなり、聖女としての役割を果たしたと言えた。

「ですが」

　別の思惑がある者は、それ以上を求める。正直アルフレッドの知ったことではない。

「ならば私ではなくエドワードに言えばいい。ミオ様の後見人はエドワードだと何度言えば理解できる」

　なおも言い募ろうとした男を遮り告げる。この場は、正式に開催された議会ではない。乞われ参加しただけなので、そろそろアルフレッドが見切りをつけるつもりでいると、横から別の男が言葉を継いだ。

「では、殿下が後見人を務めているハル殿についてならば、聞いてくださるということですな」

　結局、会議など建前でしかない。それがわかる裏のある笑顔を、アルフレッドは無言で視界に映した。

　肯定も否定もしないせいで、不自然な沈黙が流れる。気にせずこの場にいる者の思惑は同じなのかと、全員の顔を眺め見た。

「そろそろお披露目する夜会を開いてはどうですか？」

　これが本題か、と察する。そうでなければ、普段神殿にいるジェデオンと共にアルフレッドを呼ぶはずがない。聖女と、それに属する立場とした悠真は、神殿への報告、許可なしには何事も進められないよう定めた。この国の王家は信用するに値しない。利用される気はないと告げた、澪の意思を尊重してのことだ。

　不都合であれば止める立場のジェデオンが空気に徹していて、涼しい顔をしているせいか侯爵が調子に乗っている。アルフレッドは観察しながら、この場にいる者たちの情報を記憶の中から引き出していった。

「巻き込まれただけの彼を、お披露目する必要はない」

　今までさりげなく断っていたが、一向にあきらめる様子はない。むしろ澪が城を留守にしている間に、自陣営に取り込むつもりで先ほどの提案だ。

　引き入れる手段としての悠真への縁談が、アルフレッドの元へいくつか持ち込まれている。検討することなくすべてに断りを入れているので、こうして強引にことを運ぼうとしていた。

「ジェデオン殿は、どう思われますか？」

「私は、ハル殿の意思を尊重すればいいと思います」

　想定外の答えだったようで、侯爵は眉間にシワを寄せて苦い顔をする。根回しは充分で、味方をしてもらえると過信していたようだ。

「少し休憩しては？　お茶の用意をさせましょう」

　我関せずと、ジェデオンはお茶を淹《い》れるようにメイドへ指示を出す。それを横目に、アルフレッドは今すぐ席を立つのではなく、成り行きを見守ることにした。

「ハル殿は、十六だと聞きました。早々に良いお相手を探す必要もあるでしょう」

「そうですよ。異世界から来て知り合いもおらず、心細いでしょう。後ろ盾のある者と婚約するのが、ハル殿のためにもいいのではないですか」

　エドワードと澪の関係が思うように近づかないせいで、澪に対して発言力のある悠真を取り込もうと躍起だ。自分たちの息のかかった者と婚約させ、傀儡《かいらい》に仕立て上げたい思惑が透けて見えた。

　呆《あき》れると同時に、嫌悪が湧き上がる。当初は軽視するような態度だったのに、手のひらを返す姿が滑稽だ。

「ハル殿は、そのような婚姻は望まない」

「ですが、美しい令嬢たちを前にしたら、気持ちも変わるかもしれません。殿下が決めつけるのはよくないのでは？」

「伴侶もそうですが、友人も必要でしょう。顔合わせの場を設けてはいかがですか」

「そういう場は、好まないと言っている」

「でしたら、こちらで申し分のないお相手をハル殿のために選ぶので、会う機会を設けませんか」

　きりがない応酬に、アルフレッドはうんざりする。声を上げる者たちは、異世界人など簡単に丸め込め、手駒にできると踏んでいる。誰がその権利を手に入れるか、水面下で争っていると情報を得ていた。

「いらないと、何度言わせる」

「ですが、ハル殿を思えばこその話です」

　アルフレッドの元へ届く縁談もうんざりするが、それ以上に、悠真へ押しつけてくる縁談には苛《いら》つく。これから、鬱陶しい誘惑も増えることを想像すると、胸の中に不快感が広がった。

「どうしても地位のある者と婚姻をと言うのならば、私とすればいい」

　とっさに口を突いて出た台詞だが、悪くない案だ。手順を踏んで、とアルフレッドは考えていたが、順序が逆になってもいい気がしてくる。わずらわしい縁談から、二人とも逃れることもできた。

「殿下には、身分に相応《ふさわ》しいお相手を迎えていただかなければいけません！」

「ハル殿が、相応しくないと言いたいのか？」

「そうではありませんが……」

　曖昧に言い淀《よど》むのを、アルフレッドは一瞥《いちべつ》する。ここで肯定すれば、ならばなぜ悠真に縁談を持ってくると突っ込まれるので、否定するしかない。

「殿下は、何事かを企てているのですか」

「なぜそうなる？　地位のある者と婚姻して足場を固めさせるのなら、私でいいはずだ。婚約者はいない上に、私以上の地位を持っている令嬢、子息はいない。違うか？」

　言葉に詰まり、焦ったような表情を浮かべるのを目にすると、愉快な気分になる。今まで権力に関することにアルフレッドが我関せずの体《てい》でいたせいか、強く出れば思い通りにことが運ぶと踏んでいたようだ。

　今でも国が傾くような腐敗が蔓延《まんえん》しない限り、好きにすればいいと思っている。ただ悠真のことに関しては別だ。勝手なことはさせない。そのための身分で、権力だとさえ思っている。いっそ本当にこのまま婚約してしまうのもひとつの手だとアルフレッドは感じた。

「いいんじゃない。アルフレッドさんと婚約」

　後押しするような声が、不意に割って入る。本当に想定外のことをしてくれると、アルフレッドは笑いたくなった。

「さっきから、ハルのことを利用したいって言ってるようにしか聞こえないんだけど」

「そこのメイド！　誰が話していいと言った」

「私が話すのに、許可がいるの？」

　一般的な常識で考えれば、この場で許可なくメイドが発言することは許されない。身分に則《のっと》った、礼儀が重要視される王宮内だ。

「身の程をわきまえろ！　メイドの分際で」

　侯爵の地位を軽視する物言いに、激高する。

「大声で、横柄な物言いしかできない人と話すの、嫌なんだけど」

　淡々とした声、侮蔑を含んだ視線に、侯爵は怒りをあらわにした。

「何様だ！」

荒らげた声が部屋の中に響く。いつの間にか立ち上がり、侯爵は威嚇するように睨み付けていた。

　それを受けても、少しも怯むことはない。それどころか綺麗《きれい》な笑顔を浮かべ、唇を開いた。

「聖女様よ」

　いつものようにメイド服を身につけた澪が、軽やかに告げる。同時に、魔法で変化させていた髪と瞳の色を黒に戻すと、部屋の中にざわめきが広がった。

　激高していた侯爵が、驚愕に目を見開いている。唇を震わせるだけで何も言わない。しつこいくらいに聖女への面会を求めていたのに、いざ当人を前にしても嬉しそうではなかった。

「少し考えればわかりそうなのに」

「ミオ様、どうしてここに？」

　ずっと気になっていたことを、アルフレッドは尋ねる。見かけた時は目を疑い、素知らぬ顔でお茶を給仕する澪の姿に、顔には出さなかったが驚いた。

「私がいない間に、ハルのこと好き勝手されないようにね。偵察」

　色々と察する。メイド服を身につけ、髪と瞳の色を変えてしまえば注目を浴びない。使用人に紛れ込めば噂話も情報も、仕入れやすかった。案外、使用人から得られる情報はあるものだ。

　いたずらっ子のような顔で澪が顔を寄せ、要はゴミ掃除、とアルフレッドに耳打ちする。遠慮のない言いように、笑いそうになった。欲深い貴族に利用されなければいいと思っていたが、澪なら心配はいらない。

「ジェデオンに、協力してもらったの」

　視線が、ジェデオンに集まる。それに動揺も見せず、涼しい顔で笑んだ。

「私の忠誠は聖女様に」

　静かな声が告げる。継いだ台詞は苦言だった。

「神殿は権力と距離を置いておりますので、聖女様の名を利用するのも、私をこのような場に呼ばれるのも困ります」

　誰が何を思って呼んだのかわからないが、悪手でしかない。若くして神官長に就いているジェデオンは、神に仕える者としての信念以外では動かない男だ。だからこそ、アルフレッドは信用していた。

「ほんとにね」

　投げやりに澪が頷く。

「権力争いなんて、したい人たちで勝手にして。くだらないことに、私とハルを巻き込まないでよ」

　鬱陶しいと、容赦ない台詞を澪が投げつける。見るからに年下の女に非難され、あからさまに気分を害した表情を浮かべる者がいた。

　気づいた澪が、唇の端を持ち上げる。間違いなく、この状況を楽しんでいる。それがわかったアルフレッドは口をつぐんだ。邪魔をしてはいけない。

「小娘のくせにって、面白くないんでしょ？　でもその小娘よりも身分が低いんだからしょうがないじゃない」

　煽《あお》るような台詞だ。実際、その目論見《もくろみ》は成功する。澪がメイド姿なのもあり、大半が正しく現状を呑み込めていなかった。

「無礼だろう。誰に向かって言っているのか理解しての発言なのか？」

　だから、こんな台詞が平然と出てくる。普段から畏まられる立場にいる者たちは、自らの優位を簡単には疑わない。たとえそれが聖女であっても、らしい姿をしていないのだから、威圧すれば済むと勘違いしてもおかしくはなかった。

「アナタこそ、たかだか侯爵のくせに偉そうなのね」

「きさま！」

面白いほど簡単に、侯爵は憤る。軽視される経験がないせいだ。

「あら、口の利き方に気をつけた方がよろしいのでは？　身分は私の方が上なのがわからないくらい、常識がないの？」

侯爵なのに？　と、わざとらしく澪が首を傾げる。

「聖女って、いずれの身分にも与《くみ》さない、王でさえ命令できない特別な存在だって知らないの？」

さっと顔色を悪くするのが応えだ。以前この国に聖女が存在していたのは、もう百年以上も前だ。その身分を、正確に知らない者は多い。漠然と尊い存在とは知っていても、会ったことがなければ想像の域を出るものではなかった。

それが突然目の前に現れ、メイド服を身につけた若い娘であれば軽視したくもなる。けれどメイド服を身につけていようと、澪が聖女であることは揺るがない。この場で、一番身分の高い者だ。

「ミオ様のおっしゃっていることは事実ですよ」

涼やかなジェデオンの声が、追い打ちをかける。先ほどまで、不遜とも言える態度でいた者たちが慌てた。

「身分を振りかざすなら、私も振りかざすだけ」

目には目を、歯には歯を。

手に入れた権力を躊躇なく正しく使う澪に、アルフレッドは感服した。

「何も知らない異世界人なら、簡単に御せるって思った？」

ふふ、と楽しそうに澪が笑う。

「ざーんねん。しっかり学んだの。必要ないような知識もとりあえず詰め込んだから、たぶん、アナタたちより詳しいと思うよ」

この言葉は事実だ。国の最高峰の家庭教師の教えを受けただけでなく、澪は書物も読みあさっていた。それに加え、実戦でも使える魔法を習得している。地位にあぐらをかいているような者たちが、太刀打ちできる相手ではなかった。

さすがにこれ以上不用意な発言はできないと悟ったのか、誰からも反論はない。先ほどまで強気に出ていたのが嘘《うそ》のようだ。

「そうだ、聞いてもいい？　新たな結界を張ってもらったら、聖女なんて用済みとか思ってたりする？　おじさんたち」

「まさか、そんなことはありません！」

慌てたように、否定が入る。貴族たちの愛想笑いを眺め、ふうん、と澪が軽やかに相槌を打った。

「どっちでもいいけどね。結界なんて、簡単に壊せるよ？」

笑顔で、なんでもないことのように告げる。会議室に、息を呑む音が響いた。

「最初に言ったけど、私この国に対して義理もなければ、いい感情もないわけ。守ってあげようなんて、そんな殊勝な気持ちも当然ゼロ」

清々《すがすが》しいまでの全否定に、アルフレッドは苦笑が洩れる。当然の心情で、怒りは当然の権利だと理解しているので、澪と悠真の意思は尊重されなければならないものだ。

「ハルが楽しく暮らせてるなら、まあいいか程度でしかないのに、そのハルを息苦しくさせる計画を立てるなら」

言葉を切り、会議室内に視線を流す。

「滅べばいいんじゃない？」

物騒な笑みを浮かべ、澪が言葉を継いだ。

「わ、我々は、純粋にハル殿によかれと思っていただけで」

「十六だと婚約者がいる者も多く、条件のいい令嬢たちがいなくなってはと思っただけです」

弁解する声が次々に上がる。さすがに危機感を覚えたようだ。

「言っておくけど、着飾るしか能のない令嬢になんてハルはあげない。野心しかないような令息も問題外」

自分の娘を悠真に、と目論んでいた侯爵がなんとも言えない顔をする。以前夜会で顔を合わせたことはあるが、格下の貴族令嬢を軽視する傲慢な態度はアルフレッドの目には好ましく映らなかった。

「あなたたちが絶対だと信じてる爵位なんて、私たちにはまったく価値なんてないの。領地もそう。魅力がなければ欲しくもない」

ばっさりと、澪は切り捨てる。

「だから、どこの国に行ってもいいの」

「それは！」

移住を実行に移されれば、原因となった家などあっという間になくなる。現実を知れば、迂闊なことはできない。これで、煩わしい打診も減るはずだ。

「ってことを踏まえて、くだらない計画をしたければ、どうぞ？」

普段鬱陶しい者たちが容赦なく澪にやり込められる姿に、アルフレッドは溜飲《りゅういん》が下がる。このままおとなしくなってくれるのを願わずにはいられなかった。

「だいたい顔合わせなんてやったところで、アンタたち貴族とは常識が違うから、ハルなんて令嬢にドン引きだろうけど」

そうだろうな、と澪の台詞に同意する。慣れているアルフレッドでさえげんなりすることが多い。可能な限り避けてきた。

「あ、でもハルがドン引きしてるとこ見たいかもー」

不穏に感じる台詞だ。思案する澪に、アルフレッドは嫌な予感がした。

「よし、やろう！」

「ミオ様！」

唐突な方向転換に、アルフレッドはぎょっとする。今まで必死に、婚約の打診を躱《かわ》してきた努力が水の泡だ。

「そんなに焦んなくても」

「ですが」

「私も参加するから」

「なっ！」

続いた台詞に、今度はアルフレッド以外がぎょっとする。なんとしてもエドワードとうまく婚姻を結んでほしい相手が、他の相手と出会う場に参加すると言っているのだから当然だ。

「男女問わず集まるんでしょ？　面白そうじゃない」

しっかり情報を得ている。どうにか悠真に近づけそうな同年代を、侯爵たちは自らの派閥から探していた。

「あ、招待する人のリストは私が確認するから」

派閥で選ぶなと言外に告げている。どう止めていいかわからない。

楽しそうな澪を止めるのは無理だと、悠真が言っていたのをアルフレッドは思い出す。

「アルフレッドさんも参加だからね」

どうしたものかと困惑していると、笑顔で決定事項を告げられた。

6　選択肢はいつだって突然現れる

ぜってぇ場違いだろ、と悠真《はるま》は心の中で嘆く。目の前に広がる煌《きら》びやかな世界に、今すぐにでも回れ右をしたくなった。

——今度、婚活もどきの会があるからハルも参加ね。

決定事項として澪《みお》に告げられた時にはぽかんとした。脳内でコンカツがうまく処理できず、は、と間抜けな声が唇からこぼれていた。

「え、婚活？」

「もどきの会」

「何が違うんだよ」

「友達候補でもあるから？」

「意味わかんねぇし、なんで疑問形なんだよ」

「婚活なんて参加したことないもん。とりあえず顔だけ出せば、気に入った人はいないからおことわりーが主張できる的な？　目論見《もくろみ》がある会」

「それやる意味あんの？」

説明が漠然としすぎて、悠真はうまく理解できなかった。だいたい最初から断る前提なら、顔合わせすら無駄だ。

「あるある。あ、ハルが気に入った人いたら、それはそれでいいんだよ？」

「ねぇよ」

「なんで言い切れんのよ」

「なんでも。俺パス」

「だーめ、ハルの参加は決定なの」

ふふ、と澪が楽しそうに笑ったが、何か裏がある笑顔だった。

ここまで乗り気になっている澪に対して、悠真が断り切れる自信はないが、もどき、がついていても婚活などには参加したくない。そう主張したが、検討されることなく却下された。

「ハルが参加した上で、アナタたちになんて興味持てない、もう縁談持ってくるなって、ばっさりと断らないとね」

「なんだよそれ」

色々と、突っ込みたい。けれど何よりも、悠真に縁談を持ってくる理由がわからなかった。財もなければ、魅力的な地位もなかった。

「うざったい、おっさんたちがいてね」

訝《いぶか》しんでいると、澪がざっと説明してくれた。

　まさかだった。そんな価値を見いだされ、利用する算段をつけられているとは想像もしなかった。

「どーしても参加したくないなら、勝手に婚約者決めるけどいい？」

「誰と⁉」

　さらに想定外のことを告げられ、悠真はぎょっとした。婚活と聞いた時より驚いたかもしれない。婚約者、悠真の認識が間違っていなければ結婚相手だ。

「超優良物件」

　語尾にハートがつきそうな声のトーンで、意味深な笑顔と共に返ってきた。後は会ってからのお楽しみ、などとはぐらかされ、参加か婚約かの二択を迫られれば、答えは決まったようなものだった。

「澪様おすすめの、超優良物件との婚約を選んでもいいのに」

「選ぶかよ」

　相手もわからないのに、とため息がこぼれた。超優良物件、と聞いてぱっと浮かんだのはアルフレッドだが、王族である彼が悠真の婚約者になり得るわけがない。そう考えたところで、悠真は顔が歪《ゆが》んだ。

　自然にアルフレッドが浮かんだことに、動揺した。この世界に来る前なら、彼を想定することなどありえなかった。

　随分前から目をそらし続けてきたことを、唐突に目の前に突きつけられた気がする。鼓動が、不自然に騒いだ。それでも、認める気にはなれなかった。

　親愛。刷り込み。危ないところを助けてもらった、吊《つ》り橋効果による勘違い。思いつくまま、悠真は否定する要素を頭の中に並べていった。

　認めるには、不毛な感情すぎた。境界線を踏み出す前に、アルフレッドが王族だと知れてある意味よかった。

　この世界の常識に疎いとはいえ、アルフレッドとは身分が違いすぎることくらいはわかる。だからもしかしたら——など見ない振り、気づかない振りで、悠真はぎゅぎゅっと気持ちを押し込め蓋をした。

　だからといって安易に他の誰かを探すような、婚活には乗り気になれなかった。

「貴族に慣れる場だと思えばいいよ」

気軽に、と言う割には、アルフレッドの表情に複雑さが滲《にじ》んでいた。

「俺も参加するから」

安心させるような笑顔を向けられても、悠真は少しも気持ちが楽にならなかった。むしろアルフレッドも参加すると知り、胸の中に重みが増した。

開催されるまでの間、悠真はすっきりしない気持ちを抱えることになる。澪は、と言えば、宣言した通りに、転移魔法陣で行ける範囲から結界の強化を行っていく。

その間に準備は着々と進み、あっという間にその日を迎えた。

あれよあれよと身支度を整えられ、澪に引きずられるように会場へ連れていかれて今に至る。

着飾った令嬢たちの集団に、身なりをぴしりと整えた令息たち、この中で数時間を過ごすかと思うと、悠真はすでに気が重かった。

向けられる視線も鬱陶しい。二人共に嫌がったので、入場する際に特別な紹介はなく、今はまだ遠巻きにされていた。

王族は後から入場するのが決まりになっており、今悠真のそばにアルフレッドはいない。それが余計に、悠真を心許《こころもと》ない気持ちにさせた。

「しかし、化けたな」

華やかに着飾った澪を、悠真はまじまじ眺める。

ベージュに近いブラウンのドレスはウエストラインからふわりと広がり、透け感のある生地が淡いピンクと幾重にも重ねられ、波打つように優しいグラデーションを作っていた。さらりと下ろしていることの多い髪は複雑に編み込まれ、黒髪に映える花があしらわれていた。本当に黙っていれば、楚々《そそ》とした淑女に見えた。

「失礼だな」

むっとして、澪が眉間にシワを寄せる。けれどすぐに、破顔した。

「ハルのその服、アルフレッドさんからのプレゼントでしょ？　すっごい似合ってる。かっこいいよ」

それなりの格好で参加と知った時は身構えたが、悠真が着るのにも抵抗感のないシンプルなスーツのような服だ。濃紺の丈が長いジャケットにベスト、白いシャツの首元には幅が広く艶のある茶色いネクタイを巻き、ヘーゼル色の宝石がついたリングで留めていた。

カフスボタンにも同じ宝石が使われていて、とても綺麗《きれい》ではあるけれど、つい高そうと思ってしまうのできっと分不相応だ。

「ありがと」

馬子にも衣装とはよく言ったものだ。

「どうせ、お世辞だとか思ってんでしょ」

「そうだろ？」

「いい加減さぁ」

澪が何か言いかけたところで、ざわりとざわめきが広がる。いつの間にか、王族の二人が入場していた。

目を惹《ひ》く、華やかさがある。エドワードは輝く金の髪が映える、光沢のある白にアクセントとして金をあしらった衣装だ。肩から羽織ったマントの内側まで色合いが美しく、小物は青系で揃《そろ》えていた。

傍らに立つアルフレッドの衣装は濃紺で、アクセントには同じく金が使われている。華やかな小物は少ないが、左肩にかけたマントの内側は自身の髪色のような色合いが美しく、豪奢《ごうしゃ》な紐《ひも》で結んでいた。

改めて二人をじっくり眺めて見ても、似ていない。

（言われなきゃ、兄弟ってわかんねぇよな）

あっという間に、令嬢たちに囲まれている。蜜に群がるアリのようだ。考えてみれば、二人共に婚約者はいない。今夜は、アピールする絶好の機会とも言えた。

「餌がいいと、食いつきがいいねぇ」

「餌？」

「あんな風に二人に群がっておきながら、ハルに縁談持ちかけるとかありえないよねぇ？」

侮蔑を含んだ視線を、澪は令嬢たちに投げる。親からなんらかの指示を受けていたとしてもこの場にはいない。もしかしたらの可能性に賭け、自らの欲を優先してもおかしくはなかった。

それに不満もなければ、残念とも思わない。着飾っている姿を見るだけで、住む世界が違うと悠真は近寄りがたく感じた。

「あれらは問題外として、話してみたい子いる？」

「話すとか無理。ケバい。むしろ怖い」

中には目を惹く子もいる。ただそれは、人形みたいだ、と見た目に対しての感想を抱くだけだ。

だいたい悠真は結婚など考えていない。この世界には気軽な交際がないのだから、迂闊《うかつ》に親しくなるのは遠慮したかった。

――既成事実作られないようにね。

忠告が地味に効いている。常識が違いすぎて、悠真はぞっとした。

「そういえば、澪が俺の婚約者に考えてる人ここにいんの？」

「いるよ」

軽い声に肯定される。いるのか、と会場内へ視線を走らせてもわかるわけがなかった。

「誰？」

「ナイショ」

「は？」

てっきり、ここで紹介されると思っていた。

「ハルが断った時点で、あの話は消滅」

「なんだよ、それ」

脱力感に襲われる。紹介してほしいわけではないが、澪が選んだ相手が誰か気になった。

「婚約したくなった？」

「そーじゃねぇけど」

なんていうか、すっきりしない。ヒントでももらおうかと思案していると、アルフレッドが歩み寄ってくるのが見えた。

「ハル」

「アルフレッド、抜け出せたんだ」

「ああ」

答える声が苦い。すでにうんざりしているのが伝わってくる。令嬢たちの視線は、アルフレッドの背を追ってきていた。

「よかった」

「え、何が？」

「その服、似合ってる」

「ありがと。すげぇ着心地いいよ」

一目で高級だとわかる。きっちりした服装が苦手な悠真でも、サイズもちょうどよく、着ていてストレスがなかった。

「アルフレッドの方こそ、その格好すげぇ似合ってる。かっこいいな」

前髪を上げているので、普段とかなり印象が違う。騎士服も似合うが、今夜の服装はまた違った雰囲気があり目を惹く。まさに、王子様だ。

「ハルにそう言ってもらえると嬉《うれ》しいな」

どこか甘く、アルフレッドが瞳を緩める。妙にきらきらして見え、悠真は鼓動が跳ねた。

「アルフレッドさんが来たなら、今度は私が餌になってくるね」

「餌かよ」

「餌だよ」

言い切られ毒気を抜かれている間に、澪は姿を消す。友人を作るんじゃないのかという突っ込みは、声にならなかった。

「すでに帰りたいんだけど」

「まだ始まったばかりだよ」

くすりと、吐息で笑われる。アルフレッドもこういう場は苦手だと言っていたが、違和感なく場慣れして見えた。

「そばにいてくれんの？」

一人にされたら、どうしていいかわからない。悠真から積極的に話しかけていく気はなかった。

「もちろん。向こうに軽食があるよ。食べる？」

「食べる」

安堵《あんど》で、肩の力が抜ける。場違い感は否めないが、余計なことを考えるのはやめた。

軽食が並べられたテーブルの方へ移動して、取り分けてもらった軽食をつまむ。他愛《たわい》のない話をアルフレッドとしていると、時折挨拶に来る者もいるが話はまったく弾まない。悠真から話すことはないし、傍らのアルフレッドから話題が提供されることもなかった。

不自然な沈黙が流れると、大抵はそそくさと離れていく。この程度なら許容範囲かと思っていると、悠真への挨拶もそこそこに、アルフレッドに話しかける令嬢がいた。

冷たい態度であしらわれても、今もしつこく話しかけている。彼女が名乗ったミュレットという名に、悠真はなんとなく聞き覚えがあった。

「あちらで、二人でゆっくり話しませんか？」

返事も聞かず、ミュレットはアルフレッドの腕に手を添える。今にも強引に連れていかれそうで、悠真は無意識にアルフレッドの服の裾を掴《つか》んでいた。

「あ、ごめん」

慌てて手を放す。アルフレッドが行きたいのなら、無理に引き留めるつもりはない。そんな権利、悠真にはなかった。

「放してもらえませんか」

するりと、ミュレットの手をアルフレッドは外す。

「ハルから離れるつもりはありませんので」

「わたくしと話す時間は、わずかでも取れないとおっしゃるのですか？」

「ええ」

はっきりとした拒絶に、ミュレットが唇を震わせる。話は終わりとばかりに、アルフレッドは悠真を促しその場を離れた。

追ってはこない。そのことにほっとした。

「えっと、よかったの？」

「ああ、苦手なんだ。彼女」

「なんか、すげぇギラギラしてて、怖かった」

「彼女は特にそうだけど、みんな似たようなものだよ」

「俺、無理だわ……」

苦手以外の何ものでもない。

「ハル殿」

不意に、名を呼ばれる。反射で悠真が振り返ると、知った顔で驚いた。

「……グイオ？」

だよな、と悠真はまじまじと目の前の顔を眺める。この場に相応《ふさわ》しくグイオは髪を整え、夜会服を身につけて立っていた。

名を口にしたものの、グイオだと確信が持てない。装いのせいか、印象がかなり違って見える。悠真が戸惑っていると、軽く口角を上げて見せた後、アルフレッドへ非礼を詫《わ》び挨拶をしていた。

それを眺めていると、会話が途切れたタイミングで悠真へ向き直る。

「チカ、って呼んだ方がいいかな？」

「あ、やっぱグイオなんだ」

納得して、はたと気づく。今は髪も瞳の色もそのままだ。

「よくわかったな」

「わかるよ。まあ、かなり驚いたけどな」

ははは、と悠真は苦笑する。驚いたのはお互い様だ。

「庭師じゃなかったんだ」

この場にいるということは、爵位を持った家だ。

「似たようなものだよ。家は弟が継ぐことになっているからね。私は植物が好きで、品種改良や研究をしているんだ」

へぇ、としか言えない。貴族に関しては、いまだにわからないことばかりだ。

「チカは最近、温室へ来ないな」

「あー、弓の練習にハマってたから」

迷宮で弓を射た時に、命中率が悪かったのが悔しかったせいもある。練習は苦ではないし、時間もたっぷりあるのでいつの間にか弓の練習は日課になっていた。

それにせっかく手に馴染《なじ》む弓をもらったのだから、使わなければもったいない。騎士団で教えてもらう時に、「それをもらった⁉」と驚かれたので、収納バッグの中に死蔵すべき物ではないと察した。

「いずれそっち方面に？」

まさか、と悠真は否定する。主に競技として弓を扱う世界にいたし、今も実戦で使用する覚悟などない。射ることができるのは、せいぜい魔物だ。

「趣味？　って言うのもヘンだけど、自己満足でやってるだけだよ」

そうなのか、とグイオが頷《うなず》く。その表情にわずかに苦みを混ぜた。

「避けられていないのなら、いいんだ」

「え、避けてないよ」

思いがけないことを言われ、悠真は驚いて否定する。グイオを避ける理由がない。会いに行くと約束もしていなかったはずだ。

以前数日続けて温室に通っていたのは、時間を持て余していたからで特別な理由はない。今は日々弓が上達していくのが楽しいので、そちらに熱中している。温室に行かなくなったことにも、特別な意味はなかった。

「ハル殿」

不意に、グイオが片膝を床につけ跪《ひざまず》く。意味がわからずぽかんとしていると、悠真の手を取った。

驚きで、音のような声がこぼれる。予想外の行動に、悠真は思考も動きも固まった。

「どうか、私と結婚してください」

まっすぐに、悠真と視線を合わせたグイオに乞われる。返事は、驚くほどするりと唇からこぼれ出た。

「ごめんなさい？」

ひと呼吸置いて、グイオが吹き出す。肩を揺らし笑う姿に、戸惑ったのは悠真だ。

「え」

疑問符が、ぽこぽこと頭の中に浮かんでいく。これはからかわれたのだろうかと、悠真は瞳をしばたたかせた。

「あまりにも、即答だったから」

「えーっと……からかってる？」

「まさか、冗談で求婚しない。本気で結婚してほしいと思っている。どうだろう？」

考えることもなく断ったのが、申し訳なくなる。それでも、悠真の答えは変わらなかった。

「ごめん、無理」

　まったく考えられない。友人にはなれるのかもしれないが、そんなことを言い、まずは友達からで——と取られても困るので、迂闊なことは言えなかった。

「返事はわかっていたようなものだからな。けど、きっぱりと断られてすっきりしたよ」

　言葉通りに、グイオの表情は晴れやかだ。

「植物を育てている俺を、認めてもらえて嬉しかったんだ。気が向いたらまた温室に来いよ」

「あ、うん」

　笑顔を残し、グイオは悠真に背を向ける。周囲に、ざわめきが広がった。

「えっと、なんだったんだ」

「求婚だな」

「やっぱそうか」

　他に取りようがない。今更、悠真は動揺した。

　婚活もどきと聞いてこの場にいるが、今頃になってその意味を正しく理解する。どこか他人事《ひとごと》だったことが、グイオの求婚で現実味を帯びた。

「ハル？」

「もう帰りてぇ……」

　相手を探す気もなく、結婚など考えられない悠真がいていい場ではない。居心地が悪いどころではなかった。

「抜ける？」

「え、いいの？」

「顔は見せたからな。抜けるなら、ミオ様に声をかけた方がいいだろうけど」

「それはまぁ……」

　そうだろうなと、悠真は視線を流して澪の姿を探す。黒い髪は目につきやすく、令嬢たちが集まっている中で見つけた。

「げ、俺あそこ行くの無理」

「なら、俺が行ってくるよ」

「いいの？」

「ああ」

「ありがと。じゃあ俺、端っこで待ってる」

「誰かについて行ったらだめだよ」

「行かないって」

　子ども扱いするなと苦笑して、悠真はアルフレッドの背を見送る。一人になりこれで解放されると思えば、深いため息がこぼれた。色々としんどい。

長時間いたわけでもないのに、疲労感がすごい。求婚されるなど完全に予想外だった。

これからはこういう集まりは全力で回避しようと、悠真は心に決める。はあ、ともう一度ため息をつくと、悠真の方をちらちらと窺《うかが》っている令嬢に気づく。

一人でいる時に声をかけられたらたまらないと、悠真は逃げるようにバルコニーへ出る。夜の空気が冷たい。けれど心地好《よ》くも感じた。

すぐにアルフレッドが来るだろうと、ここで待つことにする。結局今夜は、貴族に対して苦手意識が強くなっただけになった。

「ハル様」

ここにも来るのかとうんざりする。さすがに聞こえない振りは無理があって、悠真が渋々振り返るとミュレットが立っていて驚く。先ほど散々無視され、睨《にら》まれた記憶しかなかった。

「先ほどの求婚、なぜ断られたのですか」

「は？」

唐突すぎて、悠真は唖然《あぜん》とする。思うところが多すぎて、思考が忙《せわ》しない。答えないのがわかると、ミュレットは言葉を継いだ。

「受けるべきでしてよ」

全部ひっくるめて、なぜ？　しかない。けれどどれを選んで口に出しても、面倒くさい反応が返ってきそうで悠真は沈黙を選ぶ。

（もう、無視でいいかな）

ただ、このまま無言で立ち去っていいものか迷う。出入り口は、ミュレットの後ろだ。

「貴方《あなた》には分不相応な方で、断るなどおこがましいですわ。今からでも撤回して伴侶に選び、アルフレッド様を解放して差し上げてください」

「――は？」

「アルフレッド様は王族で、高貴な方です。身分に合った者と婚姻を結ぶべきですわ」

はあ、としか返せない。だからどうした、と軽く苛《いら》つくと同時に、納得できるところもある。縛り付けている気はなかったが、端から見れば悠真がアルフレッドにべったり依存しているように見えなくもなかった。

（実際、依存しているのかもしれない）

「たとえば、わたくしのような」

ないな、と心の中で突っ込む。言葉の端々、表情から、高飛車で傲慢な性格だと、ミュレットをよく知らない悠真でもわかった。

　反論がないのをいいことに、いかに自分がアルフレッドに相応しいかを説くので、悠真は軽く引きながら聞き流す。少しも理解できず、だから何？　と首を傾《かし》げるしかできなかった。

「独りよがりな自信があったところで、選ばれてないんだから、そーいうことだろ」

「なんですって」

「アルフレッドにも、選ぶ権利あるってこと」

　あまりの鬱陶しさに、悠真は思ったままを口にする。何を思ってアルフレッドが婚約者を決めないのかは知らないが、仮にミュレットが好ましければ態度では示すはずだ。間違っても、苦手だと悠真に耳打ちすることはない。

「失礼でしてよ！」

　どっちが、と悠真は呆《あき》れる。人を避けてバルコニーに出てきたのに、わざわざ追いかけ絡んできたのはミュレットの方だ。

「くだらない話には付き合ってらんねぇ。戻るんで、俺」

「待ちなさい！」

　怒りを滲ませたミュレットが、目の前に立ち塞がる。めんどくせぇと悠真が顔を歪めると、アルフレッドが姿を見せた。

「ここにいたのか」

　ぱっとミュレットが表情を綻ばせ、振り向く。

「まあ、アルフレッド様！　ミュレットはここにおります」

「ハル、身体《からだ》が冷えると悪いよ」

　存在自体をまるっと無視して、アルフレッドは悠真の元へ歩み寄ってくる。ちらりとも視線を向けない。それどころか遮るようにアルフレッドは立つので、ミュレットの反応は窺えなかった。

「帰っていいって？」

「ああ。部屋に戻ろう。送るよ」

「アルフレッド様。そのような下賤《げせん》な者など他の者におまかせすればいいのですわ。わたくしと――」

「触らないでくれないか」

　伸ばされたミュレットの手から、アルフレッドは身を引く。ほっそりした指先が、空を切った。

「ハルは、貴女《あなた》よりも身分は上になる。今宵は多少の無礼は見逃すことになっているのを感謝するといい」

「なっ」

言葉を詰まらせ、ミュレットが目を見開く。

「ハル、行こう」

促すように、アルフレッドの手が背に添えられる。

いいのか？　と窺う視線を向けると、笑みを向けられた。

傍らを歩きながら、悠真は今夜の出来事を反芻《はんすう》する。うまく呑《の》み込めないことは多々あれども、澪が役割を終えるまでは、今のままでも許されるはずだ。

目を背けているものたちに、向き合うのは先送り。


婚活もどき、なんてものに参加してから数十日、悠真の日常に大きな変化はない。時間に追われることのない、ぬるま湯のような生活を送っていた。

対して澪は、本格的に聖女として各地を巡り忙しくしている。転移魔法陣でさっと行ける場所は祈りを捧《ささ》げ終え、今は馬車で移動することが多い。とにかくヒマだし、ずっと座っていると尻が痛くなると、一時帰城するたび澪はこぼしていた。

お茶に付き合い、労《ねぎら》いの言葉をかけることしか悠真にはできない。手伝う術《すべ》がないことをもどかしく感じるが、当の澪は馬車移動が苦痛なだけと笑っていた。

けれど、平穏な日常が崩れる時は突然だ。身をもって知っていたはずなのに、失念していたことに悠真は自嘲する。日課のランニングに行き耳にした、マイクの台詞《せりふ》がべたりと頭の中に貼り付いていた。

――第一王子殿下が婚約するってほんとか？

――チカなら、知ってるかなって。

――殿下が選んだ令嬢って、誰だろうな。

ガツンと頭を殴られたような衝撃の後、さあっと血の気が引くのがわかった。マイクの声も周囲の音も遠くなり、うまく回らない思考で、知らない、と答えたこと以外覚えていない。その後どうやって部屋まで戻ってきたのかも、悠真は思い出せなかった。

まだ、大丈夫。もう少しだけ、そんな風に目をそらし向き合うことから逃げていた感情を、唐突に目の前に突きつけられた。

アルフレッドの婚約が決まったと知ってから、悠真はずっと息苦しい。今まで、知らなかった感覚だ。

(好き、なのか？)

すとんと、胸の中に落ちてくる。だから、こんなにも胸が痛い。認めてしまえば単純なもので、結構本気で好きなのだと悠真は気づいた。

　アルフレッドが結婚する。そのことに考えを巡らせるたび、悠真はぐうと喉に何かが詰まったような感覚を覚えた。

　クッションを抱える腕に力を込め、悠真はソファに倒れ込む。まさか異世界に来て、苦手意識を持っていた恋をするとは想像もしなかった。

　それも同性で、王族で、どうなりようもない相手にするなど愚の骨頂だ。

（自覚と失恋が同時とか笑えるな）

　これからどうしようと、途方に暮れた気分になる。アルフレッドは今すぐに結婚するわけではないだろうが、婚約者ができてなお悠真と過ごす時間が取れるわけがない。徐々に疎遠になっていくはずだ。

　改めて考えてみると、アルフレッドとの関係が希薄になり、城に滞在し続ける生涯を悠真はうまく想像できない。先のことを考える時期が訪れたようだ。

　とはいえ思考がうまく回らない今は、何も考えられない。脱力してぼんやりと天井を眺めていると、ノック音が響いた。ほぼ同時に扉が開く。

　驚いて、悠真は身体を起こした。

「ハル、お茶しよ」

　軽やかな声が、誘いを口にする。自然と、悠真はため息がこぼれた。

「……ノックと同時に開けたら意味ないだろ、澪」

「ごっめーん」

　反省の色もなく、澪はすとんと一人がけのソファに腰を下ろす。それを合図に、背後に控えていた侍女によって、手早く手際よくテーブルの上に焼き菓子が並べられ、準備が整っていく。カップが二人の前に置かれると、澪は侍女たちを下がらせた。

「はあ、もうつっかれた」

　人目がなくなった途端、澪の態度がだらける。その姿に、悠真は口元を緩めた。

「おつかれ。帰ってきてたんだ」

「うん、数日したらまた出かけるけど」

「ペース落とせば？　急ぐ必要ないんだろ」

「そーなんだけど、さっさと終わらせちゃいたいんだよねぇ」

　澪はマカロンに手を伸ばし、ひょいっと口に放り込む。もごもごと口を動かし、軽く首を傾げた。

「そーいえば、グリューンは？」

いつもなら菓子が並べられた途端、悠真か澪の傍らに飛んでくる。けれど今は、その姿はなかった。

「縄張りに入り込んだ侵入者と遊んでくるって」

「へぇ、楽しそう」

グリューンと同じような反応に、悠真は苦笑する。物騒な遊びの予感しか、しなかった。

ほどほどにしろよ、とは言ったが、どうなるかは知らない。意図せず入り込める場所ではないと聞けば、侵入した方の自業自得でしかなかった。

とりとめのない話と、旅の話をのんびり聞く。口数の多くない悠真は主に聞き手ではあるが、こうして澪と話していると気が紛れる。話し相手がいると、余計なことを考えないですんだ。

「ハル、いつもにましてテンション低くない？」

「……そうか？」

一瞬、ぎくりとする。自覚はないが、思い当たる原因はあった。だが指摘されるほど、態度に出しているつもりはない。よくわかるなと悠真は感心した。

「なんかヤなことあった？　された？　言われた？」

「ねぇよ」

「ほんとに？」

「ああ、そーいうんじゃないよ」

悠真自身の気持ちの問題だ。勝手にへこんでいるだけで、誰が悪いわけではない。

「じゃあ、どーいうの？」

曖昧に濁し流すつもりが、追及される。じいっとのぞき込むように視線を合わせてくる澪に、悠真は降参した。

「ちょっと、先のこと考えてさ」

「先のこと？」

「このまま、ここにいていいのかなって」

「いいでしょ」

即答される。少しの迷いもなかった。

「軽いな」

「そう？　え、何、誰かに出てけ、みたいに言われたの？」

「言われてない」

言われたところで、悠真は気にしない。

「ほんとどうしたの、アルフレッドさんとケンカした？」

「まさか」

否定してから、当たり前のようにアルフレッドの名を出されたことに気づく。

「じゃあ何よ」

さらに突っ込まれる。失敗した、と思ったがもう遅い。頭の中がぐちゃぐちゃな状態で、話題に出すべきではなかった。どうするべきかと悠真が逡巡《しゅんじゅん》していると、早く言え、と促してくる澪の視線に白旗を掲げた。

「なんか、アルフレッドが婚約するって聞いたから」

「え!?」

驚きに、澪が目を見開く。俺も驚いた、と悠真は苦笑した。

「俺、アルフレッドのこと好きらしくてさ」

もういいか、と澪に吐露する。一人で抱えるには苦しすぎた。

ただでさえ、今の生活は薄氷の上にいるようなのに、叶《かな》わない恋をしたせいで、さらに心許なさが増している。

「自覚したんだ」

それなりに気合いのいる告白だったのに、まさかの返しだ。

「……気づいてたのかよ」

「まあねぇ。なんとなくだけど」

まじか、としか言えない。友人として、悠真はアルフレッドに接しているつもりだった。

「プロポーズすればいいじゃない」

「なんでだよ」

「なんでって、好きなんでしょ」

「そうだけど」

これから婚約するアルフレッドにすれば、迷惑でしかない。面倒を見る義務がある悠真からの告白など、面倒事以外の何物でもなかった。

「あ、アルフレッドさんに言わせたいよね、やっぱ」

「……ん？　なんか言ったか？」

思考の中に沈んでいたせいで、悠真は澪の呟《つぶや》きを聞き逃す。訊《き》き返せば「なんでもなーい」と流された。

「でもさ、ハルが好きって言えば、たとえほんとに婚約話があったとしても即潰して、アルフレッドさんは喜んでハルの気持ち受け入れると思うんだけどなー」

「責任とか、義務とか、気をつかって受け入れてもらっても嬉しくねぇ」

「えぇ」

解せない、という顔をされる意味がわからない。何を期待しているのかは知らないが、創作物のように現実は都合良くいくわけがなかった。

澪のおかげで、今まで順調にいきすぎていたくらいだ。それに乗っかるかたちで、想《おも》いを叶えたいとは思えない。

「なんか今、頭ん中ぐちゃぐちゃでさ」

正直、気持ちの整理がつくまでアルフレッドに会いたくない。婚約者の令嬢が誰かも知りたくない。けれどこの王宮に滞在していては、そういうわけにもいかなかった。いずれ、二人で並んで仲睦《なかむつ》まじくしているところを目にするはずだ。

「ちょっとしんどい」

無意識に、悠真はイヤーカフに触れる。いつでも、居場所をアルフレッドに教えるアイテムだ。

気持ちに気づく前は便利だな、という感想でしかなかったそれが、今は少し重い。

アルフレッドの前から消えてしまいたくても、決して消えることはできない。元々この世界には、悠真に行く場所なんてなかった。

「うーんと、とりあえずひとりでゆっくり考えたいってことでオッケー？」

「ああ、うん」

頷くと、澪がにっこりと笑う。企みが滲むような笑みに、悠真は身構えた。

「ねぇ、ハル。私がここでなんて呼ばれてるかわかってる？」

「そりゃ、聖女だろ」

その召喚に巻き込まれたのだから、嫌というほどわかっている。忘れられるものではない。

「私にまかせて」

唇の端を持ち上げる澪に、悠真は怪訝《けげん》な視線を返す。

「城出よ！」

「――は？」

嫌な予感を抱えつつ、何を、と尋ねた。

「そうと決まれば、準備してくる」

「ちょ、待て！」

今にも席を立ち、部屋を後にしそうな澪を悠真は慌てて制止する。このままでは同意していない城出を、理解が追いつかないうちに実行することになりそうだった。

「いやなの？」

きょとんとした澪に問われ、返事に窮する。アルフレッドと距離を置き、気持ちの整理をつけたいと望んだのは悠真だ。その考えに偽りはない。

ただ唐突に突拍子もないことを提案され、即実行となれば戸惑いの方が大きかった。

ひと呼吸置き、改めて考えてみる。提案だけを見れば、悪い話ではない。多々ある懸念が、王宮を出ることにより解消される。今のぬるま湯のような生活に、しがみつきたいわけでもなかった。

「……いや、ではない？」

が、嬉々《きき》として飛びつける提案でもない。先行きが不透明すぎる。澪の考えも、まったく読めなかった。

「じゃ、夜に迎えにくるね」

「だから、急すぎだっつーの」

悠真は行くとも言っていない。困惑が大きくなるばかりだ。

「えー城出とか、衝動的にするもんでしょ？」

「そうか……？」

「そうだよ。大丈夫、まかせといて」

大丈夫じゃねぇだろ、と突っ込みたいが声にならない。緊迫感の欠片《かけら》もない澪に、悠真は脱力感に襲われた。だいたいどこに、どうやって、その後は？　次から次へと疑問が浮かんで、思考が絡み合って悠真は混乱する。気軽に頼れる友人もいない世界だ。

「ハル、難しく考えすぎ。ここにもう戻らないわけじゃないんだから」

澪の声は軽いのに、説得力がある。つい、永遠の別れのように捉えてしまっていた。

「……そうだな」

それがいいかもしれないと、悠真は頷く。ぱあっと、澪が表情を明るくした。

「じゃあ、きまり！」

「てかさ、城出ってそんな簡単なことなのかよ」

「簡単だよー」

妙に、澪が楽しそうに見える。何か裏がありそうだ。

「なんでそんな乗り気なんだよ」

「んー？　スパイスを振りかけてみようかな、的な？」

「意味わかんねぇよ」

眉をひそめるが、澪の笑顔は崩れない。今の生活にあきたのか？　と、見当をつけてみるが想像の域を出なかった。

「苦労して手に入れた方が、大切にするよねぇ」

うんうん、と悠真の疑問には答えず澪は一人で納得している。唇の端を引き上げるのを見て、あきらめが勝った。

話す気がない澪を、問い詰めても意味がない。何か企みがあるのだとしても悠真には抗《あらが》う術はなく、巻き込まれるしかなかった。

多少遊ばれるくらいは仕方がない。幼い頃からの経験則だ。

「で、俺はどーすればいいんだ？」

「持ってく荷物まとめといて。後は私が迎えに来るまで、いつも通りでいいよ」

それならば、急ぎすることはない。バッグの中に大抵の物は揃っていた。

追加も簡単だ。大荷物になることもない。

「ねぇ、ハル」

「ん？」

「城出前に、アルフレッドさんに告白してもいいんだよ？」

「……しねぇよ」

告白してから城出など、当てつけのようなものだ。

心地好いアルフレッドとの今の関係は、壊したくはない。悠真が沈黙を選んでいるうちは、友人としてならそばにいることはできる。気持ちの整理がつけばいずれ、婚姻を祝福する言葉を贈りたかった。

「ま、その辺はハルが決めることだからね」

さっと澪は引く。いつも強引なのに、本人の意思、決断が重要な場合は、無責任に煽《あお》るようなことをしない。

「王宮から出て、外の世界に触れるのもいいんじゃない？」

お茶を飲み終えると、澪はそう言い残し部屋を出ていった。

一人になると澪と過ごした時間が賑《にぎ》やかだった分、静けさが耳にうるさく感じる。思考は悠真の意思とは関係なく勝手に流れ、アルフレッドと過ごした時間を反芻した。

いつから好きだったのか、悠真はわからない。恋の始まりなんて曖昧だ。ここから、という明確な境界線はない。婚約の話を聞き胸が痛まなければ、はっきりと自覚したかもあやしかった。

――ハルはねぇ、自分のことには無頓着で疎いよね。

いつだったか、澪に言われた台詞を思い出す。

そうかもしれない、と認めれば、悠真はため息しか出てこなかった。

　どこか流されるように城出を決意したものの、アルフレッドに会えば気持ちは揺らぐのだろうか、そんなことをつらつらと考えていると、あっという間に時間は流れていく。

　外は薄暗くなり、明かりを灯《とも》す頃になると、アルフレッドから仕事が忙しく、今夜は一緒に食事を取れない旨の連絡を受ける。ほっとしたような、少し寂しいような、複雑な感情を抱え、悠真は城での最後の食事を一人で終えた。

　片付けを終えると、今夜はもういいとメイドを下がらせる。便せんを用意し、なんとか習得した文字で、アルフレッドに宛てて手紙とも言えない文を悠真は書く。何も言わず王宮から消え、無駄に心配させるのは不本意だ。

　短い文を何度も見直し、間違いがないのを確かめる。うっかり出て行く前に見つからないよう、とりあえずバッグの中へ入れた。

　澪の迎えはまだない。何をする気にもなれず、手持ち無沙汰で悠真は夜の散歩に出かける。今夜は月が明るい。迷子になったことのある庭園も、今は迷いのない足取りで歩けた。

　この世界、王宮に対して、特別な感情を抱いてはいないと思っていたが、案外馴染み始めているのかもしれない。今夜でしばらくここから離れるとなると、悠真は名残惜しく感じた。

（会いたい、な）

　城を去れば、しばらくはアルフレッドに会えない。何も伝えず去ることを決めたのに迷いが生じていた。未練だ、と悠真は苦く笑う。こんな感情を異世界で、特定の誰かに持つとは想像もしなかった。

　ふるり、と身体が震える。どのくらいいたのかわからないが冷えてきた。

　未練を断ち切るように、そろそろ部屋に戻ることを決める。後は澪が迎えに来るのを待つだけだ。

「ハル」

　鼓動が、大きく跳ねる。振り向くと、会いたいと思い浮かべていた人がそこにいた。

「ここにいたのか」

　視線が合うと、アルフレッドはゆるりと微笑《ほほえ》む。きゅ、と胸が切なく痛んだ。

（ああ、やっぱり好きだ）

言い訳、建前、そういうものを全部取っ払ってしまえば、残ったのはとてもシンプルな気持ちだ。

「部屋にいないから」

まっすぐに向けられる視線に、心の奥底を見透かされているような錯覚を覚える。この後の、悠真の行動さえも、すべて。

とくとくと、うるさく騒ぐ鼓動を聞きながら、表情を繕う。

「ただの散歩。もう戻るよ」

「部屋まで送るよ」

「そ？　ありがと」

目に焼き付けるように、アルフレッドの姿を見つめる。慣れない異世界の日々の中で見え隠れしていた気持ちは、いつしか親愛以上のものに変わっていた。

否定して、ごまかしてもみたけれど、こうして姿を見てしまえばやっぱり好きだと思ってしまうのだから、どうしようもない。その想いが、叶わないのもどうしようもないことだった。

見上げた藍色に染まった空に、月が明るく輝いている。ふと浮かんだ台詞を、悠真は唇にのせた。

「月が綺麗だな」

視線を、アルフレッドと合わせる。肯定するように頷くアルフレッドに、悠真は笑みをこぼした。

こちらの世界では、他の意味を持たない台詞だ。正しく伝わらなくていい。悠真だって、友人との雑談がなければきっと記憶に残っていなかった。

不意に思い出したそれを、気持ちに区切りをつけられたらいいと言ってみただけだ。期待はない。

「ハル？」

「ううん、部屋もどろ」

身体も冷えてきた。そう思っても悠真は口にはしなかったのに、アルフレッドは止める間もなく脱いだ上着を肩にかけてくれる。ぬくもりが心地好く、最後だからと甘えることにした。

とりとめもない会話を交わし、並んで歩く。この世界に来てからの、悠真の当たり前だった。

「上着ありがと」

部屋の前で足を止め、肩にかけていた上着を返す。ぬくもりも、微《かす》かな重みも消え、代わりに触れた冷気が悠真にひどい喪失感を与えた。

「もう寝るよ。アルフレッドもゆっくり休めよ」

頷いているが怪しい。遅い時間まで、仕事をしていそうだ。

咎《とが》める台詞は呑み込む。これ以上会話を長引かせると、無理やり押し込めた未練が顔を出しそうだった。

「おやすみ、ハル」

「おやすみ」

それが、アルフレッドと交わす最後の言葉だと、悠真は理解していた。


手はずを整え迎えに来た澪に、手紙をテーブルに置いた途端、悠真は感慨を覚える間もなく連れ出される。とは言っても、転移魔法で一瞬だった。

唐突に変わった視界に、悠真は茫然とする。まるでこの世界へ喚《よ》ばれた日のようだ。

ぱたぱたと瞬《まばた》きして、視線を辺りに走らせた。

「ここは、神殿ですよ」

たたずんでいたジェデオンと視線が合うと、穏やかな声が悠真の疑問に答えてくれる。城出先は、まさかの神殿だった。

連れてこられた場所がわかり、詰めていた息を悠真は吐き出す。知らず入っていた身体の力を緩めた。

「澪、転移魔法使えんのか」

「まあね。ナイショにしてるけど」

なんでもないことのように言っているが、転移魔法が使える者は少ない。聖女としての元々の素質もあるだろうが、この世界に来てからの短期間で習得するには、かなりの努力があったはずだ。

「すげぇな」

素直に、悠真は賞賛する。それを受け、澪は嬉しそうに表情を綻ばせた。

「ね、城出なんて簡単でしょ？」

「ああ」

確かに、転移魔法があれば簡単だ。誰に見られることもない。移動方法を先に教えておいてくれれば、もっと良かった。心臓に悪い。

「けど、すぐにバレんじゃね？」

探す気があれば、だが。

アルフレッドから贈られたイヤーカフをつけている限り、城出なんて意味がないという悠真の懸念は、さくっと澪によって解決される。神殿全体に、認識阻害効果のある結界を張ったと言った。

「それに灯台もと暗しっていうじゃない」

「まあ？」

返事は、曖昧になる。神殿の詳しい場所を悠真は知らない。転移で一瞬だったので、王城からどれくらい離れているのかも想像できなかった。

「で、これね」

考え事をしていると、澪がぱっと猫耳のついたカチューシャを取り出す。訝しむより先に、手を伸ばし悠真の頭に乗せた。

「おい！」

「認識阻害の魔道具。ハルのこと知ってる人以外には、猫獣人に見えるから」

髪も瞳も、一般的なものに見える。記憶にも残りにくくなる。ただし、正しく悠真だと認識してしまうと効果がなくなると説明された。

「だから、顔見知りには気をつけてね。すれ違う程度なら問題ないけど、向き合って会話したらばれるかも」

「へぇ」

それならば、過度に隠れて過ごす必要はない。王宮から出てしまえば、知り合いなどいなかった。

「あと、それ取れないよ」

「は？」

慌てて引っ張ってみるが、本当に外れない。

「私か、私と同じくらいの魔力のある人じゃないと取れない安心安全設定」

イイ笑顔でのサムズアップに、悠真はなんとも言えない気持ちになる。ほぼ、外せる人がいないということだ。冗談じゃない。必要な時以外は外していたい。

縋《すが》るようにジェデオンを見ると、緩く首を振られる。便利でありがたい道具なのに、手放しに喜べなかった。

「なんで、猫耳にしたんだよ」

選択を恨めしく思う。他の形状でもよかったはずだ。以前もらったブレスレットのように、装飾品の方が身につけやすい。

「かわいいから」

ああそう、と脱力感に襲われる。こういう奴だった。猫耳をつけた今の姿を思うと、悠真はげんなりした。

「……俺がつけてもかわいくねぇだろ」

「お似合いですよ」

「でしょ？」

ジェデオンのフォローにも、得意げな澪にも、悠真は気持ちが軽くなることはない。それでも猫耳をつけて生活するのは、もう決定だ。

「私が猫耳つけといてなんだけど、さらわれないでよ。ハル」

「ねぇよ」

「人の忠告はちゃんと聞きなさいよ」

もう、と澪は憤慨するが、そんな物好きがいるとは思えない。猫耳をつけた男のかわいさは、悠真には理解できなかった。

「神殿の奥にいる限りは心配いりませんよ。部外者は少なく、聖騎士もおりますので」

澪と悠真のやりとりに、ジェデオンが忍び笑いを洩《も》らしている。礼拝に訪れる者にだけ、気をつけてほしいと言われた。

「うん、安全面も完璧。城出先に最適だよね」

「えっと、お世話になります？」

甘えていいのかと思わないでもないが、他に行く場所はない。まったく知り合いのいないところに放り出されるより安心感もある。遠慮はいらないと、ジェデオンには微笑まれた。

「部屋の方へご案内します」


ジェデオンの後をついて歩きながら、悠真は神殿内を眺める。元の世界を含め、神殿に足を踏み入れたのは初めてだ。

うまく、言葉には言い表せない。華美ではない、造りの美しさがある。心なしか、空気も澄んでいるような感覚を覚えた。そして想像よりも広い。説明を受けるが、迷子になりそうだった。

せめて、と立ち入り禁止の区域だけは記憶に刻み込む。城出を受け入れてもらった上に、迷惑をかけたくなかった。

「そういえば、澪はどうすんだ？」

「うーん、どうしようかな」

神殿内には、澪の部屋も用意がある。聖女なのだから、当然と言えば当然だ。

城への滞在に、こだわる必要もない。

「俺はまだしも、澪が城から消えたら騒ぎになるだろ。かといって、神殿にいるって言えば俺の居場所もバレる気がするよな」

こっそり王宮を出てきたのに、早々にバレてしまうのも悔しい。バレたところで、出ていきたいのならどうぞ、と意に介さない可能性も多分にあった。

「そうだよね、じゃあ私は城に戻って、予定通りまた旅に出ることにする」

「ですが、王宮からハル殿が消えたとなれば、ミオ様が追及されるのでは？」

「手紙置いてきたし、せいぜい知ってるか訊かれるくらいだろ」

　形式的に尋ねるくらいはするかもしれないが、その程度だろうと悠真は予想する。楽観的に返すと、二人に生ぬるい眼差しを向けられた。

　思わぬ反応に、悠真は瞳を瞬く。これ見よがしなため息を、澪がついた。

「知らないで通すからいいよ。悠真が猫耳つけてる限りイヤーカフで場所探せないし、確信もてないでしょ」

　勝った、と澪が得意げにする。いつの間に勝負になったんだと、悠真はすっかり耳に馴染んだイヤーカフに指先で触れた。無効になっていても、アルフレッドとの唯一の繋《つな》がりだ。

「こちらです」

　案内された部屋の扉を開けると、悠真は驚く。かなり広々としていて、王宮内の悠真の部屋と遜色がない。簡素な扉の向こうが、豪華な部屋だとは想像できなかった。キッチンまで完備されている。

　というより、明らかにおかしい。並んだ扉を見ると、せいぜい八畳くらいの部屋になる。建物の構造的に、二間続きの広々としたスペースが取れるはずはなかった。

「空間魔法をかけて、拡張してみたんだ」

　試したらできちゃった、ではない。突っ込みどころは満載だったが、ああそう、としか悠真は言えなかった。澪だし、と納得するしかない。

「ってことで、ここで少しゆっくりしたらいいよ」

　至れり尽くせりだ。

　漠然とイメージしていた状況とは違うが、手配したのが澪だし、と悠真は現状を受け入れることにする。街も比較的近くにあり、認識阻害の魔道具も身につけているので、外出も自由にしていいと言われた。

「あ、そうだ。その猫耳つけた弊害がひとつ」

「なに」

「イヤーカフの感知力が若干鈍くなっちゃうの。悪意が薄いと、魔法が発動しないから気をつけて」

　紅茶やワインをかけられるとか、足を引っかけられるとか、地味な嫌がらせには反応しない。澪があげる例えに、そんなことにも対処されていたのかと、逆に悠真は驚いた。

「ハルに危険が及んでイヤーカフに込められた魔法が盛大に使われると、さすがにばれるからね」

「ん、気をつけるわ」

「私との念話は今まで通りできるから、なんかあったらすぐに連絡してよ」

「わかった。ありがとな、澪」

「じゃあ、私は戻るね」

　ぱっと澪が姿を消す。相変わらずあっさりしていた。

「では、私も失礼します。ハル殿、今夜はゆっくり休んでください。ここでの生活については、明日の朝にでも」

　何かあればと、ジェデオンの部屋の場所を教えてくれる。すぐ近くだった。

「わかりました。お世話になります」

　おやすみなさいと挨拶を交わし、扉を閉めて部屋に一人になると、悠真は自然と深い息を吐く。ぐるりと、よそよそしさのある部屋の中を見回した。

　うん、と悠真は小さく頷く。これから新しい生活だ。

＊

「アルフレッド様！」

　今までになく慌て、駆け込むように部屋に訪れたマーサを目にした瞬間、アルフレッドは胸がざわめく。急く気持ちで話を促すと、マーサが取り乱すのも当然だった。

　どこにも、悠真がいない。ベッドは使われた形跡がなく、ランニングの際には部屋に残されているバッグは消え、代わりにあったのはアルフレッド宛《あて》の手紙だ。嫌な予感を覚えたマーサが騎士団の方へ確認を入れると、今朝は走りに来ていないとの応えだった。

「杞憂《きゆう》に終わればいいのですが」

　差し出された手紙を受け取り、アルフレッドはすぐに開く。騒ぐ鼓動を聞きながら、覚えのあるたどたどしい文字に目を走らせ愕然《がくぜん》とする。わずかな間、呼吸すら忘れた。

　我に返るとすぐに、魔法で悠真の居場所を探る。けれど見つからない。それどころか、存在すら感じられなかった。

　ありえない。イヤーカフを身につけているはずなのになぜ、と混乱と絶望感に襲われながら、控えていたマーサに澪へ面会を求める連絡を頼む。

　その直後、アルフレッドはユーリの元へ転移する。誰にも知られることなく王宮内から姿を消すなど、容易にできることではない。そんなことができる者は限られている。悠真が交流を持っている中では、アルフレッドを除けばユーリか澪くらいだ。

「ユーリ、ハルの居場所を知っているか」

　前置きもなく問い詰めるように尋ねると、珍しく驚愕の表情を浮かべたまま、ユーリが動きを固める。返事を促すように名を呼ぶと、ゆっくり唇を動かした。

「知りません」

「本当か」

　確認を取ると、ユーリがゆったりとした動作でうなずく。アルフレッドへ向けられる眼差しが、呆れを多分に含んでいた。

「過保護ですね。あんな国宝級のイヤーカフつけているのですから、少しくらい目を離しても――」

「城から出ていった。居場所も探れない」

　小言を途中で遮り、アルフレッドは端的に事実を告げる。ユーリが音のような息を洩らし、目を見張った。

「あなたが探れない？」

「イヤーカフをつけているはずなのに、追跡できないんだ」

「それで僕のところに？」

「ああ、知っているか？」

「残念ながら」

　緩く頭を振り、ユーリは嘘《うそ》偽りなく関与していないと宣言する。そして、なぜか楽しそうに笑んだ。

「アルフレッドが、そんなに取り乱すところを初めて見ました」

　舌打ちして、アルフレッドは自室に戻る。ユーリが嘘をついている可能性はかなり低かった。

　どさりと、ソファへ腰を下ろす。改めて考えてみても、アルフレッドは現状がうまく呑み込めなかった。

　差し迫って、悠真に危険が及んではいないことだけはわかる。探れない原因はわからないが、渡したイヤーカフを身につけている限り、脅して手紙を書かせることなど不可能だ。

　だとすれば、自らの意思で出ていったとしか考えられない。その結論に至ると、アルフレッドは余計にわからなくなる。少しずつ交流も行動範囲も広げ、悠真は弓の練習にも意欲的に取り組んでいた。上達していくのを喜び、楽しそうにも見えた。それなのになぜ、生活も保障されている王宮から悠真が消える必要があったのか。

　不満や不都合があったのなら、言ってくれればどうにでもできたのにと、アルフレッドは気づけなかった己の不甲斐《ふがい》なさが悔やまれる。一番近くにいると自負していたからこそ、昨夜悠真を部屋に送った時に気づくべきだった。

　あの時がきっと、分かれ道だった。引き留める最後のチャンスだった。それを自らふいにしてしまった。

（このまま、ハルを失ってしまうのだろうか）

　考えただけで、胸が悲鳴を上げる。こんな気持ちになるのは、まだ望むことをあきらめていない子どもの頃以来だ。

　引きずられるように、幼い頃の記憶が甦《よみがえ》る。いい思い出など、ほとんどない。なんの力も持たない子どもの無力さを嘆く、死と隣り合わせのような日々だった。権力争いの中枢にいる王族など、そんなものかもしれないが。

　母親に、愛されなかったわけではない。ただ、強《したた》かな人ではなかっただけだ。

　母親のルイーズは、政治的理由で隣国から側妃としてこの国に嫁いできた。当初は平穏な日々だった。

　けれど正妃のヘンリエッタより先に子ができ、それが男児だったせいで、プライドの高いヘンリエッタに敵視されることになる。その後もヘンリエッタに子がなかなかできないせいで、理不尽な嫌がらせが続いた。受けて立つような性格なら、状況はまた違ったのかもしれない。ルイーズは争うよりも、夫であるサンドロから距離を取ることを選んだ。

　政略結婚であり、役目はこの国に嫁ぎ男児を産み果たした。不満など持たないから、ヘンリエッタだけを寵愛《ちょうあい》してほしいと伝えた。

　サンドロも幼いアルフレッドに危害が及ぶのを恐れ、渋々ながら了承する。言質を取ったルイーズは、与えられた宮に引きこもり、二人と顔を合わせる機会を減らした。

　待ち望んだ子が産まれればヘンリエッタも落ち着くかと思えば、産まれた我が子の王位継承を確固とするために策略を巡らせ始める。次いで産まれた子が継承権のない女児だったこともあり、魔力も多く才を発揮し始めたアルフレッドの命を狙うようになった。

ひそかに王家の影をつけられ守られていたが、興味のない王位のせいで命を狙われ続ける。そんな気が休まることのない日々に加え、アルフレッドを王に担ぎ上げようと、虎視眈々《こしたんたん》と狙う貴族もすり寄ってきた。

王族と生まれたからには、万が一のスペアとして存在していなければいけない。かといって、前面に出すぎれば国が割れる。理解していても幼い感情は納得できず、知るか、と叫びたかった。

歳《とし》を重ねるごとに、生きている意味が見いだせないくらい、アルフレッドの心は疲れ果てていく。謀略ばかりの中で、いつからか欲しがることをあきらめ、何も望まず、いっそ何かの要因で生を終えるのもいいのかもしれない、そんな考えがちらつくようになった。

そのせいか、次第に品行方正とはいえない行動を取るようになる。学園に入ると同時に、偽名で冒険者登録を済ませ、危険度の高い迷宮、魔物に挑んでいった。

あの頃はかなり投げやりに生きていたと、アルフレッドは自嘲する。生に頓着しない行動を諫《いさ》め、仕方がないな、とパーティを組み付き合ってくれたユーリとマティアスには感謝しかない。


――命を捨てるくらいなら、身分を捨てろ。

――冒険者として生きていけばいいだろ。

――国を支える貴族としては、褒められた台詞ではありません。

――ですが、友人としては正しい。いかようにも手伝います。

友人でいてくれる彼らのおかげで今も生きていて、学園の卒業時には、気持ちを持ち直すことができた。

学生時代は無謀なことばかりしていたが、経験は糧となり、アルフレッドの役に立っている。身を守る手段を得ることもできた。

とはいえ、アルフレッドの置かれている状況は変わらない。積極的に誰かに関わることもなく、欲しいものも望むものもなく、惰性で生きているような日々を送っていたのだが、悠真と出会いアルフレッドの意識が変わった。

不本意な境遇に身を置きながらも、打算も思惑もなく向けられる、まっすぐな悠真の気持ちはとてもきれいで、そばにいたい、いてほしいと思ってしまった。

初めて持った恋愛感情だと気づいたのはしばらくたってからで、ふとした時に欲を覚えたからだ。

本来王族の婚姻は、慎重にならざるを得ない。常ならあきらめるしかない感情だが、許される環境、状況が揃っていた。

　となれば、あきらめられるわけがない。幼い頃からずっと、胸に穴が空いているような感覚を覚えていたのに、悠真はそれを埋めてくれる。そんな相手を、全力で手に入れたくなるのは当然だ。

　大切だからこそ、急がずゆっくり距離を縮め、やっと手が届きそうなところまできていたのに、唐突にアルフレッドの前から消えてしまった。

　残ったのは絶望感だ。今打てる手はすべて打ったのに、気持ちの切り替えができなかった。

　悠真の行方を知っている可能性の高い、澪からの返事はまだ来ない。こんな時、簡単に会えないことがもどかしい。礼儀を欠けば会うのは容易《たやす》いが、面倒事が付随してくる。澪本人は気にしない可能性は高いが、絶対ではない。機嫌を損ねない保証はないので、正規の手続きを踏むしかなかった。

　不躾《ぶしつけ》に会いに行ったのを、エドワード陣営に知られても厄介だ。本当に面倒くさい。

　こうしている間にも、悠真が手の届かないところへ行ってしまいそうな予感がして、アルフレッドは焦燥感に駆られた。

（いや、大丈夫だ）

　まだ取り返しはつく。間に合うと、そう言い聞かせてもアルフレッドの気分は晴れない。胸の中に、ひたひたと不安だけが満たされていく。

　落ち着かない気持ちをごまかすように、ぎゅ、と手のひらをきつく握りしめる。待つだけの時間は、長く感じた。

　使いに出したマーサが戻る気配に気づくと、ノックより先にアルフレッドが扉を開ける。驚きに固まったマーサに余裕なく返事を促せば、呆れと微笑ましさと、痛ましさが混ざったような眼差しを向けられた。

「朝食を召し上がり、身支度を整えた後にお会いするとのことです」

「……わかった」

　もどかしさが強くなり、アルフレッドは奥歯を噛《か》みしめる。焦燥感も、危機感も、澪には伝わっていない。当然だ。侍女を通してのやりとりになるので、迂闊なことは言えなかった。

澪の様子も窺えず、悠真がいなくなったと気づいているのかいないのかわからない。出ていったことを公にしていいのかも、今はまだ判断がつかなかった。

王宮内では、些細《ささい》なことが命取りになる。簡単に陥れられる。自身のことなどアルフレッドは気にしないが、悠真の置かれる状況が悪くなるのは避けたかった。

「もう下がっていい」

「アルフレッド様、朝食をお持ちしましょうか？」

「必要ない」

食欲などない。落ち着かない気持ちを抱え、またじりじりと待ち続ける時間が延々と続くように思えた。

良くも悪くも、気が紛れるような急ぎの仕事が今はない。元々王太子ではないアルフレッドに重要な執務はなく、主に騎士団の仕事をしている。役職も王の意向で、副団長でしかないので気楽なものだ。ただ王族としての執務も皆無ではないので、時々雑事に拘束される。それが昨夜までで、今日は悠真と過ごす時間が取れるはずだった。

（最悪だ）

心の中で嘆き、まだそんな風に思う感情が残っていたことに、アルフレッドは驚く。あきらめを覚えてから、今まで人でも物でも、己の生でさえ執着することなく、淡々と物事を受け入れてきた。

感情が動くことなどほとんどなかったのに、悠真と出逢《であ》ってからは揺れ幅が大きくなっている。手紙には心配はいらないと書かれていたのに、不安に押しつぶされそうだった。

（なんでこんなことに）

思考が、堂々巡りに陥る。降り積もる後悔に足を取られ、身動きが取れなくなりそうな感覚を覚えた。

ソファに座ったまま鬱々とした時間を過ごし、約束の時刻が近づくと落ち着かなくなって、アルフレッドは部屋を後にする。実際に澪に会えたのは、約束の時刻ちょうどだった。

「アルフレッドさん、こんにちは」

いつもと変わらない澪が、向かいに座る。お茶が用意され、侍女が部屋の隅へ下がるのを待ってアルフレッドは口を開いた。

「ミオ様、ハルはどこですか」

単刀直入に尋ねる。けれど澪は焦るアルフレッドを一瞥《いちべつ》しただけで、優雅な仕草で首を傾げた。

「さあ？」

返事はにべもない。けれどアルフレッドは確信した。イヤーカフの場所を探知させないなど容易ではない。できる可能性を考えると、ユーリを除けば聖女の力を持つ澪くらいだ。

「ハルがいません。王宮から出ていくと、手紙がありました」

「出ていった？」

きょとんとした顔で、訊き返される。真偽を図るように、アルフレッドは澪の様子を窺った。

「ええ。居場所を知っていますね？　ハルが行方不明になって、あなたがそんなに落ち着いているわけがない」

「って言われても……別に依存し合っているわけじゃないし」

「ですが、出ていったとなれば、少しくらい気にするはずです」

「だって置き手紙があったってことは、誰かの強制ではなく、そこにハルの意思があったってことでしょ？」

ぐ、とアルフレッドは言葉に詰まる。のらりくらりと躱《かわ》されているのがわかっても、澪の言うことは正しかった。

「駆け落ちかもしれないじゃない」

愕然として、アルフレッドは目を見開く。言葉が刃《やいば》となって胸に突き刺さる。誰かが悠真のそばにいるなど、想像もしていなかった。

まさか、ありえない。否定しても、誰かに奪われるかもしれない焦りは消えなかった。

「アルフレッドさんは、なんでそんなにハルのことを気にするの？　後見人だから？」

「ミオ様は、俺の気持ちに気づいてますよね」

聡《さと》い人だ、気づいていないはずはない。だからこそ、的確にアルフレッドに揺さぶりをかけられる。今までの言動、態度からもそれが窺えた。

「かもしれない、そうだろう、推測の域をでないし、人の感情なんて正しく理解するのは無理だよ」

はっとさせられる。想いに気づかれているとは思っていたが、明確な言葉にしたことはない。それこそ、アルフレッドが勝手に推測していただけのことだ。

打ちのめされた気分になっていると、それに、と澪が言葉を継ぐ。

「アルフレッドさん、どちらかの貴族のご令嬢と婚約するんでしょ?」

は、とアルフレッドは息を洩らす。妙に断定的だ。どこからそんな話が洩れ出たのかと、眉をひそめた。

「そんな事実はありません」

「本当に?」

「俺がハル以外と、婚姻を結ぶことなどありえない」

自らの持つ力が、大きすぎる自覚がアルフレッドにはある。野心のある家、国と縁を結べば平穏が崩れかねない。身を守る手段として力を求めたが、自暴自棄になっている期間を経て想定以上に力を持ってしまった。

王である父は、だいたいのところを把握している。国の防衛には協力するが、積極的な侵略に力は使わないと伝えてもいる。政略結婚の駒にはなり得ないと理解して、縁談はすべて退けられた。

利用されても、国から出ていかれても困る。アルフレッドは、扱いに迷う存在だった。

「私もハルも、表に出てこない事情なんて知らないし、噂《うわさ》話でも、聞いたことは事実として受け取ってもおかしくないよ?」

確かに、と納得して、アルフレッドは驚愕の眼差しを澪に向ける。噂を信じ誤解して、悠真は城を出て行ったというのだろうか。

それを問うより先に、澪が言葉を継いだ。

「私たちのいたところは、一夫多妻なんてありえないの。他を望むのはただの浮気」

まっすぐな澪の瞳が、アルフレッドへと向けられる。嘘偽りなど許さない。覚悟を、問われているようだった。

ここで間違えれば、これ以上の情報は得られない。もしかしたら悠真は――と胸に灯った微かな希望を確かめることなく、潰えてしまう可能性もあった。

「望むのはハルだけです。他の誰かなどいらない」

決意を込めた強い言葉を、澪へと返す。ふっと、視界に捉えた表情が緩んだ。

まだ、安堵するのは早い。緊張感に、アルフレッドは身体に力が入るのを感じた。

「仮に、で話をするけど」

「はい」

「仮に、私がハルの居場所を知っているとして、あなたに伝えないのはなぜだと思う?」

「……ハルが知られたくないと望んでいるんだろうな」

口にしながら、アルフレッドは痛みを覚える。同時に、もう取り返しがつかない状況に陥っていたらという不安にも駆られた。

「私はね、遊びの範疇《はんちゅう》を超えないラインで無茶ぶりはするけど、ハルの意思を無視して行動することなんてないんだよ」

　クギを刺すような台詞だ。頷いて、アルフレッドは続く言葉を待つ。

「噂の件にかかわらず、他の人が間に入って、一時的に納得しても猜疑《さいぎ》心が残ると思うんだ」

「そう、ですね」

「ハルを信じさせられなかったのは、アルフレッドさん。けど、言葉を尽くして信じさせることができるのもアルフレッドさんだった」

　外堀を埋め、態度に示すだけでなく、もっと言葉で伝えていけばよかったのだとアルフレッドは知る。何も持たずに生きていたせいで、望むものに手を伸ばすことに臆病になりすぎていた。

　ぐう、と喉の奥が苦しくなる。後悔ばかりが強くなった。

「アルフレッドさんの婚約の話を聞いて、今まで甘えすぎだったと思ったのかもね。親離れしようとしてる子どもだと思えばいいんじゃない？　そのうち戻ってくるよ、きっと」

「待てません」

　待てるわけがない。離れてほしくもない。今すぐ誤解を解いて、想いを伝えたかった。

　戸惑わせるかもしれない。異性愛が当たり前の悠真に、好意を受け取ってもらえなくてもいい。意識してもらうことから始めればいいだけだ。想いを自覚した時から、そうしていればよかった。

「居場所は、教えてもらえないのでしょうか」

「ハルが望めば、わかるんじゃない？」

　軽く、躱される。今の時点では、教えられないということだ。

「探すな、とは言わないけど」

　協力はしない。どうするかは、アルフレッド次第だと澪の瞳は言っている。尤《もっと》もらしく噂が流れたこと、煮えきらない態度のシワ寄せが及んだのだと理解した。

7　自らの意思で選ぶもの

案外、なるようになるものだ。

今まで家出などしたことはなかったが、異世界に転移するなんて荒唐無稽な出来事を経験すれば、大抵のことには動じなくなるのかもしれない。リセットされた生活も、悠真《はるま》はあっさり受け入れた。

それでもふとした時に、新しい部屋、環境に、違和感となんとも言えない寂しさのようなものを感じる。それもいずれは繰り返す日々の中で薄れていくはずだ。元々この世界では根無し草のようなもので、明確な居場所などない。

それでも恵まれている。途方に暮れる状況に陥ることがない。王宮から神殿へと、生活環境に変化はあっても、変わらず安全が保証されるジェデオンの庇護《ひご》下に悠真はいた。

神殿内では口が堅い、信頼のおける上層部の数人にも悠真の素性は明かされている。何も知らない者ばかりでは、不都合が生じる可能性があると配慮してだ。

行動にも制限はないが、さすがに悠真がマイペースで動じない性格であっても、勝手がわからないうちは出歩くのを控えた。

ジェデオンに神殿での生活について詳しい説明を受け、悠真自身のことを誰かに尋ねられた際の対応を決めると、翌日には出歩くようになったけれど。

時間を持て余しているのだから仕方がない。どこか探検に近い気持ちで部屋を抜け出し、初めて見知らぬ神官と顔を合わせた時には自然と身構えたが、特に声をかけられることもなく、軽く頭を下げすれ違った。

その後も、聞いていたように誰も悠真を気に留めない。実際に体験すると、肩の力が抜けた。

それからは警戒心も薄くなり、神殿内を歩き回り気ままに過ごしている。神殿には神官修習生まで入れるとかなりの人数が勤めていて、悠真が紛れ込んでも不審に思われることはなかった。

作業をしている人たちを見ると、何かしら手伝いを申し出たい気になるが、雑務をこなしながら少しずつ、教義や儀式の手順などを覚えていく修習生に、安易な気持ちで混ざるのは憚《はばか》られる。今まで縁のなかった神殿について、悠真はざっくりとしか知らない。訊《き》けば教えてくれるのだろうが、忙しい人の時間を奪ってまで知りたいわけではなかった。

信仰の象徴である神殿に滞在していても、ジェデオンは悠真の自主性に任せている。祈りを捧《ささ》げることも強要しない。祭壇のある礼拝堂など、散策の途中で初めて足を踏み入れたくらいだ。

見よう見まねだが、祈ったのも初めてだ。神を信じているかといえば、悠真は首を傾《かし》げる。クリスマスを祝った数日後に、寺や神社に行く日本に馴染《なじ》んでいるので仕方がなかった。

信仰心は別にして、今まで知らなかった真新しいことに触れる日々は興味深く退屈しない。王宮にいた時のように、堂々と日課のランニングはできないが、夜にこっそり走っていた。

うん、と悠真は頷《うなず》く。離れてみれば、案外平気だ。意外にも、なんてことはない。

想《おも》いが叶《かな》わないなどありふれた出来事だ。どこにでも転がっている。不確定要素は多くあるが、日々は変わらず続いていた。

（とりあえず、迷わないようになりたいよな）

考え事をしながらぼんやり歩いていたせいで、迷子になった記憶は新しい。気づいた時にはもう、どこにいるのかわからなかった。

右も左もわからず焦ったが、同じく迷子になっていた、神官見習いと知り合うきっかけになったので良しとしている。今日はどうしようかと悠真が考えていると、進行方向に思い浮かべたばかりの顔を見つけた。

「また、迷ってんの？」

相手も気づき、開口一番そんなことを言われる。否定しながら、悠真は苦く笑った。

今はまだ、迷子ではない。

「行方不明になるなよ」

「そっちこそ」

人のことは言えない。迷子仲間だ。むしろ神官見習いとして、大丈夫なのかと心配になる。

「覚えきれないよなぁ」

「だよな。けど、気をつけないと」

立ち入りを禁止されている区域が、神殿内にはあった。階位によっても違い、悠真はある程度許されているが、見習いでは制限が多い。うっかり迷い込み見つかれば、咎《とが》められることもあるはずだ。

「二人とも、また迷子なのか」

笑いを含んだ声が、会話に入ってくる。振り向くと、声の印象そのままの表情があった。

「またって言うなよな、ジェイ」

反論の言葉に力はない。迷子同士困惑しているところに偶然通りかかって、わかるところまで案内してくれたのがジェイだ。それがきっかけとなり、こうして顔を合わせれば雑談するようになった。

二人とも同年代で話しやすい。この世界に来てから気安く話せる相手がほとんどいなかったので、話を聞くのも、するのも楽しかった。

ただ神殿で生活する上での設定を、悠真がうっかり忘れそうになるのが難点だ。

つけるのを渋った猫耳も、ずっと身につけているせいですっかり馴染み、存在を忘れているときも多々あるのだから仕方がない。いずれ綻びがでる予感がして、ひやっとするたびに気をつけようと反省はしていた。

「迷子はまぁおいといて、最近楽しそうだよな、チカ」

「……そうか？」

「少し前まで、心ここにあらずって顔してること多かった」

ジェイの指摘に心当たりがある。迷子になる原因のひとつが、それだったのかもしれない。気にかかることがあればどうしても意識はそちらに向かい、注意力が散漫になりがちだ。

「いい傾向じゃないか」

「失した恋の痛みは、新しい恋が癒やしてくれるもんだよ」

好きな人がいて、あきらめざるを得なかった過去を知っているからの発言だ。そして今、穏やかで優しく、面倒見のいい神官に惹《ひ》かれ始めていることも、雑談を通し知られていた。

「そんなんじゃねぇし」

唐突に話題が恋バナになり、照れるのがわかる。視線が、どうにも落ち着かない。端から見れば、なかなかにわかりやすい態度だ。

ただ神官は、恋愛とは無縁なイメージがある。好きになって大丈夫なのだろうか、そんな疑問が悠真の顔に出てしまった。

気づいたジェイが、いたずらっ子のように笑う。

「こっそり交際している神官、結構いるからな」

思いがけないジェイの暴露に、悠真は驚く。けれどそれならば、可能性はゼロではなかった。

「チカはさ、リッジと話してる時、すげぇ楽しそうに見えるよ」

「……そうだな、惹かれてはいるんだと思う。けど、まだよくわからない」

　感情に、はっきり名前をつけるのは難しい。足踏みしている時は、特に慎重になってもおかしくないことだ。気持ちが芽吹き始めたのなら、ゆっくり育てていけばいい。

「ま、好きなら無理に気持ちを抑え込まなくてもって話だよ」

「そうだな、区切りをつけて、前に進めんならその方がいいよな」

「誰かに取られる前に、とは思うけどな」

　背を押すようなジェイの台詞《せりふ》だ。前へ進むことを躊《ちゅう》躇《ちょ》しすぎて、後悔はするなとその瞳が言っていた。なんだかんだと、面倒見がいい。

「そこに、チカはいますか？」

　不意に、声をかけられる。振り向くと、歩いてくるジェデオンと目が合った。

　後ろから続く人は神官ではない。妙に、印象が薄い人だった。

「はい、ここに」

「ジェデオン様、どうかされましたか」

「城からの使いが、ここにチカと名乗る者がいるなら会わせろと言って引かないのです。探している人ではないと言ったのですが……」

　やばい、と悠真は焦る。けれどここで逃げ出せば後ろめたいことがあると言っているようなもので、身動きが取れない。うるさいくらいに心臓が激しく脈を打つ。まわりに聞こえそうで不安に駆られると同時に、なぜ、と疑問がわいた。

　居場所は知らせていなくても、手紙を置いてきている。心配はいらないとも明記しているので、わざわざ悠真を探す必要はないはずだ。

　それだけでは、駄目だったのだろうか。後見人としては、居場所を把握しておかなければいけないのだろうかと、色々な可能性が浮かんでは消えていく。

　だとしたら、居場所さえ把握していれば特に咎められないかもしれない。素直に申告した方が、いやでも、と迷い悠真は口をつぐむ。

　城の使いで訪れたのは知らない人だ。アルフレッドではなかったことに安堵《あんど》して、ほんのわずか、落胆した。

　わざわざ、悠真を探しに来るわけがない。

「きみが、チカ？」

　問う声に、ぐうっと息が詰まる。平常心を心がけ、悠真は成り行きを見守った。

　面識がなければ、本人かどうか確認しようがない。

「そうですが」

「それは地毛かな？」

「はい」

「瞳の色も？」

「そうですね。生まれた時から銀髪、碧眼《へきがん》です」

「では念のため、これに触れてもらっても？」

　使者が魔石を乗せた手のひらを差し出す。反射的に距離を取りたくなるのを、悠真は寸でのところで堪《こら》えた。不自然な態度は取るべきではない。

「えっと、これは？」

「魔道具を身につけていた場合、無効にするものです」

「ああ、かまいませんよ」

　頷くと、手を伸ばし魔石に触れる。静寂が耳にうるさい。呼吸が自然にうまくできなくて、早く、と永遠にも思えるこの時間が過ぎ去ってくれるのを悠真は願った。

「どうやら、人違いだったようだ。時間を取らせてすまない」

　しばらく待っても変わらないチカの姿に、使者はそう結論づける。終始自然体のチカの姿も、判断を後押しした要因だ。

　少し離れた場所で見ているだけの悠真の方が、大丈夫だとは思っても緊張していた。

「ジェデオン様、疑って申し訳なかった」

「わかっていただければいいのです」

「はい。失礼します」

　踵《きびす》を返し、遠ざかる背に悠真は深く息を吐く。驚かせたことを謝罪したジェデオンも、すぐにその場を後にした。

　ひどく、疲れた気分だ。

　城出はしたが、絶対に隠れていなければ駄目な理由はない。見つかったところで、ひどい目に遭うわけでもない。最初は城出にもそう乗り気ではなかったのに、それでも見つかりたくないと思うのだから不思議だ。

「なんだったんだ」

「さあ？」

顔を見合わせ、チカとジェイが首を傾げる。状況を正しく理解しているのは、きっと悠真だけだ。二人に説明する気はないが。できるものでもない。

「昼食、食べに行くか？」

「そうだな、ユーマも行こう」

おう、と悠真は頷く。まだ少し鼓動が逸《はや》っている。

神殿に居住を移してすぐ、名乗る名をどうするか迷った。もしも、を考えると、ハルでもチカでもない方がいい。その時ふっと思いついた、漢字を別の読み方に変えた『ユーマ』にしておいてよかったと、悠真は胸を撫《な》で下ろしながら、チカとジェイの後に続いた。


「ああ、やっと出会えた。私の運命のひと」

唐突に目の前で跪《ひざまず》かれ、悠真は目をしばたたく。ぴょこぴょこと動く耳を眺め、ネコ科の獣人かなとぼんやり考えた。

無言で、悠真は踵を返す。間違いなく関わったら駄目な人だ。耳に騙《だま》されてはいけない。

街へ出かけようと思ったのに、出鼻をくじかれた。いなくなってから、再度出かけるしかない。

「待って」

ぱっと、目の前に現れぎょっとする。素早い動きに、獣人だったと納得した。

だからといって、気分のいいものではない。

「……何か用ですか」

自然と、警戒心が湧き上がる。正直話すのも面倒くさい。関わり合いになりたくない気持ちも強くなる。けれど行く手を遮るように立ち塞がる男を、これ以上無視できそうになかった。

以前も、似たような経験をしたと悠真は思い出す。必然的にアルフレッドのことを思い出し、胸がチクリと痛む。少しも忘れていない。癒えていない。まるで刺さって抜けない棘《とげ》のように、ふとした時に痛みを与え、そこにあるのだと存在を主張した。

「なんで、そんなによそよそしいんだ」

「は？」

唖然《あぜん》としても、強い危機感を覚えないのはきっと、悠真が今いるのは神殿を出てすぐの場所で、他にも人の姿があるからだ。怪訝《けげん》そうに悠真に視線を送る、ジェイの姿もある。立ち去る気配がないので、助けに入るべきか様子を窺《うかが》っているようだ。

「ずっと、探していたんだ」

「人違いです」

熱のこもった眼差しだ。鈍感な悠真でも、それがどんな種類なのかわかった。けれど理解できない。探したと言っておきながら、好意を持つ相手を間違えている。こういうところに愛想を尽かし、恋人なのか想い人なのかわからないが、その人は逃げたのかと想像してみた。

「遅くなったとはいえ、つれないことを言わないでくれ」

抱きしめようと伸ばされた腕にぎょっとして後退《あとずさ》るが、手が届く前にバチンっと跳ね飛ばされる。あ、と悠真は微《かす》かな声を洩《も》らして、左の耳に触れた。すっかり馴染んだ、金属の感触があった。

「なんだ？」

やばい、と悠真は焦る。今ので居場所に気づかれてしまっただろうかと身構えたが、何も起こらない。ほっとする。軽い防御だったからなのか、澪の結界内だったからなのか、正確なところはわからなかった。

「そうか、何か術をかけられているのか」

「いや、ちが」

「私がなんとかしてやる」

「だから、違うって」

「洗脳もされているのか」

聞けよ！　と悠真は苛《いら》つく。強引な態度に出られ、それに応じたイヤーカフが盛大な反応を返せば、今度こそアルフレッドに知られる。その時点で、城出が終了になる可能性が高かった。

——捜索隊組んだみたいだから。

城からの使者が神殿に来た旨を澪《みお》に伝えると、思いがけない台詞が返ってきた。

——見つかったら即城に連れ戻されると思うから、気をつけてねぇ。

は？　と悠真が思考を固めていると、間延びした緊張感のない声とは正反対の忠告をもらった。

探す理由ははぐらかされる。見つかっても咎められることはないけど、ある意味身の危険はあるかもしれないと、澪はよくわからないことを言って旅立っていった。戻ってくるのは五日後だ。

「大丈夫だ。これからは私がそなたを守り愛そう」

「だから人違いだっつーの！」

「間違ってなどいない。本当に、わからないのか？」

「初対面だよな？」

　元々、この世界に知り合いは少ない。行動範囲も極めて狭く、どこかで会って忘れている、なんて可能性は絶対になかった。獣人で面識があるのは一人だけで、女性だ。

「そうだが、運命の相手だ。番《つがい》だ。本能でわかるはずだ。その私がわからないのか？」

「はあ、アンタ誰？　としか」

「ああ、すまない、名乗っていなかったな。番を見つけた嬉《うれ》しさで我を忘れた。ティモ・コーラスだ。私の伴侶になる貴方《あなた》の名前を教えてくれ」

「嫌だけど」

　勝手に伴侶とか言っている危ない人に、教えるわけがない。少し話しただけで、思い込みの激しい、話が通じない人だと察せられた。悪感情しか抱けない。

　気分転換に外出を決めたのに、うんざりげんなり、疲れた気分になっている。いい加減解放してほしかった。

「なぜだ！　一生のうちに出会えるかわからない番に会えたというのに」

「つがい？　とか、わかんねぇんで」

　どこかで聞き覚えがあるような気もするが、とっさには思い出せない。目の前の男に警戒していれば、余計に他のことに意識を向けるのは危険だ。

「何も感じないのか？」

「ぜんぜん、まったく」

　力を込めて悠真は否定する。伝わることを、心底願った。

「正直言って、あぶねぇ人って感じるだけですね」

　ドン引きしている。いっそ清々《すがすが》しいくらいにティモは自分のことばかりだ。無理やり、価値観を押しつけてくる。頭がおかしいんじゃないかと思っているが、言わないでおく。

「私に触れ絆《きずな》を感じ、確かめてくれ」

「え、やだ」

「わかるはずだ！　こうして出会えたのだから」

「いや、俺別に出会いとか求めてないんで」

「互いを求め合う、必然の出会いだ」

　押し問答。堂々巡りだ。うんざりしてきて、悠真はジェイに目配せして助けを求める。そろそろ限界だ。

「一緒にいればすぐに番だと、最愛の伴侶だとわかる。共に私の国へ行こう」

「お断りします」

誰が行くか、と悠真は心の中で付け加える。思い通りになって当然だという態度も鼻につく。問答無用で恋愛対象外だ。

「どうした」

ジェイに声をかけられ、ほんの少し気持ちが楽になる。ここまで話が通じない相手は初めて、困惑と苛つきとで気持ちがささくれ立って、息苦しいくらいだ。

「ヘンなやつに、絡まれてる」

「誰だ、おまえ」

間に入ったジェイに、ティモが不快感をあらわにする。不遜な態度に、印象はこれ以上ないほど地に落ちた。

「友人。行こう」

「待ってくれ」

悠真へと伸ばされた腕を、ジェイが掴《つか》む。走れ、と促されるまま悠真は駆け出し、神殿に飛び込んだ。

ほっと息をつく。振り向き外を窺うと、ティモはジェイには興味がないようで、悠真の後を追ってこようとして警備についていた騎士に遮られていた。

「はなせ！　なんでだ！」

「ここから先は、関係者以外立ち入り禁止です」

その脇を、ジェイがすり抜けてくる。やっと解放されたことに安堵して、悠真は背を向けた。

「待て！」

静かな神殿にそぐわない騒々しさに、他の神官も集まってくる。騎士の姿も増え、声は次第に遠ざかっていった。

「なんだ、あれ」

「わかんねぇ」

「知り合いじゃないのか？」

初対面、と悠真は端的に応える。眉をひそめるジェイに、同じような表情を返した。

「あのさ、俺色々と疎いんだけど、初めて会ったやつに運命の人って言って、抱きつこうとするのフツーなのか？」

「まさか、そんなわけないだろ」

「だよな」

「危ない奴かよ」

「かもな」

現実と妄想の区別がつかないのかもしれない。けれどなんで悠真に？　と、首を傾げたくなる。魔道具で獣人に見えるかもしれないが、認識されにくい効果もあるはずだ。知り合いや、何度も話していれば効果は薄れるが、ティモは初対面だった。

「それじゃ、簡単にはあきらめないかもな」

「怖いこと言うなよ」

　あんなのにつきまとわれるなど、ぞっとする。イヤーカフがあるので、危険な目には遭わないだろうが気持ちのいいものではない。完全に気が削がれ、街の方へ出かけるのはやめた。待ち伏せされていても怖い。

（なぜこうなった）

　先ほどのやりとりを思い出し、悠真はため息をついた。

　嫌な予感というものは当たるようで、ティモは連日神殿に押しかけた。

　その場にいる神官に次から次へと声をかけていくが、会いたい相手の名前も知らないでは取り次げるわけがない。困惑する神官に隠すなと詰め寄り、結果追い出されていた。

　神殿の性質上、今のところ門前払いにはしていないが、少しでも問題行動を起こした時点で追い返すようジェデオンから指示が出ている。警備を強化しているので、強引に居住区への入り口を突破される心配も少ない。仮に見つからず忍び込めたところで、正式な神官ではない悠真の居場所を掴むのは容易ではなかった。

　元々、悠真の存在を認識している人は限られている。うっかり、詳しい情報がティモへ渡ることはありえない。ただ悠真がいるせいで連日騒ぎが起きれば心苦しくなる。やはり城に帰るべきなのかと、ジェデオンとのやりとりを悠真は反芻《はんすう》した。

　あの日、騒ぎを目撃した神官の中に悠真を知る人がいて、すぐにジェデオンの方へ報告が上がった。そう時間を置かず事情を聞きに訪れたので、経緯を説明すると眉を下げた。

「その獣人の主張が正しいのか私にはわかりませんが、ハル殿を番だと認識したのでしたら、あきらめないかと」

「えぇ」

　獣人の番にかける想いは、並々ならぬものがある。

本能で、愛さずにはいられない存在なのだと説明を受けたところで、へぇ、としか悠真は思えなかった。

「でも俺、獣人じゃないよ」

　魔道具で、獣人に見えるだけだ。勘違いも甚だしい。そこまで執着する番を間違えるなど、悠真は呆《あき》れるしかなかった。

「番が、他種族の場合もあるのです」

「は？」

「どうしてそうなるのか私にはわかりません。番を認識できるのは獣人だけなので、他種族だとこじれることもあり、その際さらってでも強引に自分のものにする者もいると聞きます」

　嫌悪感から、悠真は眉をひそめる。情熱的といえば聞こえはいいが、実際は最低だ。相手の意思、気持ちなど必要ないと言っている。あの様子を目にした後だと、あながち噂《うわさ》だけとは思えなかった。

「その様子では、求愛を受け入れるつもりはないようですね」

「ぜってぇ、ない」

　あるわけがない。運命だと言われたところで、迷惑でしかない。初対面でよく知りもしないのに、番だからと愛を囁《ささや》くなど、随分薄っぺらな愛だ。

　獣人でない悠真には理解できない。しようとも思わない。嫌悪感をあらわにして顔を歪《ゆが》めていると、ジェデオンが笑みをこぼした。

「安心しました」

　安心？　と、悠真はきょとんとする。問うような視線を投げても、受け流された。

「警備を強化させますが、気をつけてください」

　信者の訪れは制限できない。警戒をしていても身体能力の高い獣人なので、忍び込まれる可能性がないとは言えない。相手の出方次第では、安全面を考慮し、不本意かもしれないが王城に戻ることも考えてはどうかと言われた。

　確かに、王城以上に安全な場所はない。向けられるジェデオンの表情から、悠真の身の安全を最優先にした提案なのだとわかった。

「澪が戻ってきたら、相談してみます」

　選ぶべき選択肢はわかっている。けれど悠真は即答できなかった。

　とはいえ、数日で澪は戻ってくる。タイムリミットはすぐだ。

（王宮に戻る、か）

嫌なわけではない。城を出た悠真をアルフレッドが探している知り、驚きと共に嬉しく思う気持ちもあった。無関心だと知ればきっと、悠真は傷ついていた。けれど複雑さは強くなる。少しずつ薄めている途中の、好きだという気持ちが色を濃くした。

自分の感情なのにままならない。恋愛感情は、とても厄介なものだった。

あーあ、と嘆く声がこぼれる。この先どうする、どうしたいかの、答えはいまだに出ていない。気持ちに余裕がなく考えられないと言った方が正しかった。

こんな状態で、城に戻っていいのかに迷う。以前のように、アルフレッドの傍らに平然といられるのかわからなかった。

同じ時間を共有したのは、一年にも満たない短い期間だ。それなのに、アルフレッドと過ごした記憶ばかり鮮明だ。

最初は、警戒心がまったくなかったわけではない。信用していいのか迷った。

けれど知り合いは澪だけの、頼る者のいない孤独な世界で、常にそばにいて親身になってくれるとなれば、警戒し続ける方が難しい。

こういう状況に置かれれば、惹かれ、恋に落ちるのも頷ける。それが依存ではないと言いきれないが、互いに想い合う気持ちに変わればきっかけなど些末《さまつ》な問題だ。

客観的に見れば、の話で、いざ当事者になると戸惑いが大きい。互いに想い合ってもいない。

あんなに恋愛に苦手意識を持っていたのに、この短い期間で、それも同性を好きになるとは想像もしていなかった。

なぜ、を頭の中の思い浮かべても、相変わらず自己分析はうまくできない。恋とは本人の意思など関係なく落ちるものだと、よく言ったものだ。

（殿下に興味ゼロな澪はすげぇよな）

ぶれないところに感心する。お姫様扱いを喜ぶどころか、澪はむしろ嫌がっていた。

（澪が王妃なんて言われても、ヘンだしな）

うまく想像できない。根本的に、どうにも身分制度が身近なものに感じられない。理解はしていても、実感が伴わなかった。

思考にまとまりがなくなったところで、悠真は考えることを放棄する。ほぼ同時に、目の前に澪の姿が現れぎょっとした。

「うわっ」

「ちょっと、そんなに驚かなくてもいいじゃない」

「急に現れたら驚くだろ！」

ばくばくと、心臓が大きく脈打っている。抗議したいのは、悠真の方だ。

「ごめーん、急いでて、行くよって連絡するの忘れた」

悪びれない軽い声が返ってくる。文句を言っても無駄なので、悠真は気持ちを切り替えた。

「帰ってくるの、明日じゃなかったのかよ」

「そうなんだけど、ハルのこと聞いて急いで帰ってきたの」

「あー……」

聞いたのか、と悠真は苦く笑う。伝えたのは悠真ではない。だとすればジェデオンだ。定期的に連絡を取り合っているのだろう。

「自称番につきまとわれてるんでしょ？」

的確な表現に、感心する。あなたは私の番だと言ったところで、本当のところは誰にもわからない。となれば、自称以外の何物でもなかった。

「俺は最初の日以外は会ってねぇけど」

「ふうん。番って言われて、なんか感じた？」

「こいつ、やばい？」

何それ、と澪が笑う。

やがて笑いをおさめると、よかった、と一人納得していた。

「で、その人ってかっこいいの？」

「さあ？　あんま記憶に残ってない」

「ほんと興味ないんだね」

「なんで興味持つんだよ」

「だって、運命の番とか言われたんでしょ。意識したりしないの？」

は、と、乱暴に息を吐き出すように悠真は嗤《わら》う。表情には、嫌悪感が満ちた。

「するわけねぇだろ。くだらない。俺は運命なんかより、俺自身が惹かれた相手がいい」

ぱっと、アルフレッドの顔が浮かぶ。結局、そういうことだ。運命の相手だと言われたところで、少しも感情は動かない。

「ハルらしい」

「澪だってそうだろ」

「当然。初対面であなたは運命の人だーとか言われたって、軽薄なナンパとしか思えないもん」

わかりやすい例えに、悠真は納得させられる。あの時の状況は、まさにそれだった。

「まあ、ナンパ男対策は後で考えるとして、せっかくだから街に遊びにいこ！」

「はあ？　いいのかよ。護衛は？　いないとまずいんじゃねぇの」

「必要ないよ。私強いもん」

「ああ、そう」

うっかり納得してしまったのが悪かったのか、強引に部屋から連れ出される。こうなるとあきらめが肝心だ。澪に逆らえるわけがない。促されるまま、神殿を後にした。

「どこ行くんだよ」

「食べ歩き？」

「まあいいけど、二人でいて、城のもんにバレないか？」

「大丈夫。髪と目の色変えてるし」

「やっと、見つけました」

げ、と声の方へ顔を向ける。ぱちん、と視線が合って、悠真は瞳をしばたたいた。どう見ても、王城の関係者ではない。

「手荒なまねはしたくないので、素直に一緒に来てもらえますか？」

悪党が、いかにも口にしそうな台詞だ。

初めて見る獣人の二人組だが、このタイミングならば先日遭遇した豹の獣人の関係者なのは間違いない。やり方を変えたところで、答えは決まっていた。

「断る」

きっぱりと悠真は断る。絶対に関わり合いになりたくない。

「そう言わず、そちらのメイドと一緒でかまわない」

「わ、私ですか……」

怯えてみせる澪に悠真は軽く視線を流し、簡単にはあきらめそうにない態度を警戒する。物腰は柔らかくても、あの話が通じない男に連なる者たちだ。

「どうぞ、お二人でこちらへ」

「嫌だって言ってんだろ」

拒否一択だと強い口調で悠真が再度断った途端、男たちは目配せすると距離を一気に詰めてくる。驚く間もなく傍らの澪から悲鳴が上がり、気を取られた一瞬で悠真は拘束され、そこで意識はぷつりと途切れた。

身体《からだ》に不自然な揺れを感じ、悠真は意識が浮上する。緩やかに瞼《まぶた》を上げると、視界に飛び込んできた男たちに驚き、ぱたぱたと瞬《まばた》きした。馬車の中だ。

「目が覚めましたか、番殿。魔道具で少し眠ってもらっただけです。身体に害はないのでご安心を」

特に拘束はされていないが、この状況で安心できるわけがない。はあ、とひそやかに悠真はため息をつく。どうしてこうなったと、ここ最近思うことが多い。

あの状況で、イヤーカフが反応しなかった理由はわかる。ティモの手を弾《はじ》いてから、その程度のことでアルフレッドに居場所を把握されないようにと、悠真が澪に頼んで効果をかなり弱めてもらった。

『何よう。ため息なんてついて』

隣に座っている澪が、念話で話しかけてくる。危機感を欠片《かけら》も感じない。悠真は再度ため息をつきそうになった。

『なんで一緒にさらわれてんだよ』

『私は人質的なものらしいよ？　ハルが逃げないよう』

『うわ、サイテーな奴らだな、じゃなくて！』

余裕で撃退できるくせに、澪は間違いなくわざと悠真と共にさらわれている。今も怖がるように顔を伏せ気味にしているが、緩みそうになる表情を隠しているだけだ。

『だってさ、あの場で成敗するのも逃げるのも簡単だけど、根本的なとこは解決しないでしょ。こんな風に、力業に出る相手を放置するのもどうかと思うし』

『まあ……けど、どうすんだ？　本気で話が通じない系だぞ』

『それね！　出方を窺ってかなぁ』

『……なんで、楽しそうなんだよ』

『えー、だって、話が通じない系の自信過剰男が、ハルに容赦なくばっさりフラれてぎゃふんって、見たいじゃない』

『おまえなぁ、それが本音か』

てへ、ではない。完全に澪は面白がっていた。

実力が伴うせいで、自ら相手の策に飛び込んでもなんとかできるだろうから性質《たち》が悪い。巻き込まれる悠真としては、全力回避の方向でお願いしたかった。

（帰りてぇ）

「意識が戻っても、随分と落ち着いているんだな」

「え」

ぱたん、と悠真は瞬きする。澪との念話に気を取られ、声をかけられるまで警戒すべき人が目の前にいるのを失念していた。

緊張感がないのは、悠真も同じだ。人のことは言えない。いつの間にか図太くなった神経を自覚した。

「呪いと洗脳をかけられ、番であるティモ様を拒絶していると聞いていたから、意識を取り戻した途端騒がれるのを覚悟していたんだが」

「番が誰か、気づいたんだろ。いいことじゃねぇか」

「そうだな」

獣人二人の会話が不本意すぎて、感情が訂正したいと訴えるが、澪に止められている。情報を引き出すため、適当に話をさせておく。

「これでやっと、国に帰れる」

「やっとだよなぁ。三年は長かった」

「国って？」

念話で飛んでくる澪の指示の元、悠真は二人から話を聞き出す。騒ぎ出さない悠真に安心したのか、特に警戒することなく説明してくれた。

国は、獣人の国ヴェネデス。悠真を番だと騒ぐティモは豹《ひょう》の獣人で、従者は狼《おおかみ》と熊だった。

国では番が見つかると盛大に祝う風習があり、一番上の兄が番を見つけ、宴が開かれたのをきっかけに、ティモは番を望み探すことを決める。けれど国中を探しても見つからない。番が見つからないことも珍しいことではなく、大半が番ではない伴侶を迎えていた。

だがティモはあきらめきれず、番を見つけるまで戻らないと言い出し旅に出た。お忍びで供は少ないが高貴な立場の方で、国に戻れば盛大に祝われ、神官とは比べものにならない華やかで不自由のない生活を送れる。番がティモで良かったと喜ぶんだなと言われた。

詳しいことは、これから会うティモに直接聞くようにと、話は締めくくられる。一度も、悠真の意思を確認することはなかった。

「知り合いのいない場所で不安もあるだろう。そのメイドも一緒に連れていってやる」

なんでこうも偉そうなんだとカチンとくる。比較的温厚な悠真を、ここまで苛つかせるのもある意味すごい。ティモ同様に、従者も話が通じないと知った。

何を言っても無駄だろうとあきらめが勝って、悠真は口を閉じることを選ぶ。以降は話しかけられても無言を貫き、澪と時折念話で話していると馬車が止まった。降りると、高級そうな宿屋の前だった。

忍ぶ気があるのかと言いたい。澪も同じ気持ちのようで、絶句している。金持ちのボンボンの我侭《わがまま》にこれ以上苛つくのも嫌で、帰ろうと澪に提案するが却下された。

他人事《ひとごと》だと思って、と待ち受けるうんざりするやりとりを悠真は覚悟する。渋々の体《てい》を隠さず従者についていき、案内された部屋に入ると、宿の印象そのままの豪華な部屋だった。

「ティモ様、連れて参りました」

ソファから立ち上がり、ああ、とティモが感嘆の声を上げる。今にも駆け寄ってきそうで、悠真は身構えた。触れられたくない。感情がティモを拒絶した。

「やっと会えた。やっとだ。私が訪れていたことも伝えられず隠され、閉じ込められていたのだろう。もう大丈夫だ」

飛び込んでこいと言わんばかりに腕を広げ、感極まったような台詞回しだが、対する悠真は冷ややかだ。少しでも甘さを見せると、勘違い男には正しく伝わらない。この状況を作った張本人の澪は、少し下がったところで状況を見守っていた。

できれば前面に出て対処してほしい。そんな願いは通じなかった。

仕方なく、悠真は口を開く。

「俺の意思で、アンタに会いたくなかった」

「ティモ、と名を呼んでくれ。やはり洗脳されているんだな」

どうしたらそんな風に思い込めるのか、本当に悠真にはわからない。このやりとりだけでげんなりする。何を言っても聞き入れないので、会話にならない。

ほらな、と澪に抗議の視線を投げると、うつむき肩を震わせていた。笑いを堪えるのに必死で、悠真の心情は察してくれない。

「とりあえず、座って話そう。愛《いと》しい人、まずは名前を教えてくれ」

「いやだ。座らない。教えない」

これでもかと、端的にわかりやすい返事をする。けれど悠真の意思を理解することなく、ティモは微苦笑で眉を下げた。

「そうか。迎えに来るのが遅くなったから、拗《す》ねているんだな。これからはずっとそばにいると誓う」

ぞわっと、鳥肌が立ちそうになる。向けられる甘ったるい声も表情も、生理的に受け付けない。

「迎えじゃなく、有無も言わさずさらった、だろ。アンタに会いたくもなかったし、今すぐ帰りたい」

「番である私がわからないだけでなく、そんなことを言うなど、よほど強い暗示にかかっているんだな」

「正気じゃないのはアンタだろ。俺は俺の意思で、アンタにはカケラも興味がないって言ってんの！　いい加減わかれよ」

こんなにもはっきり拒絶の意思を示しているのに、ティモの表情から理解していないのがわかる。控えている二人は、悠真の物言いに不快感を示していた。

「洗脳が解ければ、番として私を愛する。国に戻ったら早急に手配する」

「だから、なんで行くのを前提で話すんだ」

「番である私のいる国だ、当然だろう？」

なんとも言えない気持ちになって、悠真は言葉を失う。この揺るがない自信は獣人の性質なのか、個人の資質によるものか判断がつかない。

「獣人の国の方が、獣人は気兼ねなく暮らせる。そこのメイドは獣人じゃないが、一緒に連れていってやるから安心しろ」

わずかに、理解が遅れる。疑問に思ったのは一瞬で、魔道具を身につけていることを悠真は思い出す。つけっぱなしのせいで、どうにも忘れがちだった。

「俺、獣人じゃねぇんだけど」

「なんだと！　まさかそんな風に思い込まされていたのか。だから、番である私がわからないのだな」

伝わらない、会話にならないことが、こんなにももどかしいものだと身をもって知る。駄目だ、手に負えないと、話し合いで穏便に解決するのを悠真は半ばあきらめた。

「そうだ。情を交わせば番であることを自覚して、正気に戻るかもしれない」

意味を理解して、ぐしゃりと悠真は顔を歪める。今度こそ鳥肌が立ち、知らず一歩後退った。

「言葉が通じない、合意を求めないなんて、本当に獣みたい」

呆れが滲《にじ》んだ澪の声が、割って入る。従者の二人が一歩前に出たが、ティモがそれを制した。

「互いに愛し合う番と情を交わす、それのどこに問題がある」

「客観的に見て、愛し合ってないじゃない。相手の意思を無視するのは問題でしょ？　強引に奪おうとするなんて、この国にケンカ売りたいの？」

「番なのだから問題になりようがない。それに神官見習いとメイドが消えたところで、国が動くことはない」

自信満々だが、このまま悠真と澪を連れ去った場合、問題にならないわけがない。無計画、調べが足りないとしか言いようがなかった。

今までも、番だから、番なら、そんな勝手な思い込み、自己中心的な考えで行動を起こしていたのだろう。正義感が強いわけではないが、さすがにこの思考を放置するのはどうかと思った。

「浅はかね。あなた落ちこぼれでしょ」

辛辣な声で、澪がばっさり切る。苛つきが勝ったようで、正面からケンカを売っていた。

「使用人のくせに無礼な！」

「番殿の使用人とて、許せない発言だ」

従者の二人が殺気立つ。

「俺より直球でケンカ売るなよ」

「まさかここまで話が通じないと思わなかったんだもん！　黙ってるの限界、腹立つ！」

怒りと嫌悪を、澪は隠そうともしない。その気持ちはわかると、悠真は同意した。

「あのさ、元々無礼なのってそっちだろ。人の話は聞かないし」

苦言を呈せば、ティモは愕然《がくぜん》とする。信じられないという顔で、まじまじと悠真を見つめた。

「なぜ番である私よりも、その無礼なメイドの肩を持つんだ。もしや、そのメイドが諸悪の根源か！」

そういう思考に行くのかと、驚く。

ここまでくると、悠真が獣人ではない現実を突きつけたら、どういう反応を見せるのか気になった。

「なあ、この耳少しの間外すくらいなら、居場所バレねぇと思う？」

「無理でしょ」

「即答かよ。探さなきゃわかんねぇって言ってたけど」

「平常時ならね。今、行方不明じゃない」

「……ああ」

「おい、二人で何を話している」

　念話も使わず話していると、不機嫌そうなティモの声が割って入る。ちらりと悠真は視線を流すが、澪は何かを考えているようで完全に無視していた。

「うん、そうしよう」

　しばらくして、澪が頷く。

「なにが？」

「私もね、あんなに憔悴《しょうすい》するとは思わなかったから、軽い気持ちで連れ出したんだ」

　しょうすい？　と、悠真は疑問符を浮かべる。すぐに字面が浮かばない。なんの話なのかわからずにいると、澪が言葉を継いだ。

「なんか、私が意地悪しちゃったみたいで心が痛むんだよね」

　どうにも、話に脈絡がない。ただ言っていることは正しく理解できないが、澪が何事かを反省しているのはわかった。

「だから、迎えに来てもらって輩《やから》を成敗！　感動の再会！　っていう、大団円のシナリオでいこうと思うんだ」

　シナリオってなんの、と考えていると、澪の手が伸びてくる。あ、と思った時には、猫耳のついたカチューシャを持っていた。

「こういうこと」

　にっこりと、澪が笑う。

「なっ、姿が変わった……だと」

「まさか、どういうことだ」

　戸惑いの声がティモから上がる。元の姿に戻ったようだ。けれどすぐにそんなことを気にしていられなくなる。ふっと唐突に、アルフレッドの姿が目の前に現れた。

　驚きに、悠真は声も出ない。

　ぱち、と視線が合う。瞳が見開かれるのを視界に捉えると同時に、ぎゅっと、力強い腕の中に閉じ込められた。

「やっと、見つけた」

　胸を痛くするような、切実さが滲んだ声だった。

　ぎゅうぎゅうと抱きしめてくる腕に、ひどく心配をかけていたのがわかる。戸惑いと、喜びと、色々な感情が混ざり合って忙《せわ》しない。アルフレッドの腕の力は苦しいくらい強いのに、警戒心でこわばっていた悠真の身体は緩んでいった。

そろり、と悠真は腕を持ち上げる。考えるより先に、身体が動いていた。

「私の番から離れろ！」

荒らげた声が飛んできて、びく、と悠真の指先が震える。アルフレッドの背に腕を回しかけた手が、止まった。

「触れていいのは私だけだ！」

あっという間に、ティモは距離を詰める。拳を握り、腕を振り上げて、アルフレッドに殴りかかってきた。けれど直前で何かに吹き飛ばされ、そのまま壁にたたきつけられる。激しい衝撃を思わせる、派手な音が響いた。うめき声を洩らしたティモは、苦しげに顔を歪めた。

「ティモ様！」

慌てたように、従者の二人が駆け寄る。無事を確認すると、アルフレッドを睨《にら》みつけた。

「きさま！」

二人が殺気立つ。一人が剣を抜いたがアルフレッドは意に介さず、悠真からわずかに身体を離すと、顔をのぞき込んだ。

近い距離に、息を詰める。怒りと、悲しみと、色々な感情が混ざった複雑な表情で、アルフレッドは悠真を見つめた。

「まさか、あんなのと駆け落ちを？」

一瞬ぽかんとして、は、と息がこぼれる。ぞっとするような誤解だ。

「ありえねぇから！」

慌てて、ぶんぶんと頭を振る。番など知らない、勝手に言っていることだと悠真は訂正した。

「そうか」

「そう！　ヘンな誤解すんなよ」

「離れろ！」

殺気すら漲《みなぎ》らせている三人を無視して話していると、同時に向かってくる。向けられる剣先に、ひゅ、と息を呑《の》み悠真が身体をこわばらせると、アルフレッドが間に入り背にかばった。

ふわりと、空気が動くのを感じる。先ほどと同様、三人が吹き飛ぶ。今度は部屋の壁の手前、見えない壁にぶつかり、潰れた声を洩らすとそれぞれが床に沈んだ。

「あれ？　今壁にぶつかってないよな？」

「結界の応用だ。部屋の壁に傷がつくと悪いだろ。さっきは他のことに気を取られていて、部屋に気遣う余裕がなかったから宿の人には申し訳なかったな」

「へぇ」

「一度ならず二度までも」

獣のようなうめきを、ティモが上げる。軽く嘆息したアルフレッドが三人の方へ向き直ると、冷えた視線を投げた。

「飛びかかってきたのはそっちだ」

「私の番に触れるからだ！　勝手に触れたばかりか、王族である私にこんな乱暴を働いていいと思っているのか」

「王族？」

えぇ、と悠真はなんとも言えない気持ちになる。今までの、会話とは言えない会話の中で、見事なくらいまったく、風格、品格を感じられなかった。

「私はヴェネデスの第七王子ティモ・コーラスだ。無礼を詫《わ》び、私の番を返せ」

横柄な態度だけは、王族だと納得できる。第七王子ということは、一般的には王位継承権は低い。そのせいで教育が甘いのか、本人の意識が低いのか、澪が評した落ちこぼれに説得力が増した。

「どういう状況なんだ」

アルフレッドが怪訝に思うのも当然だ。アルフレッドにしてみたら、悠真の元へ転移してきたら突然襲われ、反撃しただけにすぎない。番だの、王族だのと騒がれても、少ない情報から推測するには限界があった。

「そこの豹が自称番。その従者の狼と熊が私たちをここにさらってきて、番には何をしてもいいって主張のもと陵辱《りょうじょく》した後で自分の国に連れていくつもりだった。ちなみに私は、メイドとして連れていってやるからありがたく思えよ、だって。以上、今までの経緯」

改めて澪がざっくりまとめた経緯を聞くと、かなりひどい。もしかしなくても、犯罪だ。現代で言うところのストーカーか、と悠真は今更自らの置かれた状況に気づいた。

「王族に対してその無礼な物言いはなんだ！」

メイドのくせにと、ティモが激高する。わかりやすく澪が事実を並べたのに、いまだ罪を犯している自覚はなかった。

軽く肩をすくめた澪は、アルフレッドに視線を送る。丸投げしたのが、悠真にもわかった。

「ティモ・コーラス、王族と名乗ったからには、相応の責任を負うということをわかっているのか」

「知ったようなことを言う」

　ふん、とティモは鼻で笑う。先ほどからアルフレッドに軽くあしらわれているのに、自らが優位であると信じて疑っていないところはある意味すごい。肩書きだけで生きてきた、世間知らずだ。

「王族として、ここにいるというのだな」

「そうだ。さあ、私の番を返せ」

「では、私も名乗ろう。この国の第一王子、アルフレッド・リンドヴァルだ」

「なっ」

　驚愕の表情を浮かべ、ティモは絶句する。従者二人も目を見開き、固まった。

「我が国の者を拉致し、連れ去ろうとしただけでも許しがたいが、この国の尊い存在である聖女と、王族たる私が伴侶に望んでいる者を陵辱しようとした上連れ去ろうと画策するなど言語道断」

「せい、じょ、に、はんりょ……」

　愕然としたまま、ティモは悠真と澪に視線を送る。

違う意味で悠真は驚き、戸惑った。

（伴侶に望んでるって、なんだ）

「はーい、聖女です」

　緊張感のない澪の声が、思考を遮る。軽く上げた手のひらをひらひらと振り、いまだアルフレッドの台詞を呑み込めないでいる悠真の手を取ると、強引に上げさせた。

「はい、第一王子の伴侶です」

「ちょ、おい」

　まったく、思考がついていかない。は？　え？　と、悠真は頭の中が混乱していた。

「だから言ったじゃない。ケンカ売りたいのって。人の話を聞かないから大事になっちゃったんじゃない」

　自業自得、と澪は笑う。苦言を呈す姿を視界に映しながら悠真はぐるんと思考を回し、伴侶と口にしたのは、ティモを糾弾するための方便かとやっと呑み込めた。

「うそだ、うそだ、嘘だ！　私の番だ！」

「それこそ、嘘じゃないの？」

「違う！」

「私にもわかるように、証明できる？」

「本能でわかるものだ。会った瞬間、どうしようもな

く互いに惹かれ合う」

そうだろう、と言わんばかりのティモの眼差しが、悠真の方へ向く。嫌悪感で、肌がざわめいた。

「俺はアンタにまったく惹かれてねぇし、迷惑だってずっと言ってる。繰り返し何度も。いい加減わかれよ」

伝わらないことにうんざりしすぎて、声に苛つきが混じる。今までのやりとりを思い返せば、悠真が決して頷くわけがないことくらいわかりそうなものだ。

「名前も教えてもらえないもんねぇ」

楽しげな澪の声が、追い打ちをかける。ぐぅ、とティモは喉を鳴らした。

「客観的に証明できないなら、それは自称以外の何物でもないじゃない」

「うるさい！　貴様らが洗脳しているのだろう！　力尽くでも番は返してもらう」

懲りずに襲いかかろうとしたティモは、不意に動きを固め、ドサリと音を立て倒れる。盛大に打った顔面が痛そうだなと悠真が眺めていると、自由に手足が動かせないようで、芋虫のように身体をくねらせていた。

「私が帯剣していなくてよかったな。剣で相手をしていたら、手加減ができなかった」

拘束は、アルフレッドの魔法によるものだった。顔面をぶつけたせいでティモは鼻血を流しているが、言葉通りに手加減している。帯剣していなくても、剣などすぐにでも出てくるはずだ。

「ふざけるな！　私に何をした！」

加勢しようとした従者も、同じように不自然な体勢で倒れている。それぞれに叫んでいるが、悠真は聞き流した。

「獣人は強いって聞いてたけど、案外あっさりなんだな」

「アルフレッドさんが強すぎるんだよ。間抜けそうに見えても、アレ、それなりに強いんじゃないかな？　さっきは威圧とか使ってたし」

「いあっ？」

「相手を萎縮させる気迫みたいなの。そのイヤーカフつけてる限りわかんないよ。害になりそうなの、全部無効にするもん」

「はあ」

まじか、と悠真はイヤーカフに触れる。それを目にしたアルフレッドが、笑んだ。

身動きの取れない三人の方へ、澪が近づいていく。踏みそうだな、と悠真が目で追っていると、手前で足を止めた。

「ねぇ。いい加減相手にされていないって認めたら？」

見下ろし澪が告げると、ティモが顔を上げ睨む。不自由そうに身体を動かし、悠真の方へ視線を投げた。

「そんな男より、番の私を選ぶだろう？」

呆れを通り越して感心する。どう悠真が答えても、自分に都合のいい言葉しか受け取らないとわかっているが、否定しないのも気持ち悪かった。

「絶対に、ありえない」

「わかった？　だいたいすべてにおいて、あなたアルフレッドさんに太刀打ちできないもの。好ましく思う要素がここまで皆無の人も珍しいよ」

優位に立てるはずの王族という立場も、アルフレッドには役に立たない。誇る身体能力の高さも、発揮すらできずに拘束されていた。

剣では手加減できないと言っていたので、魔法なしで戦っても軍配はアルフレッドに上がるはずだ。

「ああ、思い出した。以前聞いたことがある。ヴェネデスの第七王子、王の選んだ婚約者がいたが、三年ほど前に運命の相手ではないと一方的に破棄し、王族としての責務も公務も放棄して、番を探しに出たと」

「うわぁ、サイテー」

「番でないのだから、破棄されて当然だ！」

「……対外的には、軽はずみなことをしたと悔い、他国を見ることで視野を広げる社会勉強の旅に出たことになっている」

なんとも言えない空気が流れる。間違いなく、視野は広がっていない。目的はなんにせよ、国を巡ってきながら、少しも世間を学んでいないように見えた。

「どうするの？　これ」

無様に転がっているティモを、澪がつま先でつつく。またうるさく騒ぐのを悠真が予想していると、唇をぱくぱくさせるが声は聞こえない。話が通じないことに辟易《へきえき》した澪が、三人の周りの音を遮断していた。

「ヴェネデスに、国として正式な手順で抗議する。聖女とハルをさらっただけでなく、自ら王族だと名乗り、俺に襲いかかってきたのだからな」

「本音は？」

「ハルに触れようとしたなど、許せるわけがない」

「……は？」

「素直になったものね」

楽しげに澪が笑うと、不意に、アルフレッドに手首を掴まれる。放さない、という意図が眼差しから伝わってきた。

「えっと、アルフレッド？」

「戻ってくるのだろう」

「それは……」

迷い言葉を濁すと、手首に触れている指先に力が入る。正直に言えば、今日一日で色々とありすぎて、一人になって頭の中を整理したい。けれどそれを言い出せる空気ではないので、悠真は複雑さを抱えたまま頷いた。

「よかった」

「心配かけて悪い」

「戻ってくれるのならいい。二人で話そう。ああ、その前に後始末があったな」

嫌そうに、アルフレッドが顔を歪める。今のところ自称王族でしかないが、王族と名乗っているので衛兵に丸投げするわけにはいかない。

それならば、少しくらい一人で考える時間があるかもしれないと、悠真はひそかに安堵した。

「あ、後始末、私がしてあげる」

思いがけない提案が、澪から上がる。

「おわび」

悠真の心情など知らないとばかりに、にっこりと笑った。


「ここは？」

連れてこられたのは、悠真が滞在していた部屋ではない。城内に入った途端、アルフレッドの転移魔法で室内へ移動したので、現在地がどこかもわからなかった。

ざっと見回した部屋の中には必要最低限の家具しかなく、殺風景にも感じられる。けれど繊細で精巧な意匠は、どれも一目でわかる高級な品だった。

「俺の部屋だ」

驚く間もなく、悠真はソファへと促される。腰を下ろすと、当然のようにアルフレッドも隣へ座った。

そのまま沈黙が続いて、静けさが耳にうるさく感じる。想いを認め、逃げた自覚があるから身の置き所がない。少しも気持ちは薄れていないと、突きつけられたばかりだ。

（澪のやつ、余計な気を回してくれて）

先ほどから顔をうつむけ、身じろぎしないアルフレッドの心情は窺えない。今までにない様子に、悠真は妙に緊張していた。

「えっと、心配かけた、よな。ごめん。怒ってる？」

現状を嘆いていても埒があかないと、そろりと話しかけてみる。平然としていれば、ひそかに抱えている想いなど気づかれるはずはないのだが、聡い人の前ではどうしても身構えてしまった。

「いや、心配はしたが、怒ってはいない」

会話は続かない。今まで何をどうアルフレッドと話していたのか、悠真は思い出せなかった。

以前は会話がなくても気まずさなど感じなかったのに、今は少し、息苦しい。悠真が困惑し、戸惑っていると察したアルフレッドが眉を下げる。同じくらい、戸惑いを滲ませていた。

「悪い、もう少し待って。何から、どう話していいかわからないんだ」

「あ、うん」

弱々しい声音だ。瞳も揺れている。先ほど目にした堂々とした立ち回りからは、想像もできない姿だった。

「待つから、そろそろ手、放してくんない？」

「それは聞けない。また突然消えそうで、不安なんだ」

なんて言われれば、それ以上悠真は何も言えなくなる。繋《つな》がれたままの手が落ち着かないだけで、嫌なわけではない。無理に振り払うことはできなかった。

そわそわするのをごまかすように、アルフレッドを盗み見る。今更気づいたが、顔色が悪い。目の下には隈がくっきりと浮かんで、やつれているように見えた。

忙しかった？　と、喉まで出かかった言葉を呑み込む。心配をかけ、余計な仕事を増やしたのは悠真だ。申し訳なさが募っていく。

「なあ、メシ食べてんの？」

あ、と思った時には、疑問が唇からこぼれていた。アルフレッドが伏せていた顔を上げ、瞬きする。この部屋に来て、初めてしっかり目が合った。

「なんか、痩せた？」

まあいいか、と悠真は思い直す。待ってほしいと言われ了承したが、話すなとは言われていない。

「どうだろう？　自分ではわからないが」

「心配かけて、仕事増やした俺が言うなって感じだけど、食事はしろよ」

「そうだな……つい、おろそかにしてしまう」

元々、アルフレッドにはその傾向がある。優先するのは食事よりも執務、仕事だった。ワーカーホリック、社畜、そんな言葉が悠真の頭の中に浮かぶ。

「城の食事、すげぇうまいのに」

「……食に、興味がないんだ」

「え」

「むしろ、苦手意識があるのかもしれない」

困ったように笑ったアルフレッドが、幼い頃の話をしてくれた。

エドワードが生まれた直後から、命を狙われることが多くなる。食事に毒が仕込まれることも、度々あった。

気づかず、口にしてしまったこともある。昏睡《こんすい》ならまだいい。意識を手放せないまま生死の境をさまよい、毒が抜けるまで苦しみ続けたこともアルフレッドはあった。

「解毒魔法を覚え、毒に耐性ができるまでは食事が苦痛でしかなかった。空腹なのに、目の前にある食事は毒かもしれないなど、幼い頃は堪《こた》えたよ」

生きていく上で必須の食事なのに、いつ毒を盛られるかわからない日々は神経をすり減らしていく。食事に、楽しみなんて見いだせない。食べないことに慣れる方を、アルフレッドは選んだ。

「だから今でも、食事は重要じゃないんだ。空腹も気にならない。最低限の栄養補給ができればいい」

胸が痛くなることを、アルフレッドは淡々と述べていく。当たり前のこととして、受け入れていることが悠真はひどく哀《かな》しい。けれど命を狙われるような日々を送ったことのない、一介の高校生にはアルフレッドの過去は重く、何を言っていいかわからなかった。

「ハルにそんな顔させたくて、話したんじゃないんだけどな」

苦く、後悔を滲ませアルフレッドが笑う。悠真は自分が今、どんな表情をしているのかわからなかった。

他人から見える部分なんてほんの一部分で、でもその一部分で人は相手をはかろうとする。なんでも飄々《ひょうひょう》とこなしてしまうアルフレッドに、そんな過去があるなど想像しようとさえしなかった。

どうしようもなく悠真は胸がきしんで、知らず繋いだままの手にぎゅっと力が入る。それをやわらかく、アルフレッドは握り返した。

「けど、ハルとの食事は愉《たの》しめた。美味《おい》しく思えた。一緒に食べようと言ってくれて、嬉しかったんだ」

「……なら、よかった」

それならこれからも一緒に、とは言えない。その役割は、いずれ他の誰かのものになるはずだ。すでに、その誰かと婚約が調《ととの》っているかもしれない。

胸の奥の方が、きゅっと痛む。それをごまかすように、無理やり強引に思考を切り替えた。

「隈も、すごいよ」

考えなしに手を伸ばし、悠真は指先で触れる。軽率な行動だと自覚するより先に、その手を取られた。びくりと、指先が震える。向けられた眼差しに、うまく呼吸ができなくなった。

「ずっと、ハルを探していた。昼夜問わず、ずっと」

先ほど言った通りに、アルフレッドの声にも表情にも怒りは感じない。そこにあるのは、痛みで、悲しみに近い感情だった。

「て、がみ、残してったし、そんな心配しなくても」

「愛しく想う者が消えて、平然としていられるわけがない」

小さく、悠真は息を呑む。愛しく想う、という言葉が一瞬後になって追いついた。

鼓動が、ぎこちなく跳ねる。変に期待を持ちたくなくて、もしかしたら、なんて悠真に都合の良すぎる可能性は見ない振りをしていた。

「どれだけ魔法の精度を上げても、イヤーカフの存在自体を感じられないんだ。己の力を過信し、うぬぼれていたのだと、絶望感と共に思い知ったよ。それでも一縷の望みにかけて、常に魔力を張り巡らせ探していた」

だから認識阻害の魔道具を外した瞬間、アルフレッドは気づき転移できたのだ。それがどれほどのことか魔力のない悠真にはわからないが、容易ではないことくらいは想像できる。実際、アルフレッドはとても疲れているように見える。憔悴、澪がこぼしていた台詞が実感を伴って理解できた。

「やっと見つけたと思えば、想定外に厄介なことになっていた。獣人の、番のことは知っている。だから、あの獣人がハルを番だと叫んでいるのを聞き、許せないと感じると同時に怖くなった」

奪われてしまいそうで、と切実さが滲む声で続ける。だから帯剣していたら襲いかかってきた時点で斬り捨てていたと、アルフレッドがさらりと言うから悠真は驚く。今も不快感があるのか眉をひそめ、憂いは取り除くべきで、手加減しなければよかったと、本気で悔やんでいるから性質が悪かった。

「番とか言われても、俺は少しも、これぽっちも惹かれなかったけどな」

鬱陶しいだけだった。つきまとわれなくなれば、悠真としてはどうでもいい。忘れていくだけの存在だ。

「はっきり断っているのは聞いていたけど、改めてそれを聞いて安心したよ」

「俺を見ていないようなやつなんて、冗談じゃない」

本能だ、なんて言われても、知らねぇよとしか悠真には思えない。番であることをきっかけにして、気持ちを育んでいくならまだわかる。ただただそれが正しいと信じ、相手にまでそれを押しつけ強要するのなら、それはもう呪いだ。

「ハル」

「ん？」

「俺は、ハルだけを見てるよ」

まっすぐに視線を合わせ、アルフレッドが告げる。

不意打ちのそれに、悠真は頭の中が真っ白になった。

「あの場で口にした言葉に偽りはない。俺はハルが好きだ。だから伴侶として、そばにいてほしいと思っている」

あまりにも悠真に都合のよすぎる展開で、夢や妄想の類いではないかと疑いたくなる。そのせいで、嬉しいにたどり着かない。動きを止めアルフレッドを見つめ返していると、けど、と言葉が継がれた。

「無理強いする気はないよ。嫌なら断ってもらっていい」

「……俺が断れば、あきらめんの？」

あっさり？　という言葉は呑み込む。何に憤りを感じたのか、悠真にもわからない。つい先ほど、あきらめの悪さで気持ちを押しつけられうんざりしたばかりなのに、矛盾している感情に戸惑った。

「正直に言えば、無理だ。こうしてはっきり想いを告げたのは、今すぐに受け入れてもらうのは無理でも、ハルに意識してもらうためだ。あきらめることなどない」

きっぱりと言い切ってから、ああ、とアルフレッドが嘆息する。自嘲するような笑みを浮かべた。

「俺も、あの獣人と大差ないな」

「そんなわけないだろ！」

　反射的に、悠真は否定する。悠真の気持ちを問うことも、向き合うこともなく、自分の考えだけを押しつけていたティモと同じわけがない。受け取る悠真の心情も加味されるのだろうが、人には感情があるのだから仕方のないことだ。

「……それは、考える余地はあるということだろうか」

　是も非も答えられない。言葉に詰まる悠真に、アルフレッドは真意を探るような眼差しを向ける。考える余地があるどころか、悠真の気持ちはアルフレッドにあった。

　けれど、それを伝える決心がまだつかない。好きだという気持ちだけで、手を伸ばせる相手ではなかった。

「ハル、俺のこの気持ちに気づき疎ましく感じ、こういう状況になるのを厭《いと》い消えたのだったらはっきり言ってくれ。不快にさせたいわけではないから、距離を取るようにする。断っても、変わらず今まで通りの生活は保障する」

　どう答えていいかわからない。心は、好きだと叫んでいる。けれど同時に、躊躇する気持ちも強くあった。育ってきた環境、住む世界が違いすぎる。何より、いずれ王兄になる人だ。その伴侶は、想像だけでも重い。

「なんで、俺？　聖女召喚に巻き込まれただけで、魔力もなく、身分もない。この世界では役に立たないだろ」

「損得で、好きにはならないよ」

「けど、アルフレッドは王族だろ。国の利益考えた政略結婚とか、そーいうのあるんじゃないのかよ」

「ないよ」

　あっさりと否定が返ってきて、は、と悠真は間抜けな声が洩れる。あまりにも軽く、唖然としてまじまじとアルフレッドを見返した。

「なんで、驚くんだ？」

「だって、この世界の身分はそんな軽いもんじゃないだろ。特に王族なんて。俺なんかが簡単に手を取っていい相手じゃ……」

　しまった、と悠真は唇を閉じる。余計なことを言ってしまった。それが顔に出たことも、不自然に言葉を止めたことも、よくなかった。

「……俺は、うぬぼれてもいいのか」

ぐぬう、とうめき声を上げたくなる。答えられずに、悠真は沈黙を選ぶ。けれどそれは、答えたと同じことだ。

緊張にこわばっていたアルフレッドの表情が、ほんの少し緩む。くそっと、心の中で悠真は悪態をついた。

「どっかの令嬢と、婚約するんじゃないのかよ」

「ハルが好きなのに、するわけがない」

「それこそ、政略結婚」

「ないな。本当に、政略結婚を強いられることはないんだ。他国、高位貴族からの婚姻の打診を退けているのは、王だ。俺の持つ力は強すぎて、王族として当たり前の政略結婚には向かないんだ」

国から出れば、その先の国が力を持つ。友好国だとて、未来はわからない。かといって国の高位貴族と婚姻を結べば、その家が力を持つ。

野心を持ってその家が動けば、国が荒れる。それは王も、アルフレッドも望むことではなかった。

「俺は王位に興味などないが、野心を持っている者の方が多い。その野心を持った者たちにとっては、第一王子って肩書きは甘い蜜らしい。子どもの頃から、俺に下心を持って寄ってくる奴はうんざりするほど多かった」

肩書きと、その後ろにあるものばかりを欲していると、アルフレッドが冷ややかに口にする。

「だから変に身分の高い令嬢と婚姻を結び、子どもが生まれたら面倒くさいことになる。エドワードに男児が生まれなかったら余計に」

だがエドワードに男児が生まれれば、アルフレッドの王位継承権も下がる。もしも、の時のスペアとしての役割を終え、少しは気が楽になると言った。

「だから、俺がハルを伴侶に迎えることになんの障害もない。むしろ一部の人たちは、手放しで喜ぶんじゃないか？」

「……けど、一夫多妻制なんだろ」

言いながら、自分の台詞に納得させられる。それが嫌だったのかと。

他の誰かに触れるアルフレッドを、見たくない。こんな独占欲、以前の悠真にはなかったものだ。気持ちとは不確かで、自分自身すら簡単に裏切る。

「俺はハルだけがいればいい。ハル以外、必要ない。

だからハルが俺の手を取ってくれないのなら、当初の予定通り生涯独身でいるだけだよ」

「生涯独身？」

「ああ、結婚する気などなかった。生にも執着がなかったからな」

淡々と、とんでもないことをアルフレッドは口にする。与えられる情報が多く、そのすべてが衝撃的で、悠真はうまく処理できない。

「今までずっと誰に言い寄られても感情は動かなかったのに、ハルだけが俺の気持ちを動かした。だから俺が伴侶に望むのはハルだけだ。決して裏切らない。他には何かある？　ハルの憂いは全部潰していくよ」

ひと呼吸置いて、悠真はふるり、と頭をひとふりした。張り詰めた空気がわずか緩んで、今の今まで繋いでいた手をアルフレッドがそっと放すと、軽く腕を広げる。悠真に向けて。

「なら安心して、腕に飛び込んで？」

「なんだよ、それ」

ふっと、気が抜けて悠真は表情が和らぐ。手のひらから消えたぬくもりは名残惜しく思えたが、どこか重い雰囲気は完全に霧散した。

「お気に召さない？　では――」

ソファに座ったままの悠真の前に、アルフレッドが跪く。

「ハルマ、愛しています。どうかこの手を取って、ずっと私のそばにいてください」

ぎゅっと、心臓をわし掴みにされたような感覚を覚える。今はもう誰にも呼ばれることのない、正式な名前をアルフレッドに呼ばれるとは、悠真は予想もしていなかった。

「ミオ様に聞いたんだ。ハルの正式な名前」

悪戯《いたずら》が成功した子どものような表情で、アルフレッドが種を明かす。ハルマ、と少しぎこちない発音で再度名を呼ばれ、どうしようもなく心が震えた。

「俺の、唯一の伴侶になってほしい」

考えるより先に、身体が動く。気づいた時には、悠真はアルフレッドを胸に抱きしめていた。

好きで、好きで、好きでたまらない。名前を呼ばれ、胸がじわりと熱くなった。

もう、認めるしかない。この人のそばに、ずっといたいのだと。

「ハル、俺に都合良く取るよ？」

「いいよ……その代わり」

「その代わり？」

ぼそり、とこぼした声を、アルフレッドはしっかり拾う。腕を緩めた悠真は、ガチンと視線をぶつけた。

「俺に、愛される覚悟決めろよ」

過去は変えられない。けれど未来は変えられる。複雑な立場だとしても、幸せになる権利はあるはずだ。

「俺が大切にしたいアルフレッドを、粗末に扱うな。いつ死んでもいいとか許さない。ずっと、そばにいてくれんだろ？」

驚いたように、アルフレッドが軽く目を見張る。次いで照れと戸惑いを浮かべ、それから悠真の表情を窺うように目をしばたたかせて、最後に相好を崩した。

「仰せのままに」

「それと、この先ずっと、可能な限り一緒に食事しよう」

「喜んで」

ふわりと、花が綻ぶようにアルフレッドが微笑《ほほえ》む。とても幸せそうで、悠真は深い愛情を感じた。

愛しい、が胸に溢《あふ》れて、悠真はまたアルフレッドを抱きしめる。とん、と胸に感じる確かな存在に、やっと、この世界で居場所を見つけた気がした。

すり、と胸にすり寄る仕草に、悠真はときめきすぎて息が詰まる。年上で、何もかも完璧に見える男の甘えるような仕草は心臓に悪かった。考えてみれば、普段は身長差も体格差もあって、こんな風にアルフレッドを胸に抱きしめることはできない。

「ハル」

触れ合っているところから、声が響き伝わる。少しくすぐったい。腕を緩めて視線を合わせると、自然と顔を寄せて唇を重ねていた。

軽く触れ合わせるだけで、悠真はすぐに離れる。心臓がきゅ、となって、鼓動が逸るのを感じていると、首の後ろにするりと腕が回った。

ぐい、と引き寄せられ、また唇が重なる。あ、と思った時には、ぬるりとした感触が唇を割っていた。

驚き、動揺する。口の中を、悠真の意思とは違う意思を持って、舌が好き勝手に動く。歯列をなぞり、戸惑うばかりの悠真の舌に絡みつき、柔らかな粘膜を嬲《なぶ》られるのは未知の感覚だった。

頭の後ろを大きな手のひらが支えているので、逃げることも叶わない。上顎をくすぐるように舌先で舐《な》められると背が震え、悠真は鼻にかかった甘い吐息をこぼした。

　羞恥に体温が上がる。驚きと戸惑いで、感情が忙しなかった。

「ふ、ぅ」

　やっと解放されても、じん、とした甘いしびれのようなものが舌に強く残っている。動けず、ぼうっとしている間に体勢を入れ替えられ、悠真の視界はアルフレッドと、見慣れない天井で埋まった。

　うわ、と一瞬目を見開き、こくりと悠真は息を呑む。こんな風に、誰かを間近で見上げるのは初めてだった。

　絡み合った視線の熱さに、悠真は目がそらせない。こわい、えろい、喰《く》われそう、正しく表現できない表情を浮かべたアルフレッドが、顔を近づけてくる。背には柔らかなソファの座面が当たっており、どこにも逃げ場はない。唇が触れるか触れないか、微かな吐息を感じる距離で悠真が息を詰めると同時に、少し乱暴に唇を押しつけられた。

「んっ」

　熱く湿った吐息に、悠真は背筋がざわめく。距離が近すぎて、アルフレッドの表情は窺えない。けれど間近で綺麗な色の瞳と視線が合って、居たたまれなさにぎゅっと瞼を閉じた。

「ん、ぁ」

　触れ合う舌が熱い。唾液が絡み合う水音に混じる声が甘ったるく耳に響いて、悠真は動揺する。まるで、もっととねだっているようだ。意思が伴わない反応に戸惑っていると、大きな手のひらが思わせぶりに脇腹から腰骨にかけてまさぐり、びく、と身体が震えた。

「んん……ん、ぅ」

　絶えず口内を蹂躙《じゅうりん》されているとだんだんと息苦しくなり、悠真は喘《あえ》ぐように呼吸する。いい加減にしろと訴えるようにアルフレッドの胸を軽く押すと、やっと執拗《しつよう》な口づけから解放された。

　気持ちとは裏腹に、唇は離れるのを惜しむように透明な糸を引く。羞恥を覚えていると、薄く開いた悠真の唇を、アルフレッドは舌先でぺろりと舐めた。

　濡れた唇が空気に触れ、ひやりと感じる。荒く不規則な呼吸を繰り返しながら、悠真はアルフッドを見上げた。

　ぱち、と視線が合い、ぞわりとする。身じろぎもできずにいると、また唇が重なった。

「ちょ、まった。まった！」

やばい、だけが頭の中をぐるぐる回る。当然のように唇を割ろうとする舌に、悠真は慌ててアルフレッドの胸を押し、顔を背けた。

「まずいって」

「嫌？」

「とかじゃなくて」

「じゃなくて？」

視線を合わせ、アルフレッドが律儀に尋ねる。

「勃《た》ちそうなんだよ」

余裕たっぷりな男に、すでに兆しているとは言いたくない。勝ち負けではないのだが、なんとなく悔しい。ぱたん、と瞬きしたアルフレッドがひと呼吸置いて、笑みをこぼした。

「ああ……よかった」

一瞬、悠真は耳を疑う。その返しはおかしい。

「よくないから言ってんだけど」

「ハルが俺で勃ってくれるなら、嬉しい」

表情を緩めると唇を軽く触れ合わせ、何度か啄《ついば》むようにすると、アルフレッドの唇は首筋に降りていく。湿った熱い呼気が触れて悠真が首をすくめると、ぬるりとした感触が這《は》い、ざわりと肌が粟立《あわだ》った。

「……はい？」

手のひらが脇腹を撫で、ためらうことなく下肢に伸びてくるから悠真は慌てる。急ぎアルフレッドの手を掴み、止めた。

「いやいや、さすがにちょっと性急だって！」

少し前までの、アルフレッドの殊勝な態度は見事に消えている。どこでスイッチが入ったのか、悠真はまったくわからなかった。

頭の片隅では、このまま勢いに身を任せるのもありかと肯定しているが、割合的には今は止めたいが勝る。アルフレッドとどうこうなるなど考えてもいなかったのだから、どうしても戸惑いの方が強かった。

「近い距離だって、すげぇ緊張すんのに」

「それは、慣れてほしいな」

「努力する。から、今はもうちょっと離れてほしい、かな」

「……頷きたくない」

「えぇ……」

むうっと、眉間にシワをアルフレッドは刻む。不機嫌というよりも、駄々っ子のような拗ねた口調だった。

「ハル、房事の知識はある？」

わからず、悠真は首を傾げる。少し複雑な表情を浮かべるアルフレッドに齟齬《そご》があると気づき、言葉自体がわからないと伝えた。

ああ、とわかりやすく言い換えてくれる。房事が性交のことだと理解すると、それならと悠真は頷く。この歳《とし》で、知らない方が珍しい。情報はそこかしこに溢れている。それに経験が伴うかは別だ。

「知識だけ、な」

澪のせいで、男同士の行為についても知識だけはある。正直、嬉しくない。何も知らないのも不安を煽《あお》られてよくないが、知っている分怯《ひる》みもする。いやでも、未知の行為よりは心構えができるのだから、結果としてよかったのか？　と、悠真は考え直し、次第に何を考えているのかわからなくなった。

アルフレッドを見上げる体勢のまま、身体のあちこちが触れ合っていることに落ち着かないせいだ。何を望まれているのか知れば、どうしたって意識してしまう。

「経験値はゼロの初心者なんだよ」

感情面も含めて、恋愛に関することには総じて経験値が低い。アルフレッドが好きで気持ちを受け入れたが、その先のことまで考えていなかった。まさか気持ちを受け入れた直後に、押し倒されるとは思わなかった。

「先ほど、ハルの方から口づけてくれたのに？」

「それは……自然に？」

物語の中でも、ドラマの中でも、よく見かけるシーンだ。想像もしやすい。けれど悠真はキス以上の行為に、現実味がなかった。

「口づけの先の行為も、自然な流れだと思うけど」

「えぇ……」

どうしていいかわからず、悠真は返事に窮する。今まで恋愛に興味がなかったせいなのか、性への興味も薄かった。

特定の誰かに欲を覚えたことはなく、行為を想像したこともない。

こうして押し倒される側になったのも完全に想定外ではあるが、その点については案外冷静に受け止めていて、不思議なほど拒否感はない。だいたい悠真がアルフレッドを押し倒して、どうこうできるはずがなかった。

事なかれ主義と言うことなかれ。無理なものは無理。適材適所だ。

「最後まではしないから」

最後までってなんだ、と悠真は頭の中で突っ込む。わからなくはないが、わかりたくない。

「それ、信じたらだめなやつじゃねぇの」

ここできっぱり否を突きつけられない時点で、つけ入る隙を与えているのだが悠真は気づけない。

「信じていいよ。したくとも最後までできないから」

「え、できない？」

まさか不能？　と、思わず下肢へと視線を落とす。気づいたアルフレッドが苦笑した。

「ハル、どこ見てんだ」

「や、だって、できないって言うから勃たないのかと？」

慌てて視線を外し、うろつかせる。なんとなく、悠真はアルフレッドの目を見ることができなかった。

「間違いなくハルで勃つよ。前にも言ったけど、俺は魔力が強すぎる。体液には魔力を濃く含むからね」

うん？　と、語尾を上げた返事になる。引っかかりを覚えるが、悠真は魔力について聞いた覚えがあった。

「魔力がまったくないハルの中に出すと、さすがに魔力酔いするだろうから」

ぴたりと、思考が停止する。

「少しずつ身体に馴染ませてからじゃないと、ってハル聞いてる？」

「え、ああ、うん」

さらりと言われたが、結構衝撃だった。

（いずれ中出しするよって、言われたんだよな？）

うわぁ、と悠真は心の中で叫び声を上げる。生々しい。付き合いに、そういった行為が付随することくらいわかっている。伴侶になるのを受け入れたのだから、おかしなことではない。ただ、どこか遠いところの出来事のように感じていたことが、本当に今更、唐突に現実味を帯びた。

「痛いのも嫌だろ。魔力を馴染ませながら、時間をかけてゆっくり慣らすから」

ん？　と、悠真はまた頭の中に疑問符が浮かぶ。確かに好んで痛い思いはしたくない。けれど、どうにも腑《ふ》に落ちない。イヤーカフに血を一滴垂らす時も、アルフレッドは似たようなことを言っていた。

「痛いのはやだけど、なんか、アルフレッド気にしすぎじゃないか？」

「酔ったハルが言ってたんだよ。痛いのは嫌だって」

「は？　え」

　覚えていない。記憶がない怖さに、悠真はざっと血の気が引いた。

「俺、他になんか言ってた？」

　そろりと、尋ねる。本音は知りたくない。けれど不安に駆られるので、そのままにしておくこともできなかった。

「俺に、性的に襲われてもいい、と」

　くらりと、めまいがする。酔った俺、アルフレッドに何言ってんだと、悠真は胸ぐらを掴みたくなった。

　一緒にベッドに寝ていたことも思い出し、悠真は動揺する。誘ったわけではないと信じたい。このまま意識を飛ばして、現実逃避したくなった。

　そんなことを言ったのだったら、多少アルフレッドが強引に出るのも頷ける。自業自得だ。

「俺に触られるのは嫌？　逃げたい？」

　ずるい訊き方だ。こんな風に問われ、悠真が拒否できるわけがない。結局、惚《ほ》れた弱みだ。

「いや、じゃない」

　くそう、と白旗を掲げて答えた悠真にアルフレッドは口端を上げ、笑みを深くする。その顔は情欲に彩られていて、その男臭さにぞくりとした。

「ハル、本気で嫌だったら、殴って」

　嫌なわけがない。

　キスだけで、こんなにも気持ちがいい。もうなるようになれと、悠真はおずおずと舌を絡め応えた。

　喜ぶ気配が伝わる。自然と悠真も嬉しくなり、腕をアルフレッドの背に回して、舌の動きを真似《まね》るように、自分から舌の表面を擦《こす》り合わせた。

「ん、ぅ……っ」

　徐々に、息苦しくなる。飲み込みきれない唾液は、口端からこぼれ伝っていく。

　執拗な口づけに翻弄されていると、アルフレッドの指先がウエスト部分から下衣の中に滑り込み、腰骨をなぞる。無遠慮に下着の中にまで入り込み、悠真は驚いたように腹筋を揺らした。

「んん、っ！」

　兆している性器を、手のひらが包み込む。腰に甘いしびれが走り、悠真は息を詰めた。

　好きな人の手とはいえ、他人の手に性器を握られればどうしたって身体がこわばる。それなのにいじくられると、腰にじわりと熱がたまっていくのがわかった。

剣を握るせいか少し固い指先が、つるりとした先端を撫でる。あっという間に芯が通った性器のかたちを確かめるように、アルフレッドは指先を筋にそって根元まで滑らせた。それだけの刺激でさえ、ぐん、と質量を増す。直接的な刺激を喜ぶように、昂《たか》ぶった性器は震えた。

先端が、雫を溢れさせる。そのぬめりをアルフレッドの長い指先がすくって、塗りつけるようにしながら上下に動かした。

「ひ、ぁ、ああっ」

狭い下着の中では、どうしても手はぎこちない動きになる。それがもどかしくて、悠真は腰が揺れる。他人に快感を引き出されるなど初めてで、色々な感情が混ざって混乱した。

「ま、んんっ、あ、あぁ……っ」

いつの間にか解放されていた唇からは、ひっきりなしに嬌声《きょうせい》がこぼれる。慌てて唇を閉じても、うまくいかない。身体にくすぶっていく熱を逃すように、悠真は何度も息を吐き出した。

「ハル」

巧みな手に、あっという間に追い詰められている。あまり早く達するのは嫌だと、沸騰しそうな頭の中で考えるが堪えきれそうにない。他人から与えられる快感は強すぎる。気持ちいい、出したい、それだけが頭の中を占めていく。

限界を訴えるようにびくびくと震える性器を、アルフレッドがぎゅと握り込んだ。

「ひ、ああっ……ん、ぅ」

「出そう？」

熱っぽい声が、鼓膜を震わせる。素直にこくりと悠真が頷くと、手の動きが絶頂へと促すものになり、溢れる嬌声をアルフレッドが唇を重ね呑み込んだ。

口内を舌でかき混ぜられ、下着の中の性器を手でぐちゃぐちゃにされる。もうどちらから響く水音かわからなくなり、雫《しずく》を溢れさせる割れ目を爪先で引っかかれて、悠真は吐精した。

「ん、んっ……んぅ！」

限界まで膨らんだ性器がびくびくと震え、吐き出した生ぬるい精で下着が濡《ぬ》れていく。粘着質な水音が大きくなって、アルフレッドの手も汚しているのがわ

かった。

羞恥もあったが、脱力感に悠真は身体を投げ出す。自分でおざなりに処理するときとは、比べものにならない気持ち良さだった。

こんなに快感に弱かったのかと、自分の知らない一面を悠真は知る。茫然《ぼうぜん》としていると、先ほどまでとは違う、触れるだけの優しい口づけがあちこちに落とされ心地好《よ》かった。

「風呂に入る？」

「ん」

少し冷静になると、居たたまれない気分になる。濡れた下着が気持ち悪く、否応なしに直前の行為を思い出させた。

「この部屋とハルの部屋、どちらで入る？」

「んー？　俺の部屋遠いだろ」

ああ、転移なら一瞬かと、悠真はぼんやり考える。

「隣だよ」

「ああ、それなら俺の部屋の方……ん？」

「ハルの部屋は、客室から隣に移したから」

「はあ!?」

8　そして、それから

夜の名残が色濃く残る中、寄り添っていたぬくもりが消える感覚で、悠真《はるま》は眠りの淵《ふち》から意識が持ち上がる。それで、今まで寝ていたことに気づいた。

身体《からだ》を覆っていた心地好《よ》い熱がどこかの隙間から逃げ出し、入れ替わるようにわずかな冷気が忍び込む。息をひそめるような静けさが室内に漂っている中で、空気が動いた。

ゆるり、と重い瞼《まぶた》を悠真が上げると、輪郭さえ曖昧になる暗い中でもアルフレッドの背が見える。無意識に手を伸ばして触れると、微《かす》かな震えが伝わった。

「ハル？」

振り向いたアルフレッドが、控えめに名を呼ぶ。まだ半分以上は眠りの国の住人で、声を出せるほどには悠真は覚醒していない。瞬《まばた》きを緩慢に繰り返しても、とろりと煮詰めたような眠気は振り払えなかった。

「起こして悪い」

声とは言えない不明瞭な音で、悠真は否定を返す。窓の外には微かに朝の気配が漂っているが、起きるにはまだ早い。アルフレッドはもう起きんの？　と訊《き》きたいのに、声を出すのが億劫《おっくう》だった。

「まだ寝てて」

「……ん」

いつ寝たのかわからないが、妙に身体はだるく眠い。悠真より睡眠時間は短く、仕事もあり疲れているだろうアルフレッドはしっかり目覚めていて、体力の違いを思い知らされた。

「朝食の時間には戻ってくる」

優しい手つきで、悠真の顔にかかった髪をアルフレッドが払い、そっと頬を撫《な》でる。心地好さに、悠真はその手にすり寄った。

「……いってくる」

柔らかな感触が、目尻に触れる。いってらっしゃい、とは声にならない。消えたぬくもりを惜しむように手を伸ばし、シーツに残る体温に触れると、悠真は気持ちがほんのわずか緩んだ。

おかしなものだ。誰かと寄り添い眠ることにはいまだ戸惑いはあるものの、隣にいなくなれば喪失感を覚える。ゆっくりと瞼を閉じ、悠真は身体から力を抜く。

環境も状況も変わりすぎて、気持ちがついていかない。

——ハルの部屋は、客室から隣に移したから。

告げられた時は、唖然《あぜん》とした。

停止した思考が動き出すより先に、アルフレッドは悠真を腕に抱き上げた。突然の浮遊感に驚きしがみつくと、横抱きにしたまま歩き出した。

それに慌てたのは悠真だ。自分で歩くと主張するが聞き入れてもらえなかった。まったく危なげなく歩くアルフレッドに、悠真はなんとなく悔しくなった。細身とはいえ、女性のような華奢《きゃしゃ》な体格ではない。背は平均以上ある。それを軽々と抱き上げるのだから、羨むなと言う方が無理だ。

悠真がむすりとしていると、連れていかれたのは寝室で、天蓋付きのかなり大きなベッドが存在を主張していた。綺麗《きれい》に整えられたベッドを凝視していたら、アルフレッドは脇を通り過ぎ、悠真を抱き上げたまま器用に奥の扉を開けた。

同じような、天蓋付きの豪華なベッドが目に入った。今後悠真が使用する部屋の寝室で、アルフレッドの寝室と扉一枚で繋《つな》がっていた。

何を言っていいかもわからない悠真に、アルフレッドは苦笑した。目の届くところにいてほしかっただけで、気持ちを受け入れてもらえるまでは部屋を繋ぐ扉には鍵をかけ、その鍵は悠真に渡しておくつもりだったと言った。

伴侶のために用意された部屋を、どう転ぶかわからない状況で悠真に渡そうとしたアルフレッドに呆《あき》れた。嫌なら鍵を渡すと言われたが断った。

嬉《うれ》しそうなアルフレッドが、浴室で悠真を下ろすと服を脱がしてきた。慌てて必要ないと追い出し、気を緩めたのはわずかな間だった。

下着を脱ぐ時に、うめき声が洩《も》れた。その後も風呂の中で羞恥にもだえ、遅い悠真の様子を見に来たアルフレッドに気を取られ、汚した下着が消えていたことに気づいたのは翌朝でざっと血の気が引いた。

その下着の行方を、悠真はいまだ尋ねられずにいる。ふとした時に思い出し羞恥に駆られるが、全部アルフレッドが悪い。今も襲ってきた居たたまれなさを無理やり頭の隅へ押しやって、心地好い眠りに落ちる。

次に目が覚めると、窓の外はもう明るくなっていた。伸ばした手の先に、ぬくもりはない。横になったままぼうっとしていると、思考が働き出した。

本来悠真に与えられた部屋は隣だ。分不相応な、豪華なベッドも設《しつら》えられている。それなのに一度も使用していない。城に戻った日から押し切られる形で、アルフレッドの寝室で一緒に寝ていた。

同じベッドを使うようになって気づいたが、アルフレッドの寝る時間は遅く、起きる時間は早い。今朝は気づいたが、いつの間にかアルフレッドはベッドを抜け出している。今だけなのか、常なのか、悠真はわからなかった。

まだ、ティモの件の事後処理が残っている。国として抗議する際に、アルフレッドと悠真が正式に婚約していた方が都合がいいと、その手続きにも奔走していた。

否応なしに外堀が埋まっていく。本当に怒濤《どとう》の展開だ。嫌ではないが、待ったをかけたい気分になり、正式に婚姻を結ぶのは当分先だと知った時には安堵《あんど》した。

本来王族の婚姻は簡単ではないが、アルフレッドと悠真に関してはかなり緩い。それはもう、色々と。

王族に嫁ぐには婚姻まで純潔が求められるが、悠真に関しては重要視されない。子ができるわけではないので王位継承権に影響はなく、大目に見るようだ。

婚姻前に云々《うんぬん》と苦言を呈され、手を出すなとクギを刺されたアルフレッドが反発し、何事かを脅したせいとも聞く。婚姻まで待てと言われても困るが、正式に許可が出たせいで、悠真はさっそく貞操の危機に陥っている。嫌だというわけではないが、本当に変化が怒濤で急激すぎて、戸惑いの方が大きかった。

もうちょっと待てよ、と言いたい。

――ハル、どこがきもちいい？

不意に昨夜のことを思い出し、悠真は羞恥でうめき身体を丸める。完全に、油断していた。

寝室を共にした初日は、抱きしめられたただ一緒に眠った。その翌日も何事もなく、少し警戒心を緩めた昨夜、ベッドに入るなりアルフレッドに手際よく寝衣を剥《む》かれ、手と唇で快感を与えられた。

流れる思考を止められず、ふっと浮かんだ光景を今すぐにでも記憶の奥底に沈めてしまいたいのに、うまくいかない。

――ハル、楽にしてて。

開いた足の間にいるアルフレッドが、投げ出していた足の膝裏に手を入れ、悠真の腰を高く持ち上げる。肩にかけると、下肢に顔を寄せた。

ぬる、と弾力のあるものが窄《すぼ》まりを撫で、何をされたのかわかった瞬間悠真は頭の中が沸騰して、慌てて腰を引く。けれど大きな手にしっかり掴《つか》まれていて、それは叶《かな》わなかった。

——やだって！

抗議の声を上げても、聞き入れてはもらえない。たっぷりの唾液をまとわせた舌先が、無遠慮に窄まりを押す。拒むように、かたくなにきゅっと閉じている襞《ひだ》を舌が撫でつつき、ぐいぐいと押し入ろうとしていた。

——ん、ぅっ！　やだってば！　むりむり、これむり！

足を開いた時もぐわっときたのに、今の格好はその比ではない。恥ずかしい。居たたまれない。

悠真自身でさえも意識して触れないような場所をアルフレッドの目にさらし、あまつさえ舐《な》められるなど耐えられなかった。

——ゆ、ゆびにして！

解放されたい一心で、悠真は訴えた。舌を突っ込まれるよりはましだ。

繋がるには、慣らさなければいけないとわかっている。けれど舐められるのは想定外だった。

——刺激が足りない？

——ちが……。

そうじゃない、と抗議したいが、二本の指先が襞を広げ、緩んだ窄まりに舌が差し込まれたせいで言葉にならない。ひ、と悠真は息を呑《の》む。ぬるりとした弾力のある感触が、襞を割り入ってきた。

——ひ、ゃ、や、んぁっ

襞をほぐすように舌が蠢《うごめ》き、ぐちゅぐちゅと派手な水音が立つ。尖《とが》らせた舌先を繰り返し抽挿されている間に、徐々に深く入り込んでいくのがわかった。

——ふ、ぁんっ

美しく精悍《せいかん》な男が悠真の開いた足の間に顔を伏せ、真剣な表情で舌を動かしている。身じろぐたび揺れる膨らんだ性器の先端からは、雫《しずく》がたらたらと溢れ落ち悠真の肌を汚していた。

嫌だと訴える言葉とは裏腹に、性器は興奮してはいても萎える気配はまるでない。舌の動きに合わせ、時折ふるりと揺れる。得も言われぬ、いかがわしい光景だった。

そういった動画など、悠真は観《み》たことがない。目をそらしたくてもそらせずにいると、襞を広げていた指がぬめりをまとって入り込む。驚いて悠真が腰を揺らすと、アルフレッドが手を止めた。

――痛い？

――いたくは、ない？

違和感がすごい。その後はもう、舌と指とでいじくられ、喘《あえ》ぐことしかできなくなった。初めて触られた中だけの刺激では達せず、アルフレッドの手に性器と内壁を同時に擦られ悠真は射精した。

途中からよく覚えていない。内側を探られる違和感を覆い隠す快感に翻弄され、頭の中は真っ白になっていた。


まだ下肢のあらぬところに違和感がある。簡単に、舌と指の感触が思い出される。散々いじくられ、舐められたのだから当然だ。

あんな恥ずかしい思いをするなら、多少痛くても苦しくても、さっさとアルフレッドのものを突っ込んでほしい。一方的に喘がされ、悠真だけが精を吐き出して終わるのも納得がいかなかった。

昨夜はいつの間にか寝落ちていたので、その後のことはわからない。同じ男としてありえないと悠真は反省する。だって、アルフレッドも勃《た》っていた。

「ハル？」

不意に声をかけられ、悠真は肩が揺れる。いつの間にか、アルフレッドが顔をのぞかせていた。

昨夜のことを反芻《はんすう》し、羞恥にもだえていた直後なので気まずい。朝の日差しが煌《きら》めく爽やかな朝に、考える内容ではなかった。

「おはよ。朝食の用意させてるよ」

「あ、うん。おはよ」

シャワーと頭をよぎったが、身体に不快感はなく寝衣もしっかり着込んでいる。まったく覚えがない。本来アルフレッドは世話を焼かれる方なのに、当たり前のように悠真の世話を焼くから驚く。

敵《かな》わないな、と何に対抗しているのかわからないまま悠真は嘆いて、広すぎるベッドを抜け出す。隣の部屋ではマーサが食事の用意をしていて、気まずさを隠しながら挨拶し、アルフレッドの向かいに座った。

城出したせいで、マーサにも心配をかけている。悠真が戻ったと知ると泣きそうな顔で喜び、不満があれば遠慮なく言ってほしいと訴えられた。

「……アルフレッド様、まだ正式に婚約していないのに手を出したのですか」

　手を止めず苦言を呈すマーサに、なんでわかったと悠真は驚愕《きょうがく》する。視線が揺れ、マーサの顔を見られない。対するアルフレッドは平然としていた。

「最後まではしていない」

「そういう問題ではありません」

　小言が続く。アルフレッドも、乳母で幼い頃から身の回りの世話をしてもらっているマーサには勝てないらしい。苦言に、だんだんと渋面になっていった。

　時々、こんな風にマーサにやり込められるアルフレッドは、年上なのにかわいく見える。なんて現実逃避は、うまくいかなかった。

　そばで聞いている悠真も気まずい。母親に性的なことを知られるのは、なんとも言いがたいものがある。すでにマーサがそんな存在に近くなってきているので、居たたまれないものがあった。

「小言はそのくらいにしろ。冷めると悪い」

　食事の用意が整ったのを見計らって、アルフレッドが話を切る。わずかな間の後、マーサがやわらかい笑みを浮かべた。

「ゆっくり、食事をお楽しみください」

　綺麗な礼をしてマーサが下がると、悠真も自然と笑みがこぼれるのを自覚しながら、アルフレッドと朝食を食べる。

　少しどころではない変化があったけれど、アルフレッドと過ごす日常が戻ってきたことは嬉しい。この数ヶ月はまるで嵐のようだったと感じるが、異世界という非凡な場所で過ごす日常も、好きな人と一緒なら悪くないなと悠真は感じた。


　コンコココンと、扉をノックする軽やかな音が響く。自己主張の強さで、悠真は開ける前から相手がわかった。迎えるためソファから立ち上がろうとした瞬間、扉が勢いよく開く。

「スパダリゲット！　婚約おめでとぉ」

　驚き悠真が固まっていると、にっこり笑顔の澪《みお》に、祝福の言葉を贈られた。

「おう？」

　ひと呼吸置いて、間の抜けた返事を返す。それに澪が、不満そうにした。

「なあに、その返事。不本意な婚約なの？」

「いや、なんかヘンな感じ？　で」

うまく言語化できない。喉に刺さった小骨のように、引っかかりを覚える。

「後悔してんの？」

けれどこの問いには、迷うことなく答えられた。

「してない」

「なら、おめでとう！　入っていい？」

珍しい。今更なことを、澪がわざわざ尋ねる。実家の悠真の部屋に訪ねてくる時でも、ほとんどなかったことだ。

「入ればいいだろ。つか、ノックの意味ねぇ」

「部屋の中に突然現れないんだからいいじゃない」

ノックの直後に開けるのも、大差はない。慣れているので心の中で突っ込むに留めると、澪は向かいのソファにすとんと腰を下ろした。

「まあ、できないんだけど。あ、グリューンがいる」

『菓子は出るのか』

「今日はないよ」

ふん、と鼻を鳴らして、グリューンは顔を伏せる。完全に拗《す》ねている態度だ。

「あれ？　なんか機嫌わるい？」

「肝心な時にいないって、アルフレッドにぶん投げられてた。おやつ抜きだって」

あー、と澪が微妙な反応を返す。城出には都合よかったが、グリューンにしてみたらとばっちりだ。かわいそうなので、悠真は後でこっそりお気に入りの菓子を用意するつもりだった。

「なあ、できないって？」

気になったので、話を戻す。んー？　と、澪が間延びした相槌《あいづち》を打った。

「この部屋、隣もかな？　すっごいもん」

呆れが滲《にじ》んだ、表情と口調だ。けれど悠真は、少しもピンとこない。

「何がだよ」

「防御魔法、ぎっちぎちのがっちがち」

「ぎっちぎちの、がっちがち？」

「そ。元々入ることを許されている人以外は、中から許可がないと入れないみたい。こんな風にもできるんだって、勉強になるわ」

思わず、部屋の中を見回す。悠真にはまったくわからないし、感じない。

「まじで？」

「まじまじ。アルフレッドさんの過保護っぷりが、一段とすごいね」

「澪でも入れねぇの？」

「むり」

「即答かよ」

「中にものすっごい欲しいものがないかぎり、挑戦する気にもなれない」

「ああそう」

　隣のアルフレッドの部屋はわかるとして、今いる悠真の部屋まで？　と、首を傾《かし》げたくなる。元々、この宮殿の警備は厳重だ。

「そんなことより、どうなの？」

「は？　どうって」

「同棲生活」

「……同棲って言わねぇだろ」

「じゃあ、もどき？　ここ、王子妃の部屋でしょ。さすがって感じで高級感あるよね。隣のアルフレッドさんの部屋もそうなの？」

「んー？　家具はそうだけど、あっちはすげぇシンプル」

　調度品の多さ、華やかさで言えば、今いる悠真に与えられた部屋だ。

「ほほう」

「なんだよ」

「愛されてるねぇ」

　面と向かって澪に言われると、ぐ、とくるものがある。むずがゆくもある。恋愛に関するすべてに慣れていないので、悠真は反応に困った。

　気づいた澪が、唇の端を持ち上げる。げ、と悠真は眉をひそめた。

「これでもかーってくらい、のろけ話していいんだよ？　聞いてあげよう」

「するかよ」

　クソ恥ずかしい。婚約が成立していても、あまり突っ込んで聞かれたい話ではなく、悠真は素っ気なく返した。

「いいじゃない。知ってるよ。王族の婚姻での最重要項目が免除されてんでしょ」

「最重要項目？」

　なんだそれ、と悠真はわからない。貴族であるとかか、と見当をつけてみる。改めて考えてみると、よく異世界人で、男である悠真を王族の伴侶に迎えることが許されたものだ。

「純潔」

端的な言葉に、悠真は面食らう。アルフレッドに説明された時の状況も思い出し、視線が泳いだ。

「な、んで、知ってんだよ！」

「澪様の情報網を舐めないでもらいたい」

ふふん、と澪は得意げだ。

「こえぇよ」

情報網とか、本当に何を目指しているんだ。繰り返し浮かぶ疑問だ。

「いいじゃない。アルフレッドさんの歳《とし》であと数年待てとかないわ」

「それは、まあ」

ないな、と悠真でも思う。だからといって、急な変化は戸惑いも連れてきた。

「どうしたの、ヘンな顔して。なんか不満あるの？」

「ふまんつーか」

「不満っていうか？」

「色々と変化が大きすぎて、ついていけねぇつーか」

「いいじゃない、流れに身をまかせたら」

「他人事《ひとごと》だと思って」

「まあね」

軽い相槌に、悠真は脱力感を覚える。ほんの少し恨めしく思っていると、澪が言葉を継いだ。

「アルフレッドさんに不満はないんでしょ？」

「ない、けど……妙に甘くて、びびる？」

あとえろい、とはさすがに言えない。一瞬きょとんとした澪が、微笑《ほほえ》ましいものを見るような眼差しを悠真へ向けた。

「恋人ならフツーでしょ」

「フツーなのか？」

「たぶん？　知らないけど。そのうち慣れるんじゃない」

「ほんと、てきとーだな」

「あ、今まで以上にハルに甘いアルフレッドさん見たいから、一緒にお茶しよう」

「んなこと言われて、頷《うなず》くかよ」

「結婚も決まってるんだからいいじゃない。むしろ見せつけてよ！　がつんと！」

「意味わかんねぇし……」

「私の目が幸せなの。何よう。恋愛と結婚は別で、結婚はしたくないとか？」

結婚、という言葉で悠真の視線が揺れ、表情が曇ることに澪が気づく。じいっとまっすぐに向けられた眼差しが、答えを促していた。

「……したくないとかじゃないけど、うまく呑み込めない感じっつーの？」

アルフレッドは好きで一緒にいたい。ただ結婚となると、いまだ高校生気分の悠真はどうしても怯《ひる》んでしまう。正直、決まった今でも身近なものとして感じられない。輪郭が曖昧な何かが、道の先にある感覚だ。

「考えるの苦手なくせに、考えすぎ」

「うっせぇ。けどさ、これが何かの物語だったらうまくいって、めでたしめでたしで終わりだけど、現実だと始まりで、続いていくだろ。そーいうの考えると、ぐわってくる」

元の世界でさえ、将来は漠然としていた。年齢的にまだしばらくは学生で、卒業後のことは考えていなかったのに、異世界に転移してしまいさらにわからなくなっている。結婚後の生活含め、やりたいこと、やれること、すべてにおいて想像もできなかった。

「そんな難しく考えなくていいと思うよ」

「そうか、な」

「うん。なんなら婚約の破棄だって、いつでもできるもん」

さらりと口にしているが、簡単に破棄できるわけがない。相手は王族だ。婚約するのにも王の裁可が必要で、煩雑な手続きを経ていた。

けれど澪が言うと、本当にできそうだ。破棄する気はないが、気持ちが軽くなった。

「……そうだな」

らしくなく、少し考えすぎていたことに悠真は気づかされる。想定外のことが多すぎて、知らず焦っていたようだ。

「そうだよ。それにアルフレッドさんが王になるわけじゃないし、エドワード殿下が王位を継承したら、大公か公爵かになるんじゃない？　気楽なもんだよ」

「そうなのか？」

「うーん、確かかね。私もよくわかんないけど。政からは一線を引くはずだよ。だいたいハルが楽しく暮らせないようなら、アルフレッドさんにあげないもん」

あ、と澪は声を上げ、『ハルさんをくださいからの、やらん！』は定番よね、と一人頷く。

「……保護者か」

「小姑《こじゅうと》って、言ってくれる？」

「なんで、嬉しそうなんだよ」

いいイメージのない言葉だ。

「嫁いびりごっことか、楽しそうじゃない？」

突っ込みどころが満載すぎる。面倒くさくなって、悠真は聞き流すことにした。

「まあ、結婚云々は置いといて、もしさ、ハルがやりたいこと見つからないなら、神殿で笑顔振りまくお仕事一緒にしよう」

「は？」

「私とハルが並んでたら、黒髪黒目が映えて、いい感じに見えるもん」

「あー、まあ、考えとく」

ニートよりは、いいかもしれない。そんなことを考えていると、ノックが響いた。

一瞬澪と顔を見合わせ、悠真が応えを返すと、アルフレッドから使いが来ているとマーサが告げる。今までにないことだ。用があれば本人が来そうなのにと怪《け》訝《げん》に思いながら、部屋へ通すよう告げる。しばらくしてマーサと共に現れたのは、覚えのある事務官だった。

歓談を遮る無礼を詫《わ》びると、早速本題に入る。現在ヴェネデスの王太子が使者として王城に訪れており、応対しているアルフレッドは席を外すことができない。代わりに事務官である自分が言伝《ことづて》に来たと言った。

「そういえば、使者が来るって言ってたね」

国としての謝罪と、賠償についての話し合い。そしてファルカハイム王国で拘束しているティモとその従者を、引き取るためだ。

賠償の合意を得て引き渡しが済めば、この件は一段落つく。慌ただしく事に当たっていたアルフレッドも、時間に余裕ができると言っていた。

「その、ハル様に面会を求めていまして」

「俺に？」

「直接の謝罪と、念のためにハル様からも話を窺《うかが》いたいそうです」

げ、とうっかりこぼしそうになる。一連の出来事でティモ周辺とは話が通じない認識が悠真の中にできあがっていて、その縁者と話をするなど遠慮したかった。

「ヴェネデスの王太子殿下が自ら謝罪に訪れておりますので、どうしてもと頼み込まれると無下にもできず、ハル様にご意向を窺い、了承が得られるなら面会を許すことになりました」

「断ってもいいってこと？」

「はい。その旨伝えますので」

「それなら、」

「面白そうじゃない。行こうよ」

「は？」

『我も見物に行くぞ』

なぜかグリューンまで乗り気で、了承するより先に悠真の頭の上に落ち着く。気が早い。断るつもりでいた悠真は、複雑だった。

「面白がるなよ。相手は王太子なんだろ。俺、礼儀とか知らないんだけど」

それにティモの身内だ。どう対応されるかわかったものではない。苛《いら》ついて、うっかり不敬になるような物言いをしないとも限らなかった。

「ご心配には及びません。ハル様に会えるのなら、たとえ礼儀を欠いても不問にするとのことです」

「だって。行こう！」

声を弾ませる澪に、悠真は了承するしかない。こうなると、あきらめが肝心だ。

あまり気は進まないが、事務官に案内されて澪と共に貴賓室へ向かった。


扉の前で軽く気合いを入れてから、悠真はヴェネデスの王太子と対面する。第一印象は、似ていない、だ。

傲慢さが滲み出ていたティモとは違い、同じ豹《ひょう》の獣人でも柔和な雰囲気をまとっている。それでもティモに対する苦手意識が強くなりすぎて、悠真はどうしても身構えてしまった。

「このたびは、愚弟が迷惑をかけて申し訳ない」

予想外の、率直な謝罪だ。驚き戸惑う。上に立つ者は、そう簡単には謝罪しないと聞いていた。

グリューンは頭上でつまらないとこぼしているが、何を期待していたのだと呆れずにはいられない。明らかに目上の者が頭を下げる姿を見て、こういう席は苦手だと悠真は実感する。一人では、正しい返し方がわからない。

「……謝罪を受け取ります」

来る途中澪に教えを乞い、聞いたままを口にする。許さない！　って、啖呵《たんか》切ってもいいんだよ？　と笑顔でそそのかされたが、建前でも謝罪しているのだから責めるのは気が引ける。だいたい、悠真に迷惑をかけた当事者ではなかった。

「謝罪を受け取っていただき感謝する。言い訳になるが、ヴェネデスの王族が皆権力を振りかざしているわけではない。ティモは王位継承権が低いせいか、王族としての教育が甘くなってしまった」

ああそう、としか思えないので、悠真は適当に相槌を打つ。今後一切関わりを持つ気はないので正直どうでもいいが、ティモがこの国へ訪問禁止になると聞くと、正直ほっとした。

「ひとつ、尋ねてもよいだろうか」

「どうぞ？」

「番《つがい》は当人同士にしかわからないものだ。ティモは、あなたを番と認識した。あなたはティモに対して、何か想《おも》うところはないのだろうか」

なくは、ない。

が、本音を吐露していいか迷う。逡巡《しゅんじゅん》している悠真に、王太子が気づいた。

「ハル殿、どうか本心を教えてほしい」

どこか懇願するように促してくる。それを怪訝に思いながら、それならいいか、に悠真は傾いた。

「正直に言っても？」

力強く頷くのを見て、悠真は口を開く。

「うざい？」

息を呑んだ王太子はそのまま固まる。予想外だ、と言わんばかりの表情だ。

さすがに直球すぎたかと、悠真はちらりとアルフレッドを窺う。目が合うと軽く口角が上がったので、許容範囲だと思うことにした。

「その、好意のようなものは」

「まったくないです。むしろ、突き抜けてマイナス？　本人に何度も繰り返しそう言ったんですけど、伝わらなくて困りました」

「そう、ですか……」

耳がぺたんと伏せる。悠真の隣では、澪がうつむき笑いを堪《こら》えている。頭上のグリューンは面白がっていて、王太子は違う答えを期待していたのだと、悠真はやっと気づいた。

だからといって、本心から言っているのでどうにもならない。後はまかせたとアルフレッドに目で訴えると、小さく頷いた。

「わかっていただけましたか？　私が説明した通りだと」

話を引き取ってくれたことに安堵し、悠真は肩の力を抜く。もう退室したい。

「はい。非はすべてティモにあるとわかりました。番と認識したとはいえ、第一王子の婚約者に一方的に懸想し、連れ去るなど許されることではありません」

「それは、相手がアルフレッド殿下でなければ謝罪する気はなく、そちらの都合のいいようにしたということですか？」

王太子の発言を聞いた澪が、話に割って入る。ぴくり、と王太子の耳が震えた。

「そのような意図はありません」

「権力は関係ない？」

「もちろんです」

「でしたら、私から提案があるのですけど」

「なんでしょうか、聖女様」

笑顔のアルフレッドが澪の発言を受け、恭しい態度で話を促す。グリューンは機嫌よく尻尾を揺らし、王太子は訝《いぶか》しむように眉をひそめた。

「他国、それも種の理に口を出すのもどうかと思ったのですが、実際に迷惑を被《こうむ》りましたし、民の模範である王族、第七王子のあの態度を鑑みると、このままではいけないと思われます」

「それは……多少行きすぎた行動でしたが、獣人族にとって番は特別なのです。番を愛し、慈しみたいと願う獣人の本能を理解ください。今回はこのような結果になりましたが、本来獣人の番は幸せなことです」

「なぜ？」

「なぜ、とは」

「獣人の番であると、なぜ幸せだと言い切れるのですか？」

「今ほども言いましたが、獣人族は本能で番だけを愛します。どんなことがあろうとも裏切らず、守り抜きます」

「それは番など関係なく、相手を想っていれば当然のことでは？」

同意を促すように、澪は視線をアルフレッドへ送る。それを受け止めたアルフレッドは、真剣な表情で頷いた。

「獣人族だけが、と言われるのには同意できません。私に浮ついた気持ちなどありませんし、私は私の意思で、全力でハルをすべてのことから守ります」

本能が、人の意思より優れているわけではない。その事実を突きつけるように、澪は笑顔で王太子へ視線を送る。端から見て、妙な威圧感があった。

「番を認識できない人からしたら、見ず知らずの獣人から唐突に求愛され、有無を言わさず番《つが》うことを強制されるなど恐怖と嫌悪感しかありません。どこが幸せなのですか？」

「そんなことは！　すぐに、番といる幸せがわかるはずです」

即、自信たっぷりに反論する王太子に、悠真は唖然とする。ティモとの、考え方の違いがわからない。結局は澪の言うように、権力に屈した謝罪ということだ。

「俺は、番って言われても嫌悪感しかないけど」

二度と会いたくない。一欠片《かけら》の幸せもないと告げれば、ぐう、と王太子は喉を鳴らす。認めたくはないが反論もできず、悔しそうに顔を歪《ゆが》めた。

「もう少し、わかりやすく言いましょうか？　他に好きな人がいた。もしくはすでに伴侶がいた。でも有無も言わせず無理やり連れ去り、あなたは番だから私の伴侶になるのは当然だ、なんて強要されて喜ぶとでも？」

相手を一切顧みない行動だ。

「本能だから番が欲しい。望むのは自由です。けれど相手の意思を尊重できないのなら、それは独りよがりでしかなく、魂のない人形を欲しがるのと何が違うのですか？　自分たちに都合よく解釈して、番だから、を犯罪の免罪符にしないでください」

淡々と言葉を綴《つづ》っていく澪に、王太子は何も返せない。口先だけの謝罪で少しも反省していない相手に、静かに怒りを募らせていたのだと悠真は知った。

「番にこだわっているのは獣人だけ。ハル同様、迷惑を被った方もいたと聞きます。この先そうした悲劇が起きないよう、番が他の種族の場合、必ず相手の意思を尊重する法をご整備ください」

「そ、それは……」

口ごもるところから、王太子が乗り気でないことが窺える。法を整備すると、不都合があるということだ。

「では、それを賠償の項目に加えましょう。ハルと共に拉致され、迷惑を被った聖女様からのお言葉ですので」

「あら、ありがとう」

援護がアルフレッドから入り、澪がにっこり笑う。

顔を青くし、狼狽《うろた》える王太子を悠真は眺め、またアルフレッドの仕事が増えたことに憂えた。

エピローグ

ねぇ、と澪《みお》からこぼれた声に、悠真《はるま》は顔を上げる。けれど視線は合わない。昼食に用意されたサンドイッチへ向けられていた。

「ここのご飯、美味《おい》しいよね」

そう言う割に、澪の表情は浮かない。悠真は怪訝《けげん》に思いながら軽く同意して、グリューンに催促されたサンドイッチを口に運んでやった。

「でもね、やっぱり物足りないんだ」

ぱたん、と悠真は瞳を瞬《まばた》く。軽食ではあるが、テーブルの上にはまだ多くの料理が並んでいる。グリューンも共に食べているとはいえ、充分な量に思えた。

「すげぇ腹へってんの？」

「そうじゃなくて、ごはんが食べたい」

「あー……」

言わんとするところを理解する。この国に、米は流通していない。主な主食は、小麦を使ったパンだ。ショートパスタのようなものもあった。

「お米食べたいよお」

「言うなよ、食いたくなるから」

「おにぎり、どんぶり、炊き込みご飯、カレーはテッパン！」

「おい！」

「一蓮托生《いちれんたくしょう》よ」

「ひでぇ」

考えないようにしていたのに台無しだ。白くつやつやした、炊きたての白米が食べたくなる。コノヤロウ、と抗議の気持ちを込めて睨《にら》めば、てへ、と澪は舌を出した。

「ここの食事美味しいし、ごはんじゃなくても、とか思ってたんだけど、食べたくなるもんだね」

「くそっ、すげぇがっつり飯が食いたくなっただろー」

食べられないとなると、余計に食べたくなる。以前は当たり前のように食べていたメニューが、次から次へと脳裏に浮かんできた。

『コメとはなんだ？　食べ物か？』

「そ。穀物。日本人の主食で、うまい」

『ほう』

「穀物だからどっかにありそうなんだけど……よし、調べてみよう。こめが！　食べたい！」

　拳を握りしめる澪に、悠真は心の中で拍手を贈る。漠然と、なんとかしてくれる気がした。

『ならばこれをやろう。ハル、手を出せ』

「ん？　何」

　言われるまま手を出すと、ころん、と手のひらに楕《だ》円《えん》形の黄色い物が落ちてくる。重さはそう感じない。大きさは、鶏の卵くらいだ。

　見ただけでは何かわからない。

「グリューン、これ何？」

『種だ』

「種って植物の？」

『そうだ。願いの実の種だ』

住処《すみか》に戻った際に生息しているのを見つけ、役に立つかと持ってきたのだとグリューンは得意げだ。

　へぇ、と種を指先でつまみ、悠真はまじまじと眺める。

「で、願いの実ってなに？」

『願う物を思い浮かべながら種に魔力を込め、その後で植えると、願った物が育つ植物だ』

「えぇ！　何それすごい。米が食べられるってことだよね」

『望む種へと変成する際に魔力をかなり吸われるが、ミオならば平気であろう』

　育つといくつかの実をつけ、収穫を終えると根に種ができる。種を増やすには、そのままの状態で植えればよかった。

「土に植えて、水をやっておけば育つってこと？」

　どんな風に育つのか、悠真にはまったく想像できない。米だし、と考え、以前母親に荷物持ちとして連れ出され、スーパーで持たされた米が入った袋が木に実る光景が浮かぶ。ありえないとすぐに打ち消した。

『いや、周囲の魔素を栄養に育つ植物だ』

「え、ほっとけばいい感じ？」

『ここは魔素が薄い。数十年以上はかかる』

「え、育たないってこと？」

　期待しただけショックが大きい。

「ねぇ、グリューン。私が水あげるように魔力そそぐとかでもいいの？」

『それでもいいが、主《あるじ》の寝室に置いておけ。すぐに育つ』

「ああ、アルフレッドのそばってことか」

魔力多いもんな、と悠真が納得していると、澪がふうんと頷《うなず》き、意味深な表情を浮かべる。なんだ？　と声を上げるより先に、手を差し出された。

「やってみよ！　米よ、米！」

「ああ」

嬉々《きき》とした澪に押されるように、疑問は霧散する。差し出された手に、悠真はグリューンからもらった種をのせた。

ためらいもなく始め、澪が種に魔力を込め終えると、朱色に変わる。目に見えて変化がわかる。異世界だよなぁと悠真は実感して、昼食を終えるとさっそく種を植えた。

土には、早く芽吹かせるために魔石を砕いて混ぜている。どんな風に実をつけるかは澪のイメージによるので、ナイショ、と教えてもらえなかった悠真にはわからないが、念のために鉢は大きいものにした。


その日の夕食の席で、アルフレッドに経緯を説明して許可をもらい、鉢は寝室の窓際に置かれることになった。まだ土しか見えない鉢は存在感たっぷりで、部屋にまったく馴染《なじ》んでいない。

考えてみれば、王族の寝室に得体の知れない物を置く許可がよく出たものだ。グリューンから提供された種とはいえ、その種も、植えるところもアルフレッドは見ていない。一部始終を見ていた悠真も、米が実るはず、でしかなく実際は何がどう実るかさえ定かではなかった。

危険があるかどうかくらい、調べていそうだけれど。普段からアルフレッドはそつがない。今いる寝室も澪に言わせれば、がっちがちの防御魔法がかけられている。魔力のない悠真にはまったくわからないなと、鉢の中の土をぼんやり眺めた。

「ハル、そんなにすぐ芽は出ないだろ」

いつの間にか、アルフレッドが風呂から戻ってきている。普段とは違うラフな格好が、体格の良さを際立たせていた。

「そーなんだけどさ、なんとなく？」

なんていうのは建前でしかない。ベッドの上でアルフレッドを待つのが、落ち着かないだけだ。

「ハル」

呼ぶ声が甘い。表情はおいで、と悠真をベッドへ促していた。

うわ、と動揺する。すぐには動けなかった。

（ほんと、慣れない）

ゆっくりと深呼吸すると、悠真は広いベッドに手と膝をつき、もそもそと移動する。隣にほどよく距離を取って落ち着くつもりでいると、不意にアルフレッドの手が伸びてきて抱き寄せられた。

風呂上がりのせいか、いつもより体温が高い。鼓動が跳ねるのを感じると、あたたかな手のひらが悠真の頬を包んだ。

「眠い？」

「え、いや」

近い距離にどきどきしすぎて、眠さなど感じない。元の世界の感覚では、まだ寝るような時間でもない。こちらの世界へ来てからは、悠真は規則正しい生活を送りすぎているくらいだ。

「寝るの、少し遅くなっていい？」

「……ん」

「触っても？」

「あのさ、そーやってわざわざ訊《き》かれんの、すげぇ恥ずかしいんだけど」

不満を訴えるように、悠真はアルフレッドを軽く睨む。改めて尋ねられると、嫌ではなくても頷くのに抵抗感を感じた。

「まだ慣れない？」

「……そー簡単になれるかよ」

拗《す》ねたような響きになる。つい悠真が顔をしかめても、見つめる瞳は優しい。余裕たっぷりな態度のアルフレッドに、くそっと悠真は心の中で悪態をついた。

「うん。まあ、そうやって戸惑ってるハルを見たいってのもあるんだけど」

経験値の差が腹立たしい。

「……いじわりぃ」

「悪い」

「思ってねぇくせに」

「うん、ハルに愛されてるなって、実感できて嬉《うれ》しいんだよ」

ふわりと、やわらかくアルフレッドが笑う。最初の頃と印象が違い、自然な笑顔に悠真は見惚《みと》れた。

「浮かれてるんだろうな」

「え」

「ずっと、一人で生きていくと思っていたから」

ぐ、と喉の奥が詰まる。胸が痛むようなことを平然と、なんでもないことのように言うアルフレッドを、悠真は抱きしめたくなった。

けれどそれは叶《かな》わない。頬を両手のひらに包まれ、軽く上向かされると唇が重なる。悠真は一瞬息を詰め、引き結んだ唇をぎこちなく緩めた。

「んっ」

口内へ入り込んだアルフレッドの舌が、歯列をなぞってから悠真の舌先を誘うようにつつく。それにおずおずと応えると、喜ぶように舌が絡みつき、軽く吸い上げた。

唾液が絡む音が響く。こういった行為に抵抗はないが、どうしても緊張してしまい身体《からだ》が固くなる。そんな悠真の様子に、アルフレッドは宥《なだ》めるように背を撫《な》でた。

徐々に、力が抜けていく。口内を蹂躙《じゅうりん》しながら、指先は背骨をなぞるように下りていき、たどり着いた尾てい骨を思わせぶりに撫でた。

少しくすぐったい。割れ目にそって撫でられると、自然と力が入った。


「舐《な》めていい？」

「だめ」

キスの合間に脱がせながら訊いてくるので、悠真は反射で答える。一瞬であの日のことを思い出し、ぶわっと体温が上がり、羞恥に駆られた。

（むりむり、絶対無理！　あんなのくっそ恥ずかしい）

魔力に慣れるためにも普段から触れ合い、アルフレッドに流し込んでもらってはいるが、手のひらなど軽い接触での受け渡しでは馴染みが悪い。効率がいいのは、やはり体内へ直接取り込むことだ。

わかっていても、アルフレッドの取る方法が方法なだけに悠真は頷けない。

「どうしても？」

「どうしても」

「残念」

ちゅ、と額に唇が落とされる。引いてくれたことにほっとして、悠真はきまりの悪さも覚えた。

間違いなく、待たせている。我慢させている。同じ男として申し訳なさはあるが、自分でも意識して触れないような場所を舐められるのは耐えがたかった。

体内に取り込む方法を、他に思いつかないわけではないが、初心者には少しハードルが高い。性に関する経験などないので、悠真はやり方もよくわからない。誰かに相談できることでもないので、先送りにしていた。

（閨教育を受ければいいのか？）

必要ない、とアルフレッドが退けたが、本来の王子妃教育の中には含まれる。でも、と悠真が葛藤している間に、寝衣も下着も脱がされた。身につける物がなくなると、心許《こころもと》ない。腰に回された手に促され、悠真はえいっと足を開いてアルフレッドの身体をまたぎ、身体を寄せる。どうしていいかわからず動きを固めていると、胸元に熱い息が触れた。

目線を落とせば、赤い舌先が伸ばされるのが見える。ぬるんと舌先が這《は》って、乾いた肌に濡《ぬ》れた感触があった。

「ん、ぅ……」

ぷくりと膨らんだ淡い尖《とが》りに、熱い舌が押し付けられる。動揺して、悠真が戸惑っている間にアルフレッドは舌先で押し潰すように舐め、唇でやわく食《は》む。うわぁ、と心の中で叫び声を上げていると、厚い舌が感触を楽しむように乳首を転がし、もう片方を指先が撫で転がした。

「……っ」

上げそうになる声を、悠真は必死で喉の奥に押し込む。けれど舌と指先で乳首をいじくられていると、むずがゆいような疼《うず》きが生まれて、じわじわと快感の兆しの波が全身へと広がっていく。腰の奥が熱くなったように感じて悠真が視線を落とすと、触れられてもいない性器が二人の腹の間で雫《しずく》をこぼしていた。

かあ、と頬が熱くなる。恥ずかしい。抗議するより先に、伸ばされたアルフレッドの手のひらが、すっかり芯を通した性器を包む。あ、と吐息のような声が悠真の唇からこぼれ、力が抜けた。

「膝に力入らないなら、座っていいよ」

「ま、っ！」

ゆるゆると、手が上下する。直に性器を刺激されれば、当然気持ちがいい。強すぎる快感を堪《こら》えていると、喉の奥でうなるような声になった。

「ん、あっ……んぅっ」

意思とは無関係に腰が跳ね、今にもくずおれそうな身体を支えるのに、悠真はアルフレッドの肩口に額を押しつける。手の動きに合わせ、ぐちぐちと濡れた粘着質な音が響く。呼気は荒くなっていき、徐々に悦が滲《にじ》むのを隠しきれなくなる。しとどに濡れた先端を親指で擦《こす》られ、悠真はその手を慌てて掴《つか》んだ。

「ハル？」

「おれ、ばっかり」

　熱に浮かされたような瞳に不満を滲ませ、アルフレッドを睨む。いつも、こうして悠真だけを気持ちよくさせて終わらせる。一方的に与えられるばかりでは、面白くなかった。

「アルフレッドも脱げよ」

　少し驚いたように、アルフレッドが瞳を瞬く。ふっと表情を緩めると、唇が弧を描いた。

「ハルが、脱がして」

「え……」

　こくりと、息を呑《の》む。ここで戸惑ったら負けだ。よし、とひそかに気合いを入れると、悠真は手を伸ばしてズボンのウエスト部分に指先をかける。下着も一緒に掴むと、引き下ろした。

　ふるん、と下着から飛び出した性器に悠真は怯《ひる》み、視線は釘《くぎ》付けになる。まじまじと眺める無遠慮な視線にアルフレッドは苦笑すると、中途半端になっていたズボンと下着を脱ぎ捨て、固まっている悠真の腰を抱き寄せた。

「あ」

　生々しい熱が触れ合い、震える。互いの昂《たか》ぶりを目にして、悠真は動揺した。

「一緒に擦って」

「え」

　アルフレッドは悠真の手を取って、昂ぶった二人の性器を一緒に握らせる。大きく跳ねた心臓の音が耳にうるさい。掠《かす》れた声に名を呼ばれ、悠真はわずかに逡《しゅん》巡《じゅん》したあと、今までのアルフレッドの手の動きを真似《まね》てぎこちなく手を動かした。

　そこにアルフレッドの手も添えられると、気持ちよさに悠真は何も考えられなくなる。先端から溢《あふ》れるぬめりで滑りがよくなり、どちらがこぼしたのかわからない雫が、手を動かすたびぐちゅぐちゅと濡れた音を立てた。

「ハル、気持ちいいよ」

　耳に直接吹き込まれる声に、情欲が滲んでいる。ぞくりと背筋が戦慄《わなな》き、声にすら煽《あお》られるのを悠真は感じた。

熱っぽい息を吐き出しながら、悠真はアルフレッドの肩に頭を預ける。手の動きに合わせ、ぞくぞくと悦が背筋を駆けて呼気が乱れた。

「や、も、やば……んぁッ」

「いいよ、一緒にね」

互いに限界は近い。大きなアルフレッドの手が悠真の手も一緒に握り込み、大きく滑らせる。あっという間に追い上げられ、悠真は喘《あえ》ぐように声を洩らして白濁を吐き出した。

「あ、あぁ！」

どろりとした熱いものを浴びて、アルフレッドも精を吐き出す。達したばかりで震えている、悠真の性器も濡らした。

荒い呼吸に肩を揺らし、悠真は脱力感から軽く目を伏せる。途端、びくりと身体を揺らして、動きを固めた。

互いの手と腹と、密着している下肢を、二人が吐き出した精が混ざり汚している。卑猥《ひわい》な光景を目にして、悠真はまた下肢に熱がたまりそうになった。

慌てて視界から追いやるように、目を閉じる。意識して、悠真は深い呼吸を繰り返した。

「ハル、もう少し触らせて」

「え？」

窄まりを、指の腹が撫でる。驚き、悠真はとっさに腰を引いた。

それをまた、アルフレッドが引き寄せる。意味を理解して、鼓動が逸《はや》り出した。

「力抜いてて」

下肢を濡らしている精をアルフレッドは指先にまとわせると、窄まりを少しずつ緩め埋め込む。指の腹を擦り付けるように敏感な粘膜を撫でられて、内壁が奥まで誘い込むような動きでアルフレッドの指に絡みついた。

「ん、あぁっ……！」

また指に精をまとわせて、と繰り返される。何度も、執拗《しつよう》に。

アルフレッドの意図を悠真は察する。舐められるよりは受け入れやすいが、達して敏感な身体は少しの刺激でも大げさな反応を返した。

乱れた息と共に、蕩《とろ》けた声がこぼれる。恥ずかしい。

そんな悠真の心情をわかっているのか、いないのか、アルフレッドはあちこちに唇を落としながら指を動かし、悠真の反応のいい場所を探す。反対の手はまた兆している性器へと伸ばし、手のひらで包んだ。

「や、ん、ああぁっ」

直接的な刺激に驚き腰が引ける。意図せず指を深く受け入れ、ぎゅ、と締め付けた。

そのせいで、悠真はまた息を乱す。は、は、と何度息を吐き出しても、身体の奥にくすぶる熱は逃げていかない。

「大丈夫そうかな」

大丈夫じゃねぇ、と言いたいのに、口を開けば喘ぎ声になりそうで、悠真は唇を引き結ぶ。刺激の強さに戸惑い、どうしていいかわからない。

ぬめりをまとわせたアルフレッドの手のひらが、膨らんだ性器の根元から先端へと擦り上げる。割れ目をぐりぐりと指先で刺激されるだけでもたまらないのに、同時に身体の内側を刺激された。

「ふ、ぁ、ああっ」

感じ入った声が、悠真の唇から洩れる。きつく瞼《まぶた》を閉じて、中を撫でていく指先の感覚を追う。浅い場所を撫でられ、緩くかき混ぜられて、奥の方も触れてほしいというように、じん、と腰の奥が疼いた。

膝に力が入らなくなる。目の前のアルフレッドの首に縋《すが》ると、不意に鎖骨に歯を立てられて、中の指をぎゅっと締め付けた。

「あ、ぁ……んんッ」

指が動くたび、ぐちぐちと粘着質な音が響く。腹の中をかき混ぜられる未知の感覚に翻弄され、悠真はアルフレッドにしがみついていることしかできなかった。

「ン、あぁっ」

「ハル、いきそう？」

「んっ」

こくこくと頷くと、アルフレッドが限界まで膨らんだ性器の先端を指先で抉《えぐ》る。埋め込まれた指も敏感な部分を擦り、悠真を絶頂まで押し上げていく。強すぎる快感に、頭の中が真っ白になった。

「や、ぁ、もっ、ああッ」

ぶるり、と身体が震える。上擦った嬌声《きょうせい》を上げながら、悠真は二度目の精を吐き出した。

「――は？」

何気なく目に入った窓際、昨夜から置かれている鉢を悠真は二度見する。濃い緑色の芽が、たっぷり盛られた土から顔を出していた。昨日植えたばかりなのに葉も開いていて、成長の速さに驚く。

ベッドから抜け出し、鉢のそばにしゃがみ眺めていると、アルフレッドが顔を出す。朝の挨拶を交わした後で、顔に出ていたらしい悠真の疑問に答えをくれた。

「この部屋には結界を張っているから、それが影響して魔素が濃いんだろうな」

「それって、アルフレッドには影響ない？」

植えたばかりの種が、一晩で一気に育つくらいだ。必要以上に魔力を取られていないか心配になる。けれど返ってきたのは、「ないよ」と軽い声だった。

「ほんとに？」

「ああ」

「こんなに、急激に育ってんのに？」

確かに、アルフレッドの寝室に置いておけばすぐに育つとグリューンは言っていたが、簡単には育たないとも言っていた。

「それは、昨夜の行為が影響しているんだろうな」

「行為？」

「言っただろ、体液には魔力が多く含まれるって」

たいえき、と悠真は頭の中で反芻《はんすう》する。意味を理解した途端、目に見えて動揺した。

「俺の寝室に置いておけばいいっていうのは、そういうことなんだろうな」

アルフレッドは笑っているが、悠真は居たたまれなくなる。昨夜のような行為を、想定されているということだ。周囲に知られているのはなんとなく気づいていたけれど、その事実を突きつけられると戸惑いが大きい。

米は食べたいし、成長を楽しみにしている。だとしても植物の成長が、悠真とアルフレッドの性生活と密接しているなど恥ずかしすぎた。

「そんなかわいい顔してると、朝食じゃなくてハルのこと食べたくなるな」

ちゅ、と唇が軽く触れる。間近に見るアルフレッドの整った顔にもいまだ慣れなくて、悠真は大きく鼓動が跳ねた。

「朝メシ食おう！」

ごまかすように、アルフレッドの腕を掴みぐいぐいと引く。これ以上甘い空気にならないように、朝食の用意されている隣室へと促した。

　気持ちを、朝食を食べながらなんとか立て直すと、悠真は色々筒抜けでも気にしないことに決める。王宮での生活を続けている限りは仕方ない。手を取った相手は王族だ。仰々しい世話役が侍っていないだけ、まだいい。

　普段はアルフレッドが王族とは思えない態度だから、つい失念しがちになる。けれどそのおかげで、悠真は息苦しさを感じないで済んでいた。

（ほんと、甘やかされてんだろうな）

　王太子ではないとはいえ、王族の婚約者だ。相応しくあれと厳しい教育がありそうなものなのに、悠真は追加のマナー講座以外特別な教えを受けていない。

　アルフレッド曰《いわ》く、以前家庭教師から教えを受けた一般教養で充分、後は日常生活を送る中でこの国について学べばいい、だ。

　えぇ、と思わないでもなかったが、存在が特別な異世界人だ。まあいいのかと、悠真は考えるのを放棄した。勉強しなくていいのならしたくない。いつだって勉強は必要に迫られて、渋々やっていたものだ。

　高校進学にも特別な思い入れはなかったのだが、こんな風に朝食後にゆったりソファに座りお茶を飲んでいると、元の世界での忙しない朝がどこか懐かしくも感じる。本当なら今頃は通学路を歩いて――と考えたところで不意にぶわっと、以前の日常が脳裏に浮かんだ。

　時間に追われる慌ただしい朝、授業の開始を告げるチャイムの音、休み時間の教室の喧騒《けんそう》、放課後になるとグラウンドの方から聞こえる運動部のかけ声――もう、悠真が身を置くことのない生活だ。

「どうかした？」

「ん。ちょっと、向こうの生活思い出してた」

「そうか」

「うん」

　それなりに割り切って、悠真は前を向いている。けれどアルフレッドの方が、痛みに触れたような顔を一瞬見せた。

「アルフレッド？」

「すまない」

「なんで謝んの？」

「この国は、ハルからすべてを奪った。俺も半信半疑とはいえ、召喚を止めなかった。それなのに、罪悪感よりもハルがこうして傍らにいてくれる喜びの方が大きいんだ」

顔を歪《ゆが》め、罪を滔々《とうとう》と告白するようなアルフレッドに悠真は瞳を瞬く。

「いいんじゃね？」

軽く返せば、アルフレッドが目を見張る。決して、強がりではない。

「完全に割り切れたわけじゃないけど、この世界も悪くないよ。アルフレッドがいるしさ」

言いながら、悠真は少し照れくさくなる。視線をそらすと、隣から伸びてきた腕に抱きしめられた。

「ハルが楽しく暮らせるよう、できる限りのことはする」

「ありがと。けど、あんま甘やかすなよ」

駄目人間になりそうだ。軽くでもクギを刺したのに、アルフレッドからの返事はない。顔をのぞき込むと、眉を下げた。

「俺は、ハルを大切にできている？」

「え、すげぇ大切にしてもらってるけど？」

過剰とも言えるほどに。

放任主義だった両親よりも、過保護だ。

「本当に？」

「ほんとに！」

これ以上、何を望めばいいかわからない。きっぱりと言い切る悠真に、ふ、とアルフレッドの表情からこわばりが消えた。

「なら、よかった」

「アルフレッド？」

「今まで、大切な物を持ち得ていなかったから、どう大切にしていいのかよくわからないんだ」

とっさに返す言葉が見つからず、悠真はぱたぱたと瞬きする。視線を合わせたままでいると、アルフレッドが静かに笑んだ。

「意外？」

こくこくと、悠真は頷く。いつも、アルフレッドに大切にされていると感じていた。

「結構、空っぽなんだよ」

表情に苦みを混ぜるアルフレッドに、悠真は胸がきゅっと絞られる。人生経験の乏しい悠真に言えることは少ないが、こんな寂しそうな顔をさせたくなかった。

「今は俺がいる。空っぽっていうなら、俺が埋めるよ」

再度抱きしめられる。視界が塞がれ、アルフレッドの表情は窺《うかが》えない。

「ほんと、ハルには敵《かな》わないな」

耳元に落とされた声に、ふるりと悠真は身体が震えた。それはこっちの台詞《せりふ》だと言いたくなる。こんな風に、アルフレッドは簡単に悠真から平常心を奪っていく。

「ハル」

左手を取られてすぐ、指に金属が触れる。薬指のわずかな重みに、悠真の目は釘付けになった。

「これ、は？」

「婚約指輪だよ」

婚約指輪と聞いて想像するような、ダイヤがついたものではない。悠真の手を取ると、銀色でシンプルなデザインの指輪にアルフレッドが口づける。どこか恭しく感じる仕草に、またどきりとさせられた。

「まあ、虫除《よ》けの意味もあるんだけど」

「むしよけ？」

「俺が、常に一緒にいられるわけではないからな。この宮殿に、ハルを閉じ込める気はないよ。自由にこの世界を楽しんでほしい。けど、浮気したらだめだよ」

「しねぇよ」

するわけがない。

指輪などガラではないけれど、好きな人からもらえば嬉しいのだと知る。左手の薬指の指輪にアルフレッドも嬉しそうで、悠真も自然と表情が綻んだ。

番外編

ささやかだけど、満ち足りて

まだ、左の薬指にある微かな重みに悠真《はるま》は慣れない。体温には馴染《なじ》んで金属の冷たさはないけれど、違和感はあるそれを何気なく眺めた。

「ハルおまたせ」

わずかな間気を取られていると、花の咲き誇る温室に待ち合わせていた澪《みお》の軽やかな声が響く。落としていた視線を上げると、相変わらずメイド服に身を包んでいた。こちらはもう違和感などない。

テーブルを挟んだ向かいに澪が座ると、グリューンが悠真の頭からふわりと降りて、二人の間の椅子に落ち着く。いつからかグリューンの席が用意され、その日参加する顔ぶれがそろうまでは『待て』のできるドラゴンになっていた。

本物のメイドが紅茶をサーブして下がった途端、菓子をねだってはいるが。

悠真はマカロンをひとつつまむと、グリューンの口に放り込む。もう少し大きいものになれば、器用に自分で持って食べられるようにもなっていた。

「ねぇ、ハル」

「ん？」

「それ婚約指輪？」

「……おう」

めざとい澪が気づかないわけがない。おまけにつけているのが左手の薬指だ。突っ込まれるだろうと予想はしていたが、形のいい唇は孤を描いているし、向けられる視線はうるさかった。

「ねぇ、ハルあれやってよ」

「あれ？」

それでわかるほど、悠真は察しが良くない。

「ほら、芸能人がもらった婚約指輪を、ドヤァって見せつけるお約束のポーズ」

「やるか」

『お約束のポーズとはなんだ？』

「なんでもないよ」

悠真は小ぶりなクッキーを、次から次へとグリューンの口の中へ放り込んで気をそらす。面白がって、澪の味方になってもらっては困る。そんな思惑は、最後に渡したマフィンで見事に成功した。

「もう、ノリが悪いなぁ。ああ、アルフレッドさんが隣にいないからかぁ」

「アルフレッドを巻き込むなよ」

「アルフレッドさんならやってくれそうじゃない？」

だから嫌なのだ。澪に対してするには恥ずかしい。

「つか、アルフレッドは指輪してねぇよ」

「そうなのかぁ、残念。じゃあ、二人でラブラブってやってくれてもいいよ？」

澪は両手でハートを作って見せる。そんなことをアルフレッドとする姿は、うまく想像できなかった。

「やらねぇし、あんま変なこと教えるなよ」

どちらかというと、アルフレッドの方に澪を信じすぎないように言うべきだと悠真は悟る。澪を止めることは難しい。

「失礼ね。まあ私もそんなことするハルとアルフレッドさんには違和感しかないけど」

だったら言わないでほしい。

「ねぇ、指輪見せて。ほらほら、手出して」

にこにこと促すので、悠真は仕方なく左手を差し出す。ぱっと目が行くのは、傷ひとつない真新しい銀色の指輪だ。

「へぇ」

軽く悠真の指先を取って、澪がまじまじと眺める。なんとなく手を引きたくなった。

「さすがセンスいいねぇ」

「そうだよな」

少しくぼんだ幅広の表面にはつや消し加工がされ、光沢のあるフチには繊細な彫刻が施されているのでつやが抑えられている。ぴかぴかではなく、やわらかい輝きを放っていた。

ぱっと目に入らないイヤーカフとは違い、日常生活の中で目に入る指輪は気持ちがくすぐったい。

「なんかもらいっぱなしだよな、俺」

アルフレッドから贈られた物が、次から次へと浮かんでいく。普段の衣服に関しては予算から出ていると聞いているが、管理しているのがアルフレッドなので本当の出所はわからない。

線引きが曖昧《あいまい》な物も結構ある。特に婚活もどきの会に参加する際に贈られた服は、予算から出ているのか怪しかった。

――こちら、アルフレッド様からです。

――お手伝いしますので、どうぞお召し替えを。

慈しむようなマーサの声音、微笑《ほほえ》み、眼差しが思い出される。普段悠真は自分で脱ぎ着して、王宮で生活しているとは思えない格好ばかりしているから、本来の役割、手腕を発揮できるのが嬉《うれ》しいのかと思っていたがどうも違うような気がしてきた。

（さらっと、アルフレッドが買ってそうだ）

全身を着飾る相場がいくらかなんて知らないが、王族が用意したのだから間違いなく手軽な価格ではない。

「いいんじゃない？」

「んー、でもなぁ」

ある程度は、悠真もそういうものだと受け入れている。ただ婚約指輪に関しては、一方的にもらって終わりにするのはおかしい気がした。婚約はある種二人で結ぶ契約だ。事情があるなどなければ対等でなければおかしい。

「ああ、ハルもアルフレッドさんに何か贈り物をしたいってことね」

「……まあ？」

結局、澪に相談する流れになっている。深刻度の低いこの手のことは、面白がる方向へ傾くので遊ばれる覚悟をしなければならない。正直頼りたくなかったが仕方がない。

何かしらを渡すにしても今の悠真ではささやかな物になるが、欲しい物をアルフレッドに訊《き》いたところで気にしなくていい、お返しなどいらない、と言われるのがオチだ。

「俺が用意できそうなのってなんだろ」

何か、何か、と先日から考えてはいるものの、その何かが漠然としていて、候補すらまったく浮かばないから困る。時折出てくるのはため息ばかりだ。

「売ってる物なら大抵の物はいけるんじゃない？　使いきれないほどの予算が私たちには組まれているの、ハルも知ってるでしょ？」

「その予算をアルフレッドに動かしてもらって、高額な品物を購入して渡すのは違う気がすんだよな。なんとなく」

形式的なお返しならそれでいいのかもしれないが、今回は悠真自身が用意した物をアルフレッドに贈りたい。そんな気持ちがあった。

「なんだよ、澪」

眼差しが微笑ましいものを見るようだ。唇の端が持ち上がっている。何も言われていないのに、悠真は反論したい気分になった。

んーん、と澪は軽く否定する。それなのに、妙な居心地の悪さがあった。

「気にしないで使えばいいのに」

「自分に使う分には気にしない」

「ああ、大好きな人にもらった婚約指輪だからお返しは金に物を言わせるんじゃなくて、心のこもった物を贈りたいってことね！」

　ストレートな言葉にされ、悠真は面食らう。実際はそうなのだけれど、言語化されるとなんとも言えない気分になった。

「うっせぇ」

　結果悪態をつくことしかできない。しっかりそんな悠真の心情は伝わって、澪は笑っている。だから本当に、付き合いの長い相手はやっかいだ。

「この世界で、定番の贈り物って何か知ってるか？」

　これ以上妙なことを言われる前に、強引に話を戻す。まずは、情報を得ることから始めることにした。

「そうだねぇ、相手の色を使ったものかな？」

「相手の色？」

「うーんと、ハルがアルフレッドさんに何かを贈るなら、黒を使った物？」

　髪と瞳の色かと納得する。こちらの世界では、髪の色も瞳も華やかで美しい。ふうんと頷《うなず》いて、何かが引っかかる。どことなく既視感がある気がした。

「なあ、澪」

　先ほど思い浮かべたばかりの服装に、印象的な色の宝石が使われていた気がする。気のせいだと思いたいが、きっと気のせいではない。

「ん？」

「強引に参加させられた婚活もどきの会で、俺ってなんか、そーいう色を身につけてなかったか？」

　ぱたん、と瞬《まばた》きした澪が、にこりと笑う。

「今頃気づいたの？　わぁ、どんかーん」

　当たってほしくない予想が、当たった。

「知るかよ、そーいうの」

「だと思った」

「気づいてたなら言えよ」

「やあよ。まわりを牽制《けんせい》するアルフレッドさんのジャマして馬に蹴《け》られたくないもん」

「それ、前にも言ってたよな。馬って」

「気になるのそこ？　まあいいや。澪様が教えてあげよう。人の恋路を邪魔するやつは馬に蹴られて死んでしまえ、だよ。人の恋愛に口出しするのは無粋って意味ね。だからそっと見守ってたんだ」

　面白がっての間違いだろうと思ったが、意味は理解する。あの頃から、澪は色々と察していたということだ。なんとなく悔しい。

「ん？　もしかして、あの時澪が選んだ婚約者って」

「アルフレッドさんでした」

種明かしをするように、澪がさらりと口にする。返す言葉が見つからず、悠真はため息をついた。

「ねぇ、あの頃から好きだった？」

「教えねぇ」

「ケチ。まあ、ハルはあの服装だったし、あの日参加してた人たちは、アルフレッドさんとハルの婚約にやっぱりってなってるかもねぇ」

「くっそ恥ずかしいんだけど!?」

逆もまた然《しか》りだ。知らなかったとはいえ、アルフレッドの色をまとって傍らにいた悠真は、アルフレッド目当ての令嬢たちを牽制していたと同義だ。

澪が選んだドレスの色は、エドワードに掠《かす》ってもいない。もう少し真面目に、常識を学ぶことに決めた。

「他にもなんか知ってて、俺に言ってないことないだろうな」

どこの世界にも暗黙の了解というものがある。知ろうともせず、状況から察することのできない悠真も悠真なのだが、付き合いの長さで悠真が色々鈍いと知っていてあえて言わない澪も澪だ。

「えー」

「あるのかよ」

「知りたいの？」

「……おう」

軽く逡巡《しゅんじゅん》して悠真は頷く。

「アルフレッドさんの瞳の色の宝石って、ものすごーく珍しくて貴重らしいよ？」

「はあ？」

語尾の上がった声が悠真は洩《も》れる。気にせず、澪は言葉を継いだ。

「おまけに割れやすい。だからカフスになんて通常加工しない宝石だよ。まあしっかり保護魔法かけてあったから、ハルがうっかりその辺にぶつけても傷ひとつつかないから大丈夫」

いや大丈夫じゃないは声にならない。魔法が当たり前にある世界でも、保護魔法がかかった品は高価だ。

「お返しのハードル上がったんだけど」

「わはは」

「笑い事じゃねぇよ」

「いいじゃない。相手は王族なんだから、貢いでもらいなさいよ。個人資産もたっぷり持ってそうだし」

「だから、もらいっぱなしは嫌なんだって」

「もう、わがままだな」

　その返しはおかしい。

「要は、ハルはアルフレッドさんに、指輪のお返しに何かプレゼントがしたい。これで間違いない？」

「ああ」

「でもお金で解決するんじゃなくて、気持ちが伝わる物がいい？」

「まあ、そうだな？」

「それなら、定番の手作りの物にしたら？」

「なんだよ、手作りって」

　作れる物など浮かばない。ぱっと浮かぶのは料理だが、悠真は本当に簡単な物しか作れない。そんな物はお礼になりはしない。

「うんとね、こっちの世界では刺繍した何かが定番？ハンカチとか」

「無理」

　できるわけがない。

「だよねぇ、言ってみただけ。私も無理」

「澪ならできそうじゃね？」

「そんな細かい作業、面倒だからいや」

「ああそう」

「ねぇ、グリューン。アルフレッドさんの好きな物、欲しい物とか知ってる？」

『何を今更、ハルだろう』

「だよねぇ。もうさ、ハルは自分にリボンを結んで、指輪のお返しは俺ってあげたらいいじゃない。ああ、ハルはもうアルフレッドさんのものだったか」

　ごめーんではない。絶対にわざと言っている。

「そんな睨まないでよぉ、ちゃんと真面目に答えてあげるから」

「なんだよ」

　必然と、悠真は警戒する。澪の真面目も、微妙なことが多い。ただ時々は、本当に役に立つ。

「アレでいいじゃない」

「アレ？」

「ほら、前にくれたじゃない。私の誕生日プレゼントに」

「……ああ？」

　澪に何かをあげた記憶はもう遠い。思い出すのに、少し時間がかかった。

「今は気持ち的なので、いずれ出世払いでちゃんとした物を贈ればいいじゃない」

「だとしても、あれはダメじゃねぇの」

「まっさかぁ！　絶対大喜び間違いなしだよ」

訝《いぶか》しみながらも、結局澪の口車に乗せられる結果になるから悠真も大概だ。けれど悠真自身が今すぐに用意できる物なんて限られている。選択肢など他になかった。


普段の日常の中で、プレゼント？　と首を傾げたくなるささやかな物でもいざ渡すとなると、どうにもタイミングがわからない。本当に渡してもいいのだろうかという葛藤《かっとう》も、悠真の中にむくむくとわき上がってきていた。

ソファの上でクッションを抱え、むむっと眉間《みけん》にシワを寄せていると、アルフレッドにひょいっと顔をのぞき込まれる。近い距離にヘーゼルの瞳が見え、悠真は軽く動揺した。

不意に間近で見る美しい顔は心臓に悪い。ひそかにどきどきしていると、アルフレッドが隣に座る。まだ慣れない距離の近さだ。

「ハル？　何か気がかりなことがあるのか？」

「え？」

「妙にそわそわしているだろう」

「……よくわかるな」

「ハルのことだからな」

そんなにわかりやすく態度に出ていたかと、悠真は苦笑する。隠し事は苦手だ。同時にああもう、と負けた気分になるのはこんなときだった。逆なら、悠真はきっと気づけない。

「俺には言えない？」

「え、そういうんじゃないんだよ」

「うん」

綺麗な色の瞳が、まっすぐに視線を合わせてくる。急《せ》かすことはなく、悠真が口を開くのを待っていた。

「実はさ」

いまだ迷いはある。用意した物は、我に返ればもらった物の価値にまったく見合わないからだ。けれど何かあると気づかれた時点で、アルフレッドの感情を乱してまで隠し通さなければいけないものではなかった。

「アルフレッドに渡したい物があったんだ」

感謝を含めた色々な気持ちを渡すつもりで、傍らのバッグから取り出したシンプルな封筒を悠真は差し出す。長い指先が受け取ると、なんとなく気恥ずかしい。

「恋文？」

アルフレッドはまじまじと封筒を凝視していた。

「まさか！　違うよ」

「残念」

もう、と悠真は気が抜ける。以前のことが思い出されて、少しだけ動揺した。

もしかしたらあの時の台詞《せりふ》は——と考えていたら、

「これは？」と尋ねる声に我に返った。

「アルフレッドにはもらってばっかりだから、何かお返しがしたかったんだ。まあ、ほんとに気持ち程度でしかないんだけど。ちゃんとしたお返しは出世払い？で、いずれな」

「お返しなど気にしなくていいが……見ても？」

「うん」

アルフレッドはすぐに、封も閉じていない封筒からカードサイズの紙を一枚取り出す。目が文字を追うのを見て、悠真は自然と息を詰めていた。

「これは……」

軽く、深呼吸する。渡したのだから、覚悟を決めた。

「何でも一個、願いをきく券」

子どもの頃に澪にもあげている。それが使われたかは、悠真の記憶にはない。そのくらい幼い頃の話なので、大人であるアルフレッドに単品で渡すにはひどく子どもっぽい気がして、渡すのに迷っていた。

「何を願ってもいいのか？」

「まあ、俺ができる範囲だけどな」

無茶ぶりはされないとは思うが、念のためにクギを刺しておく。

「ああ。ありがとう。嬉しいな」

本当に、そう思っている声音だ。なんだか心の中がむずむずしてくすぐったい。こんなささやかな物でも喜んでもらえたようで、悠真はほっとした。

「えっと、すぐに使う？」

何を願われるかは、うまく想像できないけれど。

「そんなもったいないことはしないよ」

「もったいないかぁ？」

期限は無期限にしてあるけれど、悠真ができることなどたかが知れている。こんな風にわざわざ券にして渡してはいないが、姉の誕生日プレゼントは大抵似たようなもので悠真の労力だ。元々弟など、姉の下僕に近い。

「いざというときのために、とっておくものだろう」

「えぇ、さっさと使ってくれていいのに」

「それは、いかがわしいことに？」

ぐ、と言葉に詰まる。まったく想定していなかったといえば嘘《うそ》になるが、あまり認めたいものではない。

——逆に、高くつくかもだけどぉ。

——その覚悟があればいいんじゃない？

澪の台詞が思い出される。このことをきっと、想定していた。

「この貴重な券を使わなくても、真摯《しんし》に頼めばさせてくれるだろう？　色々」

「そ、れは……」

悔しいが事実だ。アルフレッドにねだられたら、断固拒否などできるわけがない。

「俺は色々初心者すぎて、頷けないんだけど」

「まあ、おいおいな」

突っ込めずに悠真は聞き流す。おいおい何をさせる気なのか気になるが、知りたくない気持ちもあった。

「プレゼントは、嬉しいものだな」

「今までも、もらってただろ」

「ほとんど、第一王子宛ての物だよ」

そんなことはない、などと安易なことは言えない。

それでも全部と言わないところに、悠真は勝手に救いにも似たようなものを感じた。

アルフレッドに近しい顔ぶれが自然と浮かぶ。

「プレゼントが嬉しいのは当然として、俺のことを考え用意してくれた、ハルの気持ちが何よりも嬉しい」

ああ伝わった、とわかれば自然と悠真は表情が緩む。

それはもう幸せそうにアルフレッドが表情を綻ばせるのだから、多少の無茶ぶりはされてもいいかと思ってしまった。

あとがき

このたびは本作を手に取っていただきありがとうございました。

初めて書いた異世界のお話がこうして書籍になったことに驚くと共にとても嬉しいです。

主人公の悠真は召喚に巻き込まれただけのチートとは無縁の男子高校生なのですが、時々ちょっぴり危ない目に遭いつつもハイスペックな周囲のおかげでのんきに異世界での生活を楽しんでいます。ある意味、マイペースな子は強い。

ただ、普通でモブのつもりでいる悠真を意識しすぎたせいか、大人で極上とつくようないい男がマイペースな年下の子に振り回されるのが好きなせいか、アルフレッドの方をつい色気マシマシで書いてしまった気がします。それも含め好きを詰め込んだ二人の雰囲気が少しでも伝わったらいいなと思っていたのですが、書籍化にあたり想像の中にしかなかった姿が視覚化された時は感動的でした。

素敵なイラストを手がけてくださった芦原モカ先生には大変お世話になりました。おまかせしますと丸投げしてしまった部分も多く、非常に申し訳なく思っていたのですが見事に仕上げてくださるその手腕に敬服。感謝の念に堪えません。また、編集者様を始めとした本作に携わってくださった皆様にもこの場を借りてお礼を申し上げます。

最後になりましたが、読んでくださった皆様本当にありがとうございました。

聖《せい》女《じょ》召《しょう》喚《かん》に巻《ま》き込《こ》まれましたが、異《い》世《せ》界《かい》の居《い》心《ごこ》地《ち》は案《あん》外《がい》悪《わる》くもない？

初出「聖女召喚に巻き込まれましたが、異世界の居心地は案外悪くもない？」
小説投稿サイト「ムーンライトノベルズ」で掲載

2023年6月5日　初版発行

著者　みぃ
イラスト　芦《あし》原《はら》モカ

発行者　野内雅宏

発行所　株式会社一迅社
〒160-0022
東京都新宿区新宿3-1-13　京王新宿追分ビル5F
電話　03-5312-7432（編集）
電話　03-5312-6150（販売）

発売元：株式会社講談社（講談社・一迅社）

印刷・製本　大日本印刷株式会社

DTP　株式会社三協美術

装丁　AFTERGLOW

ISBN978-4-7580-9557-0

おたよりの宛先
〒160-0022　東京都新宿区新宿3-1-13 京王新宿追分ビル5F
株式会社一迅社　ノベル編集部
みぃ先生・芦原モカ先生